조해일문학전집 1

매일 죽는 사람

일러두기

- 《조해일문학전집》은 한국문학사에 커다란 문학적 성취를 남긴 조해일의 작품 세계를 독자들에게 소개함과 동시에 문학적 의의를 정리하는 데 목표를 둔다.
- 《조해일문학전집》은 생전에 발표했던 중·단편과 장편소설, 그리고 웹사이트에 게시된 미발표 소설 등과 기타 작품으로 구성되어 있다.
- 《조해일문학전집》은 출간일(발표일) 기준 가장 최신 작품을 저본으로 정하였다.
- 맞춤법, 띄어쓰기, 외래어 표기는 현행 맞춤법과 표기법을 따랐다.
- 한글 표기를 원칙으로 하였고, 한자로만 된 단어는 '한글(한자)' 형식으로 수정하였다.
- 수정하면 어감이 달라지거나 문학적으로 허용되는 일부 표기(표현)는 원문대로 두었다.
- 간접 인용과 강조는 ' ', 대화와 직접 인용은 " ", 단편소설은 「 」, 장편소설과 잡지는 『 』, 미술 작품과 영화·연극 등은 〈 〉, 시·노래 제목은 ' '로 표기하였다.

매일 죽는 사람

간행사

– 조해일문학전집 발간에 부쳐

2020년 6월 19일 새벽, 조해일 선생이 우리 곁을 떠났다. 코로나19 바이러스의 창궐로 전 세계적으로 자유로운 이동이 멈춰 있는 가운데, 마스크를 쓰고 사회적 거리두기를 유지하던 시기였다. 그로부터 4년이 지났다.

조해일의 소설은 1970년대 한복판을 관통한다. 많은 사람에게 선생은 『겨울여자』(1976)를 쓴 1970년대 베스트셀러 대중 작가로 기억된다. 하지만 선생은 그러한 평가를 넘어, 등단작인 「매일 죽는 사람」과 「맨드롱 따또」, 「뿔」 등의 단편소설, 「무쇠탈」과 「임꺽정」 등의 연작소설, 「아메리카」와 「왕십리」 등의 중편소설, 『갈 수 없는 나라』 등의 장편소설 들을 지속적으로 발표한, 1970년대를 대표하는 작가로 활동하였다. 조해일은 감정을 배제한 객관적인 묘사와 절제된 문체로 산업화 시대를 살아가는 소시민의 일상성을 주목한 작가로 평가받는다. 특히 도시화·근대화의 과정에서 야기된 폭력성에 대한 성찰과 함께, 장편소설에서 보여준 우의(寓意)적 연애 담론이 대중적 교감을 형성한다. 선생의 작품은 '삶과 죽음, 도시와 인간, 노동과 소외, 여성과 남성, 폭력과 비폭력, 전쟁과 평화, 이성과 충동, 이상과 현실, 인간과 비인간, 억압과 저항' 등의 대립항을 주목하면서, 인본

주의적 상상력으로 산업화 시대 한국 사회의 풍경을 다채롭게 길어 냈다. 1970년대 한국 사회를 조망하고자 할 때 작가 조해일은 황석영, 최인호, 조세희 등과 함께 빼놓을 수 없는 '문학적 자산'이다.

문학사적 차원에서 조해일은 중편 「아메리카」로 미군 기지촌 풍경을 묘사하면서 제3세계적 시각의 획득과 반제국주의적 의식의 형상화를 성취한 작가라는 평가를 받는다. 장편소설 『겨울여자』 등은 대표적인 대중소설로서 상업주의적 코드 속에 파편화된 개인주의와 관능적 분위기 등의 대중적 요소를 함의하고 있다고 평가받는다. 또한 「뿔」의 지게꾼, 「1998년」의 우화적인 미래 공간, 「임꺽정」 연작의 역사 공간, 「통일절 소묘」의 환상적인 꿈 등에서 드러나듯, 새로운 소설적 기법과 비유적 장치, 주제 의식을 통해 함축적이고 다양한 세계를 주조한 것으로 평가받는다.

조해일의 소설에는 '역설(逆說)의 감각'과 '알레고리적 상상력'이 자리한다. '역설'은 세계의 복잡성과 다성성(多聲性)을 입체적으로 착목(着木)하는 방법이고, '알레고리'는 세계의 진실을 우회적으로 드러내기 위해 활용하는 대표적인 메타포다. 현실 세계의 표면적 양상이 감추어 둔 이면적 진실을 꿰뚫어 보기 위한 작가적 선택으로 '역설과 우의'의 방식을 선호한 것이다. 선생은 등단작인 「매일 죽는 사람」이래로 말년작인 「통일절 소묘2」에 이르기까지, 50년 가까운 세월 동안 '자유와 민주, 평등과 평화, 인권과 노동'을 소중히 여기며 인간의 실존적 가치에 대해 탐색했다.

많은 작가의 말년작들이 자신의 과거와 현재를 조망하고, 무의식에 자리한 작가적 원형을 재조명하면서 자신의 문학세계를 마무리하는 방식을 보여준다. 이번 전집에 포함된 미발표 유고작 「1인칭 소설」연작은 고백체 형식의 자전소설로 '문인 조해일' 이전에 '개인 조해룡(본명)'의 실존적 생애를 회고하며 '소설의 진정성'에 대해 회의 (懷疑)함으로써 문학의 가치를 되짚어 보게 하는 작품이다. 만주에서의 생애 최초의 기억을 떠올리는 것으로 시작하여 해방을 맞아 서울로 이주해 살다가 6 · 25 전쟁을 맞아 부산까지 피난을 떠났던 이야기로 마무리되면서, 작가의 구술사적 욕망이 모두 드러나지는 못한 채 미완으로 종결된다. 하지만 1970년대 대표 작가로서 1940년대로부터 2000년대에 이르기까지, 문단과 강단 안팎에서 전업 작가로서 마주했던 소설가적 진실 추구에 대한 원형적 자의식을 보여준다는 점에서 유의미한 말년작이다.

선생의 작품은 도시적 일상으로부터 기지촌 여성 문제 고발, 불합리한 폭력의 양상 폭로, 환상성의 활용, 역사소설의 전용 등을 거치면서 정치적 알레고리를 배면에 깔고, 비인간적 현실에 대한 무기력한 지식인의 대응을 통해 1970~80년대적 체제 저항의 수사를 형상화한다. 탄탄한 서사성을 내장한 조해일의 문학은 1970년대를 넘어지금에 이르기까지, 현실과 가상의 경계를 넘나들면서 소외된 개인이 일상과 현실을 벗어나 환상과 무의식의 세계로 탐닉해 들어가는 문학 내외적 현실을 성찰하게 한다. 조해일의 문학은 지금 여기에서여전히 한국문학을 대표하는 현재진행형 유산(遺産)이다.

이제 우리는 아동문학과 수필, 희곡 등 비소설 장르의 작품을 제외한 선생의 모든 소설을 가능한 한 원형 그대로 보존하여 문학전집을 발간한다. 이 전집이 선생과 선생의 작품을 그리워하는 사람들에게 선생의 향기를 추억할 수 있는 매개체가 되기를 바라며, 문학을 공부하는 사람들에게 풍요로운 문학적 영감(靈感)으로 활용되기를 기대한다.

끝으로 선생의 저서를 전집으로 출판하는 데 물심양면으로 도움을 아끼지 않은 모금 참여자들과 전집 발간에 암묵적으로 동의해 준 유족에 감사를 전한다. 특히 간행의 시작과 끝을 책임져 준 죽심(문학의숲)에 진심으로 감사를 드린다.

독자 여러분들의 많은 관심과 성원을 기대한다.

2024년 6월
조해일문학전집 간행위원회
고인환, 고찬규, 김중현, 박균수, 박도준,
박연수, 서하진, 오태호, 주춘섭, 한희덕

차례

매일 죽는 사람

일요일인데도, 그는 죽으러 나가려고 구두끈을 매고 있었다. 그의 손가락들은 조금씩 떨리고 있었다. 마음의 긴장이 손가락 끝에까지 미치고 있는 모양이었다. 3년 동안이나 그의 체중을 견디어 내 준 그의 검정색 구두는 이제 더 이상 참아 낼 힘이 없다는 듯이 피곤하고 악에 받친 표정을 하고 있었다. 일찍이 초식동물의 가죽이었던 부드러움과 제화공의 숙련된 솜씨가 빚어낸, 한때의 윤택은 이제 굳어지고 찌들어서 본래의 모습과는 다른 어떤 것이 되어 있었다. 그것은 사람의 발에 신겨진다는 것이 이제는 조금도 영예스러울 것이 없다는 듯, '이젠 좀 놓아주었으면' 하는 지친 노예와도 같은 표정을 하고 있었다.

그러나 그는 몇 번이나 줄을 갈아 가면서까지 이놈을 묶어 두고 있었던가? 그런데 이놈은 또다시 말썽을 부리려 하고 있다. 오른쪽 구두의 양 날개를 잡아매기 위하여 좌우 세 개씩의 구멍을 엇지르며 나란히 꿰어져 나간, 실로 짠 구두끈의, 오른쪽 두 번째 구멍과 닿아 있는 부분이 닳아 빠져서 끊어지기 직전에 있었다.

그것은 마치 사람의 발에 밟혀 허리가 터진 한 마리 작은 송충이의 형상을 닮고 있었다. 그는 어린애를 다루듯 조심조심 손끝을 움직였다. 어쩐지 이 일에 실패를 하면 오늘 하루의 모든 일이 뒤죽박죽이 될 것만 같은 느낌이었다. 기실 마음이 조금만 대범한 사람이라면 매일 죽으러나 나가는 마당에서 구두끈 같은 것에 신경을 쓰지는 않을 것이다. 미리 적당하게 매어두고 구둣주걱을 사용하거나 손가락 하나만 잠시 움직이면 될 것이다. 그렇게만 한다면 두 손을 다 동원하고 이렇게 오랫동안 허리를 굽히고 있지 않아도 될 것이며, 또 그렇게만 해 왔더라면 구두끈도 좀 더 오래 견디어 낼 수 있었을 것이다. 그도 그것을 알고 있었다. 그러나 그는 그러한 편리한 방식, 날림이라고도 할 수 있는 방식이 마음에 들지 않았다. 최소한 자기 자신에게만은 그것을 허용하지 않을 방침이었다. 세상의 모든 편리한 방식, 세상 사람들이 추구하고 있는 모든 편리한 규범과 방식에 그는 지쳐 있었으며, 나아가서는 간단하게 처리되는 일 전반에 대해 그는 증오심을 품고 있었다.

자칫하면 단박에라도 끊어져 나가 구두의 양 날개를 헤벌려 놓을 것만 같은 오른쪽 구두끈을 조심조심 달래서 비끄러매는 데 성공하고 나자 그는 허리를 펴고 일어섰다. 그러고는 어려운 승부를 이기고 나서 상대를 바라보는 득의에 찬 시선으로 아내를 쳐다보았다. 아내는 그러나 구청의 민원담당 계원과도 같은, 성의 없고 무표정한 얼굴을 하고 있었다. 시위라도 하듯, 임신 7개월의 커다랗고 질긴 고무풍선 같은 배를 끌어안고 방 문설주에 기대서서 아무런 감동도 담겨져 있지 않은, 희뿌연 눈으로 태아(胎兒)의 아버지를 바라보고 있었다.

그는 곧 풀이 죽었다. 그의 승부의식은 전혀 빗나간 것이었고, 끊어지려는 구두끈을 잘 비끄러맸다는 사실 같은 것은 그녀에게 아무런 존경심도, 또는 아무런 적개심도 이제는 불러일으킬 수 없다는 것을 자기 자신에게 주의시켜야 했다. 허리를 굽히고 있었음으로 해서 높아진 혈압이 평상으로 되돌아옴과 함께 그는 차츰, 매일 죽음을 겪어보지 않은 사람이면 얻을 수 없는 겸손한 침착성을 되찾기 시작했다. 그리고 그는 아내의 낡고 빛바랜 플라스틱 제품 같은 입술이 열리면서, '셋방살이', '저금', '아파트', '석 달 뒤에 태어날 아이' 따위의 말들이 그의 주의를 환기시키기 위한 노력으로 조용조용하고, 짐짓 지나가는 말처럼 들리도록 꾸며진 냉담한 어조로 흘러나오기를 기다리고 있었다. 그리고 그 꾸며진 냉담성 뒤에서 주의 깊게 번득이고 있는, 살아남으려는 의지와 종(種)에 대한 애착심에 부딪치게 되어 조금쯤 서럽고 답답해지기를 기다렸다. 그러나 아내는 그러한 그의 의중을 꿰뚫고 있다는 듯 아무 말도 하지 않았다. 영양부족이고, 아무런 욕구도 담겨 있지 않아 희뿌연 두 눈으로 남편의 얼굴을 물끄러미 바라보고만 있었다.

그러한 그녀의 시선에 무언가 천착하는 듯한 질긴 번득임이 잠시 떠올랐으나 그것은 이내 사라지고 다시는 아무것도 떠오르지 않았다.

그러고는 종일이라도 그렇게 서 있으려는 듯이 문설주에 기대서 있었다. 그녀가 바라는 것은 지극히 작은 것들, 예컨대 십구공탄을 100장쯤 들여놓고 집주인 아주머니에게 더러는 꾸어 줄 수도 있게 되는 일이라든가, 냄새나는 일본쌀이라도 좋으니 쌀을 한 가마쯤 들여놓고, 끼니때마다 식량 걱정을 하지 않아도 좋게 되는 일, 조금 크게는 아침마다 변소에 가는 습관을 가진 남편이 그 안에 선참자가 있음으로 해서, 콩나물 10원어치를 샀던 포장지를 꾸겨 쥔 채, 변소 앞에서 서성거리는 추한 모습을 보지 않기 위해서라도 값싼 영세민 아파트에나마 들게 되는 일 따위에 지나지 않았으나, 그는 그중 어떤 것도 충족시켜 줄 수 있었던 때가 없었다. 하루 한 번 죽는(그것도 거르는 날이 많았으나) 대가로 받는 일금 300원 중에서 점심으로 먹는 라면값 30원과 왕복 교통비인 시내버스 승차요금 20원을 제한 250원이 그녀에게 전해지는 그의 보급(補給)의 한계였는데, 그것으로 그녀는 그녀가 바라는 지극히 작은 소망 중 어느 한 가지도 충족시킬 수가 없었다. 그리하여 그녀는 이제 아무 말도 하지 않음으로써, 아무런 표정도 지어 보이지 않음으로써 남편의 경각심을 일깨워 보려고 하는 것 같았다. 일종의 시위, '나는 이제 당신에게 아무것도 바라지 않아요. 다만 석 달 뒤에 태어날 아기가 가엾을 뿐예요'라는 뜻의, 무언의 시위일는지도 몰랐다.

　그는 그런 정도일 거라고 생각하면서 조금쯤 암담한 기분이 되어 집을 나섰다. 조금쯤 암담한 기분이라고 한 것은 그가 아침의 이런 암담함에는 이미 익숙해져 있었기 때문이다.

다만 아내의 전술이랄까, 태도가 오늘 아침과 같이 고도로 억제된 형태를 갖추기 시작한 바에는 그로서도 그에 대처하는 마땅한 전술을 따로이 생각해 보지 않으면 안 되게 되었을 뿐이다. 아내의 강세 앞에서는 무관심을 내건 겹겹의 말 없는 수세로, 아내가 그 강세를 교묘한 냉담성 뒤에 감추고 나설 때에는 관심을 내건 겸손한 무관심으로 각각 대응해 오던 이제까지의 기본전략은 다소 수정되지 않으면 안 될 것 같았다.

자동차가 한 대쯤 빠져나갈 수 있는 서울의 골목이라면 어디에서나 볼 수 있는 약방, 이발소, 미장원, 복덕방, 라디오·TV 수리점 등이 저마다 자기네가 거기 있다는 사실이 사람들의 무관심에 의해서 은폐되어, 생존을 위협받게 될 일에 반대하여 서투른 도안의 간판들을 내걸고 있는 골목길을 빠져나오면서 그는 그러한 전략의 수정에 대하여 생각하고 있었다.

그러다가 그는 한 가지 어두운 빛깔을 띤 생각에 부딪쳤다. 그것은 아내가 이제는 아주 절망해 버리고 만 것이나 아닌가 하는 의구심이었다. 그때부터인가 보다. 그가 이름 지을 수 없는 기묘한 상태로 빠져들어 가기 시작한 것은……. 그것은 일종의 보행상의 도착감이라고나 할까? 분명히 앞을 향해서 걷고 있음에도 불구하고 자꾸 뒤로만 물러서고 있는 듯한 느낌……. 다리의 관절이 어딘가 풀려 버린 듯한 허전한 느낌……. 그리하여 평상시에는 그의 집으로부터 10분이면 걸을 수 있는 시내버스 종점까지의 거리를 20분 이상 소비해서 걸었다. 그리고 종점에 도착하여 거기 대기하고 있는 버스에 올라타려고 마악 오른발을 승강구에 올려놓았을 때 그는 구두끈이 끊어져 있음을 발견하였다. 순간 그는 발이 떨어져 나가는 듯한 아픔 같은 것을 느꼈다. 그것은 마치 돌부리에 채어 넘어진 아이가 뒤늦게 무르팍의 피를 발견하고 더욱 기가 넘어가게 우는, 그런 심정 같은 것이었다.

아야! 하고 그는 소리를 질렀는지 모른다. 먼저 타고 있던 승객들이 일제히 그를 바라보았다. 하나같이, 내가 남의 간섭을 받는 것도, 남에게 간섭하는 것도 귀찮다는, 피로한 무관심을 내걸고 있는 얼굴들이었으나 그들의 눈알은 그러한 그들의 의사를 배반하고 또랑또랑 살아 있었다. 눈알의 그러한 배반에 대해서만은 그들도 통제하기가 곤란하다는 듯, 그대로 내버려두기로 작정한 것 같았다.

어쩌면 그들의 내부에는 눈알의 배반을 통제할 만한 어떠한 힘도 이미 남아 있지 않은 것인지도 몰랐다. 그리고 그때 앞뒤 두 명의 차장은 '한 사람만 더 타면 출발해야지' 하는 속셈이 무언중에 서로 통하기라도 했는지 엉덩이부터 나란히 차 안으로 끌어 올리면서 익숙한 손놀림으로 차체를 탕탕 쳤다. 커다란 차체가 꿈틀하고 앞으로 나가는 바람에 그는 앉으려는 의사를 일으킬 사이도 없이 떠밀려 쑤셔 박혀서 버스의 맨 뒷좌석에 앉혀졌다.

차가 가속을 얻기 시작하자 승객들의 시선은 아무런 일도 더 일어날 것 같지 않음에 실망하면서 각각 자기의 안저로 거두어지거나 차창 밖의 낯익은 풍경들로 보내어졌다. 그리고 그는 차츰 마음의 안정을 되찾기 시작했다. 보행의 속도가 느렸던 것은 아내 때문이 아니라 끊어진 구두끈 때문이었다는 것을 안 그는 힘을 주어 오른쪽 구두를 꽉 밟았다. 이제 아무도 그를 바라보는 사람은 없었다. 버스가 정류장과 만나는 횟수가 증가함에 따라 기하급수적으로 불어날 승객들로 하여 시야와 호흡, 그리고 신체의 자유가 최대한으로 제약받게 될 일에 대해서도 준비가 되어 가고 있었다. 그것은 준비라기보다는 기다림, 또는 기대라고 불러도 좋을 그런 감정이 되어 있었는데 첫 번째 정류장이 그의 그러한 기대를 보기 좋게 배반해 버리고 말았다. 그리고 두 번째 정류장에서 다시 한번 보기 좋게 배반당한 뒤에야 그는 오늘이 일요일임을 깨달았다. 어쩐지 종점에서부터 승객 수가 여느 날보다 적었다는 사실도 아울러 깨달았다. 뒤미처 깨달은 이 사실은 그에게 신선한 감명을 주었다. 시내버스의 맨 뒷좌석에 앉아서 운전사의 뒤통수를 바라볼 수 있다는 것은 얼마나 즐거운 일이며, 엿새의 낮과 밤 뒤에 하루를 온전히 쉬는 날로 정한 인간의 지혜는 얼마나 아름답고 훌륭한가! 그는 운전사의 뒤통수를 바라보는 즐거움을 잠시 보류하고 창밖을 내다보았다. 마악 퍼지기 시작하는 가을 아침의 햇살이 흘러가는 낯익은 풍경들의 껍질을 야금야금 벗겨 가고 있었다. 그것은 죽은 사람의 눈꺼풀이 서서히 걷어 올려져서 마침내 눈동자가 반짝 드러나기라도 하듯 건물의 유리창에서 번쩍 빛을 발하기도 했다. 그는 마음의 눈이 활짝 떠지는 듯함을 느꼈다. 어쩌면 오늘 하루는 그럴듯한 날이 될는지도 모른다. 구두끈이 끊어졌다는 사실도 어쩌면 재수가 나쁘지 않으리라는 것을 반어(反語)로써 제시하고 있는 것인지도 모른다. 그러자 그는 어이없는 활기에 사로잡히기 시작했다. 정말 오늘은 재수가 좋을는지도 모른다. 재수가 괜찮아 주기만 한다면 공을 친다는 일 따위는 없을 것이고, 어쩌면 두 번쯤 죽을 수 있게 되는지도 모른다. 두 번쯤……. 욕심이 너무 과한가? 하지만 재수만 좋아 준다면 두 번 죽는 것도 불가능한 일은 아니다. 만일 두 번 죽을 수만 있다면 일금 600원……. 600원이면 아내의 희뿌연 시선에 한 줄기 생기를 보태 줄 수도 있을지 모른다.

그러나 그는 마음의 눈이 곧 침침해 옴을 느꼈다. 아내의 커다란 둥근 배가 앞을 가려선 것이었다. 그리고 그 둥근 배 속의 태아, 그 태아가, 자기의 성장이 지연되는 것에 반대해서 기를 쓰고 빨아먹고 있을 아내의 재고부족일 유선(乳腺), 그에 잇따라 쌀, 연탄, 아파트 들이 그의 앞을 막아선 것이었다. 그는 마음의 눈을 감았다. 그러자 정작 코 위에 달린 두 개의 눈이 활동을 시작했다. 선명한 낯익음으로 흘러가던 풍경들이 별안간 낯설어 보이기 시작했다. 태연자약하고 시치미 떼는 듯한 낯선 그림자가 풍경들 위에 어두운 그늘을 만들고 있었다. 마치 아무런 대항도 받지 않고 몰래 진주해 온 새벽의 점령군처럼 그것은 풍경 위에 있었고, 풍경은 이러한 종류의 점령, 조용하고 아무런 떠들썩함도 없는 점령에 익숙한 표정으로 스스로를 맡겨 두고 있는 것 같았다. 그들이 존재하기 시작한 때부터 주욱 그래 왔다는 듯이……. 그것은 생명의 개념에 반대되는 어떤 것, 그가 일상의 순간순간에서 본다고 생각하는 소멸의 흐름이라고 할 만한 것, 죽음이라고 불러도 좋은 것의 그림자였다. 그때 차가 멎으며 일단의 요란한 등산객 차림들을 태우고 다시 떠났으므로 그는 풍경의 어두운 그림자에서 놓여날 수가 있었다. 이 새로운 승객들의 옷차림이 우선 눈이 부시도록 밝은 것이었기 때문이다. 젊은 남자 네 명으로 구성된 그들 일단은 오늘 산 하나는 기어이 잡아먹고야 말겠다는 듯한 기세등등한 얼굴을 하고 있었는데 그러기 위해서는 반드시 이러한 옷차림을 갖추지 않으면 안 된다는 듯, 한결같이 하얀 스키파카를 입고 있었던 것이다. 그리고 그들은 차에 오르는 순간부터 떠들어 대기 시작했던 것이다.

마치 그들의 젊음이 젊음이기 위해서는 이 버스 안은 너무 좁으며, 이러한 부당하고 협소한 장소에 일시적이나마 요금을 지불하고 갇히지 않으면 안 되게 된 이상 떠들어댐으로써 항의하는 방법 이외에는 도리가 없다는 듯이……. 버스의 손잡이에 체중을 매달고 난 뒤 그들은 주로 치마의 길이가 가장 중요한 시대에 있어서 남자들이 선택해야 할 가장 유리한 시선의 각도에 대해서 거침없이 떠들어 댔다. 육교 밑에서의 시선의 각도와 지하도 층계 아래서의 시선의 각도에 대해서 그들은 커다란 소리로 의견을 교환했다. 그리고 그들의 의견이 행복한 일치를 보았을 때 그들은 유쾌하게 웃어 젖혔다. 그는 그들의 상태, 이를테면 스물두셋 시절의 왕성한 다변(多辯)이 낯익었다. 그도 한때는 여자들의 허영에 관한 이야기를 유쾌하다고 생각한 적이 있었다. 지금은 어떤 이야기도 그를 즐겁게 할 수는 없지만……. 그러한 그들에 대해서 공공연한 적대감을 표시할 수 있는 세력은 두 명의 차장뿐이었다. 남자의 수가 지배적인 전체 승객의 분위기는 어느 편인가 하면 얼굴로는 대체로 무관심을 표방하고 있으면서도 미상불 귀를 즐겁게 해 주는 그들 일단의 출현을 내심 기뻐하고 있는 눈치였다. 개중에는, 이런 유쾌한 화제에 도저히 한몫 끼어들지 않고는 견딜 수 없다는 듯 회오리바람이 불었을 때의 시선의 각도는 신사의 체면을 조금도 손상시키지 않는다고 한마디 거들고는 그들과 함께 넉살 좋게 웃어 대는 사람도 있었다. 그러나 그들은 승객들의 분위기가 그들을 편들고 있다는 것을 느끼고 그에 고무되었음인지, 또는 이러한 행복한 일치감은 몇 번이고 반복해서 음미되어도 충분하지 못하다고 생각했음인지 다시 육교 아래서와 지하도 층계 밑에서, 그리고 회오리바람이 불었을 때의 시선의 각도에 대하여 좀 더 부연해서 의견을 교환하고, 그리고 다시 웃어 젖혔다. 그때 그는 처음으로 그들의 이빨이 하얗고 가지런하다는 사실을 발견했고, 그들이 필요 이상으로 입을 크게 벌리고 웃었으므로 그 이빨의 안쪽에 숨어 있는, 검누른 니코틴의 퇴적을 볼 수 있었다. 순간 그는 그들이 쓰러지지나 않나 하고 걱정했는데 그것은 그가 그들의 이빨 뒷면, 니코틴의 검누른 퇴적 사이에서 흘낏 하나의 그림자, 음험하고 교활한 표정을 띤 어두운 그림자를 보았다고 착각한 때문이었다. 이 착각은 그의 마음을 송두리째 흔들어 놓고 말았다. 그가 보았다고 착각한 그 그림자는 소멸의 조직이라고 할 만한, 어떤 거대하고 비정적인 조직이 보낸 첩자, 이런 일에 잘 훈련되지 않은 종류의 인간에게는 좀처럼 눈에 띄지 않는 죽음의 첩자라는 느낌이었는데, 별안간 그 첩자의 수많은 작은 분신들이 아직 정복되지 않은 세계의 모든 사물과 수작들 사이로 재빠르게 스며들고 있는 것 같은 두려운 생각이 들었던 것이다. 그리고 이 음험하고 교활한 죽음의 첩자들은 무관심을 내걸고 있는 승객들의 피로한 얼굴 뒤 어디쯤에, 달리고 있는 버스의 바퀴들 사이에, 기름때 묻은 운전사의 소매 속에, 두 명의 차장이 움켜쥐고 있는 손때 묻은 지폐들 사이에, 그리고 줄이 끊어진 그의 오른쪽 구두, 벌어진 양 날개 사이 어디쯤에 숨어서 그 노회한 눈초리를 번뜩이며 호시탐탐 기회를 엿보고 있는 것 같았다. 그러고는 마침내 온 세계가 이들 첩자로 미만(彌滿)해 있는 것 같은 두려운 느낌이 들었다.

저놈들 잡아라!—하고 그는 소리 질렀는지 모른다. 아니면 가위눌린 어떤 소리가 그의 입에서 튀어 나갔는지 모른다. 승객들이 모두 그를 바라보았다.

등산객 차림의 청년들도 웃음을 멈추고 그를 바라보았다. 더운 날씨가 아닌데도 그는 땀을 흘리고 있는 자신을 발견했다. 승객들은 자기 혼자만 알 수 있는 소리를, 자제력도 없이 벌써 두 번씩이나 입 밖에 내는 이 사내에게 예의를 지킬 필요는 없다고 생각한 모양인지 이제는 아무런 거리낌도 없이 그를 바라보고 있었다. 나이는 서른 살 안팎, 다소 혈색이 나쁘긴 하나 그다지 못생겼다고는 할 수 없는 얼굴, 줄이 끊어져 헤벌어진 오른쪽 구두 외에는 이렇다 할 어지러움을 발견할 수 없는 옷매무시, (비록 값싼 여름용 차림이긴 했으나) 어디 하나 미친 사람다운 구석은 없었으나 미친 사람 가운데는 멀쩡한 외양을 하고 있는 사람도 얼마든지 있다는 것을 알고 있는 그들은 그를 미친 사람이라고 믿어 버린 모양이었다. 등산객 차림들은 커다란 소리로 정신병의 유전에 관한 그들의 지식을 털어놓고 다시 유쾌한 듯 웃어 대기 시작했다. 모두들 그들의 의견에 찬동하지 않을 수 없다는 표정으로 혹은 고개를 끄덕이고, 혹은 눈살을 찌푸리고 그의 얼굴과 줄이 끊어진 그의 오른쪽 구두를 바라보았다. 마치 단서는 바로 그 구두에서나 발견할 수밖에 없다는 듯이……. 그는 그러한 그들의 시선을 피한다기보다는 자기 자신의 두려운 생각에서 벗어나 보려고 고개를 돌려 창밖을 내다보았다. 두 줄의 낡은 선로가 뒤로 빠져 달아나고 있는 것으로 보아, 버스는 지금 앞의 차를 앞지르기 위해 얼마 전에는 전차의 궤도였던 곳을 달려 나가고 있는 모양이었다. 그리고 죽음의 첩자는 바로 그 뒤로 빠져 달아나고 있는 선로의 틈새 어디엔가 숨어서 함께 달아나며 그를 조롱하고 있는 것 같았다. 그는 눈을 감았다. 그리고 한참 뒤에 떴다. 그제야 그는 그가 소유하고 있는 사방 수 평방미터 미만의 한정된 공간으로 확실하게 돌아와 있는 자신을 느낄 수가 있었다. 그러나 그는 삶의 밝아 보이는 모습 뒤에 음험한 빛깔로 숨어 있는 죽음의 그림자에 관한 생각을 머릿속에서 지워 버릴 수는 없었다.

등산객 패거리는 종로 5가에서 내렸다. 거기서 차를 갈아타고 백운대나 도봉산 중 어느 하나를 잡아먹기 위해서 다시 떠날 모양이었다.

그는 종로 3가에서 내렸다. 도시의 가을 아침이 그를 에워쌌다. 이제 제법 퍼지기 시작한 햇빛과 바쁜 듯 서둘러 대는 자동차들이 일으킨 먼지가 서로 악수하고 있었다. 자—오늘 하루도 사이좋게 지냅시다. 우리가 지켜보고 있는 동안 몇 명이나 또 죽어 자빠지는가를 보기 위해서. 그는 햇빛과 먼지의 속삭임을 귓전에 들으면서 횡단보도를 건넜다.

충무로까지는 한참을 걸어야 하는 거리다. 그러나 그는 이 길을 싫어하지 않고 있었다. 자동차 부속품 상점들이 찌든 어깨를 맞붙이고 있는, 세기극장 건너편 길, 한낮에도 항상 그늘이 져 있는 것 같은 이 길을 그는 좋아한다고 할 수 있었다. 도시의, 저 마비에 가까운 활기의 주인공인 자동차들이 힘을 쓰지 못하고 해체된 부분품으로만 오글쪼글 모여 있는 곳, 물론 일시적이라곤 해도, 극성스러운 속도와 그 속도가 가지는 폭력을 잠시 보류당하고 있는 곳, 그는 이 길을 지날 적마다 기묘한 안도감 같은 것을 얻곤 했다.

그러나 오늘은 어쩐지 뒤숭숭하기만 하다. 역시 끊어진 구두끈 때문일까? 하고 그는 생각해 보았다. 아무튼 구두끈은 끊어져 있는 것보다는 매어져 있는 것이 좋겠다고 그는 생각했다. 주위를 살펴보았으나 구두끈 같은 것을 파는 곳은 눈에 띄지 않았다. 그리고 자기 주머니에는 지금 10원짜리 한 장도 들어 있지 않다는 사실을 그는 곧 깨달았다. 어제는 공을 쳤던 것이다. 그저께는 1920년대의 권총에 맞아서 죽을 수가 있었다. 그끄저께는 시대와 국적이 미상한, 지팡이 속에 감춰진 칼에 맞아서 죽을 수가 있었다. 그러나 어제는 다방에서 엽차만 마셨던 것이다. 대학을 그만둘 무렵만 해도, 아니 군에서 제대한 직후만 해도 그는 이렇게 매일을 죽음과 만나게 되리라곤 상상하지 못했었다. 물론 그것은 허구 속의 죽음이었으나 회가 거듭됨에 따라 그것은 점차 음산한 실제성을 띠고 그를 사로잡기 시작하여 마침내는 일상의 순간순간에서마저 그것의 그림자와 만나게 되곤 하였다. 그러나 그는 이 일을 그만둘 수가 없었다. 그만둘 수가 없었다기보다 그는 이 일에 매달리고 있었던 것이다.

정직했기 때문에 간난한 공무원이었던 그의 아버지가 과로로 쓰러지고 다시는 일어나지 못한 때, 동전 한 닢, 땅 한 조각 물려줌이 없이 세상을 떠났을 때(임종 시 아버지의 입가에 보일락말락 떠돌던 쓸쓸한 단념의 미소를 그는 잊을 수가 없다), 그는 문과대학의 신입생이었다. 향후 2년간을 그는 저 살인적인 대학의 납부금과 두 사람 몫의 식량을 버는 데에만 소비했다. 그리고 다시 어머니마저 세상에서 쫓겨나자(어머니가 위독해서 병원에 갔을 때 의사는 수술비의 선불을 요구했다. 그러나 그에겐 돈이 없었다), 완전히 외톨이가 된 그는 납부금을 물기 위해서만 대학에 다닐 이유를 찾아낼 수 없어 대학을 그만두었다. 군대엘 갔다. 약간의 인내심을 배우고 속물이 되어 가면서 3년 동안을, 일주일은 7일이고 2월을 제외한 모든 달은 30일 혹은 31일, 그리고 1년은 365일이라는 것을 생각하는 것으로 소비했다.

제대를 하자 갈 곳이 없었다.

옛날에 가정교사를 하던 집으로 찾아갔다. 옛날의 제자였던 소녀가 3년 동안 자라서 숙녀가 되어 그를 기다리고 있었다. 그리고 그들의 결합이 그녀 부모의 강력한 반대에 부딪혔을 때 그녀가 보여 준 용기에 감복해서 그녀와 결혼했다. 내리사랑이지 치사랑 있더냐는 이치에 애소(哀訴)해서 그녀가 부모로부터 얻어 내 온 최초이자 마지막인 보조금으로 셋방을 한 칸 얻어 살림을 시작했다. 그 후 2년간 그는 그와 같은 종류의 인간에게 종종 반응하는 저 도시의 거부반응에 부딪혀 다섯 차례 취직시험에서(그중 세 번은 최종면접에서, 보증인이 없다는 이유로) 떨어졌고 체력이 약하다는 이유로 네 번이나 노동판에서 쫓겨났으며 그중 3개월은 늑막염으로 병상에서 보냈다. 그러고 나서 그가 완전히 껍질만 남은 인간이 되었을 때 노상에서 만난 옛 중학 친구로부터 귀띔을 받고, 나는 왜 여태껏 이다지도 어리석은 우회를 하였는가 하고 탄식했을 정도로 간단하게 얻어 낸 직업이 다방에 앉아서 죽음을 기다리는 일이었다.

다방엔 벌써 패거리의 일부가 나와 있었다. 그가 들어서자 그들은 얼굴을 쳐들어 알은체를 했다. 하나같이 펑퍼짐하고 누르께한 몽고 인종의, 개성이라곤 없는 얼굴들. 생물학적으로만 어른이 되어 있을 뿐 전혀 어린아이와도 같은 얼굴을 가지고 있는 사람들, 다만 저마다의 동물적 영위의 어려움을 치러 오는 동안 찌들어지고 질겨진 피부를 얻어 가지게 되고, 그러한 피부의 경화 내지는 퇴화에 의해서만 어른 대우를 받고 있는 사람들, 김 씨라든가, 이 씨, 혹은 박 씨 하는 식으로 저마다 불리는 호칭은 따로 가지고 있으나 그저 한 무더기의 사람일 뿐, 한 무더기의 사람들로서만 필요할 뿐, 한 사람의 자격으로서는 별반 소용이 닿지 않는 사람들.

도매금이란 말이 있던가? 그 도매금에 팔리기만 소원인 사람들. 그는 그 도매금에 팔려 가서 떼죽음을 당하게 되는 순간을 기다리기 위하여 패거리들 사이에 섞여 앉았다. 그러자 그도 곧 패거리의 한 부분이 되었다. 그러나 의식만은 동떨어져서 계속 일련의 생각을 뒤좇고 있었다. 다섯 아이의 아버지이고 한 여자의 남편이며, 한 쌍의 늙은 부부에게만 아들인, 그래서 그들에게만은 소중하기 짝이 없을 김 씨가, "무슨 좋은 소식 좀 있습디까?" 하고 물었을 때에도, "글쎄요, 무슨 좋은 소식이 있겠습니까?" 하고 그는 건성 대답했고, 어린 두 동생의 형이며 한 과부에게는 아들인 박 씨가, "아니, 거 구두끈은 왜 끊어졌어요?" 하고 그의 오른쪽 구두를 눈으로 가리켰을 때에도, "아마 달아나려구 그런 모양입니다" 하고 그들에게는 알쏭달쏭할 소리로 건성 대꾸했으며, 한때는 두 아이의 아버지였으며 한 여자의 남편이었으나 지금은 그 여자가 그의 어깨에서 짐을 덜어 주기 위하여 두 아이를 데리고 다른 남자에게로 시집을 갔기 때문에 홀아비가 된, 따라서 그들 가운데서는 가장 짐이 가벼운 이 씨가, "재수 있긴 다 틀렸구려" 하고 눈살을 찌푸렸을 때에도, "그게 그런가요?" 하고 건성 마주 쳐다보았을 뿐, 그의 의식은 계속 그들과는 동떨어져서 일련의 생각을 뒤좇고 있었다.

그가 직업을 얻고 나서 최초에 맡았던 일은 관(棺) 속에 들어가, 시체가 되어 누워 있는 일이었다. 그것은 그가 한 무더기의 사람들로서가 아닌, 개인의 자격으로서 취급을 받은 최초이자 마지막 일이었다. 그리고 그것은 그다지 어려운 일이 아니었다. 관 속에 들어가 있는 동안, 그리고 촬영기가 타르르르 하는 가냘프고 둔탁한 음향을 내고 있는 동안, 호흡을 중지하고 신체의 어느 한 부분도 꼼짝을 못 하도록 통제하고 있으면 되는 것이다. 그는 잘 참아 냈다. 감독은 그때 그의 창백한 얼굴과 연기가(이것도 연기라고 해서 괜찮을지 모르겠으나) 바로 시체에 흡사하였다 하여 만족한 표정을 지었었다. 그리고 그 후 그는, 어느 면에서는 그와 비슷한 종류의 인간들, 대체로 반항심이 없고 아무렇게 다루어도 잘 참아 내는 사람들, 이를테면 김 씨, 이 씨, 박 씨 같은 사람들과 함께 주욱 죽는 일에만 불려 다니게 되었던 것이다. 그것은 주로 주인공의 성공을 좀 더 화려한 것으로 하기 위한 약간의 장애가 된 뒤, 월등한 실력의 차이, 예컨대 검술이나 사격술의 차이로 말미암아 간단하게 베임을 당하거나 사격을 당해서 죽는 경우가 태반이었는데, 그러한 단순한 허구 속의 죽음을 거듭해 오는 동안 언젠가 한 번 그는 실제로 죽을 뻔했고 죽음의 손길이 시시각각으로 온몸을 죄어 오는 듯한 실감에 빠졌던 경험이 있었다. 실제로 죽을 뻔했다는 것은 단순한 우발사고(화면 효과를 위한 TNT 폭발로 생긴)에 지나지 않았으나 후자, 즉 죽음의 손길이 시시각각으로 죄어 오는 듯하던 경험은 두고두고 잊을 수가 없었다.

지난여름, 유난히도 무덥던 어느 날 저녁 무렵이었다. 장소는 양옆으로 울창한 소나무 숲을 낀 꽤 널찍한 개활지였다.

아침서부터, 점심도 먹지 못한 채 혹사당하여 어느덧 저녁이 다가오고 있었는데 그는 100여 명의 다른 사람들과 함께 그날의 마지막 작업을 위해 거기 시체가 되어 누워 있었다. 그것은 개활지 전체가 시체로 뒤덮여 있는, 한마디로 말해서 처절을 극한 장면일 것이었는데 이제 이날의 주인공인 박도식이 자기의 칼 한 자루에 쓰러져 나간 이 무수한 시체들 사이를, 일말의 수심 띤 표정으로 천천히 걸어 지나감으로써 대단원의 막이 내려질 것이었다. 그리고 이때의 화면에는 아마 석양에 비낀 외로운 주인공의 그림자가 길게 음영질 것이었다. 그는 그때 자갈투성이인 땅바닥에 등을 붙이고 누워서 감독의 '레디고!' 소리가 떨어지기만을 기다리고 있었다. 조감독들이 시체들 사이를 누비면서 마치 정말의 시체들을 다루는 태도로, 발로 툭툭 차서 자세를 고쳐 주고 나간 지도 벌써 한참이 지났다. 감독은 아마 해가 좀 더 기울기를 기다리고 있는 모양이었다. 여름날, 해 떨어질 무렵의 무더운 열기는 개활지 전체를 삶아 버릴 듯이 가득 짓누르고 있었고 종일을 굶은 그의 위장은 자갈 때문에 고통을 받고 있는 등뼈와 공모하여 반란이라도 일으킬 기미를 보이고 있었다. 처음에 그는 선무(宣撫)정책으로서 조금만 더 기다려 달라고 이들에게 호소했으나 마침내는 중앙집권체제를 강력히 재인식시킴으로써 이들의 반란 태세를 누르는 수밖에 없었다. 그러고도 한참을 더 기다린 뒤에야 '레디고'는 떨어졌다.

주위에 수선스럽게 숨을 길게 들이마셨다가 반쯤 토해 놓는 소리들이 들려오고, 노출된 신체 각 부분의 통제 상태를 점검하기 위한 부스럭 소리들이 잠시 들려온 뒤 사방은 드디어 거짓말 같은, 쥐 죽은 듯한 정적 속으로 빠져들기 시작했다. 그리고 그날따라 기묘하게도 새소리, 바람소리 하나 없는 적막 사이를 촬영기의 저 가냘프고 둔탁한 소리, 타르르르 하는 필름 돌아가는 소리만이 외롭고 규칙적인 음향으로 들려오기 시작했다.

그는 눈을 감고 호흡을 정지한 채 그 소리를 듣고 있었다. 모든 호흡기관이 중앙집권체제에 반대하여 자꾸 들고 일어나려고 했으나 그는 역시 강압책으로 이를 누르고 있었다. 여름날 저녁의 무더운 열기가 내리누르고 있는 가운데 개활지 일대는 이제 완전히 죽음과도 같은 침묵 속으로 잠겨 들어갔고 외롭고 규칙적인 소리를 내는 촬영기만이 계속 타르르르 하는 둔탁하고 가냘픈 음향을 토해 내고 있었다. 그때부터였다. 그가 저 기묘한 느낌 속으로 빠져들기 시작한 것은…… 모든 것이 다 죽어 있는데 유독 저 소리 나는 기계만이 살아 있다는 느낌…… 그리고 그것은 허구 속의 죽음이 실제의 죽음으로 서서히 뒤바뀌고 있는 듯한 착각을 거쳐 마침내는 온 세계가 순식간에 커다란 죽음의 침묵 속으로 잠겨 버리고 만 듯한 느낌이 되었다. 그러자 그의 신체 각 부분에 어떤 변동이 오기 시작했다.

각 부분이라고는 했지만 그것은 거의 동시에, 어떤 막아 낼 수 없는 힘에 의해서 조종되는 것처럼…… 그렇게 왔다. 반란의 기미조차 보이던 위장과 등뼈도 차츰 감각이 없어져 가기 시작했고, 기회만 있으면 들고일어나려던 호흡기관들도 서서히 수그러들기 시작했다. 혈관 속을 흐르는 피들은 점차 그 흐름의 속도를 늦추기 시작하는 것 같았고, 모든 살갗은 체온이 빠져나가는 것을 막지 못한 채 서서히 식어 가고 있는 것 같았다. 그리고 마침내는 촬영기의 둔탁하고 규칙적인 음향도 아득히 먼 곳에서 들려오듯, 작고 가냘픈 소리로 끊일 듯 말 듯 들려오다가 그것마저 들리지 않게 되었다. 오수(午睡)와도 같은, 일종의 편안한 상태로 그는 빠져들어 갔다. 이제 살아남은 것은 오직 뇌수뿐인 것 같았다. 뇌수만이 살아남아서 이 편안한 상태에 반대하며, 한 발 한 발 다가오고 있는 어떤 발짝 소리에 귀를 기울이고 있는 것 같다.

발짝 소리는 기이하게도 커다란 울림으로 점점 다가오고 있었다. 불길하고 기이한 울림을 가진 그 발짝 소리는 점점 가까이 다가와, 이제는 그의 뇌수를 걷어차 버릴 수도 있는 지점까지 바싹 다가섰다. 뇌수는, 피해야 한다! 피해야 한다! 하고 절망적으로 소리치고 있었으나 움직여 주는 기관은 하나도 없었다. 그리하여 마침내 그의 육신은 이상한 종류의 무정부상태로 완전히 빠져들어 가고 말았다. 뇌수만이 외로이 살아남아서 계속 절망적인 목소리로, 피해야 한다! 피해야 한다! 하고 소리치고 있을 뿐이었다. 그러자 발짝 소리는 만족한 듯한 울림으로 서서히 멀어져 갔다. 아득한 곳에서, 감독이 '컷' 하고 외치는 듯한 소리를 그의 뇌수는 들었으나 그는 몸을 움직일 수가 없었다. 주위에서 시체들이 줄레줄레 일어나며 움직이는 소리도 그는 들었다고 생각했으나 몸을 움직일 수 없기는 마찬가지였다.

그리고 그는 아득히 깊은 물 속으로 저항할 힘도 없이 자꾸만 빠져들어 가고 있는 느낌 속에 있었다. 깊은 수중에서 눈을 뜨고 있을 때와 같이 희뿌연 빛이 눈가죽 안에 있었으나 점차 그 빛마저 흐려져 가기 시작했다. 그리고 마침내 아득히 멀어져서 아무것도 보이지 않게 되었다. 그리고 그는 더는 아무런 소리도 들을 수 없게 되었다.

나중에 그를 살려 낸 사람의 말에 의하면 작업이 다 끝나고 모두들 돌아갈 무렵이 될 때까지도 그는 그냥 그렇게 누워 있더라는 것이었다. 이상하게 생각하고 그 사람이 다가가 발로 옆구리를 건드려 보았으나 마찬가지더라고 했다. 나중에는 조감독들까지 달려와 인공호

홉을 한다 팔다리를 주무른다 수선을 피우고 나서야 그는 죽음에서 깨어나는 사람처럼 간신히 숨을 토해 내며 눈을 뜨더라는 것이었다. 그때 감독은 농담 삼아 이렇게 말했다고 한다. "송장 칠 뻔했군그래. 하긴 연기를 하려면 저 정도의 경지엔 가야지"라고.

그런 경험을 한 뒤로, 그는 일상의 순간순간에서 섬뜩섬뜩 죽음의 그림자와 만나는 착각에 빠지곤 했다. 밝고 확실한 걸음걸이로 오가는 거리의 사람들 모습 사이에서, 햇빛을 받아 번쩍번쩍 빛나는 건물의 유리창들에서, 그리고 먼지와 매연을 뿌리고 달아나는 자동차의 바퀴들 사이에서도……. 사람들이 취하는 각각의 몸짓, 각각의 표정, 그들이 아무런 의식 없이 토해 내는 언어들 사이에서도……. 그것은 우발사고로서의 죽음보다도 더욱 어둡고, 더욱 갑갑하며 그리고 더욱 분명한 모습으로 그 오관(五官)을 어지럽히기 시작했던 것이다. 하긴 누군들 매일매일을 죽어 가면서 살아가지 않는 사람이 있으랴.

이제 막 세수를 끝낸 듯한 얼굴로 카운터 뒤에 나와 앉아서, 맞은 편 벽의 거울을 들여다보고 있는 저 레지 아가씨만 해도 그렇다. 도시의 온갖 학대로 질겨지고 무뎌져서 남자의 손이 엉덩이나 허벅지쯤에 와서 닿는 것에는 별반 본능적인 수치심 같은 것도 일으키지 않게 돼 버린 여자, 저 여자의, 지금은 꽤 맑고 신선해 보이기까지 하는 얼굴 뒤에서 죽음의 세포가 야금야금 자라나고 있지 않다고 누가 장담할 수 있겠는가? 누구의 얼굴에선들 그러한 일이 일어나지 않는다고 장담할 수 있으랴. 생각이 여기에 이르자 그는 조금 가벼운 기분이 되었다. 좀 더 편안한 자세로 그는 등받이에 잔등을 기댔다. 한결

여유가 생기는 것 같았다. 그러나 그때 레지 아가씨가 그의 그러한 기분을 눈치챘음인지, 그리고 그것을 방해하지 않으면 안 되겠다고 생각한 모양인지 거울 보던 일을 그만두고 이쪽을 향해 걸어왔다. 오만하고 세련된 걸음걸이—라고 스스로 믿고 있고, 그렇게 걷는 자기 다리의 아름다움을 과시하기 위해서만 걷는 듯한 걸음걸이—로 다가와서 거만한 미소를 입가에 띠며(그녀는 그렇게 미소 지음으로써만 자기 얼굴이 보다 아름답게 보인다고 믿고 있는 모양이다.)

"차, 드시겠어요?"

하고 물었다. 그것은 일종의 야유였다. 너희들에게 차 한 잔 마실 돈이나 있겠느냐는…… 지독한. 매일같이 출근하다시피 나와 앉아서 엽차만 시켜 마시는 너희들에게…… 라는 뜻의. 그는 이럴 때 어떻게 해야 레지 아가씨의 비위를 건드리지 않고 사양할 수 있는지는 아직도 배우지 못한 채 있었다. 그러나 그는 우물쭈물하지 않아도 괜찮게 되었다. 마침 그때 그를 그러한 궁지에서 건져 주기 위하여 조합(組合) 사람인 최 씨가 나타났던 것이다. 최 씨는 들어서면서부터 서둘러 댔다.

"빨리들 일어나라구. 차가 기다리구 있으니까."

레지 아가씨는 콧방귀를 뀌며 돌아섰다. 그리고 그는 김 씨, 박 씨, 이 씨 들과 함께 그들의 보스라고도 할 수 있는 최 씨를 반가워하기 위해서 서둘러 일어나기 위해서 엉덩이를 들었다.

그가 김 씨, 박 씨, 이 씨 들과 또 다른 100여 명의 사람들과 더불어 ㄷ영화사의 촬영소에 도착한 것은 따가워지기 시작한 가을 햇볕이 이미 가설돼 있는 세트장 위에 가득히 내리쬐고 있을 때였다. 세트는 조선조 중엽의 어느 주막거리를 흉내 내고 있었다.

대강대강 요점만 강조한 흔적이 여실한 페인트칠과 임시 용도를 위한 엉성한 조립으로 도무지 실물감이라곤 나지 않는, 이 빈약한 의장(意匠)의 주막거리에는 그래도 마침 장날을 재현하기 위함인 듯, 여기저기 서투른 목수질의 좌판들이 늘어놓이고, 그 좌판들 위에는 각종의 가난한 상품들, 예컨대 포목류·어포류 들이 올려놓이고, 땅바닥에는 곡물류·나뭇짐·갓·지필묵 같은 것들이 늘어놓여 있었다. 그리고 미루어 주무대가 될 모양인 주막의 대문간에는 특별히 멋들어진 붓글씨로 '주(酒)' 자가 씌어진 지등(紙燈)이 하나 외로이 걸려 있었다. 따가운 가을 햇볕에 몸을 맡긴 채⋯⋯.

이윽고 머리가 구둣솔 같은, 낯익은 얼굴의 조감독이 그들을 향해 소리쳤다.

"은하수 여러분, 집합하시오."

'은하수'란 그들을 통칭하기 위해서, 바로 지금 이 조감독이 지어낸 이름이다. 배우가 밤하늘에 영롱히 빛나는 하나하나의 별(스타)이라면 그들은 두루뭉수리란 소리겠지. 모두들 모여 서자 작업 진행상의 몇 가지 주의점과 지시사항을 하달하고 100명이 넘는 사람들을 몇 무더기로 갈라서, '당신들은 포졸, 당신들은 행인, 당신들은 장사치, 당신들은 주막의 술꾼' 하는 식으로 각기 맡을 일을 정해 준 다음, 그들이 입어야 할 의상을 나눠 주기 시작했다. 그에게는 포졸의 의상이 주어졌다. 남색과 적색, 그리고 검정색이 주조를 이루는 저 조선조 중엽의 포졸복, 마름질이나 바느질이 다 같이 날림이고, 수많은 사람들에게 입혀서 낡아 빠지고 때 묻은, 그리고 그 많은 사람들의 체취와 땀내가 배어 있어 썩는 듯한 종잡을 수 없는 냄새가 코를 싸매게 하는, 의상이라기보다는 넝마를 걸쳐 입으면서 그는 하루 중 가장 견디기 어려운 시간을 맞기 시작했다.

오늘도 예외 없이, 300년 또는 그 이상 오랜 과거로부터 끊임없이 이어져 온, 수만 수십만의 이름 없는 주검들과 전 존재로 꽉 연결되는 듯한 두렵고 답답한, 도망칠 수 없는 서먹서먹함에 사로잡히기 시작했던 것이다. 하루 중의 이 시간, 매우 낯익은 것이랄 수도 있으면서 그것으로부터 도망칠 수 없는 서먹서먹함에 사로잡히는 이 순간이 그에게는 가장 견디기 어려운 시간이었다. 어떤 거대한 투망에 걸린 수만의 물고기, 한 삼사백 년간에 걸친 가난하고 이름 없는 주검들과 한 그물 속에 갇혀 버린 듯한 이 일종의 낯익은 서먹서먹함이 그에게는 가장 견디기 어려운 고통이었다. 300년 전의 포졸이 낯선 얼굴로 다가와서 '어이! 자넨가?' 하고 손을 내미는 듯한 서먹서먹함……. 이때로부터 그의 하루의 일과, 죽어 가는 일과는 가속을 얻기 시작하는 것이다. 그것의 혜택이라면 너무나 지겹게 받아 온 햇볕에 죽어 가고, 그 햇볕을 더욱 견딜 수 없는 것이게 하기 위해 은종이를 발라서 번쩍번쩍 빛나는 조명부 패들의 반사판(레프라고 한다던가?)에 죽어 가고, 배고픔(그의 주머니에는 오늘 10원 한 장 들어 있지 않았으므로)에 죽어 가고, 주연배우의 사전연습 없는 연기로 해서 생기는 간단없는 반복에 죽어 가고, 그리고 감독과 조감독들의 사정 없는 혹사에 죽어 가는 동안, 김 씨, 이 씨, 박 씨 들은 주막에 앉아 술을 마시고 있다가 오늘의 악역인 고독성의 칼에 맞아 죽었다. 그리고 주막거리가 온통 수라장이 되어 뒤엎어지는 싸움판에서 또 다른 많은 사람들이 죽었다. 그러나 그는 어떤 악덕 사또의 심복 무사일 고독성의 졸개였으므로, 아직 죽지는 않고 있었다.

그리하여 마지막 대회전(大會戰), 오늘의 주인공인 신장균과 고독성의 최후의 결판을 위해 장소가 어느 이름을 알 수 없는 왕릉으로 옮겨졌을 때 가을 햇빛은 이미 서서히 기울기 시작하고 있었다. 그리고 그는 이미 기진맥진해 있었다. 어느 임금의 능인지는 알 수 없으되 그 거대한 규모의 무덤 앞에는 그 임금의 생전의 위용을 말해 주는 번듯하고 널따란 잔디밭이 마련되어 있었고, 그 잔디밭은 이제 한여름의 푸름을 잃고 시들어져 누른빛을 띠고 있었다. 가을 햇빛은 그리고 그 빛을 서서히 거둬들임으로써 잔디의 누른빛을 회갈색으로 바꿔 가고 있었다. 그는 수십 명의 다른 포졸들과 함께 신장균을 세 겹으로 호위하고 있었다. 고독성은 뒷전에서 독전만 하고 있을 뿐, 아직 앞에 나서지는 않고 있었고, 포졸들은 신장균과 근접한 순서로 한꺼번에 서너 명씩 죽어 나가기 시작했다.

언제 어디서 번쩍할는지 알 수 없는 신장균의 검광은 제 주인의 신변을 보호하기 위해 화려하고도 날카로운 곡선을 그려, 의상 아닌 넝마를 걸친, 한 목숨당 300원짜리 포졸들을 풀 베듯 베어 나갔다. 그는 맨 뒷열에서 싸움의 중심을 향해 다가들고 있었으므로 아직 차례가 오지 않았으나 거의 죽은 몸이나 다름없었다. 배가 등과 달라붙어서 제 주인의 무능함을 수군거리고 있었고, 언제부터인지 옆구리가 뜨끔뜨끔 결리기 시작했다. 늑막염이 재발하려나, 하고 그는 생각했다. 그때 차례가 왔다. 그는 칼을 높이 치켜들고, 온몸을 신장균의 칼에 내맡기기 위하여 드러내 놓은 채 달려들었다. 신장균의 칼이 번쩍! 했다고 생각했다.

다음 순간, 그는 왼쪽 옆구리에 격렬한 동통을 느끼고 쓰러졌다. 베는 시늉만 하도록 되어 있는 것인데 신장균이 실수했음에 틀림없었다. 진검이 아니라 나무를 깎아 만든 칼에다 은분(銀粉)을 바른 것이었으므로 외상은 대수롭지 않을 것이었으나 옆구리로부터 가슴께까지 저려 드는 듯한 동통은 참을 수 없는 것이었다. 그러나 그 한 사람으로 말미암아 촬영을 중단할 수는 없었다. 그는 참아야 했다. 먼저 쓰러진 포졸의 시체 위에 덧걸쳐 엎드려서 그는 이를 악물었다. 그러자 동통은 더욱 무겁게 저려 드는 듯했다.

촬영은 아무 일도 없다는 듯 계속되었다. 마침내 신장균과 고독성의 최후의 결전이 벌어진 모양으로, 이제 두 사람의 고함소리와 나무칼 부딪치는 소리만이 단조롭게 들려오기 시작했다. 촬영기의 저 타르르르 하는 가냘프고 둔탁한 음향과 함께……그리고 그는 자기의 목구멍에서 차츰 죽은 사람의 냄새가 나기 시작한다고 생각했다. 무언가 심하게 썩는 듯한 냄새와 썩고 있는 물체가 발산하는 열기가 목구멍 안에 있다고 느꼈다.

어디선가 300년 전의 포졸이 낯선 듯도 하고 낯익은 듯도 한 목소리로 속삭이고 있는 것 같았다. '그렇지, 자네도 별수 없이 죽어 자빠졌군. 보게, 임금도 죽고 말았거든' 하고. 그는 하마터면 벌떡 일어날 뻔했으나 그러지 못했다. 우선 그의 의식 속에서 아내의 희뿌연 시선이, 그러지 말라고, 그래선 안 된다고 말하고 있었을 뿐만 아니라 그는 이미 일어날 기운조차 없을 지경으로 탈진해 있었기 때문이다.

최 씨가 오늘의 첫 번째 300원을 쥐여 주면서 그의 창백한 얼굴을 한번 힐끔 쳐다보고는 야간촬영이 있는데 나갈 수 있겠느냐고 물었을 때, 그는 이미 손가락 하나 움직일 수 없을 지경이었으나 따라나섰다. 라면 한 그릇 사 먹을 겨를도 없이…… 그리하여 최 씨가 그의 손에 오늘의 두 번째 300원을 쥐여 준 것은 밤 11시가 넘은 시각이었다. 주연배우가 무슨 까닭에서인지 나오지 않았으므로(빵꾸를 냈다고 일컫는다) 보통이면 밤을 꼬박 새워야 할 일이 일찍 끝난 셈이다. 그러나 그는 그때, 바로 눈앞의 사물을 판단할 수 없을 정도로 흐리멍덩한 의식 속에 있었다. 지금도 그것은 마찬가지다. 단지 자기는 지금 집으로 향하는 버스에 타고 앉아 있다는 사실과 이 버스가 아마 막차라는 사실, 그리고 몇몇 승객의 피곤한 얼굴과 졸고 앉아 있는 차장의 가여운 모습이 먼 풍경처럼 망막에 비쳐 들고 있다는 흐릿한 의식뿐…….

그리고 참, 자기의 주머니는 지금, 차장에게 10원을 지불하고 남은 일금 590원이 들어 있다는 사실, 이 사실은 하늘에서 별을 따 왔다는 사람이 있다면 그 사람과 한번 나란히 서 보고 싶을 정도의 굉장한 재수라기보다도 행운이라는 점…… 그는 단지 아직 죽지 않은 근육과 뼈의 무게만으로 그렇게 달리는 버스에 앉아 있었다. 몇몇 승객이 자기를 바라보고 있는 것 같다고 느꼈으나 그것도 분명치는 않았다.

의식이 가물가물 꺼져 가는 것 같은 느낌도 들었으나 그것 역시 분명치가 않았다. 그러한 그의 의식이 선명하게 되살아나기 시작한 것은 버스가 종점에 닿아 그가 마악 오른발로 땅을 내려디디려는 순간이었다. 선뜻! 했다. 그의 오른발은 맨발이었던 것이다. 발이 땅에 닿은 순간 냉습한 어떤 줄기 같은 것이 다리를 통해 전신으로 쭉 끼쳐 올라왔다. 그리고 그것은 머리끝에서 차가운 분열을 일으켰다. 머릿속이 물벼락을 맞은 듯 선명해졌으나 구두가 어느 사이에 달아나 버렸는지 생각해 낼 수가 없었다. 다만 오른쪽 다리가 갑자기 뻣뻣해지는 것을 느끼고, 지금 그 다리는 차고 습기 낀, 죽음의 외각(外殼)을 딛고 있다는 생각만이 선명했다. 그는 걷기 시작했다. 오른쪽 다리가 경직이라도 일으킨 듯 뻣뻣하고 불편했으나 그는 안간힘을 써서 걸었다. 골목의 가게들은 아직도 불을 켜 놓은 채 손님을 기다리고 있었다. 그러나 그에게는 그것이 마치 죽은 사람을 전송하기 위한 장의(葬儀)의 불빛처럼 보였다. 어느 나라에서는, 맨발은 바로 입관 직전의 사자(死者)를 뜻한다던가? 그는 생각했다. 하긴, 어디 나만이 죽은 것이랴. 세상의 모든 사람이 커다란 소멸의 흐름 속에 던져진 채 있다. 시간까지도……. 누구나 매일매일 조금씩은 죽어 가면서 살고 있다. 어린아이들조차 그러하다. 아내의 배 속에서 자라고 있을 태아도 이를테면 죽음의 싹이다. 아내는 죽음을 배고, 그것을 키우고 있다. 언제부터인가 다시 옆구리가 뜨끔뜨끔 결리기 시작했다. 늑막염이 재발하려나 하고 막연히 생각하며 그는 구두가 신겨져 있지 않은 발과 신겨져 있는 발을 부자연스럽게 번갈아 움직여서 계속 걸었다. 마치 죽음의 발과 생명의 발을 하나씩 가지고 있는, 어느 나라 전설 속에 있을 법한, 이상한 그림자처럼……. 그러다가 그는 자기의 왼쪽 발에는 아직 구두가 신겨져 있다는 깨달음과 만났다. 그리고 그는 놀랐다.

나는 아직 한쪽은 신고 있구나—하는, 이 아무렇지도 않을 수 있는 깨달음은 그를 놀라게 했을 뿐만 아니라 그의 마음을 어떤 신선한 감명으로 떨게까지 했다. 아, 나의 또 하나의 발은 아직도 살아 있었구나! 이 발은 그리고 따뜻하고 편안하구나! 이것은 튼튼하구나! 마치 반석과도 같군! 아내의 둥근 배가 머리에 떠올랐다. 그녀 배 속에 태아가 하고 있을 몸짓이 상상돼 왔다. 그래, 그건 죽음의 싹이 아니다. 그렇게 불러선 안 돼. 그는 걸음을 빨리했다. 아내에게는 지금 단백질이 필요하리라고 그는 생각했다. 주머니에는 지금 일금 590원이 들어 있다. 그래, 쇠고기를 한 근 사자. 식육점 문이 닫히기 전에……. 저 앞에, 펄펄한 소를 때려잡아서 피가 뚝뚝 듣는, 싱싱한 고기를 팔고 있을 듯한 식육점의 불그레한 불빛이 보이기 시작했다.

멘드롱 따또

어제저녁, 멘드롱 따또가 죽었다.

그가 우리 앞에 그 커다란 몸집을 드러냄으로써 우리를 놀라게 한 것은 지난 2월의 일, 그러니까 9개월 전 일이다. 멘드롱 따또는 저녁 7시에 왔다. 마침 우리는 조금 전에 중대본부로부터 전입병(轉入兵)이 한 사람 있으리라는 전갈과 그가 출감 사병이라는 귀띔을 받고 있던 터여서 난롯가에 둘러앉아 이 새로운 동거인(同居人)을 여하한 방법으로 융숭히(?) 맞아들일 것인가, 하는 당면 문제에 대하여 의견을 종합하고 있었다. 그리고 종합은 쉽사리 이루어져서 얼마간 흥분까지 띤 우리의 의견은 미구에 나타날 이 새로운 동거인이 출감 사병이라는 점에 집약되었다. ─때려잡아야 한다─는 것이었다. 출감 사병들이란 전입신고 때 콧대를 꺾어 놓지 않으면 안 된다. 그렇게 해놓지 않으면 군번이 빠르다는 것을 기회로 또는 큰집(군 교도소) 한

번 더 가면 그뿐이라는 허장성세로 슬슬 기어올라서 맞먹으려 들거나 열외로 나돌려고 하는 것이 그들의 공통된 습성이다. 이제 그것을 너무나도 잘 알고 있는 우리인 이상, 무조건 때려잡는 방법 이외에는 도리가 없다는 것이었다. 더욱이 우리는 신병시절부터 바로 얼마 전까지만 해도 우리보다 몇 달 앞서 이 부대에 전입 왔다는 한 출감 사병—그는 얼마 전 제대해 나가는 날까지 일병의 계급장을 면하지 못했음에도 불구하고—으로부터 온갖 학대를 달게 받지 않으면 안 됐던 쓰라린 경험을 잊지 못하고 있었기 때문에 감자—출감자의 약어 (略語)다—라면 이를 갈고 있던 터였다.

내무반은 미군 탄약시설 부대가, 병력을 지원받는 대가로 보급해주는 디젤난로 덕분에 벌거벗고 지내도 좋을 만큼 훈훈하였고, 우리는 우리 위의 고참병들이 바로 며칠 전에 제대해 나갔음으로 하여 그들이 누리던 절대적인 힘과 게으름을 고스란히 물려받은 채 저녁식사 뒤의 느긋한 나태감을 즐기고 있었으므로 새로운 동거인을 맞아들이는 일에 관한 이야기는 우리의 그러한 나태감에 한 가닥의 긴장과 함께 일말의 행복감조차 보태고 있었다. 게다가 우리는 '고참'이라는 지위를 세습한 지가 며칠 되지 않을뿐더러 바로 그 '고참'의 게으름은 쉽사리 획득한 바 있으나 그 '고참'의 힘을 발휘할 만한 기회와는 아직 만나지 못하고 있어 뼈마디에 알레르기 반응을 일으키던 참이기도 해서 그것—새로운 식구를 맞아들이는 일—은 바로 그 고참으로서의 힘을 시동(試動)해 볼 절호의 기회이기도 했다. 다만 한 가지 조금 우려되는 점은 출감 사병들이 공통적으로 지니고 있는 특성, 이를테면 이왕 드나들기 시작한 큰집, 까짓것 몇 번인들 못 가겠느냐는 교활하고 엉큼한 배짱이라든가, 그 배짱을 시위해 보이기 위한 사나운 저돌성, 그리고 언제든지, 어떠한 일이라도 해치울 각오가 돼 있다는 것을 말해 주기 위한 살기 띤 눈초리 등을 우리의 일천(日淺)한 권위만으로 얼마나 감당해 쳐부술 수 있겠는가 하는 점뿐이었다. 왜냐하면 출감 사병들이란, 야전삽을 휘둘러 저들을 괴롭히는 자의 머리통을 부순다든지, 소총 대검을 뽑아 옆구리를 찌른다든지, 하는 무모하달 수 있는 용기를 곧잘 발휘하기도 한다는 것을 우리는 알고 있었고, 또 수차 보아 오기도 했으며, 그러한 경우, 우리는 대체로 비겁한 인간이 되기가 십상이라는 것을 우리 자신이 잘 알고 있었기 때문이다.

그러나 이 일을 잘 치르어 내는가, 그러지 못하는가에 따라서 우리의 운명—앞으로의 고참생활—은 크게 좌우될 것이 틀림없었으므로 우리의 전의(戰意)는 상당히 단단한 것이었고 실제로는 우리가 우려하던 바도 한낱 기우에 지나지 않았다는 사실을 곧 알게 되었다. 멘드롱 따또에게서 우리는 출감 사병들의 위에서 말한 바와 같은 일반적 특성 가운데 어느 한 가지도 발견할 수가 없었던 것이다.

조심스러운 노크소리가 들린 다음, 문이 열린 뒤, 한 사내가 거기 모습을 나타냈을 때 우리는 우선 우리의 눈을 의심하지 않으면 안 되었다. 우리는 이렇게 큰 사내가 군복을 입고 있는 모습을 일찍이 본 적이 없었던 것이다. 유년시절 우리가 미군 병사를 처음 보았을 때 그 체구의 큼을 향한 놀람의 질도 결코 이만하진 못했다고 단언할 수 있다. 실로 2미터 가까이 됨직한 커다란 키, 100킬로그램은 돼 보이는 거대한 동체(胴體)를 가진 그는, 이런 큰 인간을 전혀 고려해 보지 않은 육군 피복창(被服廠)의 과실로 말미암아 소매가 팔꿈치에 이르는 야전잠바와 군화의 목이 다 드러나는 작업복 하의를 입고 있었다.

그것은 마치 유인원이나 원시인, 예컨대 우리가 상상도로써나 볼 수 있었던 네안데르탈 사람이나 크로마뇽 사람이 낯선 군복을 걸치고 거기 나타난 것 같은 착각을 우리에게 주었다. 우리의 단단하던 전의는 본능적으로 움츠러들 수밖에 없었다. 그러나 우리는 그가 부동자세로 서서 동내의도 입고 있지 않아 짧은 소매 아래로 벌겋게 드러난 오른팔을 들어 올려 거수경례를 붙이며 예의 신고(申告)를 시작했을 때 안심했다.

"신고합니다. 이병 김관호는 196×년 2월 ×일부로 제 ×× 보충대로부터 제 ×× 중대로 전입명을 받았습니다. 이에 신고합니다."

그것은 뜻밖에도 계집애의 목소리였던 것이다. 아니, 그렇게 우리는 착각했는데, 좌우간 그것이 어찌나 앳되고 가냘픈 목소리였는지, 그것이 이 거구의 사내에게서 나오는 목소리라고는 믿어지지 않아, 우리는 다시금 우리의 귀를 의심하지 않으면 안 될 지경이었던 것이다. 그러고 보니 그는 체구와는 어울리지 않는 해사한 얼굴과 가느다란 목, 그리고 동체에 비해서는 왜소하다고 해도 좋을 부실한 하체를 가지고 있었다. 그리고 그 하체, 두 다리는 눈에 띌 정도로 떨리고 있었다. 선량해 보이는, 눈동자가 검고 큰 두 눈도 둘 곳을 찾지 못해 흔들리고 있었다. 우리는 안심했다. 그는 모든 전입병들이 갖는 낯선 고참병들에 대한 두려움의 여러 가지 특징을 남김없이 갖추어 가지고 그것을 온몸으로 표현하고 있었던 것이니까…….

파월(派越)을 지원하고 그 특명을, 복권을 산 사람이 추첨 결과를 기다리듯 기다리는 중인 태권 3단 최 병장이 마침내 묘한 웃음을 입가에 띠며 일어섰다. 그는 자질구레한 세기(細技)보다는 격파(擊破)에 뛰어난, 오른편 주먹 한가운데에 구슬과도 같이 둥근 굳은살을 가진 친구로서 우리 가운데서는 가장 주먹이 센 사내였다. 그는 다분히 억양이 있는 걸음걸이로 이 거구의 전입병을 향해 다가갔다. 우리는 전율과도 같은 긴장이 우리 사이에 흐르는 것을 느꼈다. 최 병장은 이윽고 군복을 걸친 거구의 크로마뇽 사람 앞에 버티고 섰다. 그것은 마치 코끼리와 같은 거수(巨獸) 앞에 버티고 선 원숭이의 자세를 연상케 하리만큼 어이없어 보이는 모습이기도 했으나 그 당당함에는 코끼리를 위압하고도 남으리만큼 빈틈이라곤 없어 우리의 긴장은 기쁨을 데린 낙관으로 바뀌고 그것은 다시 눈앞에 벌어질 사태에 대한 기대로 변하였다. 마침내 최 병장의 입에서 쇠붙이를 두들기는 것 같은 다부진 목소리가 터져 나왔다.

"야! 이 새끼야! 덩치는 제무시(GMC)만 한 새끼가 고따위 목소리밖엔 못 내겠어? 앙?"

거의 동시였다. 최 병장의 단단하고 파괴적인 두 주먹이 이 커다란 전입병의 배 언저리에서 작열하기 시작한 것은. 보통이면 이럴 경우, 누구나 배를 움켜쥐고 앞으로 고개를 숙이거나 해서 다시 얼굴을 강타당할 기회를 스스로 마련하지 않고는 배겨 내지 못하게 마련이었다. 그러나 이 크로마뇽 사람은 부끄럼을 타듯 얼굴을 붉힐 뿐, 끄떡도 하지 않았다. 만일, 그때 우리가 그의 얼굴만을 보고 있었던들, 그리하여 그의 두 다리가 사시나무 떨듯 후들후들 떨리고 있는 것을 보지 못했던들, 우리는 아마 최 병장을 돕는 일을 보류하지는 않았을 것이다. 한꺼번에 우르르 달려들어 어떻게든 요절을 내고야 말았을 것이다. 그러나 그는 다리를 떨고 있었다. 하지만 아무튼 최 병장은 격파로 단련한 스스로의 주먹이 이렇게 간단히 위력을 잃자 독이 오른 모양이었다. 두 눈에 순간적으로 푸른 불빛 같은 것이 휙 돌더니 신병 하나를 시켜 5파운드짜리 공병 곡괭이자루 하나를 가져오게 했다. 거구의 전입병은 얼굴이 핼쑥해졌다. 두 다리는 보다 더 와들와들 떨리고 있었다. 마침내 최 병장의 입에서 독기 서린 목소리가 떨어졌다.

"엎드려! 이 새꺄!"

우리의 새로운 식구는 사색이 된 채, 다리를 와들와들 떨며 마루로 된 침상에 두 팔을 뻗치고 엎드렸다. 그리고 우리들이 타작이라고 부르는, 때리는 자와 맞는 자 간의 인내의 씨름은 시작되었다. 최 병장의 두 눈에선 푸른 불똥이 튀고 전입병의 커다란 엉덩이 위에선 곡괭이자루가 튀었다.

"셔! 이 새끼야!"

도리깨질을 멈추지 않으면서 최 병장이 다시금 독기 품은 목소리로 외치자 전입병은 기어들어 가는 목소리로, 그 도리깨질이 자기의 엉덩이와 파괴적인 음향으로 만나는 횟수를 헤아리기 시작했다.

"하나, 둘, 셋, ……다섯, ……열, ……열다섯, ……스물다섯, ……서른다섯, ……마흔, ……."

그러는 그의 목소리에는 아무런 저항감도, 참는 자의 음험한 기쁨도 섞여 있지 않았으나 떨리던 두 다리는 이제 흔들리지 않고 있었다. 뿐만 아니라 도리깨질의 횟수가 늘어감에 따라 그의 매 맞는 자세에는 오히려 정연한 어떤 균형 같은 것이 찾아드는 듯하였다.

"……마흔다섯, ……쉰다섯, ……."

최 병장의 이마에는 구슬땀이 내돋기 시작했다. 그는 위통을 벗어부치고 도리깨질을 계속하였다.

"……예순, ……예순다섯, ……."

그러나 우리의 기대를 배반하고 최 병장의 도리깨질은 점점 속도가 덜해 갔고 푸른 불똥이 튀던 눈빛도 차츰 흐려 갔으며, 반면 전입병의 매 맞는 자세에는 점점 이해하기 어려운 균형이 틀을 잡아 가고 있었다.

그리고 먼저 균형이 허물어진 것은 최 병장과 그의 곡괭이자루였다. 5파운드짜리 공병 곡괭이자루가 마침내 비명을 지르며 부러져 나갔던 것이다. 최 병장은 탈진한 표정으로 스스로의 몸을 침상 위에 내던졌다.

"지독한 새끼!"

그리고 그렇게 내뱉는 그의 얼굴과 벗어부친 어깨에서는 굵은 땀방울들이 흘러내리고 있었으며, 두 눈에는 푸른 불똥 대신 아무리 때려 부수려고 해도 부서지지 않는 어떤 물렁물렁한 물체에 도전했다

실패한 사람의 무모하고 힘없는 적개심만이 숨을 몰아쉬는 어깨와 함께 무겁게 흔들리고 있을 뿐이었다. 우리는 당황했다. 자칫하면 우리는 이대로 멸망하고 만다. 이래선 안 되겠다. 전술을 바꿔야겠다고 생각했다. 곡괭이자루를 열 개쯤 더 가져다가 우리가 돌아가면서, 힘을 분배해 가면서라도 끝장을 보는 방법도 있었으나 그보다는 이런 인간, 이런 물렁물렁한 물체에게는 바로 그 자체의 물리적인 속성을 이용하는 것이 더 현명하리라는 생각이 우리에게 떠올랐다. 이 생각은 주로 대학의 국문과를 다니다가 입대했다는 현 병장의 침착한 관찰력에 의해 유도된 것이었는데 바로 그가 나섰다.

"야! 인마! 일어서!"

5파운드짜리 곡괭이자루가 그 커다란 엉덩이 위에서 부러져 나가기까지, 실로 초인적이라고 할 만한, 적의 없는 인내를 보여 주었던 우리의 크로마뇽 사람은 엎드린 자세의 균형을 깨뜨리고 다시 부동자세로 섰다. 그러한 그의 눈빛에서 우리는 인내의 씨름에서 이긴 자의 음흉한 득의(得意)는 찾아볼 수 없었고 다만 다음에 가해져 올 박해에 대한 가득한 불안만을 읽을 수 있었다. 그는 다시 다리를 떨기 시작했다. 현 병장이 악의 있는 미소를 띠며 짐짓 능치는 듯한 어조로 말했다.

"너, 아리랑 신고라는 거 아니?"

"……네."

그는 떨면서 말했다.

"좋아, 그걸로 한다. 빠따 신고에서 보여 준 네 뚝심에 우린 감탄했어! 이것도 잘해 주기 바란다."

군복 입은 크로마뇽 사람의 아리랑 신고가 시작되었다. 아리랑 신고란 허리를 굽혀 한 손으로는 발목을 잡고 나머지 한 손으로는 발목을 잡기 위해 내려뜨린 먼저의 팔 안쪽으로 꿰어 코를 움켜쥐고서 한 자리를 빙글빙글 맴돌면서 관등성명, 출생지, 생년월일, 현주소, 가족 관계(누나나 누이동생에 관한 사항은 특히 자세히 말하지 않으면 안 된다) 등등을 우리의 한 많은 민요 아리랑 가락에 실어서 읊어야 하는 절묘한 신고 방법으로서 이는 마치, 이런 거구의 전입병을 예상하고 우리의 선배의 선배들이 우리를 위해 예비해 둔 듯한 참으로 훌륭한 방법이었다. 그리고 이 방법을 지금과 같은 계제에 찾아낸 현 병장의 침착성은 훌륭한 것이었다. 우리들의 이 커다란 전입병은 아리랑 신고가 시작된 지 채 몇 분이 흐르지 않아서 그 스스로의 물리적인 속성을 이겨 내지 못하고 비지땀을 흘리며 괴로워하기 시작했던 것이다. 불과 몇 분 사이에 그는 세 번이나 어지럼증과 자세의 어려움에서 오는 괴로움으로 하여 커다란 짐승처럼 나뒹굴었다. 우리는 흔희작약하였다. 비로소 우리는 이기기 시작했던 것이다. 우리와 같이 작고 용렬한 인간에게는 이처럼 커다란 사내가 우리의 눈 아래서 허리를 굽히고 저 자신의 몸무게에 허덕이며 빙글빙글 맴을 돌고 있는, 그러다가 나뒹굴곤 하는 고통에 찬 모습을 본다는 것이, 그리고 아리랑 가락에 붙인 저 개인에 관한 사항을 코 먹은 소리로 읊어 대고 있는 것을 듣는다는 것이 이루 말할 수 없는 기쁨이었다. 그리고 그러한 우리의 기쁨을 더 한층 자극한 것은 그의 목소리였다. 체구와는 어울리지 않는 그의 목소리, 마치 계집애의 그것과도 같은 가냘프고 앳된 목소리가 코 먹은 소리로 변했을 때, 우리에게는 그것이 울고 있는 듯한 애처로운 목소리로 들렸고, 그러자 우리의 용렬한 기쁨은 바야흐로 오르가슴에라도 도달한 듯했던 것이다. 그때 일직 하사의 점호를 알리는 호각소리가 들려왔으므로 신고는 거기서 중단되고 말았으나 우리의 그러한 기쁨은 쉬 가라앉을 줄을 몰라서 점호 때 일직 사관으로부터 정숙하지 못하다는 이유로 꾸지람까지 듣게 되었었다.

　거구의 전입병이 멘드롱 따또였다. 점호가 끝난 뒤, 아리랑 신고는 다시 계속되었는데, 그때 우리는 그에 관한 몇 가지 사항을 알게 되었다. 몇 가지 사항이라고 하는 것은 그를 한 사람의 군인으로 만들고 있는 공민권상의 조건, 이를테면 그는 대한민국 국적을 가진 29세의 신체 건강한(지나치게 크긴 하지만) 청년이라는 점이라든가, 가족이라곤 서울에 누나가 한 사람 살고 있을 뿐인데(그 누나는 시집을 가서 아이가 셋이나 있다고 했다) 그의 주민등록은 그 누나네 집으로 되어 있다는 점, 그리고 입대는 4년 전에 했으나 1년 반 전에 모종 사고(이것이 어떤 사고였는지는 그는 밝히려고 하지 않았다)로 하여 큰집에 들어가 있다가 바로 사흘 전에 형기 만료로 출감하여 보충대를 거쳐서 이곳으로 오게 되었다는 점, 당연한 결과지만 지금의 계급은 이병이라는 점 등에 지나지 않았으나 그의 고향이 제주도라는 것을 알게 된 것은 우리에게 상당한 수확이었다. 왜냐하면 그것이 그에게 멘드롱 따또라는 말랑말랑하고 조그만 사내에게나 어울릴 별명을 지어 붙일 수 있게 된 직접적인 계기가 되었기 때문이다. 방언을 가지고 말하는 자리에서는 국내에서 자기를 빼고는 별로 사람이 없으리라고 늘 자랑삼고 있는 현 병장이,

"야, 너 그럼 '멘드롱 또뜻홀 때 호록 들어 싸븝서'가 무슨 소린 줄 알겠구나."

하고 물었을 때 그는 비지땀을 흘리며 엎드린 채 우물쭈물했고 다시 현 병장이,

"알아? 몰라? 인마!"

하고 버럭 소리를 지르고 나서야 펄쩍 놀라며 그는 코 먹은 소리로,

"네, 알맞게 따뜻할 때 홀쩍 드세요, 라는 뜻입니다."

하고 대답했는데 그 목소리가 어찌나 애처로웠는지 우리는 다시 한 번 숨이 넘어가는 듯한 기쁨을 맛보고 우리 중 누가,

"야! 인마, 네 이름은 앞으로 멘드롱 또또야! 알겠어?"

하고 말했을 때 우리는 발작에 가까운 박수로 그에 동의했던 것이다. 그리고 시간이 감에 따라 '멘드롱 또또'보다는 부르기도 좋고, 고유명사로서도 보다 억양이 그럴 듯한 '멘드롱 따또'로 그는 불리게 되었던 것이다.

그런데 한 가지 여기서 밝혀 두어야 할 것은 그가 1년 반 전에 저질렀다는 모종 사고에 대하여 우리는 그날 그의 입으로부터 일언반구도 들어 내지 못했다는 점이다. 그의 사고에 대해서만은 그는 뜻밖에도 완강하게 입을 다물고 있었던 것이다. 출감 사병들이란 흔히 자기가 큰집에 가게 됐던 사고 내용에 대해서만은 무용담이라도 늘어놓

듯 자랑삼아—윤색까지 해서 떠벌리기가 일쑤였는데 그는 끝내 입을 열지 않았었다. 우리는 온갖 공갈과 학대를 퍼붓다 못해 나중에는 그를 회유해 보려고까지 했으나 모든 방법이 무위였다. 그 점에 있어서만은 그는 실로 황소처럼 완강히 버텼던 것이다. 그리고 우리는 차츰 그 일에 대한 관심이 흐려 가기 시작했다. 그에 관한 기묘하고 새로운 흥미가 우리를 사로잡기 시작했던 것이다.

멘드롱 따또가 소매치기일는지도 모른다는 풍문이 우리 사이에 나돌기 시작한 것은 그가 우리의 모멸과 학대 속에서 지내게 된 지 두 달 만인가, 그가 전입 후의 첫 외출에서 돌아오던 날 저녁부터였다. 전입 후의 그의 근무 태도는 실로 우리에게는 아니꼬울 지경으로 모든 일에 모범적이었다. 중대의 일종사역(一種使役)—쌀가마 따위를 나르는 일—은 도맡아 하다시피 했고, 그 외의 모든 힘든 일, 철조망 꾸러미를 나르는 일이라든가, 목재 따위를 운반하는 일, 경계용 혹은 훈련용 실탄을 상자째 나르는 일 따위도 거의 그 혼자서 해치우다시피 했으며, 심지어 우리가 세 끼 먹고 난 식기까지도 그 혼자서 다 닦아 냈다. 다른 신병들도 있었음에 불구하고……. 적설기의 제설작업도 그 혼자서 했으며 해빙기의 평탄작업도 그 혼자서 해내었다. 물론 하사관이나 장교들의 눈을 피한 우리의 비열하고 교활한 악의가 작용한 탓이기도 했지만 그는 털끝만큼의 불만도 나타냄이 없이 거의 자진해서 모든 일을 했다. 탄약고 야간보초 근무도 하루 저녁 한 번 나가면 되는 것을 우리는 두 번, 어떤 때는 세 번씩 깨워 내보내는 적도 있었으나 그는 잠귀 또한 밝은 모양으로 우리로 하여금 그의 어깨를 두 번 이상 흔드는 수고를 하게 하는 법이 없었다. 툭 건드리기만 해도 언제 잠이 들었었느냐는 듯 벌떡 일어나곤 했다. 어쩌면 그는 깊이 잠드는 일이라곤 사실 없었는지도 몰랐다. 이러한 그의 근무 태도가 중대본부에 알려졌는지 어쨌는지는 알 수 없었으나 그는 우리로서는 외출 상신을 한 일이 없는데도 불구하고 외출명을 받고 첫 외출을 나갔던 것이었다. 그리하여 우리는 우리의 통제를 하루 동안이나마 빠져나갔던 그를 따끔하게 맞아들이기 위한 여러 가지 방법을 궁리하고 있던 참이었다. 그런데 그는 시간보다 일찍—실로, 한 시간이나 일찍—음식물을 한 아름 안고 귀대했던 것이다. 삼양라면 50개들이 한 상자와 삼립 단팥빵 쉰 개, 2리터들이 삼학대왕표 세 병에다가 말린 오징어 한 축, 그리고 통닭(계란) 서른 마리를 안고 그는 들어왔다. 우리는 이 커다란 사내에게 이런 간사스런 일면이 있었는가, 놀라고 얼마쯤 비꼬인 기분이 들기도 했지만 그의 얼굴을 보자, 그 간사함이 어찌나 순박한 것으로 비쳤는지 우리는 본의 아니게 조금 감동까지도 하며 더욱이 음식물 앞에서는 늘 반가운 표정을 짓게끔 훈련돼 온 우리의 천박한 본성으로 하여 부드러운 얼굴을 만들지 않을 수 없었다. 그가 싸안고 들어온 그 풍성한 먹이들 앞에서 벼르고 벼르던 우리의 악의는 말하자면 봄눈 녹듯 스러지고 말았던 것이다. 외관상으로는 말이다. 그 점에 있어서 멘드롱 따또의 순박한 교활성은 일단 성공을 거둔 셈인지도 몰랐다. 우리는 결국 포식하고 취해서 그를 괴롭히려던 모든 계획을 포기했을 뿐만 아니라 그날 밤 그의 야간보초 근무까지 면제시켜 주고야 말았으니까. 그뿐인가? 그를 우리 자리에 합석까지 시켜서 술을 권하기까지 하지 않았던가? 하긴 그는 부끄럽다는 듯 얼굴을 붉히며 술은 입에도 못 댄다며 끝끝내 사양했었다. 우리가 눈을 부릅뜨고 그의 입에 술을 부어 넣다시피 해서야 꼭 두 모금을 마시게 하고는 결국 토하는 꼴을 보긴 했지만. 그리고 우리는 이례적으로 먼저 잠자도 좋다는 특혜를 베풀게 되고야 말았지만. 좌우간 그가 잠이 든 뒤에도 한참을 더 우리의 회식은 계속되었는데 회식이 거의 끝나 갈 무렵 현 병장이 이상한 소리를 했다.

"어쩌면 우린 도둑놈의 물건을 먹고 있는지 모르겠는걸⋯⋯."

혼잣말하듯 매우 나지막한 목소리로 그렇게 중얼거리고 나서 그는 잠들어 있는 멘드롱 따또의 모습을 힐끗 훔쳐보는 것이었다. 마치 정말 잠이 들었는지 어떤지를 확인이라도 하려는 듯한 눈초리로. 우리는 의아한 시선으로 현 병장을 바라보았다. 멘드롱 따또는 고단한 듯한 잠든 얼굴로 코를 골고 있었다. 그러자 현 병장은 다시 한번 혼잣말하듯 중얼거렸다.

"아무리 생각해도 이상하단 말야. 어쩌면 저 친구 소매치긴지도 모르겠는걸⋯⋯."

하고 은밀히 물었다.

"아니, 뭐 확실한 건 모르겠지만 좀 이상한 데가 있어."

하고 현 병장은 자기도 확신은 서지 않는다는 듯, 나직나직한 목소리로 이야기를 시작하였다.

"너희들도 알다시피 나도 오늘 아침 외출을 나갔지 않니? 나가자마자 막 떠나려는 시내버스를 잡아탔는데, 씨팔, 어찌나 사람이 많던지 내 발이 어떤 사람의 구두 위에 놓여 있는 걸 번연히 알면서도 비킬 수가 없었어. 그런 형편인지라 멘드롱 따또하구 한 차에 타구 있는 줄도 몰랐거든. 아마 그 친구 뒷문으로 먼저 타고 있었던 모양이구, 난 앞문으로 간신히 기어올라서 내 발밑에 있는 구두에만 신경을 쓰고 있었던 탓인가 봐. 그 친구하고 한 차에 타구 있다는 걸 안 건 인도교를 지나서 용산우체국 앞에서였어. 버스가 막 정류장에 닿으려는 참인데 뒤쪽에서 웬 사내의 목소리가 빽! 하구 나는 거야. '스톱! 스톱!' 하구 말야. 꽤 다급한 목소리였는데 버스는 마침 정류장이기도 하니까 멎었지. 모두들 소리 난 쪽으루 시선을 돌리는 참에 나두 고개를 그쪽으로 돌렸는데 우선 눈에 띄는 게 사람들의 머리 위루 쑥 솟아올라서 버스의 천장에 닿아 있는 멘드롱 따또의 작업모 쓴 머리통이더군. 녀석, 나와 눈이 마주치자 머뭇거리며 어색하게 웃더군. 그런데 이쪽에선 잘 보이지도 않는 아까 그 사내의 목소리가 또다시 악을 쓰는 거야. '차장! 문 열지 마! 열면 안 돼' 하구 말야. 사정은 곧 밝혀졌지. 그 친구 소매치길 당했다는 거야. 마침 부근에 있던 교통순경이 달려오고 승객들에 대한 조사가 시작되더군. 소매치길 당했다는 친구 한 사십 돼 보이는 장사치 차림이었는데 안주머니에 넣어 두었던 돈 5000원이 감쪽같이 없어졌다는 거야. 꽤 주기에 봤더니 그 주머니 아래쪽에 무슨 예리한 면도날 같은 걸루 싹 베어 낸 자국이 있더군. 아무튼 순경은 승객을 한 사람 한 사람 내리게 하면서 조사를 계속했는데 멘드롱 따또하구 난 빼놓더구만. 아마 군인은 자기가 조사할 상대가 아니라는 점에서였는지, 또는 군인이야 설마 소매치기이라 하구 믿어서였는지 모르지. 그러군 결국 조사는 끝났는데 혐의를 걸 만한 사람은 하나도 발견하질 못한 모양이야. 순경이 돈을 잃었다는 사낼 멸시에 찬 눈으로 바라보면서 말하더군. '여보. 정신 좀 똑똑히 차리구 다니슈. 당신 돈을 훔친 녀석은 아마 벌써 전에 내린 모양이오' 하구 말야. 그 친구 얼굴을 붉히며 아무 말도 못 하더군. 하긴 돈을 훔친 녀석은 인도교를 건너오기 전에 내려 버렸는지두 알 수 없는 일이었거든. 그 친구 얼떨떨하구 멍청한 표정으로 봐서 자기가 돈을 언제 잃어버렸는지두 잘 모르고 있는 것 같았으니까 말야. 결국 승객들의 핀잔만 받구 말았지. 그런데 그때 내 머리엔 이상한 생각이 떠오르더군. 멘드롱 따또의 표정이 내가 그 녀석을 처음 본 순간부터 어쩐지 좀 어색했다는 사실과 순경한테 조사를 받지 않은 사람은 녀석과 나 둘뿐이었다는 사실이 한데 엉키기 시작한 거야. 왠가 하면 녀석의 표정이 조사가 다 끝나서 버스가 떠나게 되었을 때까지 어딘지 불안해 보이구 어색하기 짝이 없었단 말야. 하지만 그것으루 결정적인 의심은 할 수가 없었어. 한데 귀대해 보니까 녀석은 이런 호화판 회식을 벌여 놓았구만……. 녀석의 누나가 부자여서 용돈을 넉넉히 주었다면 그뿐이긴 하지만……."

이야기가 거기서 멈추고 현 병장은 다시 한번 잠든 멘드롱 따또의 모습을 힐끗 훔쳐봤다. 그러고는 고개를 갸우뚱했다.

"글쎄…… 저 녀석 누나가 부자일까?"

그렇게 자문하듯 하는 현 병장의 말투는 다분히 부정적인 쪽으로 기울어지는 그런 억양을 띤 것이었다. 그러나 우리 대다수의 의견은 현 병장의 그것에 전적으로 동의할 수는 없었다. 왜냐하면 경찰관 앞에서나 그런 종류의 도난사고 현장에서 본능적인 피해의식에 사로잡히는 종류의 인간이 우리 주위에는 얼마든지 있다는 것을 우리는 알고 있었고, 멘드롱 따또는 족히 그럴 수 있는 유형의 인간이라는 것을 우리는 알고 있었으며, 또한 그의 누나가 부자는 아니라 하더라도(혹은 부자일는지도 알 수 없지만) 오래간만에 외출 온 동생에게 좀 넉넉한 액수의 용돈을 주었대서 하등 이상할 것은 없다고 우리는 생각했기 때문이다. 그러나 멘드롱 따또를 일단 소매치기일는지도 모른다고 생각하는 가정 자체는 우리에게 미상불 흥미로운 일이었으며, 그러한 가정을 제기한 현 병장의 발상법에도 일단은 전혀 근거 없는 것이라고만 할 수도 없는 일면이 있었으므로 그날 밤은 현 병장의 의견에 대한 전적인 동의로, 그리고 그것에 대한 일방적인 반대로 기울어짐도 없이 넘기게 되었다. 그때 현 병장은 멘드롱 따또를 큰집으로 보낸 그 모종 사고라는 것이 혹 소매치기에 관련된 것은 아니었을까 하는 새로운 의문을 제기함으로써 스스로의 가정을 좀 더 풍성한 것으로 하려는 노력을 엿보이기도 했으나 우리는 그가 소매치기일는지도 모른다는 가정에만 충실히 매달려 있었으므로(아직 그것조차 확실한 것이 아니었기 때문에) 두 가지 호기심을 한데 묶으려는 생각에는 아직 친숙할 수가 없었다. 우리의 호기심은 그가 소매치기가 아닌가 하는 그 일방으로만 쏠리고 있었던 것이다.

그런데 멘드롱 따또가 소매치기일는지도 모른다는 가정을 뒷받침하는, 아니 그것을 사실로 굳혀 주려는 듯한 증거들이 그 뒤로 속속 나타났다. 한번은 멘드롱 따또가 방금 다녀 나온 변소에 들어갔다가 주웠노라면서 신병 하나가 반 토막짜리 면도날 하나를 우리에게 가져왔고 또 한번은 현 병장이 제 눈으로 똑똑히 보았다면서 멘드롱 따또가 세면대의 콘크리트 바닥에 손가락들을 갈고 있더라고 말하는 것이었다. 그리고 콘크리트 바닥에 손가락을 가는 것은 손가락의 살갗을 말랑말랑하게 해서 감각을 예민하게 하기 위한 소매치기들의 습성화된 직업적 자기훈련의 하나라는 것이었다. 어떻게 그런 방면에까지 지식을 갖고 있는가고 우리가 묻자 그는 언젠가 자기 친구와 함께 그 친구 누나의 집에서 잔 적이 있었는데 아침에 그 친구가 문틈으로 바깥을 내다보며 그더러도 손짓을 해 보이기에 따라 내다보았더니 한 남자가 콘크리트 바닥에 손가락들을 문지르고 있었고 그 친구는,

"저 사람, 우리 매분데, 픽포켓이야."

라고 속삭이며 자랑스러운 목소리로 손가락 가는 이유에 대해서 설명해 주더라고 했다.

그러나 우리가 그것만 가지고 멘드롱 따또를 소매치기라고 단정하기에는 좀 망설여지는 점이 있다고 생각했다. 왜냐하면 멘드롱 따또가 콘크리트 바닥에 손가락들을 갈고 있는 모습을 본 현 병장의 눈에 아무런 편견도 들어 있지 않았었다고 하면 손가락을 간다는 행위는 얼마든지 다르게 비칠 수 있었겠기 때문이다. 이를테면 식기를 닦고 난 뒤에 긴 때를 벗기기 위해서라든가 또는 무슨 오물 같은 것을 만지고 나서 그 께름칙한 감촉을 지워 버리기 위한 행동이라든가 하는

식으로 말이다. 그렇게 우리가 쉽사리 믿으려는 태도를 보이지 않자, 현 병장은 멘드롱 따또의 손가락들을 직접 한번 만져 보는 것이 어떻겠느냐고 제의했다. 그리하여 우리는 그날 저녁 신병들에 대한 위생검사를 실시하기로 하고 신병들을 양쪽 침상에 늘어세운 뒤 두 손을 앞으로 내밀게 하여 우리로 하여금 그들의 손을 자유로이 관찰하고 평가할 수 있는 위치에 놓이게 했다. 그리고 우리는 주로 멘드롱 따또의 두 손을 주의 깊게 관찰하였다. 그는 얼굴을 약간 붉히고 우리 앞에 좀 어설픈 자세로 두 손을 내밀고 있었는데 그의 두 손은 그의 얼굴, 목, 목소리와 함께 체구에 어울리지 않는 매우 자그마한 것이었다. 그리고 그것은 수줍은 듯 가늘게 떨며 우리의 눈앞에 있었다. 아! 그리고 마침내 우리가 그것을 만져 보았을 때 그것은 얼마나 말랑말랑하고 섬세하던가! 마치 계집아이나 어린아이의 그것과 같지 않던가! 특히 손가락들의 안쪽은 지문이 있는지조차 의심이 갈 지경으로 매끄럽고 말랑말랑하지 않던가! 모든 궂은일은 그 혼자서 도맡아 하다시피 해 왔음에도 불구하고, 게다가 그는 우리가 그것을 만지기 시작하자, 더욱 얼굴을 붉히며 당황한 표정으로 두 손을 우리의 손들로부터 빼내려는 몸짓을 했다. 손톱이 길다거나 때가 끼어 있다거나 하는 위생검사 불합격의 조건이라곤 하나도 가지고 있지 않았음에도 불구하고…….

"위생상태 양호!"

우리는 그의 손을 돌려주었다. 그리고 우리는 마음속으로 어떤 단정을 내리며 은밀히 용솟음치는 기쁨을 맛보기 시작했다. 그것은 십

중팔구 이 커다란 사내가 소매치기임에 틀림없으리라는 단정과 이 양순하고 순박해 보이는 사내가 소매치기임에 틀림없다면 그는 앞으로의 우리 생활을 단조로움과 지루함에서 건져 주는 데 커다란 기여를 할 공산이 크다는 기쁨이었다. 그리고 우리의 그러한 단정과 기쁨을 보충해 주는 증거는 또다시 나타났다.

태권 3단 최 병장이 마침내 파월 특명을 받았는데, 그 환송 회식비를 멘드롱 따또 혼자서 마련해 왔다는 것이다. 물론 그를 외출 보낼 때의 우리의 저의가 바로 그것을 기대한 것이었고 또 은근히 종용한 바이기도 했으나 그가 막상 빳빳한 500원권으로 일금 만 원을 마련해 가지고 들어왔을 때 우리는 그가 소매치기임에 틀림없다는 심증을 굳히게 된 기쁨보다는 존경심이 우러났다. 물론 그것은 한때, 자기를 모질게 학대한 적이 있는 최 병장에 대한 그의 너그러움에 감동했다거나 하는 그런 식의 존경심은 아니었다. 우리에게 그런 것은 대수로운 일이 아니었기 때문에. 단지 그것은 만 원이라는 생생한 현금을 바라보면서 느낀, 그런 액수의 돈을 쉽사리 손에 넣을 수 있는 자에 대한 이를테면 '알라딘의 램프'를 가진 자에 대한 가지지 못한 자의 선망 같은 것에 지나지 않았는데, 좌우간 그 순간 우리는 그가 우리와는 매우 다른 어떤 위대한 계층의 인간으로 보이기도 했던 것이다. 최 병장은 회식 석상에서 멘드롱 따또를 향해 떠나는 자로서의 진실된 후회를 담아 지난 일은 잊어 달라고 말했고, 멘드롱 따또는 오히려 얼굴을 붉히면서 무슨 그런 말씀을 다 하시느냐고 다만 무운을 빌 따름이라고 말했다. 이런 이야기는 하나도 중요하지 않다. 어쨌든 우리는 멘드롱 따또가 마련해 온 일금 만 원 덕분으로 최 병장의 파월 환송 회식을 무사히, 그것도 호화판으로 치를 수가 있었으며 그가 소매치기임에 틀림없다는 심증은 더욱 확실해졌던 것이다.

그리고 멘드롱 따또의 누나가 부자가 아니라는 사실도 곧 밝혀졌다. 하루는 그의 누나라는 여자가 면회를 왔었다. 한데 그 여자의 옷차림이 도저히 부자의 그것이랄 수가 없었던 것이다. 얼핏 보기에도 나들이 차림을 한답시고 깨끗한 옷으로 애써 갈아입은 낌새가 역력했으나 그것은 값싸고 흔한 합성섬유에 지나지 않았을뿐더러 그녀의 얼굴은 빈곤의 때가 까맣게 찌들어 붙은, 흔히 우리가 변두리 시장의 여자 행상인들에게서 보는 그런 얼굴이었던 것이다. 멘드롱 따또보다는 두세 살쯤 위로 보이는 그녀는 멘드롱 따또에 비해서는 왜소하리만큼 체구도 작았다. 그리고 면회소 관리병의 보고에 의하면 얼마간의 돈이나마 건네어 준 쪽은 그 여자 쪽이 아니라 오히려 멘드롱 따또 쪽이더라는 것이었다.

그 뒤 우리는 전 내무반원에 대한 소지품 검사를 한번 실시해 보기로 하였다. 그것은 물론 면회소 관리병의 보고에 의해서 자극된 우리의 호기심이 시킨 멘드롱 따또의 비축금(秘蓄金)이 얼마나 되는가 하는 것을 알아내기 위한 구실에 지나지 않았는데 기대와는 달리 우리는 그의 소지품 가운데에서 이렇다 할 금전의 비축은 발견하지 못하고 언젠가 신병 하나가 변소에서 주웠다는 것과 같은 반 토막짜리 면도날 하나와 기묘하게 생겨 먹은 인형 하나를 발견하는 성과밖에 얻지 못했다. 그 인형은 플라스틱 칫솔대를 재료로 쓴 아주 정교한 솜씨의 조각품으로서 어이없게도 한 육군 병장의 모습을 새긴 것이었는데 아직 마지막 손질이 가지 않은 미완성품이었다. 미완성품이라곤 해도 이 조그만 조각품은 완성을 바로 눈앞에 둔, 아니 그대로 완성품이라고 해도 손색이 없을, 아주 세밀한 부분에까지 그것을 새긴 사람의 집착이 스며든 듯한 정성 들인 인형이었다. 우리는 출감 사병들 가운데서 간혹 칫솔대에다 여자의 나체를 새겨 가지고 다니는 친구를 본 일은 있었지만 육군 병장의 모습을 새긴 것은 처음 보는 일이어서 적잖이 기이한 느낌을 받았다. 그것은 그리고 어쩐지 우리 중의 하나를 새긴 것이나 아닌가 하는 터무니없는 느낌도 있어서,

"야! 인마! 이게 누구야?"

하고 묻자 그는 묘하게 어색한 표정이 되며,

"아녜요. 저…… 그전에 같은 부대에 근무하던 사람이에요."

라고 대답하고는 더 이상 그 인형에 대해서 말하려고 하지 않았다. 그리고 그는 그 육군 병장의 인형을 받아 들자 감추듯 그것을 작업복 윗주머니에 넣고는 단추를 잠그는 것이었다. 그 후 한 신병의 보고에 의하여 그 인형은 그가 손수 새긴 것이며, 그 작업장은 변소라는 것, 따라서 그 반토막짜리 면도날은 소매치기용 도구일 뿐만 아니라 조각도이기도 했다는 사실을 알게 되었으나 그 인형에 새겨진 육군 병장이 누구라는 것은 알 길이 없었고, 또 그러한 것은 우리의 관심사가 아니었으므로 더 추궁해 보려고도 하지 않았지만 우리는 그의 소지품 가운데서 이렇다 할 금전의 비축도 발견해 내지 못한 서운함에 누구에게랄 것 없이 화를 내고 싶은 기분으로 있었던 것이다.

훨씬 뒤에 밝혀진 일이지만 그 조각품의 육군 병장이 멘드롱 따또가 큰집에 가게 되었던 그 모종 사고라는 것과 직접적인 관련을 가진 인물이리라고는 그때 우리는 상상도 못 했던 것이다. 우리의 흥미는 오로지 그가 소매치기라는 점에만 초점이 맞추어지고 있었기 때문이다. 그리고 그로부터 온갖 향응을 베풀어 받는 데만 급급했기 때문이다. 우리는 그가 소매치기임에 틀림없다는 심증을 굳힌 뒤로는 되도록 자주 그의 외출을 허락했었다. 허락할 뿐만 아니라 나중에는 종용하다시피 했다. 그러면 그는 귀대할 적마다 풍성한 향응으로 우리를 기쁘게 해 주곤 했던 것이다. 심지어 우리는 그러한 향응이 우리의 기대에 미흡할 경우에는 엉뚱한 트집을 잡아 전 내무반에 비상(非常)[우리는 이 말이 평상(平常) 또는 일상(日常)이라는 말의 반대말이라는 것에까지는 생각이 미치지 못했으나 이 말이 갖는 절대적 권위와 효력, 그 삼엄한 구속력에 대해서는 잘 알고 있었으므로 졸병들에 대한 사적 제재의 수단으로 종종 애용하곤 했다]을 걸기도 했다. 그러고는 여러 가지 잔인한 방법으로 멘드롱 따또를 괴롭히곤 했다. 예컨대 그는 방독면을 쓰고 구보하라는 우리의 명령을 가장 두려워하였다. 그는 체구(동체는 크고 하체는 부실한)의 탓으로 유난히 구보에는 괴로운 빛을 감추지 못했는데 그것이 방독면을 착용한 채로일 경우에는 더 말할 수 없이 고통스러워했다. 판초 우의(雨衣)를 착용한 채로의 포복, 엎드려 몸통받치기, 쪼그려뛰기, 식기 물고 토끼걸음 걷기, 소총 이빨로 물고 서 있기 같은 것들을 그는 또한 두려워했는데, 우리는 그러한 것들을 교묘히 안배하여 그를 괴롭히곤 했다. 그리고 그런 뒤에는 항상 만족할 만한 향응을 베풀어 받을 수가 있었던 것이다. 그러한 생활이 몇 개월 계속되었다. 그는 외출을 가서도 집에는 거의 들르지 않았던 모양으로 그의 누나라는 여자가 이따금 그 찌들어 붙은 모습으로 면회를 오곤 했다. 그때마다 면회소 관리병은 멘드롱 따또가 그 여자에게 약간씩의 돈을 주어 보내곤 하는 것을 보았다고 했다. 좌우간 그러는 동안 우리는 그로부터 향응만을 받는 데에 그치지 않고 현금을 차용(채무를 이행한 적은 한 번도 없지만)하기도 했으며, 헌병의 눈을 피해 몇 차례 사창가에 드나들기까지 했던 것이다. 한데 그러는 사이에도 현 병장은 그의 문학적 상상력을 은밀히 발동하여 멘드롱 따또가 소매치기라는 사실을 뒷받침하는 보다 더 확실한 증거를 잡으려고 하는 한편 그가 큰집에 가게 된 직접적인 계기가 되었을 그 모종 사고에 대한 천착을 혼자서 남몰래 진행해 온 모양이었다.

하루는 사령부 부관 참모부에 다녀오는 길이라면서 현 병장이 흥분한 얼굴로 들어왔다. 그날은 멘드롱 따또가 제대 특명을 받기 약 한 달 전, 그러니까 10월의 마지막 주 월요일인가 화요일인가였다. 멘드롱 따또는 주간말번(晝間末番) 보초를 나가고 마침 내무반엔 없었는데 현 병장은 들어서자 대뜸 밑도 끝도 없이,

"과실치사야!"

하고 말하는 것이었다. 우리가 어이없어하는 표정으로 도대체 무슨 소리냐고 묻자, 그는 흥분을 조금 가라앉힌 다음 차근차근 이야기하기 시작했다. 그가 우리의 제대 날짜에 대한 정보를 얻기 위해서 부

관 참모부 기록계에 있는 그의 친구를 만나러 갔었다는 사실은 우리도 알고 있던 터였다. 그런데 그는 그것만이 아니라 사실은 멘드롱 따또의 상벌 기록을 한번 찾아보려는 계획도 미리 품고 갔었다는 것이었다. 친구에게 부탁했더니 친구는 좀 언짢은 기색이 되며 사실은 규정위반이라고 빨리 보아 달라고 말하면서 멘드롱 따또의 기록카드를 찾아 주더라고 했다. 우선 상벌란부터 훑어보게 되었는데 거기 황색의 카드 위에 붉은 글씨로 씌어진 네 개의 글자가 마치 무슨 살아 있는 물체나처럼 그의 눈을 찌르더라는 것이었다. 그 글자의 내용이 바로 '과실치사'더라는 것이었고, 그 밑에는 '징역 1년 6개월'이라고 씌어 있었는데 자기로서는 그것이 무거운 형량인지 가벼운 형량인지는 잘 알 수 없노라는 것이었다. 그리고 그는 우리의 제대는 좀 늦어질 것 같다는 정보를 덧붙여 전해 주었다. 우리는 그전의 출감 사병들로부터 그들이 겪은 군 교도소에서의 여러 가지 고통스러운 경험들을 익히 들어 알고 있었으므로 1년 6개월이라는 기간이 멘드롱 따또에게 얼마나 고통스러운 기간이었으리라는 데 대한 짐작과 함께 그동안 그가 우리에게 보여 준 거의 노예와 같은 복종의 태도와 간사하게까지 느껴진 향응에 관해서도 어렴풋이 납득이 가는 느낌이었으나 그가 저질렀다는 '과실치사'란 과연 어떤 것이었을까 하는 호기심이 그것을 억누르고 우리를 다시 횡포한 짐승의 무리로 만들었다.

하여, 그날 저녁 우리는 멘드롱 따또를 몹시 학대했다. 그것은 물론 그 '과실치사'의 경위를 알아내기 위한 우리의 용렬한 호기심이 시킨 짓이었는데 그는 그 문제에 관한 한 언젠가처럼 완강한 묵비권을 행사하였다. 모든 괴로움에 견디면서 그는 끝내 한마디도 입을 열지 않았던 것이다. 그럴수록 우리의 횡포한 호기심은 더욱 기승을 떨어 오늘만은 기어이 네놈의 입을 열고야 말겠다는 결심으로 우리가 구사할 수 있는 모든 방법의 정신적·육체적 학대를 퍼부었으나 그는 비지땀을 흘리며 견뎌 낼 뿐 황소처럼 굳게 입을 다물었다. 그 문제에 있어서만은, 그는 그 자신의 물리적 속성 내지는 생리적 한계까지를 이겨 내면서 끝끝내 묵비권을 행사함으로써 그 자신의 육체적·정신적 고통과 우리의 악의에 찬 학대에 저항했던 것이다. 그가 그 일에 대해서 이렇게까지 완강한 묵비권을 행사하는 속셈을 우리는 알수 없었으나 더 이상 어째 볼 도리도 없었거니와 마침 일직 사관이 이 일을 알고 달려와 우리를 몹시 꾸짖기도 했으므로 그날 저녁은 그 정도로 넘기는 수밖에 없었다. 그리고 모든 일이 밝혀질 날은 의외로 빨리 다가왔다.

그것이 바로 어제였다. 멘드롱 따또와의 그 '과실치사'에 관한 메아리 없는 문답이 있은 뒤로도 그와 우리와의 관계(우리는 그의 외출을 종용하고 그는 우리가 연연해하는 그 푸짐한 향응을 준비해서 귀대하곤 하는)는 별수 없이 그럭저럭 지속되었는데 그러는 동안 그는 출감 사병이라는 결격사항 때문에 좀 늦어지긴 했어도 11월 1일부로 일병의 계급장을 달게 되었고 다시 얼마 뒤에는 뜻밖에도 우리보다 앞서 제대 특명을 받게 되었던 것이다. 그리하여 우리는 그의 그 '과실치사' 건에 관해서는 끝내 아무것도 알아내지 못하게 되었다고 체

넘하게 되었고, 그가 베풀어 주던 풍성한 향응도 이제는 바랄 수 없게 되었다고 서운해하면서 그의 제대 회식을 간단하게나마 우리가 한번 마련해 보자고 의견을 모으게 되었던 것이다. 그리고 제대 특명은 매우 촉박하게, 출발일자를 불과 사흘 앞두고 있었던 까닭에 우리는 서두르지 않으면 안 되었다. 일직 사관으로부터 특별허가를 얻은 후 우리는 부대로부터 그다지 멀지 않은 시장거리의 대폿집으로 몰려갔다. 그것이 바로 어제, 멘드롱 따또의 제대 출발을 하루 앞둔 11월 1일 저녁의 일이었다.

대폿집은 매미(노래 부르는 여자)까지도 갖추고 있는, 2층으로 된 판잣집이었는데, 아래층에는 마침 손님이 붐비고 있어 마땅한 자리가 없었으므로 우리는 그러한 종류의 집에서 흔히 보는 수직의 나무 사다리를 타고 2층의 골방으로 올라가는 수밖에 없었다.

삐걱삐걱 소리를 내는 나무 사다리를 오르면서 좀 위태롭다는 느낌이 들기도 했으나 막상 올라가고 보니 골방은 좁긴 했어도 오히려 오붓한 맛이 있어 잘되었다 싶었다. 그리하여 우리는 매미도 부르지 않기로 하였다. 조촐하고 돈독하게 우리끼리 마시기로 했던 것이다. 또 그 골방의 은밀한 분위기가 우리로 하여금 그렇게 하도록 종용하고 있는 것 같기도 했던 것이다. 당연히 그러하겠지만 멘드롱 따또는 별나게 기쁜 표정이었다. 술이 몇 순배 돌아가지도 않아서 얼굴이 홍당무가 되었지만 그는 사양하는 법 없이 주는 대로 받아 마셨다. 그것은 자칫 위태로워 보이기까지 하는 태도였다. 우리는 이 조심스런 친구에게 이런 일면이 있었는가 하고 놀랍고 기뻤으나, 한편 염려되는 바도 없지 않았다.

만일 이 커다란 친구가 취해서 쓰러져 버리기라도 한다면 그를 운반할 재간이 우리에겐 없었기 때문이다. 더구나 우리는 언젠가 그에게 청주를 두 모금인가 마시게 한 뒤 그가 토하는 꼴을 본 경험까지 있지 않은가? 그러나 그는 얼굴만 점점 홍당무가 되어 갈 뿐 이날만은 용하게도 술을 이겨 내고 있었다. 그리하여 우리 모두가 적당하게 취해서 수치심을 잊을 만하게 되었을 때 현 병장이 약삭빠르게 말했다.

"어이, 멘드롱 따또, 이제 내일이면 우리하구 헤어지게 되었는데, 어때? 그 얘길 우리한테 해 주는 게……."

"무슨…… 얘기 말입니까?"

멘드롱 따또는 현 병장을 건너다보았다.

"아, 왜 있지 않아? 그 과실치사 얘기 말야."

술에 취해 벌겋게 충혈된 현 병장의 두 눈망울이 그때처럼 우리에게 용렬하게 비친 적은 없었다. 그것은 또한 우리 전체의 그것에 다름 아니었기 때문에 우리는 더욱 수치스런 기분에 휩싸였다. 멘드롱 따또는 눈을 감고 잠자코 있었다. 감고 있는 눈꺼풀이 어떤 시련에 견디는 듯 가늘게 경련을 일으키고 있었다.

"아, 그 뭐, 내일이면 우리하구두 다신 만나지 않게 될 텐데……."

현 병장은 좌중의 분위기가 무거워진 것이 자기의 책임이라는 것을 느꼈는지 변명하듯 그렇게 말했다. 그때 멘드롱 따또가 감았던 눈을 떴다. 그러고는 잠시 현 병장의 얼굴을 바라보았다.

"얘길…… 해 드리지요. 그렇게 듣구 싶으시다면……."

그리고 그는 현 병장의 얼굴로부터 눈길을 거두더니 무엇엔가 이겨 내려는 듯한 몸짓으로 작업복 윗주머니의 단추를 벗기고는 언젠가 우리가 한 번 본 적이 있는, 그 육군 병장의 인형을 꺼내 들었다. 그것은 이제 말끔히 손질이 끝나 완성품이 돼 있었다. 그것을 쥔 그의 손은 가늘게 떨고 있었다. 우리는 의아한 시선으로 모두 그를 바라보았다.

"이 사람을…… 제가 죽였습니다. 아니, 이 사람이 절…… 아니요, 역시 이 사람을 제가 죽였습니다."

그렇게 입을 연 멘드롱 따또의 얼굴은 그 순간 우리로부터 아득히 먼 곳으로 떨어져 나가는 듯한 낯설고 비현실적인 표정을 띠고 있었다. 그것은 이승의 것이 아닌 듯한 어떤 불가해한 엄숙성 같은 것이었다. 우리는 술이 취해 가는 도중인데도 이상한 충격이 우리를 사로잡는 것을 느꼈다. 그의 그 계집애 같은 가냘프고 앳된 목소리가 이때처럼 엄숙하게 들린 적은 일찍이 없었던 것이다.

"이 사람은…… 성격이 몹시 사나웠어요. 독한 사람이었지요……."

그 육군 병장은 멘드롱 따또가 큰집에 가기 전에 근무하던 어느 전방부대의 고참병이었다고 했다. 성격이 몹시 거칠던 그는 걸핏하면 생트집을 잡아 비상을 걸곤 했다는 것이다. 그리고 유난히 체소(體小)한 그 고참병은 그때마다 멘드롱 따또를 특별히 괴롭히곤 했다는 것이었다. 멘드롱 따또는 참아야 한다는 것을 알고 있었고 또 참았다고 했다. 그러나 학대는 날이 갈수록 심해졌다는 것이다. 그 고참병은 입버릇처럼 말하기를 "이렇게 큰 자식은 도저히 참을 수가 없어!"

했다고 했다. 그때마다 멘드롱 따또는 스스로의 체구의 큼을 원망했다는 것이다. 그러던 어느 날 그 고참병은 내무반에다 전원을 모아 놓고 일장의 연설(멘드롱 따또와 같이 커다란 인간이 오늘날과 같은 조직대중사회에 있어서 어떠어떠하게 쓸모없고 가치 없는 인간인가 하는 것을 모멸에 가득 찬 언사로 늘어놓는 연설이었다 한다)을 토한 뒤, 멘드롱 따또 앞으로 다가섰다는 것이다. 그러고는 "이 머저리 같은 새끼! 넌 이 새꺄, 고려시대쯤에나 태어났어야 해! 그랬으면 몽고 군사 열 명쯤은 죽일 수 있었겠지! 으이! 짐승 같은 새끼!" 하고 침을 뱉고는 주먹으로 멘드롱 따또의 배를 후려갈기려고 했다는데 그때 멘드롱 따또는 그를 밀쳐 버렸다는 것이다. 그것은 순간적인 자기 방어 본능이기도 했지만 참을 수 없는 그 무엇이 내부에서 시킨 짓이기도 했다고 멘드롱 따또는 고백했다. 한데, 그것이 사고였다는 것이다. 그 고참병은 마치 가랑잎처럼 떠밀려 콘크리트 바닥에 뒤통수를 부딪치며 자빠졌는데 입에 거품을 물며 몇 번 경련을 일으키듯 하더니 그대로 일어나지 못하더라는 것이다. 군의관이 나중에 말하기를 심한 뇌진탕이라고 하더라는 것이다. 군법회의에 회부되어 징역 1년 6개월을 선고받았는데 자기는 지금도 그것이 자기에게 너무나 가벼운 형량이었다고 믿고 있다고 했다.

"이 사람…… 입니다."

멘드롱 따또는 그렇게 말하고 칫솔대에 새긴, 그 육군 병장의 인형을 쓸쓸한 눈빛으로 바라보았다. 순간 우리는 그것이 바로 우리 중 한 사람의 화신, 아니 우리 모두의 화신인 것 같은 착각을 받았다.

"헌데…… 이 사람은 아직 살아 있습니다. 제 이 두 손에…… 이 사람을 밀쳐 버린 두 손에. 교도소에 가서두, 그리구 이 부대에 와서두 전 이 사람하구 쭉 같이 지냈어요. 아마 앞으루두…….."

그렇게 말끝을 흐리는 멘드롱 따또의 선량한 두 눈에는 이상한 액체가 엉기고 있었다. 그리고 거기에는 칫솔대에 새긴 그 육군 병장의 작은 인형이 흔들리듯 투영돼 있었다. 우리는 잠시 말을 잃고 있다가 기분을 전환해야겠다고 생각하고 매미들을 불러올렸다.

그리고 몇 순배인가의 술이 더 돌아가고 매미들의 젓가락 장단과 대중가요 가락으로 하여 기분도 얼마쯤 다시 타락했을 때 현 병장이 다시 멘드롱 따또를 향해 염치없이 물었다.

"헌데, 멘드롱 따또, 자네 그 픽포켓 기술은 언제 배운 거야. 큰집에 있을 때?"

얼마쯤 다시 술자리의 기분으로 돌아오려는 노력을 보이고 있던 멘드롱 따또는 깜짝 놀라는 표정이 되었다.

"픽포켓 기술이라뇨?"

"아, 소매치기 기술 말야, 시치미 떼지 말구."

"네?"

"아니, 그럼 자네, 소매치기가 아니란 말야?"

"아니?"

"어, 이 친구 봐? 끝까지 이러긴가? 다 아는 걸 가지구 뭘 그래?"

"현 병장님. 대체 무슨 말씀이세요?"

멘드롱 따또는 어이없다는 듯이 현 병장의 얼굴을 자세히 바라보

았다. 우리는 그러는 그의 얼굴을 바라보고 현 병장은 '이 친구 봐?'
하는 표정으로 우리를 바라보았다. 매미들도 유행가 가락을 멈추고
이 커다란 군인이 정말 소매치기인가? 하는 표정으로 멘드롱 따또를
바라보았다. 현 병장이 다시 말했다.

"자네, 그럼 어디서 그렇게 돈이 생겨서 물 쓰듯 했단 말야? 자네
누나두 부잔 것 같진 않던데?"

그제야 멘드롱 따또는 무엇인가 납득이 가는 듯한 표정이 되며 잠
시 보일락 말락 한 미소를 입가에 지었다. 그러고는 매미들을 바라보
며 얼굴을 붉혔다. 다시 그 육군 병장의 인형을 한동안 말없이 바라
보더니 그는 용기를 내듯 말했다.

"이 사람이 늘 빈정거리군 했지요. 암평아리의…… 생식기는 어떻
게 생겼느냐구요. 그리구 수평아리의 그것은 어떻게 생겼느냐구요.
휴가 가면 암평아리의 그걸 몇 개만 갖다줄 수 없겠느냐구요, ……전
병아리 감별사입니다."

그리고 이 커다란 사내의 얼굴이 더욱 홍당무가 되었다. 매미들은
재미난다는 듯 까르르 웃어 댔다. 우리는 아연할 수밖에 없었다. 우
리가 굳게 믿고 있던 사실은, 그러면 모두 한낱 허구에 지나지 않았
던 것이다. 멘드롱 따또는 계속 수줍어하는 표정으로 외출을 나갔었
을 적마다 전에 일하던 부화장을 찾아가 병아리 암수를 가려내는 일
을 했다는 것과 조금 자랑기까지 섞인 어조로 병아리 감별사라는 직
업이 오늘과 같은 대량생산의 시대에 있어서는 꽤 유망한 직업이기
도 하며 수입도 좋은 편이라는 것을 말하고 나서 물론 돈을 얼마씩

선불해 쓰기도 했다고 덧붙였다. 회식의 분위기는 일신되었다. 현 병장도 자기의 상상력이 지나쳤다는 것을 깨닫고 면구스럽다는 듯 무안한 웃음을 터뜨렸고, 매미들도 별 재미난 직업이 다 있다는 듯 깔깔대며 유행가 가락을 다시 목청껏 뽑아 대기 시작했으며, 멘드롱 따또도 우리도 모두 그러한 분위기 속으로 휩쓸려 들어갔다. 그리고 다시 술잔들이 돌아가고 모두들 취해 갔다. 멘드롱 따또는 특히 정신없이 취했다. 그럴 만도 한 것이 그에게는 오늘이 모든 것으로부터 해방되는 날이었기 때문이다. 내일이면 모든 것과 메별하고 그를 괴롭히던 모든 것에서 자유가 되어 이곳을 떠날 것이었다. 마침내 그는 몸을 가누기조차 어렵게 되었다. 그때 우리 중 누구 하나가 소변을 보기 위함인 듯 밑으로 내려갔다. 그리고 얼마인가 뒤였다. 아래층에서 취하고 장난기 섞인 목소리가,

"비상! 비사앙!"

하고 울려온 것은. 순간 우리의 취안에 멘드롱 따또가 소스라치듯 벌떡 일어나는 모습이 보였다. 그리고 그 커다란 몸집이 부들부들 떨며 벗어 놓았던 작업모(일등병 계급장이 붙은)를 찾아 머리에 쓰는 모습이 보였다. 떨리는 손으로 풀어 헤쳐진 작업복 상의의 단추를 황망히 잠그고 홍당무가 되었던 얼굴에 핏기가 걷히며 두 눈에 가득한 불안을 담고 비틀걸음으로, 그러나 전신을 긴장한 채, 아래층으로 향하는 출구로 다가가는 모습이 보였다. 우리는 취안으로 서로의 얼굴을 바라보며 껄껄 웃었다. '저 친구, 정말 비상인 줄 아는 모양이라'고. 그때였다. 한두 계단 사다리를 내려딛는 소리가 들려온 뒤, 육중한

물체가 무엇엔가 부딪혀 걸리는 듯한 음향과 함께 사다리가 와지끈 부러져 나가는 듯한 소리를 우리는 들었다. 그러고는 육중한 물체가 땅바닥에 떨어져 부딪치는 소리. 우리는 술이 번쩍 깨는 느낌을 받으며 우르르 출구로 몰려갔다. 출구 아래에서 사다리는 부러져 있었고 멘드롱 따또의 커다란 몸집은 그 밑에 쓰러져 있었다.

멘드롱 따또는 죽었다. 군의관은 검시(檢屍)를 하다가 체구에 비해서 유별나게 가느다란 그의 목이 부러져 있음을 발견했다. 멘드롱 따또는 어제, 그렇다, 바로 어제 제대 출발을 하루 앞두고 죽었다.

그리고 오늘 우리는 그의 누나의 집으로 그의 죽음을 알렸는데 달려온 그 누나라는 여자는 그의 시체를 향해 달려들며 뜻밖에도 이렇게 울부짖었다.

"여보! 여보!"

야만사초(野蠻史抄)

　20억 년 동안을 비바람에 냉각되고 태양빛에 바래어 이제는 노년기에 들어선 야산에서 결국 잡히고 말았을 때, 너는 반항하지 않았다. 놀라지도 않았을뿐더러 히죽 웃기까지 했다. 잡혀서 안심이라는 식의, 차라리 방심한 듯한 표정이었다. 혹은 '나를 잡아 주어서 대단히 고맙소'라는 식의, 오히려 사례하고 싶다는 표정 같기도 했다.

　나는 재빨리 풀섶에 몸을 숨겼으므로 잡히지는 않았으나, 울고 있었다. 가슴과 목구멍으로 소리 죽여 울고 있었다. 부자(富者)와도 같은 여름의 태양이 넘치는 부(富)를 감당치 못해 그것을 은혜인 양 함부로 퍼붓고 있었고 사방의 풀숲은 그 은혜에 허덕이며 초록빛 독기(毒氣)를 뿜고 있었다. 나는 독기를 뿜는 초록빛 잎새들 사이로 울면서 내다보고 있었다. 숨을 죽여, 숨을 죽여서……. 숨을 죽이느라고 억눌린 목구멍이 견딜 수 없이 서러워하고 있었다. 네가 포승줄에 묶이우면서 웃고 있는 웃음이, 이제는 다 내던졌다는 듯한 그 웃음이 내 목구멍을 자꾸만 서럽게 하고 있는 것이었다. 네 그 선량한 긴 얼굴이 이제 차라리 안심했다는 듯 내맡기고 있는 가느다란 팔과 다리가, 거만한 태양의 감시 아래 속속들이 드러나 있는 네 가난한 육체가 나를 못 견디게 하고 있었다. 그리고 네 발에 신겨진 다 해진 신발과 네 몸에 걸쳐진 다 떨어진 홑옷이 나를 견딜 수 없이 서럽게 하고 있었다. 하마터면 나는 자제를 잃고 끼익 끼익 소리 내서 울 뻔했다. 하지만 나는 목울대 밑에서 소리를 삼켰다. 소리를 내서는 안 되었을 뿐만 아니라 그 순간 아무것도 보고 있지 않는 것 같던 네 방심한 듯한 눈길이 내가 숨어 엎드려 있는 풀섶 쪽으로 향해 왔기 때문이었다. 그러나 너는 내가 여기, 풀섶 뒤에 숨어 있다는 사실을 그들에게 알린다는 것은 나를 위해 과분한 선심이라는 듯 곧 눈길을 거두어 버리고 말았다. 그리고 너는 하늘을 쳐다보았다. 하늘은 구름 한 점 없이 맑았으나 열기를 뿜는 태양이 거기 있어서 알루미늄판처럼 무거운 빛을 띠고 있었다. 흡사 전기(電氣)라도 머금고 있는 것 같았다. 너는 그러한 하늘을, 눈을 가늘게 떠서 쳐다보며 다시금 방심한 듯한 미소를 지었다. 그리고는 네 가난한 몸뚱어리를 둘러싸고 있는 공기(空氣)와 장난이라도 치듯, 얇은 어깨를 움직여 한 번 들썩해 보인 다음 고개를 떨구어 너 자신의 발부리께를 내려다보았다. 네 눈길이 머무는 곳에는 여러 가지 색깔의 이름 모를 들꽃들이 저마다 생존의 가련한 아름다움을 꽃 피워 가지고 태양빛의 역겨운 은혜와 그로 하여 더워진 공기를 무거운 듯 이마에 인 채 작은 얼굴들을 쳐들고 있었는데 너는 그중 몇 송이를 발로, 네 그 다 떨어진 신발로 밟고 있는 채였다. 잡히기 전이라면 너는 그것이 한갓 작은 들꽃의 자유에 지나지 않는다 하더라도 그것이 차마 너 자신의 발에 의해서 유린되는 일을 용납하지는 못했을 것이었다. 그러나 너는 발을 치우려고 하기는커녕 오히려 지근지근 밟기조차 하며 무심히, 그냥 방심한 듯한 눈길로 굽어 보고만 있었다. 그러한 너의 표정에는 스스로를 사람이라고 생각하는 고단하고 지친 여정(旅程) 끝에 마침내 그로부터 벗어남을 얻게 된 사람의 탁 풀린 안도감과도 같은 태평스러움이 떠돌고 있었다.

나는 울 까닭을 잊었던 아이가 불현듯 다시 생각이 나서 소리 내어 울듯 다시금 북받쳐 오르는 서러움을 목울대 밑에서 삼켰다. 소리 내서, 끼익 끼익 소리 내서 마음껏 울고 싶었으나 그러지 못한 것은, 그들의 우악스런 손아귀에 잡혀서 저 눈부신 햇빛 속으로 끌려 나갈 일이 두려웠기 때문이었다. 나는 잡히고 싶지 않았다.

너도 잡히려고 도망친 것은 아니었다. 나와 마찬가지로. 그건 분명 그랬다. 우리는 잡히기 위해서 도망친 것은 아니었다. 그들이 나빴으므로, 그들은 옳은 일이라곤 한 가지도 하지 않았으므로, 기왕에 이루어진 모든 지적(知的) 업적들을 불살라 버리려고 했으므로, 모든 사람을 무지(無知)의 우물 속에 가두어 두려고 했으므로, 자유를 매장하려고 했으므로, 사람들의 눈알을 밟아 버리고 건강한 눈에 난시자(亂視者) 안경을 씌우려고 했으므로, 혓바닥을 지져 버리고 손가락으로 말하는 법을 가르치려 했으므로, 귀를 으깨어 버리고 표정에서 말(言語)을 읽어 내는 법을 가르치려 했으므로, 사람을 수분과 단백

질과 지방질과 무기염류로 구성된 복합 화합물로 보거나 운동을 가하면 반응하는 물리적 존재로만 보려고 했으므로, 그리고 그들은 너무 크고 우리는 너무 작았으므로 그들에게 대항하는 대신 우리는 도망쳤었다. 하긴 도망치기 전에 우리는 할 수 있는 대로는 반항했었다. 그러나 우리가 얻을 수 있었던 것은 우리가 얼마나 작고 힘없는 존재인가 하는 사실에 대한 새삼스럽고 참담한 깨달음뿐이었다. 하긴 그래도 너는 끝끝내 도망치는 일에 동의하려고 하지는 않았다. 으깨어지는 한이 있더라도 마지막까지 반항해야 한다고 말했었다. 너는 그들을 향해 외쳤었다. 사람끼리 서로 믿을 자유를 달라. 정신적인 사유재산을 가질 자유를 달라. 지식의 업적을 교환할 자유를 달라. 역사를 가질 자유를 달라. 제 몸을 제 책임 아래 둘 자유를 달라. 가고 싶지 않은 곳에 가지 않을 자유를 달라. 잘못된 일을 하지 않을 자유를 달라. 결막염에 걸리지 않은 눈을 가질 자유를 달라. 백태(白苔)가 끼지 않은 혓바닥을 가질 자유를 달라. 중이염에 걸리지 않은 귀를 가질 자유를 달라. 신선한 채소와 싱싱한 물고기를 먹을 자유를 달라. 더러워진 음료수와 순도(純度)를 잃은 산소를 마시지 않을 자유를 달라. 내가 마실 잔(盞)을, 내가 마실 자유를 달라. 성병에 걸리지 않고 결혼할 수 있는 자유를 달라. 근친(近親)과 사랑하지 않을 자유를 달라. 걸어 다니고 싶은 곳을 걸어 다닐 자유를 달라. 손가락질하고 싶을 때 손가락질할 자유를 달라. 모든 사람에게 존댓말 할 자유와 함께 개새끼라고 말할 자유도 달라. 피해망상에 사로잡히지 않을 자유를 달라. 바보가 되지 않을 자유를 달라. 숫자로 표기되지 않을 자유를 달라. 그리고 사람에게는 지적(知的)인 욕망이 있다는 것을 인정하고, 영혼은 모르되 최소한 물리적인 속성이나 화학기호로 풀이할 수 없는 정신(精神)이라는 맑은 영역(領域)이 있음을 인정하라……. 그들은 당황하고 그리고 노했다. 회의를 열어 그들은 너를 처형하기로 결정했다. 그리하여 마침내 너는 도망치는 일에 동의하지 않을 수 없게 되었다. 너도 마침내는 그럴 수밖에 없게 되었다. 아, 그리고 너와 나는 얼마나 어두운 밀행(密行)을 더듬었던가! 얼마나 많은 차폐물(遮蔽物)의 도움을 받았던가. 얼마나 혹심한 굶주림에 허덕였으며 얼마나 혹심한 불안에 몸을 떨었던가! 얼마나 심한 다리 아픔과 숨 가쁨에 헐떡였던가! 햇빛, 햇빛은 얼마나 우리를 두렵게 하는 커다란 탐색등(探索燈)이었던가! 그런데 너는 잡혔다. 잡혀서 그 커다란 탐색등인 태양빛의 무자비한 조사(照射) 아래 지금 온몸을 드러내 놓고 있다. 너는 기진하고 지쳐서 이제 그들에게 너 자신을 던져 버린다는 자세를 취함으로써 네가 행할 수 있는 마지막 가엾은 저항, 그럼으로써만 그들로부터와 욕되고 지친 도망으로부터 벗어날 수 있는 최후의 방법을 받아들였던 것이다.

너를 결박하는 일이 끝나자 그들은 사방을 두리번거리기 시작하였다. 무엇인가를 찾고 있는 눈치였다. 나는 숨을 죽여 흐느끼면서 더욱 몸을 낮추었다. 그러나 그들은 또 하나의 도망자를 찾아내기 위해서 두리번거린 것은 아닌 모양이었다. 내가 숨어 있는 풀섶과 같은, 그런 은폐된 곳을 뒤져 내려는 기색이 아니라 그들의 시선은 좀 더 높은 곳을 더듬고 있었다. 그리고 마침내 바라던 목표물을 찾아낸 모양으로 그들은 결박된 너를 이끌고 내가 숨어 있는 풀섶과는 반대쪽 풀숲으로 걸어갔다. 너와 그들은 서너 걸음도 채 걷지 않아서 한 그루 커다란 소나무 밑에 섰다. 너나 내 나이의 세 배쯤은 오래 살아서, 피부가 검고 딱딱하게 굳어진 그 소나무는 철사 바늘과 같은 수많은 암녹색(暗綠色) 잎새들과 함께 몸통의 상반부께에 팔뚝을 내밀 듯 쑥 뻗쳐 나온 튼튼한 가지(枝)를 하나 가지고 있었다. 그 가지는 나무의 밑동으로부터 대략 2미터 남짓 되는 높이에서 지면과 수평을 이루며 뻗어 나와 있었는데 그들은 거기다 삼(麻) 줄로 꼰 밧줄을 던져 걸려고 하고 있었다. 그리고 너는 두 팔이 뒤로 묶이워 부자유인 채, 히죽히죽 웃으며 그것을 보고 있었다. 이윽고 밧줄이 가지에 걸쳐지자 그들 중 특히 건장해 보이는 사내 둘이 나서더니 밧줄의 양쪽 끝에 매달려 가지와 밧줄이 튼튼한가 어떤가를 시험하는 양으로 두어 번 타잔의 흉내를 냈다. 가지나 밧줄은 사내 둘의 하중(荷重)에도 끄떡없음을 보여 주었다. 그들은 만족한 표정으로 타잔의 흉내를 그만두고 너를 바라보았다. 줄에 매달리지 않았던 작자들도 마찬가지 표정으로 너를 바라보았다. 너는 그러나 여전히 방심한 듯 히죽히죽 웃고 있었다. 하지만 그들은 너의 그러한 웃음 따위가 하등 무슨 뜻이 있겠느냐는 듯 짧게 냉소하고 곧 시선을 거두더니 이어 밧줄의 한쪽 끝을 당겨 올가미를 만들기 시작했다. 나는 순간 숨이 막히는 것 같았다. 그들이 만들고 있는 올가미의 의미가, 바로 내 목이 옭히우듯 깨우쳐졌기 때문이다. 그들은 너를 목매달려고 하고 있는 것이었다. 저

올가미로 네 모가지를 옭아매려고 하고 있는 것이었다. 그들에게 재판(裁判)이 따로 있을 린 없었으나 이렇듯 즉흥적으로 네 목숨을 다루리라고는 나는 미처 상상하지 못했었던 것이다. 그러나 너는 그냥 히죽히죽 웃고만 있었다. 너는 따로 아무런 볼 일도 없다는 듯 웃고만 있었다. 그리고 올가미가 다 만들어져 네 모가지에 걸쳐졌을 때 (순간 나는 내 모가지에 구렁이가 달라붙는 듯한 차가움을 느꼈다)에도 너는 그냥 그렇게 웃고 있었다. 그러나 마침내 너는 웃을 수 없게 되었다. 타잔 흉내를 내던 아까의 두 사내가, 올가미로 되어 네 목에 걸쳐진 밧줄의 다른 한쪽 끝을 서서히 잡아당기기 시작했던 것이다. 밧줄이 가지(枝)의 양쪽에서 팽팽한 균형을 이루고, 네 모가지가 순간 쭉 늘어나는 것 같은 착각을 주더니 네 두 발은 허공에 떴다. 짧은 순간 너는 고통스런 표정을 짓는 듯했다. 그리고 너는 가지를 중심으로 한 밧줄의 시소에서 하중이 모자란 물체로서의 힘없음을 보이며 가지를 향해 쑤욱 쑥 매달려 올라갔다. 순간 나는 밧줄의 거친 섬유가 내 목의 살 속을 파고드는 듯한 아픔을 느끼며 본능적으로 눈을 감았다. 그리고 하마터면 다시 한번 끼익 끼익 소리 내서 울 뻔했다. 그러나 다시 눈을 떴을 때 나는 기이한 모습을 보았다. 너는, (이 무슨 소름 끼치는 음모이랴!) 너는 살아 있는 것이었다. 얼굴과 온몸이 흙빛이 된 채, 두 눈을 뜨고, 잠자리의 그것처럼 툭 불거져 나온 눈망울을 굴리며 너는 다시 웃으려고 애쓰고 있었다. 너는 그들의 교활한 음모, 너를 살려 둔 채 매달아 놓으려는 그들의 야비한 음모를 이미 간파하고 있는 모양이었다. 그리고 그것을 웃음으로 보여 주려고 하고 있는 것 같았다. 그러나 웃음은 쉽사리 만들어지지 않는 것 같았다. 그것은 다만 웃으려는 노력에 그칠 뿐, 웃음이라는 풍성한 여유로는 열매 맺지 못했다. 이윽고 너는 가지로부터 한 뼘밖에 되지 않는 허공에 고정되었다. 그리고 보니 올가미는 네 목을 옭기 위해서, 너를 단번에 질식사(窒息死)시키기 위해서 만들어진 것이 아님에 틀림없었다. 그것은 좀 더 야비한 의미를 가지고 있었다. 구조로 보아 (목 위에는 턱이 있다는 것을 상기해 주기 바란다) 가장 달아매기 편리한 (고통을 주기 위해서는 가장 효과적이기도 한) 부분을 이용해서 너를 허공에 매달아 두기 위한 교묘하고 악의에 찬 도구로서의 의미를 가지고 있었다. 이글거리는 태양의 복사열과 각막(角膜)을 파괴할 듯 넘쳐 드는 빛의 홍수 속에 너를 달아매 두기 위해서 만들어진…… 야만적인……. 다시 가지(枝)에 밧줄을 고정시키는 작업(일부러 서투름을 상관치 않는)이 진행되는 동안 너는 몇 번인가 또다시 새로운 고통으로 얼굴을 찡그렸다. 그리고 그때마다 너는 애써 웃으려고 했으나 번번이 실패했고 스스로의 실패에 대한 노여움이 다시 안타까운 찡그림으로 나타나곤 했다. 네 의지가 무엇을 원하고 있건, 어떻든 너는 올가미의 야만적인 의미와 역학(力學)에 묶여 가느다란 모가지 하나만으로 네 온몸의 무게와 전 생애를 매달고 있었기 때문이다.

밧줄을 고정시키는 작업이 끝나자 그들은 제복(制服)의 등을 보이며 사라졌다. 차가운 질서(秩序)의 대오를 이루며 사라져 갔다. 무기를 가진 두 명의 파수꾼만을 남기고 그리고는 이글거리는 태양의 복사열과 그가 투망(投網)하는 황금빛 그물의 눈부심과 정액의 냄새를 닮은 풀숲의 독한 향기만이 사방에 가득했다.

시간이 흐름에 따라 너는 이제 웃으려는 노력도 보이려고 하지 않았다. 다만 고통스러운 찡그림만이 늘어 갈 뿐이었다. 아니, 그러한 찡그림으로 네 얼굴은 이미 일그러진 채 고정되어 가고 있었다. 그리고 네 모가지는 평소보다 두 배는 더 되게 길어 보였다. 네 가엾은 두 발은 허공에 매달린 채 힘없이 지심을 향해 늘어져 있었다. 네 두 눈알은 잠자리의 그것처럼 툭 불거져 나와 있었으나 내심의 고통과 싸우는 아무런 가열(苛烈)한 의지도 이제 엿보이지 않았다. 다만 안구(眼球) 저 자신의 고통 때문에만 충혈되어 있었다. 그리고 너는 땀을 흘리고 있었다. 뒤엉켜 수세미 같던 네 머리칼은 땀에 젖어 착 달라붙어 있었고 네 몸뚱어리에 걸쳐진 홑옷은 이제 옷이랄 것도 없이 젖어 네 가난한 골격을 그대로 드러내 주고 있었다. 거기에 햇빛은 수없는 황금빛 바늘을 퍼부어 다시 네 온몸을 찌르고 있었다. 그리고 너는 언제부터 오줌을 흘리기 시작했는지 네 홑바지의 앞자락은 땀에 젖은 부분보다 더 무겁게 펑 젖어 있었고 바짓가랑이에서는 노란 물방울이 떨어지고 있었다. 그러나 너는 그것을 모르고 있는 듯했다. 하긴 알고 있었다 한들 네가 무엇을 할 수 있었으랴. 모가지 하나만으로 전신의 무게와 전 생애의 고통을 견디고 있는 네가……. 너는 다만 네가 육체도 가지고 있다는 새삼스럽고 고통스러운 깨달음으로 소리 죽여 울 뿐이리라. 그리고 그것을 의지로써 이길 수 없음을 슬퍼할 뿐이리라. 나는 다시 한번 끼익 끼익 소리 내서 울 뻔했다.

그리고 나는 내 바짓가랑이도 펑 젖어 있음을 깨달았다. 머리칼이 젖어 이마와 귀밑에 착 달라붙어 있음도, 옷이 모두 젖어 살갗에 휘감겨 있음도 깨달았다. 알지 못하고 있었을 뿐 나도 땀과 오줌으로, 물에서 막 건져 낸 사내가 되어 있었던 것이다.

두 사람의 파수꾼은 그러나 말쑥한 제복 차림인 채, 엄격한 모습으로 나무 밑동에 등을 기대고 앉아 있었다. 두 사람 모두 너를 향해서, 그러니까 내가 숨어 있는 풀섶 쪽으로 등을 보이며 앉아 있었다. 그들이 속해 있는 조직의 차가움과 지키는 자의 긍지를 번득이며. 순간 나는 그들을 습격해 보자는 의식이 한쪽에서 고개를 드는 것을 느꼈으나 곧 그것이 무모한 짓이라고 가르치는 다른 한쪽의 의식과 결탁하여 주저앉고 말았다. 그들은 무기를 가지고 있을 뿐만 아니라 내게는 두 사람의 무장한 파수꾼을 한꺼번에 처치할 만한 무용(武勇)도 모자란다는 것을 스스로 잘 알고 있었기 때문이다. 그리하여 나는 단지 숨을 죽이고 엎드려서 두 파수꾼의 목덜미(하나는 종기 자국으로 더럽혀져 있었고 다른 하나는 영양이 좋은 딸기빛이었다)와 이제는 찡그린 채 그대로 굳어져 버린 듯한 네 얼굴을 번갈아 바라보며 소리 죽여 울 뿐이었다.

그리고 황혼이 왔다. 더위가 얼마쯤 가시고 이글거리던 태양빛도 녹슨 면도날 같은 무딘 빛만을 조금 던지다 사라졌다. 그리고 밤이 왔다. 밤은 습기 긴 바람과 천연덕스런 어둠과 그리고 모기의 비행음과 함께 왔다. 모기는 풀숲의 모든 독을 품은 잎새들이 쏘아 보내는 화살과도 같았다. 앵— 하고 공기를 가르며 날아드는 모기의 비행음은 축축해 오는 대기 속에서 풀숲의 여기저기를 음향의 작은 소용돌이로 만들었다. 그리고 그 비행음은 모기 스스로가 발하는 공습경보이기도 했다. 그러나 공습경보를 들었다고 생각했을 때는, 모기는 이미 피부 위에 사뿐히 착륙하여 피를 빤다는 공습 목적을 완성한 다음 어느새 기민한 저공비행으로 달아난 뒤이곤 했다. 피를 빨린 자리는 금세 부풀어 올랐다. 가려운 살점의 작은 언덕들이 피부의 여기저기에 생겨났다. 그리고 모기는 연이어 날아들었다. 그러나 나는 소리 죽여 울면서, 참고 있었다. 부스럭거려서는, 움직여서는 안 되었기 때문이었다. 그러므로 나는 공습에 내맡겨진, 무방비한 어둠의 도시와도 같았다. 그리고 너는 어두운 공간 속에 매달려 있는 더욱 분명한 하나의 어둠에 불과했다. 두 명의 파수꾼도 마찬가지로, 웅크리고 있는 보다 짙은 두 개의 어둠일 뿐이었다. 그리고 서서히 내려가는 기온과 습기로 하여 나는 차츰 추위를 느끼기 시작하고 있었다. 낮 동안에 나를 괴롭혔던 땀은 이제 선뜻함과 축축함으로 다시 나를 괴롭히고 있었다. 살갗은 수축하기 시작했고 감각은 마르고 따뜻한 것을 구하고 있었다. 이러한 사정은 너도 마찬가지였을 것이다. 아니, 너는 보다 혹심하게 그것을 겪고 있었을 것이다. 나의 두 배, 세 배는 겪고 있었을 것이다. 너는 언젠가 말했었다. 타인의 고통을 느낄 수 있기란 야만인의 땅에서 자유를 구하기보다 어려우리라고. 그렇게 말하며 너는 사람과 사람 사이를 가로막아서 서로 마음속 깊은 곳에 있는 것을 이해할 수 없게 하는 것은 무엇인가, 하고 쓸쓸히 웃었었다. 그러나 나는 이 순간 나 자신의 괴로움으로 그보다 몇 배는 더할 너의 괴로움을, 살갗을 파고드는 아픔처럼 느낄 수 있었다. 네가 견디고 있을 모기의 습격, 네가 견디고 있을 살갗의 수축, 추위, 굶주림, 갈증, 근육의 신장(伸長)으로부터 오는 고통, 그리고 전 생애를 밧줄의 거친 섬유가 파고드는 모가지 하나만으로 견디고 있을 네 괴로움을 나는 내 것으로 느낄 수 있었다. 그런데도 내 육체는 자꾸 편하고 따뜻한 곳을 구하고 있었다. 아늑하고 바람 없는 곳에 쉬고 싶어만 했다. 어쩔 수 없이 육체는 저 나름대로의 논리를 가지고 있기 때문인 모양이었다. 그러나 나는 이곳을 떠나서는 안 되었다. 한 발짝도 움직여서는 안 되었다. 눈을 뜨고, 두 눈을 부릅뜨고 보고 있어야 했다. 비록 너는 어두운 공간 속에 매달려 확실히 알아볼 수 없는 또 하나의 어둠일 뿐이었으나, 그러나 거기에 네 전 생애가 가장 비애에 싸인 순간의 응혈(凝血)로 목매달려 있었으므로……. 나는 다시 숨죽여 울었다. 그때 파수꾼들도 추위를 느끼기 시작했음인지, 또는 모기의 습격을 물리치기 위해섭인지 삭정이들을 모아 불을 피우기 시작했다. 잠시 후 약간의 연기와 주위의 크나큰 어둠을 물리치는 소리는 조그만 밝음과 함께 불은 피어올랐다. 그러자 내가 숨어 있는 풀섶 쪽으로 등을 돌리고 있는 두 파수꾼의 그림자는 둘레에 밝음의 테를 두른 더욱 뚜렷한 어둠으로 내 눈에 뛰어들었고 그리고 불빛에 비쳐 얼룩지는 네 모습이 환영(幻影)처럼 어둠의 공간 속에 드러났다. 처음에 작은 불꽃으로 시작된 불길은 점점 자라나서 주위의 커다란 어둠을 상당한 둘레에까지 퇴각게 하는 꽤 큼직한 불길이 되었다.

그리고 네 모습은 이제 송두리째 불빛에 드러났다. 지심을 향해 힘없이 드리워진 네 가엾은 두 발과 두 다리와 가난한 허리와 (뒤로 묶이운 두 팔은 보이지 않았다) 가슴과 얇은 어깨와 그것들 위에 걸쳐진 다 해진 홑옷과 길게 늘어난 모가지와 조금 위로 치켜진 턱과 그리고 흙빛이 된 얼굴이, 흔들리고 불빛 속에 드러났다. 아, 나는 말할 수 없다. 네 얼굴의 변화에 대해서 네 얼굴의 무서운 변화에 대해서 나는 말할 수 없다. 다만 그것이 아직 살아 있는 얼굴임을, (너는 눈동자를 움직이고 있었다) 그러나 그것은 이미 네 얼굴은 아님을, 그리고 얼마나 모기에게 뜯겼던지 그것은 이미 얼굴의 살갗이랄 수 없이, 살점의 무수한 작은 언덕들로 이루어진 하나의 육괴(肉塊)일 뿐임을 말할 수 있을 뿐이다. 그런데도 네 두 눈은 부풀어 두터워진 눈꺼풀을 헤치고 똑바로 뜨인 채 움직이고 있었다. 그것이 무엇을 갈구하고 있는지 알 수 없는 채로 나는 이번에야말로 끼익 끼익 목구멍까지 넘어온 울음을 가까스로 입에서 틀어막았다. 그러나 소리의 일부가 새어 나갔는지 몰랐다. 두 파수꾼이 불길 속으로 삭정이를 던져 넣던 동작을 멈추고 잠시 귀를 기울이는 시늉을 했다. 그리고 그들은 다시 본래의 동작으로 돌아가면 너를 힐끔 쳐다보았다.

녀석, 울고 있는 모양이군, 하고 목덜미가 더러운 파수꾼이 말했다.

별수 없겠지. 제까짓 건들.

영양이 좋은, 딸기빛의 목덜미를 가진 파수꾼이 대꾸했다. 먼저 말을 꺼낸 파수꾼이 다시 말했다.

아아, 한숨 자고 싶군. 피곤한걸.

교대가 곧 나올 테지. 여기서 밤을 패게야 하겠나?

그야 그럴 테지만……. 졸려서 이거 어디…….

졸립고 자고 싶은 거야 나도 마찬가지네만……. 조직이 어디 그걸 허용하나?

젠장……. 허지만 자네가 먼저 자고 나는 깨어 있으면? 그리고 그 다음에 자네가 잔다?

그렇지.

그만두세. 저 친구 꼴 나기 전에. (그러며 그는 어둠과 밝음이 뒤섞이며 흔들리는 공간 속에 매달려 있는 너를 고갯짓으로 가리키는 것 같았다.) 자네, 저런 친구 하날 지키는데 우리가 왜 복수(複數)로 필요한지 잘 알면서 그러나…….

그러는 자네도 과격한 언사를 쓰고 있군. 우리 직접화법은 피하세.

…….

다른 얘기나 하지. 자네 마누라는 예쁜가?

반반한 편이지.

어때 잠자리 맛은?

맛 대로만 한다면 아이를 한 100명쯤은 낳게 하고 싶을 정도지. 자넨?

나? 내 마누란 느끼지 못하는 여자라네. 무기물이야.

전혀 느끼지 못한단 말인가?

그렇다니까 그래. 그런데도 생식능력은 있다니 묘하지. 애는 낳으니 말야.

몇이나 됐나?

둘. 자넨?

하나지. 헌데 그게 마누라 배 속에 들어 있다네.

꼬물거리던가?

꼬물거리더군.

그리고 그들은 말을 멈췄다. 불길은 잘 타오르고 있었으나 거기에 던져 넣을 삭정이가 떨어졌기 때문이었다. 죽어 가는 사람을 머리 위에 두고 생식(生殖)에 관해서 이야기하고 있던 그들은 손이 심심해지자 어디 더 땔감이 없을까 하는 표정으로 주위를 살피기 시작했다. 그러더니 목덜미가 더러운 파수꾼이 자리를 버리고 일어섰다. 그리고 그가 다가간 곳은 바로 네가 매달려 드리워진 곳이었다. 그는 너를 한번 힐끗 쳐다보았다. 그리고 그는 네 홑옷을 찢어 내기 시작했다. 아쉬운 대로 아무거나 때자는 듯한 태도로. 그것은 살아 있는 사람의 몸에서 옷을 찢어 내는 동작이 아니라 마치 들판의 허수아비에게서, 무슨 간단한 용도를 위해 거기 걸쳐진 넝마를 좀 찢어 낸다는 식의 아무런 거리낌도 없는 동작이었다. 옷을 찢어 내는 아무런 주의 없는 동작이 진행되는 동안, 네 몸은 아무렇게나 흔들려졌고 너는 새로이 목을 파고드는 고통으로, 부풀어 오른 얼굴을 다시 찡그렸다. 그리고 마침내 너는 발가벗겨지고 말았다. 네 앙상한 가슴과 어깨와 허리와 그리고 모든 것이 불빛에 드러났다. 네 섹스는 어린아이의 그것처럼 오그라붙은 채 추한 모습을 드러내었고 가엾게도 네 온몸은 흙빛이었다. 그리고 모기는 네 얼굴만을 습격한 것이 아님이 드러났다. 온몸의 살갗도 모두 무수한 살점의 작은 언덕들로 부풀어 올라 이미 눈 뜨고 볼 수 없는 무서운 형상을 하고 있었던 것이다. 그리고 그것은 흔들리는 불빛에 비쳐 더욱 참혹한 모습으로 일그러져 있었다. 그러나 그 목이 더러운 파수꾼은 오히려 스스로의 짓거리를 즐기기라도 하듯 가벼운 걸음으로 자리에 돌아와 찢어 낸 네 홑옷들을 불길에 던졌다. 처음엔 불길이 좀 어두워지는 듯하고 위축되는 것 같았으나 워낙 잘 타고 있는 불길이었던 터라 곧 기세를 회복하였다. 다만 섬유가 타는 독특한 냄새와 함께 좀 분량이 많은 연기가 불길의 주위로부터 사방에 퍼지는 것이 그들에겐 얼마간 불만스러울 뿐이었으리라. 그러나 나는 섬유가 타는 냄새에 섞여 내 코끝에 와 닿는, 네 땀 냄새와 오줌 냄새, 그리고 네 생애의 냄새를 맡으며 소리 죽여 울었다.

그리고 얼마 후 어둠 속으로부터 새로운 두 사람의 파수꾼이 나타났다. 낮에 타잔의 흉내를 내던 사내들이었다. 그중 하나가 말했다.

수고들 했네.

아니, 왜 그렇게 늦어?

먼저의 두 파수꾼이 그렇게 불평을 말했다.

조직에서 단합대회가 있었는데 예정 시간을 초과하더군. 우린들 어떡하나?

그래? 굉장했겠군.

굉장했지. 100만이 넘었으니까.

그랬군. 그 외엔 별일 없었어?

별일 없었어. 헌데 저 친군 홀딱 벗겨 놨군. 지랄하지 않던가?

응, 저 친구? 옷을 벗겨서 때 버렸지. 아주 조용한 놈이야. 자, 그럼 수고들 하게.

파수꾼들은 살아가고 있는 인간들이 갖는 일상의 관심사들을 이야기하듯 가벼운 말투로 주고받은 다음 자연스럽게 서로 자리를 바꾸었다.

그리고 너는 발가벗은 채 아침을 맞이하였다. 밤새 모기에 뜯기우고 이슬에 젖은 네 살갗은 이제 물뭍동물의 그것처럼 푸르죽죽한 빛을 띠고 있었다. 거기에 다시 태양은 조심스럽게 활시위를 당겨 야금야금 금빛 화살들을 쏘아 보내기 시작하고 있었다. 그리고 그것은 점점 따갑고 빠른 수많은 화살들이 되어 네 살갗에 날아가 박히기 시작했다. 더불어 너는 또 다른 새로운 고통에 직면하고 있음을 어쩔 수 없는 네 육체의 논리로 말해 주고 있었다. 그것은 굶주림과 더불어 온 갈증일 것이었다. 네 입술이 그것을 말해 주고 있었다. 바싹 마른 네 입술이, 그리고 힘겹게 끌어내서 그것을 축이곤 하는 가엾은 네 혓바닥이 그것을 말해 주고 있었다. 그리고 태양빛이 쏘아 보내는 화살이 따가워지면 따가워질수록 빨라지면 빨라질수록 네 입술은 점점 더 바싹 말라 갔다. 그리하여 마침내 태양빛이 풀숲을 태워 버릴 듯 이글거리는 한낮이 왔을 때는 네 입술은 더 이상 마를 수 없으리만큼 말랐고 너는 이제 혓바닥을 꺼내 그것을 축이려는 노력도 보이지 않았다. 그것은 네 의지가 이제 육체를 움직이게 할 수는 없게 되었다는 것을 말해 줌은 물론, 이제는 네 육체 스스로도 이미 움직인다는 기능으로서는 쓸모를 다해 가고 있다는 것을 말해 주고 있었다.

그리고 다시 황혼이 왔다. 밤이 오고, 모기와 습기와 추위가 오고, 가고, 다시 아침이 오고, 굶주림과 목마름 위에 다시 한낮의 이글거리는 더위가 오고, 갔다. 지구는 그래도 아직 노쇠했다고는 할 수 없어, 자전(自轉)을 멈추지 않았고 그래서 태양은 떠오르고 또 졌던 것이다. 그렇게 엿새가 지났다. 그리하여 일주일째의 태양이 떠오르고 다시 그것이 스스로의 열에 못 이겨 이글거리는 한낮이 왔다.

그날의 태양은 유별나게 더 뜨거워서 그 모습은 마치 용광로의 융심(融心)과도 같았다. 그리고 그 엿새 동안, 실로 네겐 물 한 모금 (그들에게 그것을 기대한다는 것은 그들에게서 자유를 얻어 내려는 것처럼 어리석은 일이었으나) 주어지지 않았던 것이다. 음식물은 물론, 네 체내에 수분이 공급되어, 남아 있는 유기물이나마 분해할 수 있게 되는 일을 방해하기 위해 그들은 단 한 방울의 물도 네게 주지 않았다. 너도 일찍이 알아차렸듯이 그들은 너를 그러한 방법으로 죽이려 했던 것이니까. 다만 그들이 산소의 공급(산소는 대기 중에 얼마든지 있었다)을 중단하지 않은 것은 그들이 너의 질식사(窒息死)를 처음부터 원하지 않았기 때문이었다. 그리하여 너는 대기로부터 받는 산소의 공급과 그동안 땀과 오줌으로 빼앗기고 남은 체내의 수분으로 피하(皮下)의 나머지 유기물을 분해하며 네 생애의 마지막 며칠을 견뎠다. 그리고 이제 모든 것이 바닥이 난 것 같았다. 너는 숨을 몰아쉬고 있었다. 바싹 말라붙어서, 건드리면 바스락 소리를 내며 부스러져 나갈 것 같은 네 입술, 햇볕 속에 버리고 간 유충(幼虫)의 껍질을 닮은 네 가엾은 입술 사이로 새액 색 가쁜 숨이 몰려나오고 있었다. 올가미에 매달린 네 모가지는 이제 뼈만이 남아서 그것을 씌우고 있는 얇은 가죽 바깥으로 그것의 앙상한 모습을 선명히 볼 수 있었고 숨을 몰아쉬느라고 고통스러워하는 울대뼈의 가쁜 움직임도 뚜렷이 볼 수 있었다. 네 얼굴은 이제 찡그렸다곤 할 수 없고 다만 섬유와 같은 얇은 가죽을 씌운 해골인 채, 무엇에선가 벗어나고 싶은 듯이 점점 위로 치켜지고 있었으며 그럼에 따라 골격의 형태만 남은 네 몸은 조금씩 다시 길어지고 있는 듯했다. 늘어질 대로 늘어져 더 이상 늘어날 여지도 없었음에 불구하고. 그리고 너는 혼신의 노력을 다해 마지막으로 한번 웃어 보려는 듯했다. 얼굴을 씌우고 있는 얇은 가죽이, 그리고 버리고 간 벌레의 마른 껍질을 닮은 입술이 짧은 순간 웃음을 보이려는 듯한 극히 제한된 움직임으로 알릴락 말락 경련을 일으키는 것 같았다. 그러나 이미 신경조직도 모두 끊어져 나가 너는 더 이상 아무런 의지도 일으킬 수 없으리라고 생각한 순간 나는 네가 무언가 언어(言語)를 만들어 보려고 애쓰고 있었다는 것을 깨달았다. 네 그 마른 입술은 생애를 통해 배운 기호(記號)를 만들고 있었던 것이다. 그것은 '자유'라는 말 같기도 했고 '야만'이라는 말 같기도 했다. 그리고 장시간 건조시킨 물고기의 눈알과도 같이 이미 아무런 정채(精彩)도 따뜻함도 찾아볼 수 없는 네 흐릿한 눈동자가 아래로부터 위로 힘 없이 한번 굴려진 뒤, 다시는 아무런 움직임도 나타나지 않았다. 너는 숨졌던 것이다.

그러자 지구가 급자기 자전의 속도를 빨리하여 별안간 밤이 닥치기라도 하듯 사위가 캄캄해 오기 시작했다. 나는 그대로 풀섶에 몸을 숨긴 채, 두려움에 떨며 하늘을 쳐다보았다. 하늘에 이변(異變)이 일어나고 있었다. 방금까지만 해도 위세를 떨치며 이글거리던 태양은 꼬리를 감추듯 숨어들고 있었고 어디선가 뻗쳐 온 일단의 검은 구름이 패해 달아나는 태양빛을 뒤쫓듯 성큼성큼 하늘을 먹어 들고 있었다. 그리고 마침내 온 하늘을 먹어 버리고 말았다. 하늘을 먹어 버리고 난 그 검은 구름은 다시 무너져 내리는 듯한 기세로 머리를 밑으로 향하기 시작했다. 어떤 거대하고 불가해한 힘에 의해서 조종되고 있는 것처럼 그것은 일사불란한 동작을 취하고 있었다. 나는 두려움에 떨며, 숨을 죽이고 그것을 보고 있었다. 그러나 그때까지도 지난밤에 교대된 두 명의 파수꾼은, 네가 숨지는 모습을 한번 힐끗 쳐다본 뒤로는, 그들이 왔을 때 그랬던 것처럼 아무런 동요도 없이 일상의 모습대로 앉아 있었다. 일의 진행을 모두 알고 있다는 듯이. 그 검은 구름은 그리고 다시 아래를 침공하는 데 전력을 다하기 위해 하늘 쪽에는 잔류병력도 얼마 남기지 않은 모양이었다. 태양빛이 다시 조금씩 얼굴을 내밀기 시작하고 있었다. 그리고 마침내 나는 태양빛의 도움으로 그 검은 구름의 정체를 보았다. 그 검은 구름은 다름 아닌 눈(雪)의 소나기임을, 크기가 손바닥만큼씩 한 검은빛의, 눈의 소나기임을 보았다. 아, 그러면 이것은 문명(文明)의 끝에 내린다는 문명을 종식시키려고 온다는 그 검정 눈(黑雪)이란 말인가! 나는 몸을 떨었다. 그러나 하늘을 뒤덮고 쏟아져 내리는 것은 까마귀 떼였다.

수천, 수만 마리의 까마귀 떼였다. 그것들이 일사불란하게 보였던 것은 멀리 있었기 때문이었고 가까이 쏟아져 내려오자 그것들은 낱낱의 힘찬 적의(敵意)로 울부짖으며 뒤엉키고 있었다.

그리고 그것들의 공격 목표는 다름 아닌 네 시신(屍身)이었다.

마침내 너는 그것들에 의해 움직이는 하나의 검은 기둥이 되었다. 그것들은 날카로운 부리로 네 전신을 난자했다.

먹을 것이 대단치 않음에 노여워하며 그것들은 드러난 네 다리와 허리와 가슴과 어깨를 쪼아 댔다.

배가 헤쳐지고 물과 피와 창자가 흘러나왔고, 가슴이 헤쳐지고 염통과 허파와 간이 미어져 나왔다.

그리고 마침내 나는 두 마리의 까마귀가 날카로운 비상(飛翔)으로 네 두 눈을 향해 달려듦을 보았다.

그리고 이때에 나는 또 다른 두 마리의 까마귀가 쏜살같이 내 눈을 향해 달려듦을 보았다.

나는 이제, 모든 것을 소모하고, 커다란 두 개의 눈밖엔 남겨 가진 것이 없었는데…….

이상한 도시의 명명이
— 돈이 자꾸 나오는 지갑(또는 날아다니고 말하는 지갑) 이야기 —

스무 번째의 생일을 맞는 5월 어느 날 아침, 명명(明明)이는 덴마크에 다녀오신 외삼촌한테서 지갑 하나를 선물로 받았습니다.

"우리 명명이도 이제 투표권을 가지게 됐구나."

하시고, 큰 도시에서 발행되는 신문의 이 고을(邑) 지국장 일을 보고 계시는 아버지가 식후의 차(茶)를 저으시며 말씀하셨을 때, 명명의의 성년(成年)을 축하하기 위해서 일부러 와 주신 외삼촌(낙농업 기술 연구차 덴마크에 가 계셨다가 엊그제 돌아오셨습니다)이 이렇게 받으셨습니다.

"아암, 그렇구말구. 어디 투표권뿐인가? 이제 지갑을 가져서 좋을 때도 됐지."

라고 말입니다. 그런데 그 순간 명명이는 아버지와 외삼촌의 표정 사이에서 얼핏 같은 것인 듯하면서도 실은 전혀 같지 않은 두 개의 웃음을 발견하고 조금 놀랐습니다. 아버지의 그것은 어떤 깊은 어둠에 연유하는 웃음으로서 그 어둠을 향하여 웃고 계시는 듯한 그러한 웃음이었으나 농담을 하고 계시다는 것을 분명히 해 두시기라도 하려는 듯, 늘 보아도 아름답다고 생각되는 희고 가지런한 치열(齒列)을 드러내 보이기까지 하시며 애써 밝게 꾸미신 웃음이었고, 외삼촌의 그것은 과학자다운 단순성과 낙관에 근거한 액면 그대로의 밝은 웃음으로서 어른들이 자라나는 다음 세대에 대해서 갖는 대견스러움과 기대로 가득 찬 축복의 표현인 듯했습니다. 이를테면 아버지의 그것은 캄캄한 밤중에 보는 웃음 같았고 외삼촌의 그것은 환한 햇빛 아래서 보는 웃음 같았다고나 할까요? 아무튼 그러시며 외삼촌은 양복 저고리의 안주머니에서 아직 손때가 하나도 묻지 않은 새 지갑을 하나 꺼내 놓으셨던 것입니다. 명명이는 침착하지 못하다는 비난을 근심할 겨를도 없이 그것을 얼른 집어 들었습니다. 그렇게 하기에 넉넉할 만큼, 그리고 아버지와 외삼촌의 웃음이 서로 닮은 것이면서도 전혀 같지는 않다는 사실에서 받은 어떤 놀람을 잊기에 충분할 만큼 그것은 아름답고 훌륭한 물건이었기 때문입니다. 겉보기로만도 그것은 보통 물건이 아니었습니다. 흔해 빠진 세상의 모든 지갑들이 그런 것처럼 빤지르르 경박한 윤기가 흐르는 것도 아니요, 그렇다고 서툰 제혁공(製革工)의 견습제품처럼 거칠거나 투박한 것도 아니었습니다. 깊고 은밀한 광택이 마치 구름에 가리운 달빛처럼 그 표면에서 은은히 우러나고 있었습니다. 모든 훌륭한 물건들의 아름다움이나 빛이 늘 그렇게 은밀하듯이 말입니다. 명명이는 떨리는 손으로, 그것의 접혀서 포개진 부분을 펼쳤습니다. 아, 이것을 무슨 냄새라고 이름 지어야 좋을까요? 코끝에 스며드는 이 향기를……. 글쎄요. 부드럽고 싸아한 계피(桂皮)가루 같은 향내라고나 할까요? 아니면 화로의 아직 식지 않은 재에서 맡을 수 있는 어떤 부드러운 훈기(薰氣) 같은 것이라고나 할까요? 어떻든 이런 훌륭한 냄새를 맡아 보기는 처음이라고 명명이는 생각했습니다. 외삼촌이 말씀하셨습니다.

"덴마크에서 명명일 주려고 산 건데 어느 나라에서 만든 물건인지는 알 수가 없구나. 제품한 나라의 이름이 박혀 있지가 않아서 말이다. 가게주인한테 물었더니 자기도 모른다더군. 좋은 물건임에는 틀림없다는 거야. 코끼리 가죽이라던데, 거기 아마 박혀 있을걸."

정말, 거기에는 검은 비로드 같은 고운 바탕에 아름다운 은빛 글씨로 THE LEATHER ELEPHANT(코끼리 가죽)라고 솜씨 있게 쓰여 있었습니다. 드넓고 깊디깊은 아프리카의 밀림을 헤치며 달려가는 코끼리 떼의 우람스럽고 힘찬 모습이 눈앞에 마악 다가서는 것 같았습니다.

"우리 명명이 수지맞았네."

하시고 어머니도 기뻐해 주셨고 아버지도 명명이의 침착하지 못한 행동에 대해서 책망하시는 듯한 눈치는 조금도 보이지 않으셨습니다. 뿐만 아니라 오히려 두 눈을 둥그렇게 떠 보이기까지 하시며 지갑의 훌륭함에 대해 찬탄하시는 표정을 지으셨습니다. 그런데 또 한 가지 뜻하지 않은 일이 명명이를 놀래 주려고 기다리고 있었습니다. 글쎄, 지갑의 돈 넣는 칸을 열어 보니, 거기엔 꾸긴 자국이라고는 하나도 없는, 정말 칼날 같다고나 해야 할 500원짜리 지폐 한 장이 기다리고 있다는 듯 반짝 날을 빛내는 게 아니겠어요? 놀람과 기쁨으로 범벅이 된 명명이의 눈길을 짐짓 빼기는 듯한 즐거운 얼굴로 받으며 외삼촌은 격언풍(格言風)으로 이렇게 말씀하셨습니다.

"돈이 들어 있지 않은 지갑은 지갑이 아니란다."

라고 말입니다.

그날 밤, 명명이는 늦도록 잠들지 못하고 있었습니다. 읍내의 모든 창문들에서 불빛이 사라진 뒤에도(물론 몇몇 밤에도 잠자지 않고 일하는 집들의 창문이나 늦게까지 책을 읽는 학생의 창문은 빼놓고 말이죠) 명명이는 이불 속에서 지갑을 만지작거리고 있었습니다. 갓을 씌운 작은 전등을 머리맡에 켜 둔 채 말입니다. 스무 번째의 생일을 맞고 이제 조금만 지나면 스무 살 하고도 하루가 남게 되는 청년으로서는 좀 우스꽝스럽고, 바보스러워 보일 만큼 천진한 모습이기도 하지만 사실은 이런 점이 명명이의 착하고 맑은 마음씨의 어느 부분을 잘 드러내 준다고 할 수 있답니다. 하기는 아버지가 지어 주신 명명(明明)이라는 이름의 뜻에도 그러한 밝고 맑은 마음씨에의 바람(이 애는 혼돈과 만나지 않게 되었으면, 하고 그때 아버지는 말씀하셨다고 합니다)이 소중히 담겨 있었다고 하니까요. 그러니까 명명이가 지금 이불 속에서 지갑을 만지작거리고 있는 것은 뭐 누가 지갑을 훔쳐 갈까 봐 두려워서거나 밤새 잃어버리기라도 할까 봐 마음이 놓이지 않아서 그러는 것은 아니랍니다. 단지 마음에 드는 선물을 받은 기쁨을 잠재우기가 어렵고 또 아까워서 그러는 거지요. 낮 동안에는 저고리의 안주머니에 넣어 둔 채로 한 번도 꺼내 보지 않았지만 별로 안심이 안 되거나 하지는 않았으니까요.

밤늦은 주정뱅이 아저씨가 지나가는지 이웃집의 잠귀 밝은 개가 몇 번 야경꾼의 딱따기 같은 소리로 짖었습니다. 그 개 짖는 소리는 마치 밤은 캄캄하고 조용한 것이라는 걸 새삼 일깨워 주기라도 하려는 것 같았습니다. 명명이는 몸을 뒤채 엎드려서 지갑을 불빛 아래 꺼내 보았습니다. 보면 볼수록 아름답고 훌륭한 물건만 같았습니다. 명명이는 다시 접혀서 포개진 부분을 펼치고 돈 넣는 칸을 열어 보았습니다. 은행(銀行)의 냄새가 풍기는 듯한 그 칼날 같은 새 지폐가 나는 언제나 여기 들어 있을 테니 염려 말라는 듯 공손한 모습으로 얼굴을 빛내고 있었습니다. 명명이는 문득 외삼촌의 축복이 담긴 이 아름다운 돈을 불빛 아래 한번 꺼내어 보고 싶은 생각이 났습니다. 엄지와 검지로 살며시 칼날 같은 부분을 잡았습니다. 조심조심 잡아당겼습니다. 그리고 마침내 조금도 꾸기지 않은 채 그것을 지갑 바깥으로 드러내는 데 성공했습니다. 한데 좀 이상한 일이 있었습니다. 지갑 안에는 분명히 500원짜리 지폐가 한 장밖에 들어 있지 않았었는데(그렇게 알았는데) 글쎄 또 한 장이 거기 남아 있는 게 아니겠어요? 사실은 외삼촌이 넣어 두신 건 두 장이었는데 새 돈이므로 겹쳐져서 한 장으로 잘못 보였을는지도 모르겠다고 생각하며(그래도 역시 좀 이상한 느낌, 그랬더라도 두 장이 한꺼번에 집혀 나왔을 게 아닌가, 하는 생각이 들어 고개를 갸웃해 보기도 했습니다만) 아무튼 이번에는 지갑 속에 남아 있는 것이 분명히 한 장뿐이라는 것을 확인한 다음 다시 그것을 집어냈습니다. 그러니까 명명이는 뜻밖의 기쁨을 더 맛보게 된 셈이라고나 할까요? 동산(動産)이 배로 늘어났으니까요. 한데 사실 명명이는 동산이 배로 늘어난 기쁨을 채 맛볼 사이도 없었답니다. 정말 놀라지 않으면 안 됐으니까요. 글쎄, 지갑 속에는 여전히 또 한 장의 은행 냄새가 나는 새 지폐가 그린 듯 들어앉아 있는 게 아니겠어요? 명명이는 양쪽 다 시력이 1.5나 되는 제 눈을 의심해 볼 생각까지 했답니다. 천천히 눈을 비빈 다음 다시 한번 자세히 들여다보았습니다. 하지만 틀림없었습니다. 이미 꺼내 놓은 두 장외에 또 한 장의 500원짜리 지폐가 명백히 지갑 속에 들어 있었습니다. 명명이는 야릇한 기분에 사로잡힘을 느끼며 이번엔 좀 거칠게 덥석 집어서 그것을 꺼냈습니다. 그러나 지갑 속에는 여전히 또 한 장의 새 지폐가 들어 있었습니다. 또 꺼냈습니다. 마찬가지였습니다. 또 한 장(이번 것은 좀 헌 돈이긴 했습니다만)이 들어 있었습니다. 다시 꺼냈습니다. 꺼내고 또 꺼냈습니다. 그러나 거기엔 여전히 한 장씩의 새로운 지폐가 들어앉아 있곤 하는 것이었습니다. 어느덧 명명이의 머리맡에는 500원짜리 지폐들이 수북하게 쌓였습니다. 야릇한 흥분이 명명이의 온몸을 더웁게 했습니다. 명명이는 자리에서 일어나 앉았습니다. 이번에는 새로운 지폐가 지갑 속에 채워지는 순간을 놓치지 않고 보고 말 거라고 단단히 작정을 했습니다. 온몸의 신경을 모두 두 눈에 모았습니다. 그리고 조심조심 다시 꺼내기 시작했습니다. 그러나 성공하지 못했습니다. 명명이의 손가락에 잡힌 지폐가 지갑에서 마악 빠져나오자마자(순간 명명이는 눈 한 번 깜박하지 않았습니다만), 어느새 지갑 속에는 새로운 또 한 장의 지폐가 그린 듯 들어앉아, 오래전부터 거기 있었다는 듯 시치미를 떼고 있었습니다. 세계에서 가장 빨리 위조지폐를 만드는 사람이라 할지라도 도저히 이처럼 빠를 수는 없을 것입니다. 더욱이 이런 위조지폐도 아닌 것 같았고요. 명명이는 다시 한번 해 보자고 마음먹었습니다. 그리고 다시 지갑 속의 지폐로 손가락들을 가져갔습니다. 조심조심 지폐를 잡았습니다. 바로 그때였습니다. 가죽이 가늘게 떨리는 소리 같기도 하고 가벼운 바람소리 같기도 한 어떤 작은 목소리가 지갑 속에서 흘러나오기 시작한 것은…….

"보려고 애쓰지 마. 그런 것은 하나도 중요한 일이 아니란 말야. 그런 호기심은 기쁨을 곧 죽이게 돼. 중요한 일은 이제부터 보게 된단 말야. 진정한 호기심을 갖도록 해 봐. 자, 나를 따라 와. 여기 내 날개 위에 발을 얹고 말야. 그 돈들을 가져온 델 보여 줄 테니까."

명명이는 깜짝 놀랐습니다. 하마터면 이명(耳鳴)이라곤 겪어본 적도 없는 제 귀를 의심할 뻔했습니다. 글쎄, 세상에 말을 하는 지갑이 어디 있단 말입니까? 그러자 지갑이 또 말했습니다. 마치 명명이의 마음속을 다 알고나 있다는 듯이 말입니다.

"이상하게 생각할 건 하나도 없어. 이상하기로 말하면 성대(聲帶)와 혀까지 갖춘 사람들이 말하는 법을 잊어버린 게 오히려 이상하지. 말할 줄 모르는 사람이 이 세상에 얼마나 많은지 알아? 하기야 말할 줄 안다는 사실 하나만으로 벌 받는 사회도 있지. 그런 사회에서 오래 살다 보면 말하는 법을 잊어버리고 싶기도 할 테고 실제로 잊어버리게도 될 테지. 어느 나라인가는 말하는 것을 헌법으로 금지하기까지 했다니까. 하지만 세계 어느 곳이건 지갑이 말하는 걸 금지한 나라는 없거든. 이상할 건 하나도 없지. 내가 말 좀 했다기로서니 한데 넌 귀가 참 밝군. 내 말을 알아들었으니. 하긴 넌 아직 소음(騷音)이라는 몹쓸 바늘에 고막을 찔린 일이 없을 테니까. 혼돈을 본 일도 없겠고. 맑은 눈을 보아 하니 말야. 자, 구경이나 떠나지. 어서 내 이 날개 위에 발을 올려놔. 자."

글쎄 이렇게 말입니다. 하지만 날개라니 무엇을 말하는 것이며, 또 발을 어떻게 올려놓으라는 것인지 또 올려놓으면 어쩌겠다는 것인지 명명이는 알 수가 없었습니다. 그러자 지갑이 핀잔주듯 또 말했습니다.

"우물쭈물하지 말고 어서 올려놔. 작다고 깔보지 말고. 작고 큰 것은 대 봐야 안다는 너의 나라 속담도 몰라? 자, 두 발을 어서 내 이 펼쳐진 두 날개 위에 올려놓으란 말야."

그제야 명명이는 말뜻을 알아듣고 일어서서, 좀 미심쩍은 기분으로 지갑의 양쪽으로 펼쳐진—날개에 해당될—부분에 발 하나씩을 올려놓았습니다. 마치 구두점에서 발의 치수를 재기 위해 판때기 위에 올라서며, 드러난 발을 부끄러워하듯 좀 겸연쩍은 기분으로 말입니다. 그러자 별 이상한 일 다 보겠습니다. 지갑이 갑자기 커다랗게 늘어난 것인지(그런 것 같진 않고) 명명이의 몸이 조그맣게 줄어든 것인지(꼭 그렇게 된 것만 같았습니다), 아무튼 명명이는 편안하고 두툼한 양탄자 위에라도 올라선 것 같은 훌륭한 기분이 되었습니다.

"자, 앉는 게 좋을걸. 꼭 붙잡아. 이제부터 출발이니까. 이륙(離陸)이라는 말 알아?"

비행기는 아직 타 보지 못했지만 이륙이라는 말쯤은 아는데, 하고 명명이는 항의하려다가 갑자기 몸이 기우뚱하는 바람에 털썩 주저앉고 말았습니다. 지갑과 함께 어느새 몸이 허공에 떠 있는 것이었습니다. 갓을 씌운 전등이랑, 흩어진 500원짜리 지폐들이랑, 이불이랑 이 멀리 발아래로 굽어보였습니다.

"자, 이제 밖으로 나가는 거야."

하고 다시 지갑이 말했습니다. 그리고 그다음 순간에는 어느새 집 밖으로 나와 있는 자신을 명명이는 발견하였습니다. 명명이네 작은 단층집이 발아래로 굽어보이는 것이었습니다. 그리고 눈 깜박할 사이에 명명이네 그 작은 단층집은 성냥갑처럼 조그맣게 멀어지더니 시야에서 아주 사라져 버리고 말았습니다. 미국의 노스웨스트나 팬아메리카 여객기를 타더라도 이처럼 빨리, 이처럼 신나게 날 수는 없을 것 같았습니다. 명명이는 지갑 위에 주저앉은 채, 지갑의 양쪽 가장자리를 꼭 붙잡았습니다. 별들이 아주 가까이서 명명이를 놀란 듯 내려다보고 있었습니다. 나쁜 아이들 같았으면 아마 별들을 향해 쑥떡이라도 먹이고 싶은 기분이었을 것입니다.

잠시 후, 명명이를 태운 지갑은 어느 낯선 도시 위를 날고 있었습니다. 지붕도 없는 높은 건물들이 서로 키 자랑을 하듯 늘어선 이상하고 커다란 도시였습니다. 미학(美學)은 안중에도 없다는 듯 역학(力學)에만 의존한 듯한, 놀랍되, 아름답다고는 할 수 없는 그 높은 건물들의 수많은 창문들엔 밤 깊은 시간인데도 전등불이 휘황하게 켜져 있었고[처음에는 이 큰 건물들이 모두 상(喪)을 당하지나 않았나, 하는 느낌을 받았습니다], 사람들을 위한 것이 아니라 자동차들을 위한 것인 듯 보이는 튼튼하고 훌륭한 길들이 공중에 걸려 있었으며 대기 중에는 산소의 양이 지극히 모자란 듯해서 당장 호흡기 장애라도 얻게 될 것만 같은 그러한 도시였습니다. 그리고 몹시 쿨룩거리고 있는 것으로 보아 이 도시는 필경 몹쓸 감기에라도 걸렸거나 아니면 심한 법정 전염병이라도 앓고 있음에 틀림없다는 느낌이었습니다. 명명이는 그러한 느낌에 따른 불안한 기분에 사로잡히면서도 한편으론 이 처음 보는 도시의 어딘가 병자 같은, 고통스럽고 비장해 보이는 위엄 앞에서 침몰을 목전에 둔 커다란 여객선(旅客船)의 어려운 싸움을 보는 것 같은 뜨거운 감명을 맛보기도 했습니다. 그들—명명이와 지갑—은 어느덧 어느 커다란 저택 위를 빙글빙글 떠돌고 있었습니다. 화강암을 자재로 써서 서양식으로 지은 크고 훌륭한 집이었습니다.

"자, 저 집부터 들어가 보기로 하지. 내가 맨 처음 500원짜리 한 장을 훔쳐 내 온 집이니까."

그렇게 말하며 지갑은 여지껏 궁금히 여겼던 몇 가지 사실에 대해 귀띔해 주었습니다. 자기를 만들어 낸 지갑 제조공이 누구인지는 자기도 모른다는 것, 자기는 다만 세상에 태어나는 순간부터 자기가 해야 할 일을 알고 그 일을 하기 위해 기다려 왔을 뿐이라는 것, 그 일은 돈을 맡아서 보관해 주고 감춰 주는 일이 아니라, 돈을 훔쳐내는 일,

즉 도둑질인데 이제 명명이로 말미암아 그 일을 할 수가 있게 되었다는 것, 그러나 그 도둑질은 자기를 위한 것이 아니라 자기를 소유하는 자기의 주인을 위한 것이라는 것, 그리고 그 도둑질에도 엄연한 율(律)이 있어서 한 가구(家口)로부터 500원 이상도, 그 이하도 훔칠 수 없게 되어 있다는 것, [여기서 지갑은, 훔친다는 말이 명명이의 도덕적 감정에 용납되지 않는다면 다른 부드러운 말로 바꿔도 좋다고 덧붙였습니다. 이를테면 분배(分配)의 역(逆)이라고 하면 어떻겠느냐고 명명이의 의향을 물었습니다. 명명이는 그래도 마찬가지라고, 자기는 그런 정당하다고 생각할 수 없는 권리를 원하지 않는다고 말했으나 지갑은 못 들은 척 다시 제 이야기를 계속했습니다] 선택의 자유는 맨 처음 권리를 행사하기로 하는 가구에 한할 뿐, 그 이후는 그 첫 가구로부터 정상(情狀)의 여하에 상관없이 차례를 따르도록 되어 있다는 것, 차례는 사람들이 행정관서에서 사용하는 번지수에 준(準)한다는 것, 그리고 명명이가 내린 명령(지갑에서 돈을 끄집어낸 일을 그렇게 말하는 모양이었습니다)에 따라서 맨 먼저 자기가 선택한 가구가 나라의 돈이 가장 많이 모여 있는 이 도시 안에서도, 가장 많은 현금을 숨겨 두고 있는 것으로 믿어지는 바로 지금 이 집이라는 것 등을 속삭이듯 말해 주었습니다. 그리고 이렇게 다시 덧붙였습니다.

"허지만 내 일이 나라의 경제를 혼란에 빠뜨리게 되지나 않을까, 하는 염려 같은 건 하지 않아도 돼. 그 점은 안심해도 좋아. 내 일은 규모도 크지 않을뿐더러 그 돈들은 모두 나라 안에서 쓰여지게 되는 거고, 따라서 나라 안 전체의 통화량에는 아무런 변화도 혼란도 일어나지 않을 테니까 말야. 더욱이 내 일은 언제나 형평(衡平)의 원칙에서 벗어나는 일이라곤 없으니까 말이지. 어느 집에서나 꼭 500원씩이거든. 형평의 원칙이란 말이 무슨 뜻인지나 아는 거야?"

방금 전에 자기를 소유하는 사람이 자기의 주인이라고 말한 주제에 참 말버릇은 고약하기 짝이 없었습니다. 누가 형평의 원칙쯤을 모르겠어요? 분배의 역이니 하는 야릇한 말 같은 건 서슴지도 않고 쓰고서 말이지요. 더구나 무슨 정당한 일을 하고 있다고 말입니다. 그래 이번엔 기어이 충고를 좀 해 주어야겠다고 생각하는 참에 지갑이 다시 말했습니다.

"어떻든 좋아. 난 이제부터 말은 않기로 하지. 실수를 좀 했을는지 몰라. 본래 말하는 게 내 일이 아니니까. 직접 보고 듣도록 해. 명명이는 눈도 좋고 귀도 밝으니까 모든 게 잘 보이고 잘 들릴 거야. 그리고 더러 불만스러운 일이 있더라도 날 원망하진 않았으면 해. 난 내 일의 율(律)을 따를 뿐이니까. 한 가지 알아 둘 것은 지금부터 다른 사람하고 아무 말도 해선 안 될 뿐 아니라 또 할 수도 없다는 것, 우린 다만 보고 들을 뿐이야. 자, 내려간다. 착륙이야."

그렇게 말하고는 명명이에게는 말 한마디 할 기회도 주지 않고 지갑은 마치 아라비아의 마술 양탄자처럼 사뿐히 저택 안으로 날아들었습니다.

집주인의 서재인 듯했습니다. 모든 것이 훌륭하게 갖춰져 있는 아름다운 방이었습니다. 티크 나무를 써서 짠 듯한 서가에는 많은 책들이 꽂혀 있었는데 모두 외국에서 출판된 책들인 것 같았습니다. 내방객들이 잘 볼 수 있도록 출입구의 반대편 서가에는 ENCYCLOPEDIA BRITANNICA(대영백과사전)라는 잘 제본된 견고한 느낌을 주는 책들이 사열(査閱) 받는 사관생도들처럼 질서정연하게 꽂혀 있었습니다. 그리고 이 방의 주인인 듯한 중년남자가 실내복 차림으로 테이블 앞에 앉아 있었습니다. 머리칼 숱도 적은 데다가 운동 부족인 듯 배도 쑥 나와 있어서 그렇게 아름다운 풍채라고는 볼 수 없었으나 이 사람은 그것들을 은연중 자랑으로 삼고 있음에 분명한, 그러한 사람임을 명명이는 한눈에 알아볼 수가 있었습니다. 지갑이 스스로 말하기를 그친 그 순간부터 모든 것이 이상스럽게도 환히 들여다보이는군요. 방 주인은 무언가 골똘한 생각에 잠겨 있는 듯했습니다. 하기야 아무 생각할 일도 없이 이런 밤중에 홀로 깨어 서재에 있을 사람이 어디 있겠습니까만……. 명명이가 지갑 속에 숨어서 방 안에 스며들어 와 있는 것은 조금도 눈치채지 못하고 있는 것 같았고요. 아마 지갑은 은신술까지 구사하고 있는 모양이었습니다. 조금 뒤, 방 주인은 의자에서 일어나더니 테이블 앞을 떠났습니다. 그리고는 이리저리 방 안을 거닐기 시작했습니다. 심한 걱정거리를 가진 사람의 걸음걸이였습니다. 그리고 마침내 그가 마음속으로 중얼거리는 소리가 명명이의 귀에 들려오기 시작했습니다.

부자가 천국에 가기란 낙타가 바늘귀로 들어가기보다 어렵다더니 이건 그 부자 한번 돼 보기는 낙타 두 마리가 한꺼번에 바늘귀로 들어가기보다 어렵군, 그래. 하긴 사람들이야 날 일컬어 부자라기도 하는 모양이지만 나 정도 가지고서야 어디 부자랄 수가 있나? 적어도 그, 록펠러 2세나 포드 3세, 아니면 오나시스나 휴즈, 또는 죠반니, 아그넬리 정돈 돼야지……. 허지만 이번 건만 결판이 나면……, 나두……. 가마안 있자. 저 세관녀석들을 어떡헌다? 녀석들의 10년 치 봉급을 한꺼번에 안겨 준다? 아니면 아주 꼭대기에서부터 꽉? 제기랄, 아무리 자본주의가 자유경쟁 체제니 뭐니 하지만 국가 전체로서의 대방향(大方向)이란 게 있는 것이고 경제정책이란 게 있는 바에야 경제 외적인 방면에서의 경쟁도 어디까지나 경쟁은 경쟁이고, 또한 자유 보장이 돼야 할 게 아닌가? 요즘의 신문들처럼 시끄럽게 굴고, 잡아먹지 못해서 앵앵대서야 어디…… 제기랄! 가마안 있자. ㄱ을 만나서 승부를 낸다? 밀수도 무역은 무역이고, 엄연한 경제활동 아닌가? 다만 관세의 치외(治外)지대를 좀 빌린다 뿐이지……. 민족자본이란 무어야? 뙤놈 호떡 장수가 민족자본이란 말인가? 왜놈 라디오 장수가 민족자본이란 말인가? 바로 나 같은 사람의 자본을 키워 주면 그게 민족자본 아닌가? 내가 어디 뙤놈이나 왜놈이란 말인가? 어디까지나 이 나라 기업가 아닌가? 민족자본을 만들어 나가는 과정에 약간의 경제외적인 수완의 발휘나 뭐 좀 순결하지 못한 방법의 동원이 있다 해서 떠들어 댈 건 없지 않은가? 돈이라는 게 본래 뭐 그렇게 순결한 물건도 아니잖은가? 돈에 순결한 척했던 우리 옛 선비들은 어떠했는가? 부국(富國)은커녕 국기(國基)나 제대로 보전했는가? 어쨌든 ㄱ을 한번 만나야겠군. 한데 그 친구 요즘도 그렇게 꼬장꼬장하기만 하면 어떡헌다? 그래도 나한테야 설마……. 설마가 사람 잡는

다? 제기랄, 거 요즘은 은행녀석들도 빡빡하기가 뭣 잘 주던 계집 정 떼듯 한단 말야. 긴축이야 어디 소비대중이 할 짓이지, 나 같은 기업 가가 할 짓이람? 게다가 외국놈들 차관선에서 내거는 조건들이란 것 도 하나같이 꿩 먹고 알 먹자는 수작들뿐이고 말야. 이거야 어디, 제 기랄! 하긴 내 눈치 빠르게 현금을 빼돌려 놓긴 했지만……. 젠장, 이 러다 한잠 못 자겠군. 충분한 수면만이 내일의 왕성한 활동을 약속한 다. 아암. 자 둬야지. 푹 자고 나서 내일은…….

　방 주인은 이윽고 내일의 왕성한 활동을 위해서 침실로 건너가 버 렸습니다. 자기 집에서 500원짜리 한 장이 도난당했다는 사실 같은 건 꿈에도 모르고 있는 것 같았습니다. 하기야 이런 사람—세관원 봉 급의 10년 치를 한꺼번에 줄 수도 있는 사람—에게 단돈 500원짜리 한 장 들고 난대서 자리나 나겠으며 알 턱인들 있겠어요? 잠시 명명 이는 생각해 보았습니다. 이런 사람이 바로, 아버지가 일 보시는 신 문에도 가끔 보도되곤 하는, 늘 이상스레 여겼던 부자들 가운데 한 사람, 예컨대 세관을 묘하게 비켜서 음험한 이득을 취하거나 염치없 는 방법으로 가격을 조작해서 경쟁에 이기거나 친분 관계를 이용해 서 의무의 면제, 내지는 특별한 보호를 받거나 세무관리의 가난을 틈 타거나 눈 속여서 국가에 대한 의무를 저버리거나 하는 등, 모든 질 나쁜 능력을 뽑내어 돈을 모은, 그러면서도 용하게 사라지지는 않는, 신기한 부자들 가운데 한 사람이로구나 하고 말입니다. 명명이는 마 음이 이상하게 설레는 듯도 하고, 초조해지는 듯도 한 야릇한 흥분을 맛보며 지갑에게 말했습니다.

"다음 집으로 데려다줘. 어떤 사람의 집인지 보고 싶다."

지갑은 말없이 움직이기 시작했습니다.

다음은 은행가의 집이었습니다. 먼저의 집보다는 다소 규모가 작다고는 해도 역시 훌륭한 저택이었습니다. 특별히 취미를 살린 설계가 실제보다 더욱 저택을 돋보이게 하고 있었습니다. 명명이는 어느 사이엔지 그 집의 침실에 들어와 있었습니다. 은행가는 그의 뚱뚱한 아내와 함께 커다란 2인용 침대 속에서 잠들어 있었습니다. 남편의 그것보다 두 배는 굵어 보이는 그 여자의 다리는 하얀 맨살인 채 은행가의 허리 위에 얹혀 있었습니다. 이건 지나친 실례로구나, 하는 생각이 들었으나 명명이는 혼자서는 되돌아 나올 수도 없는 일이어서 작은 소리로 지갑에게 말했습니다.

"너무하구나, 이건. 그냥 나가자."

그러나 지갑은 아무 대답도 없었고 꿈쩍도 하려 들지 않았습니다. 도덕적 감정이 도저히 용서하지 않았으나 어쩌는 수도 없어 명명이는 은행가의 꿈속이나 헤치고 들여다보기로 했습니다. 그랬다기보다 저절로 들여다보이기 시작했다고나 할까요. 어떻든 은행가는 꿈을 꾸고 있었거든요.

은행가는 어느 회사의 중역과 기묘하게 꾸며진 방(침식이나 기거를 위해서 만들어진 방은 아닌 것 같았습니다)에서 아름답게 차려진 술상을 사이에 두고 마주 앉아 있었습니다. 곁에 시중드는 사람도 없는 두 사람만의 은밀한 회동(會同)이었습니다. 얘기는 어느덧 상당히 진행되어 있었는지 중역이 수표 한 장을 은행가 쪽으로 밀어 놓았습니다. 은행가는 재빨리 안구를 움직여 액면을 살펴보았습니다. 조금 불만이었습니다. 음절이 끊어지는 공허한 웃음을 터뜨리며 그는 수표를 도로 중역 쪽으로 밀어 놓았습니다. 중역이 은행가의 안색을 살폈습니다. 은행가의 얼굴의 움직임이 상대방에게 알맞게 간파되는 것을 허용하고 다시 음절이 끊어지는 공허한 웃음을 웃었습니다. 중역이 낮은 목소리로 주의 깊게 말했습니다.

"우선 접수해 두시고, 일후에 다시……. 융자문제가 해결된 뒤에 만족하실 만큼……."

은행가가 다시 껄껄 웃으며 대꾸했습니다.

"아하니, 이건 마치 내가 시정의 중개인이라도 된 기분입니다그려. 허허허 그걸 뭐 그런 식으로……. 허허허허. 아무려나 이번 일은 좀 어려울 겝니다. 워낙 대출 한도액이 빠해 놔서……."

"하아아, 그러니까 ㅅ선생한테 긴히 부탁 말씀 올리는 게 아닙니까? 저희 기업의 사활이 지금 ㅅ선생 한 분한테 매여 있다 해도 과언이 아닌 처지에, 자, 좀 건져 주시는 셈 치고……. 융자문제 해결 뒤 운운은 정중히 사과 말씀드리지요. 제가 그만 실술 했습니다. 워낙에 그 자금고갈이 심한 형편인지라…… 그만. 하하하, 자, 우선 접수해 두시지요. 자."

중역은 애써 웃음을 목구멍에서 끌어내며 새로운 수표 한 장을 다시 꺼내 놓았습니다. 은행가는 재빨리 다시 안구를 굴려 액면을 살펴보았습니다.

"허허허, 자꾸 이러시면, 허허허, 난처한데요. 워낙에 융자신청은 밀리는 데다가 대출 한도액이 빤해 놔서……. 어떡헌다? 물론 상환이야 틀림없으시겠지만……. (그러더니 그는 중역의 얼굴을 잠시 건너다보았습니다. 중역의 얼굴은 긴장을 감추려는 노력으로 굳어졌습니다) ……좋습니다. 힘껏 밀어드리지요. ㅎ선생과 저와의 우정을 생각해서라도 이번 일만은 꼭…… 사정이 딱하시기도 하니. 자, 우리 술이나 마저 합시다. 염려 마시고, 허허허."

그러면서 은행가는 먼저의 수표까지를 집어서 호주머니에 담았습니다. 중역은 조금 당황하는 눈치였습니다만 은행가는 못 본 척 시치미를 떼었습니다. 그리고는 만족한 웃음을 껄껄 웃었습니다. 그렇게 웃는 은행가의 입속에서 금이빨 두 개가 반짝반짝 빛나고 있었습니다.

잠든 은행가의 입아귀로도 만족한 미소가 흐르는 것을 바라보며 명명이는 이 이상한 은행가의 침실에서 진작 나가 버리지 못하게 한 지갑이 원망스러워졌습니다. 그러나 이제 실례를 저질렀다는 생각 같은 건 멀리 사라지고 없었습니다. 다만 이런 이상한 은행가—기업의 견실성이나 장래성, 또는 기업의 성적이나 사회 기여도에 준하지 않고 자기 개인에게 주어지는 음성적 이득의 다과에 의해서만 융자신청을 처리하는, 그것도 집무실의 테이블이 아닌 곳에서, 집무시간도 아닌 야음(夜陰)에 처리하는, 신비한 은행가도 실제로 있다는 사실을 알고 놀라움을 금하지 못했을 따름입니다. 그러나 명명이는 이제 이런 신비한 사람들을 보는 일에 싫증이 났습니다. 왠지 우울해지는 마음을 누를 수 없었던 것입니다. 명명이는 지갑에게 말했습니다.

"가, 이제. 이젠 집으로 데려다줘."

지갑은 선뜻 움직이기 시작했습니다.

그러나 지갑은 명명이가 시킨 대로는 하지 않았습니다. 이번에도 역시 어느 낯설고 훌륭한 저택 위였습니다. 앞서의 저택들과 같이 그렇게 커다랗거나 특별한 취미를 살린 것은 아니었으나 역시 작은 집은 아니었고, 어딘가 고풍한 점잖을 지닌, 한마디로 말해서 집주인의 고상한 성격과 교양의 정도를 잘 나타내 주는 듯한 그러한 저택이었습니다. 이 집에 들어 사는 사람들로 하여금 깊이 안주(安住)할 수 있도록 감싸 주고 있다는 그러한 품 넓은 분위기를 느끼게 해 주는 집이었고요. 그런데 이상한 것은, 지갑이 공간을 극복(날아서)할 수 있다는 사실은 기왕에 알고 있는 터이지만 이제 보니 시간까지도 뛰어넘고 있다는 사실이었습니다. 이 집 사람들은 벌써 아침을 맞고 있는 게 아니겠어요? 부엌일 하는 소녀는 아침식사를 준비하느라고 분주했고, 초등학교 학생인 이 댁 도련님은 자리 속에서 눈을 뜬 채, 어제저녁 아버지한테서 이번 주간(週間) 용돈으로 받은 두 장의 500원짜리 지폐를 어떻게 효과적으로 사용할 것인지를 생각하고 있었고, 이 댁 주부는 아직 아침잠에서 깨어나지 않은 채 있었으며, 대학의 교수직과 도시개발위원회의 경제담당 자문위원을 겸하고 있는 이 댁 가장은 정부로부터의 자문에 응할 논문을 쓰기 위해 따스한 아내의 체온이 있는 아침 이부자리로부터 빠져나와 일찍부터 서재에 앉아 있었습니다. 지갑은 명명이를 태우고 서재 안으로 스며들었습니다. 경제학자는 테이블 앞에 앉아 흘러내리지도 않는 안경테만을 자꾸 밀어 올리고 있었습니다. 그가 써야 할 논문의 주제는 개발도상국가 경제에 있어서의 성장과 안정의 함수관계 및 그 조화와 균형이었는데 벌써부터 되풀이 생각해도 쉬 실마리가 잡히지 않는가 보았습니다. 그는 테이블 머리에 놓인, 처음 보는 도안(圖案)의 아름다운 담뱃갑에서 담배를 한 대 꺼내 물었습니다. 보통 담배들보다 길이가 훨씬 긴 외국산 담배인 것 같았습니다. 명명이는 아버지가 피우시던 담배 중에서 이렇게 아름다운 갑과 길이를 가진 담배는 본 적이 없었습니다. 경제학자는 담배에 불을 붙였습니다. 그리고는 마음속으로 중얼거리기 시작했습니다.

성장을 촉진시키려 하거나 고도화하려고 할 때, 불가피하게 새끼치는 것은 인플레 현상이다. 그것은 기업의 과대투자 수요 및 일반 경제 수요의 급증 등, 모든 경제 과열 현상과 통화 팽창에 따른 당연한 결과다. 그렇지. 통화의 과대공급은 물가의 등귀를 가져오고 그에 따른 생산비의 증가와 안이한 경영 등은 추가적인 통화수요를 일으켜 계속되는 물가상승과 통화 과대공급의 악순환을 가져온다. 그런데 후진국 경제가 갖는 가장 큰 고통은 이런 불가피한 인플레 현상 외에, 만성화되고 고질화된 체질적 인플레를 함께 걸머져야 한다는 데 있다. 이것은 참 견디기 어려운 짐이다. 방치하면 파국은 필지이다. 그렇다면 서둘러야 할 것은 당연히 조속한 안정의 추구이다. 그 방편은? 두말할 것 없이 긴축이다. 쪼개고 또 쪼개 쓰는 살림살이다.

그런데 문제는……, 긴축은 자칫 성장의 위축이나 희생을 부를지 모른다는 점에 있다. 이것이 우리가 걸머진 이율배반의 숙제다. 어떻게 해야 하겠느냐? 역시 긴축이다. 성장만을 편애(偏愛)하다가 소아마비에 걸리게 되는 우(愚)를 저질러선 안 된다. 역동(逆動)을 걸어야 한다. 절름발이 아이를 키우거나 자라기도 전에 죽게 해서는 안 되기 때문이다. 자라는 아이에게는 지나친 영양의 공급도, 사랑도 금물이다. 때로는 그런 것들의 결핍이 아이를 더 잘 자라게 한다. 바로, 인플레와의 싸움—과열수요 내지는 통화팽창에의 기술적 저항으로서의 긴축이 필요한 것이다. 말하자면 오랜 숙원인 인플레 없는 성장에의 꿈, 성장과 안정의 상승효과로서 얻는 성장과 안정의 조화, 경제의 능률화와 그 실현이다. 이것만이 안정을 데린 성장, 또는 성장을 데린 안정에의 길이며 또한 그 길을 지나감으로써만 도달할 수 있는 목표이기도 하다. 인플레 체질의 경제 속에서만 오래 살아온 기업인들이나 남의 돈, 또는 빚으로만 사업을 해 왔고, 하고 있는 기업인들은 얼마간 고통을 받게 될 테지. 그러나 그럼으로써만 그들도 진정한 기업가로서의 역량, 또는 경쟁력을 기를 수 있을 것이며 또한 그럼으로써만 기업들은 보다 견실한 뿌리를 갖게 될 테지. 그러나 문제는……, 전혀 경제학이 미치지 못하는 곳에도 있다. 나 같은 경제학도로서는 아무리 씨름해 본댔자 풀어낼 수 없음이 뻔한 정치적 사회적 여러 요인들, 이를테면 경제현상과 정치현상 사이의 묘하고 오랜 함수관계 같은 것들, 선거와 경제와의 쌍그네 타기 같은 것, 또는 사회심리학자들이나 다루어야 할 성질의 여러 가지 사회현상의 복잡

함, 국민적 합의의 결여, 윤리나 가치 체계의 흔들림 같은 것들이 그 것이다. 한데 그런 것들에 관해서 내가 할 수 있는 말은 무엇이란 말인가? 내가 발견해 낼 수 있는 해결점은? 제기랄! 내가 그런 것들에 관해서까지 부심할 필요야 없지 않은가? 그런 것들은 내 책임도 분야도 아니잖은가? 적어도 난 윤리학자는 아니잖은가? 그러나…….제기랄, 그러나는 무슨 놈의 그러나, 다만 그렇지. 그래, 다만 그렇다. 난 윤리학자는 아니다. 그러나 따위는 생각지 말기로 하자. 그러나는 윤리학자나 정치가들더러나 맡으라고 해라. 혹 문필가들더러나 맡으라고 하든지……. 그러나……? 또 그러나군. 시간이 없지 않나? 기일 안에 제출하려면……. 나는 애덤 스미스와 같은 시대에나 나라에도 태어나지 않았고, 또 그와 같은 독신자도, 그와 같은 훌륭한 속기사를 가진 경제학자도 아니잖은가? 아니, 그런데 밖이 왜 저렇게 소란하지? 제기랄! 이거야 어디 글 한 줄 써 먹겠는가?

"거, 좀 조용히들 못해?"

하고 경제학자는 마침내 참을성 없이 소리를 버럭 지르고 말았습니다. 신경질이 대단한 사람이었습니다. 지갑은 재빨리 멍멍이를 밖으로 운반해 주었습니다. 이 댁 도련님인 아까의 그 소년이 부엌일 하는 소녀를 한참 몰아세우고 있는 중이었습니다. 소년은 10년쯤밖에 세상을 바라보지 않았을 눈에 30년쯤은 길러 온 듯한 증오와 의심과 위협을 담아서 노려보며 18년쯤은 자란 소녀의 멱살을 쥐어흔들고 있었습니다.

"이 쌍년아! 니가 훔쳐 가지 않았음 왜 없어지니? 왜 없어져? 엉?

말해 봐! 말해 봐!"

소녀는 부엌일 하던 축축한 손으로는 감히 먹살을 쥔 소년의 손을 어쩌지도 못하고 쩔쩔매며, 눈물만 뚝뚝 떨어뜨리고 있었습니다.

"어어? 이게 증말? 말두 안 해? 야! 그럼 500원짜리 한 장이 어디 갔단 말야? 엉? 어디 갔어? 어제저녁 분명히 내가 두 장을 산수책 갈 피에 껴 놨는데 왜 한 장만 남았나 말야? 니가 훔쳐 갔지? 엉? 니가 훔쳐 갔지? 빨리 말해 봐. 쌍년아!"

"글씨, 난 몰러. 정말 난 몰……러."

"어어? 이게 끝까지? 야! 그럼 엄마가 훔쳐 갔단 말야! 아부지가 훔 쳐 갔단 말야? 까짓 500원을? 이게 증말 오늘?"

소년은 먹살을 쥔 나머지 손으로 소녀를 때리기 시작했습니다. 소 녀는 피할 생각도 않고 울기만 했습니다. 10세쯤밖에 안 된 소년에게 얻어맞으면서 18세는 넉넉히 되었을 커다란 소녀가 꼼짝도 못 하고 울고만 있었습니다. 소녀 자신은 자기가 도둑질을 하지 않았다는 걸 잘 알고 있을 텐데도 말입니다. 그러나 명명이는 안타깝기만 했지 소 녀를 위한 변호는 한마디도 해 줄 수가 없었습니다. 물론, 모든 것을 바라보고 들을 수는 있지만 지갑 이외의 누구하고도 이야기를 할 수 는 없도록 되어 있는 지갑의 율(律) 때문이었습니다. 할 수만 있었다 면 얼마나 좋았겠습니까?

"그 소녀한테는 아무 잘못도 없어. 그 돈은 여기 있는 지갑이, 아니 우리가 훔쳐 낸 거란 말야. 나쁜 놈들은 여기 있어. 그 소녀를 때리는 건 잘못된 일이야."

라고만 말해 줄 수 있었다면 말입니다. 그런데 소년은 성이 머리끝까지 나서 이제는 주먹으로 때리다 못해 발길질까지 하기 시작했습니다.

"내놔! 내 돈 내놔! 이 쌍년아! 너 증말, 오늘 죽어!"

그러나 몸집이 커다란 이 소녀는 조그만 주먹과 발길에 담긴 이 소년답지 않은 미움에 몸을 맡긴 채 말없이 울고만 있었습니다. 그리고 자기의 잘못 없음을 말할 줄도 모르는 이 이상하고 가엾은 소녀를 꾸짖는 데 가담하기 위하여 마침내 소년의 어머니까지 나타났습니다.

"아니, 듣자 듣자 하니까 애가 너무 내숭스럽구나. 안차구 다라지기가 이건 여간만 아니구나, 애. 아, 그럼 네가 안 가져갔음 누가 가져갔겠니? 이래서 시굴애들은 못 데리구 있겠다니까. 애, 승일아(소년의 이름인가 보았습니다) 그만둬라. 그만둬. 식모 학대니 뭐니 또 떠들어들 댈라."

소년의 어머니는 아마 자기 아들이 미움에 사로잡혀 잔인해지는 일이 두렵기보다는 소녀가 매 맞은 일에 대해서 혹 발설이라도 할 일과 그로 인한 세상의 소문이 더욱 두려운가 보았습니다. 그러나 그 점에 있어서라면 소년의 어머니는 근심하지 않아도 좋으리라고 명명이는 생각했습니다. 소녀는 자기가 받은 부당한 대우에 대해서는 그것이 부당한지 어떤지조차 모르고 있음에 틀림없다고 생각되었기 때문입니다. 어쩌면 전혀 부당할 것 없다고 믿고 있는지도 모르겠다는 생각이 들기까지 했습니다. 명명이는 이번엔 좀 퉁명스럽게 지갑에게 말했습니다.

"가! 이번엔 정말 집으로 가야 해."

하고 반쯤은 역정까지 섞어서 말입니다. 지갑이 미워지기 시작했던 것입니다. 누구를 의심하거나 미워해 본 적이라곤 없는 명명이로서는 처음 맛보는 부끄럽고 야릇한 감정이었습니다.

그러나 지갑은 이번에도 명명이의 말대로는 하지 않았습니다. 제멋대로 날아서, 커다란 근대식 저택들 사이에 고집쟁이 할아버지처럼 쭈그리고 앉은 어느 작고 다 기울어져 가는 한옥(韓屋) 위에 멈췄습니다. 명명이는 지갑에게 역정을 냈습니다.

"넌 번번이 날 무시하는구나. 난 더 이상 아무것도 보고 싶지도 않고 이젠 너하고 더 이상 같이 있고 싶지도 않단 말야. 난 이런 일들이 싫어. 자, 얼른 집에 데려다줘. 그 돈들을 모두 돌려줘야겠어."

그러나 지갑은 대꾸도 하지 않았습니다. 명명이의 손상된 감정 같은 건 알 바 아니라는 듯 그대로 그 기울어져 가는 한옥 안으로 날아들었습니다. 괘씸하고 분했지만 또 참는 수밖에 없었습니다. 이 낯선 도시에서 혼자서는 어쩔 도리도 없었거니와 더욱이 지갑 위에 얹혀 있는 몸이고 그 지갑은 명명이의 말은 들은 척도 하지 않으니 말입니다.

집 안은 마당도 좁고 볕도 제대로 안 들어 어둡고 불결한 느낌을 주었습니다. 대문 바로 곁에 있는 변소와 수챗구멍에서는 심한 악취가 풍기고 있었고, 그 악취에 섞여 간장 달이는 냄새가 집 안 가득히 퍼져 있었습니다. 안채에 살고 있는 주인댁 할머니가 부엌에서 간장을 달이고 있었습니다. 문간방에 세든, 미장이 조수의 아내는 아기에게 젖을 물리고 있었고요. 남자 어른들은 모두 이른 돈벌이를 나간 모양이었습니다.

지갑은 명명이를 태운 채 문간방으로 스며들었습니다. 아기는 엄마의 젖꼭지를 문 채 잠이 들어 있었습니다. 젊고 건강한 피부를 가졌으나 그 피부의 사이사이 어딘가에 궁핍과 피곤의 때가 절어 들어, 얼핏 살아가는 일의 고달픔을 남들의 곱절은 겪고 있는 것으로 보이는 아기의 엄마는, 잠든 아기가 이따금 꿈결에서처럼 입을 오물거려 젖꼭지를 무는 바람에 조금씩 놀라며 그때마다 배시시 미소를 띠고 있었습니다. 무지(無知)한 얼굴의 아름다움이라고나 할까요? 명명이는 이 여자의 얼굴이 몹시 아름답다고 생각했습니다. 어둡던 마음이 조금씩 개기 시작하는 것 같았습니다. 아기 엄마는 미소를 머금은 얼굴 그대로 잠든 아기의 평화로운 얼굴을 굽어보며, 그들 세 식구의 미래를 점쳐 보고 있었습니다.

이 아이가 크면 우리도 잘 살 수 안 있겠나? 그래, 남부룹잖게 살 수 있을끼라. 해만 크면 초등핵고에 들어갈끼고, 중핵고에 들어갈끼고, 고등핵고에 들어갈끼고……. 글씨, 대핵고도 가게 델라나? 보자, 대핵고엔 몬 가도……, 고등핵고만 나와도 안 개않겠나? 엔간한 데 치직(就職)이야 안 데겠나? 아(아기) 아부지가 돈만 잘 벌어 오면…… 대핵고엔 와 몬 보내겠노? 글씨, 그렇게만 덴다믄사 이사(醫師)가 몬 데겠나, 벤호사가 몬 데겠나……. 군대에 가도 개않닥하데, 장고(將校)로만 있으만……. 묵는 거 걱정은 안 할 게 아이가? 싯방살이가 다 머꼬? 비만 안 오만……, 비만 안 오만 아 아부지 일거리도 매양 있을끼고……. 그라만……, 그래 그라만 우리도 개않을끼라. 보래이, 아도 잘도 자제…….

아기 엄마는 아기의 입에서 살며시 젖꼭지를 빼낸 다음, 아기를 방바닥에 가만히 눕혔습니다. 그리고는 고요하고 평화로운 눈길로 오랫동안 굽어보았습니다. 아름다운 한 폭의 모자도(母子圖), 고요하고 평화롭기 비길 데 없는 한 폭의 감명 깊은 그림이었습니다. 명명이는 마음속으로, 이 모습을 결코 잊어버릴 수 없으리라고 생각했습니다. 오랜만에 마음속이 따사로워 옴과 함께 이제까지의 어둡던 기분이 장마 뒤에 개는 하늘처럼 맑게 걷혀 가는 느낌을 맛보았습니다. 그러나 그것은 얼마 가지 못했습니다. 누군가 짓궂은 심술꾼이 있어 그 평화로운 정경에 샘을 낸 모양이었습니다. 곱게 잠들었던 아기가 무엇에 놀라기라도 한 듯 별안간 그 작은 손발을 파들짝 흔드는가 싶더니 금시에 얼굴이 새파랗게 질리기 시작하는 것이었습니다. 고르던 숨결도 작은 목구멍에서 무엇엔가 걸리는 듯한 소리와 함께 딱 멎어 버리고 말았습니다. 아기 엄마는 눈을 동그랗게 뜨고 까무라칠 듯 놀랐습니다.

"오메! 이 아가 와 이라노? 우짜꼬? 우짜꼬?"

아기를 덥석 끌어안고, 얼굴에선 핏기가 하얗게 걷혔습니다.

"아이고! 우짜꼬? 오메! 우짜모 좋노?"

아기를 흔들어 보다가 새파랗게 질린 볼을 꼬집어 보기도 하다가 그만 울상이 되었습니다. 그때 간장 냄새를 앞세우고 주인댁 할머니가 달려 들어왔습니다.

"아니, 왜 그러우? 응? 왜 그래?"

"글씨예, 아가 곱기 자다만 백제……. 우짜모 좋지예? 예? 우짜모 좋지예?"

할머니는 조심스럽고 재빠른 눈빛으로 아기의 얼굴빛을 살피더니 급히 말했습니다.

"에구! 정끼(驚氣)로구만! 이거 야단났네. 애긴 날 주구 어서 그 바늘 좀 끄내우."

아기 엄마는 총망 중에도 자기보다 세 배는 경험이 많을 이 할머니의 지시에 전폭적인 신뢰와 복종을 담은 몸짓으로 아기를 맡기고 바느질그릇을 뒤졌습니다. 찾아냈습니다. 할머니는 바늘을 받아 들며 침착하고 빠른 말씨로 말했습니다.

"나가서 냉수부터 한 그릇 떠 와 보우."

아기 엄마가 냉수를 떠 가지고 들어오자 할머니는 잡아채듯 그릇을 받아 한 모금 입에 물더니 새파랗게 질린 아기의 얼굴 위에 몇 번 힘 있게 분무(噴霧)하였습니다. 아기는 그러나 아무런 반응도 보이지 않았습니다. 그러자 할머니는 급한 손길로 바늘을 들어 콧구멍께로 가져갔습니다. 큼큼 몇 번 콧김을 내뿜었습니다. (아마도 그것으로 소독을 삼는 모양이었습니다.) 그러는 동안 아기 엄마는 믿음과 두려움이 뒤섞인 불안정한 눈빛으로, 할머니와 아기를 번갈아 살펴보며 울먹울먹 "우짜만 좋노?"만 되뇌이고 있었습니다. 할머니는 마른 나뭇가지 같은, 여위었으나 억센 손가락들 속에 아기의 작은 손가락들을 모아 쥐었습니다. 그리고는 마침내 바늘 끝으로 손톱 밑의 여린 살들을 찌르기 시작했습니다. 엄지손가락에서 새끼손가락까지의 손톱 밑을 콕콕 찔러 나가는 할머니의 표정은 어떤 알 수 없는 확신에 가득 차 있었습니다. 명명이는 이 무모한 할머니의 시술(施術)이 두렵고 안타깝기 짝이 없었습니다. "어서 의사를 불러오세요" 하고 소리치고 싶어 발을 동동 굴렀습니다. 그러나 할머니는 계속해 나갔습니다. 오른손과 왼손을 모두 마치자 발가락들을 모아 쥐었습니다. 그리고는 다시 발톱 밑들을 찔러 나가기 시작했습니다. 그러며 주의 깊게 아기의 얼굴빛을 살피는 것이었으나 아기는 여전히 아무런 반응도 보이지 않은 채 새파랗게 질린 그대로였습니다. 그러자 할머니는 두 눈에 빛을 모았습니다. 그리고 이번에는 좀 깊숙이 찔러 넣었습니다. 아기가 바르르 떠는 듯했습니다. 할머니의 눈빛과 아기 엄마의 눈빛이 함께 반짝 빛났습니다. 그러나 아기는 이내 다시 죽은 듯 꼼짝하지 않았습니다. 할머니의 얼굴이 불안한 빛으로 바뀌었습니다. 그리고 이때껏 볼 수 없었던 초조한 표정으로 할머니는 말했습니다.

"안 되겠는걸. 양의(洋醫)한테 한번 가 보우. 안 되겠수. 정끼가 아닌가 보우. 암튼 어서 양의한테 가 보우. 돈은 있수?"

아기 엄마는 절망감에 사로잡혀 부들부들 떨며 말했습니다.

"예, 돈은 있어예. 어지(어제) 아 아부지가 500원짜리 한 장 가온 거 그냥 있어예."

그리고 아기 엄마는 황망히 방 한쪽 구석에 놓인 사과궤짝을 뒤지기 시작했습니다.

"오메! 어데 갔노? 여게 돘는데. 여여게 아아(아기) 걸레(기저귀) 사이에 여(넣어) 돘는데……. 아이고, 우짜꼬?"

두 손을 다 넣어 휘젓다 못해 아기 엄마는 마침내 사과궤짝을 뒤집어엎었습니다. 아기의 기저귀며 어른들의 속옷 나부랭이들이 쏟아져 나왔습니다.

"차근차근 잘 찾아보우. 어디 있겠지."

하고 할머니도 옷가지들 사이를 뒤적이기 시작했습니다. 아기 엄마는 얼굴이 백지장처럼 하얗게 질린 채 절망적인 몸짓으로 그것들을 휘저어 댔습니다. 그러나 500원짜리 지폐는커녕 거기에는 종잇조각 하나 나돌지 않았습니다. 아기 엄마는 마침내 울음을 터뜨리고 말았습니다.

"아이고 오메야! 우짜꼬! 이 일을 우짜만 좋노? 오메야!"

아기는 할머니의 무릎에 안긴 채 온몸을 축 늘어뜨리고 있었습니다. 명명이는 미칠 것만 같았습니다. 아기가 그대로 죽고 만다면 그것은 순전히 제 책임일 것 같았습니다. 안타깝고 조급한 목소리로 지갑에게 외쳤습니다.

"빨리, 병원으로 가자. 아무 데나 가까운 병원으로. 빨리!"

지갑은 움직이기 시작했습니다. 그러나 이번에도 명명이의 말을 따른 것은 아니었습니다. 바깥으로 나오자 여지껏 입을 다물고 있던 지갑이 이렇게 말을 꺼냈던 것입니다.

"지금 병원으로 가 봐야 소용없어. 그 애는 죽었어. 그리고 우리는 의사를 부를 수도 없어. 의사는 오지 않아. 우린 지불을 할 수가 없으니까. 우린 보고 들을 뿐, 그 외의 어떤 짓도 할 수가 없단 말야. 자, 이젠 그만 집으로나 가자."

명명이는 펄펄 뛰었습니다.

"그렇겐 못 해! 이제 와서 그럴 순 없어! 병원으로 가야 해. 의사를 불러야 해! 아기가 죽는다면 그건 네 책임이란 말야. 넌 부당한 일에 형평의 원칙을 끌어댔어. 아니, 책임은 같이 지자. 내게도 책임이 있어. 하지만 급한 건 어떡해서든 의사를 부르는 일야. 아기를 그대로 죽게 해선 안 돼!"

"애는 이미 죽었다니까! 그리고 책임은 너나 나한텐 조금도 없어. 날 만들어 낸 사람한테 있지."

"그게 누구야? 그게 누구냔 말야?"

"말했잖아? 그건 나도 모른다고. 넌 널 만든 게 누군지 알아?"

"……. 하지만 아기는 살려야 해!"

"살릴 수 없다니까, 그래. 죽은 아이는 아무도 못 살려."

"하지만 그대로 집으론 못 가! 어떡해서든 아기는 살려야 한단 말야!"

"글쎄, 죽은 아이는 아무도 못 살린다니까, 그래. 자, 그만 집으로나 가자. 나머지는 다음에 보기로 하지. 자, 출발이다."

"안 돼! 그건 안 돼! 안 된단 말야!'

명명이는 그러나 어느 사이엔지 제 방으로 돌아와 있었습니다. 이부자리며 갓을 씌운 전등이며 흩어진 500원짜리 지폐들이며가 모두 그대로 있었습니다. 지갑은 본래의 제 모습으로 돌아가 얌전하게 지폐들 옆에 누워 있었습니다. 그리고 시간은 어느 틈엔지 다시 한밤중으로 돌아와 있었습니다. 명명이는 지갑을 쓰레기통에 던져 버리려다가 고쳐 생각하고 밖으로 들고나왔습니다. 부엌으로 들어가 아궁이에 던져 넣고 석유를 부었습니다. 성냥을 켜 댔습니다. 그러자 불길이 확 일어나고, 지갑은 빠지직 비명소리를 내며 오그라들기 시작했습니다. 석유를 좀 더 부었습니다. 불길은 좀 더 크게 일어났습니다. 그리고 지갑은 불길 속에 싸여 점점 오그라들더니 마침내 재가 되어 갔습니다.

……그리고 방으로 다시 돌아왔을 때, 거기에 흩어져 있던 500원짜리 지폐들은, 한 장만을 남기고는 모두 어디론가 사라져 버렸음을 명명이는 보았습니다.

방

"엄마! 뭐 이래?"

하고, 오줌 누러 나간 명이의 다소 질린 듯한 목소리가 새벽 공기를 찢고 들려왔을 때 평 반짜리 방 하나에 반평짜리 부엌 하나씩 달린 이 연립 셋방에 들어 사는 가난뱅이들은 별반 대수롭게 여기지 않았었다. 오랜만에 밤새워 마시고 취해 있었던 까닭에.

"우리 방 어디 갔어?"

하고 재차 이번엔 좀 울먹이는 듯한 명이의 목소리가 들려왔을 때도, 다만 아직 익숙하지 못해서 저희 방을 못 찾아 그러려니만 했었다. 그러나 이어 울음을 터뜨리는 소리와 함께,

"엄마! 방이 없어졌어! 방이!"

하는, 소년의 가위눌린 목소리가 들려왔을 때, 가난뱅이들은 귀를 의심하지 않을 수 없었다. 제일 먼저 자리를 차고 일어선 것은 명이 엄

마였다. 명이 아버지와 할머니가 뒤따라 일어섰고 모두들 밤을 새운 순경 최 씨네 방에서 뛰어나왔다. 명이는 뿌연 뜨물빛 새벽의 어스름한 빛 속에 싸여 복도의 끝에 서 있었다. 지난밤에 이사든 저희 방 앞이었다.

"명아! 왜 그래?"

다그쳐 물으며 달려가는 명이 엄마를 선두로 모두들 명이에게로 달려갔다. 명이는 울음과 두려움이 범벅이 된 눈으로 그들을 돌아보며 작은 손가락을 들어 저희 방이 있을 쪽을 가리켰다. 가난뱅이들은 명백히 보았다. 이 연립 셋방의 맨 끝방이며 지난밤에 이사든 뒤로 밤이 깊는 것도 잊고 도배와 장판까지 말끔히 새로 한 명이네 방이 빈터처럼 휑하니 터져 나간 채 온데간데없고 간밤에 들여놓은 가구들만 생흙바닥 위에 덩그러니 놓여 있는 모습을. 명이 엄마와 할머니는 넋을 잃고 그 자리에 주저앉았고 나머지 가난뱅이들은 명이네의 입주를 환영하기 위해 밤새 마신 술이 일시에 깨어 달아나는 것을 느꼈다. 명이 엄마와 할머니의 절망에 찬 울음소리를 들으며 그들은 알 수 없는 두려움에 덜미를 잡히는 느낌과 함께 마음속 어느 한 부분이 섬뻑 잘리어 나가는 듯한 아픔을 경험했다. 우리는 어째서 이다지 터무니없는 현상계(現象界)에 대한 과신에 젖어 있었을까? 도대체 방이 밤새 어디로 달아날 수도 있다는 경우를 우리는 왜 생각해 보려고도 하지 않았을까! 우리는 왜 이다지도 의심할 줄 모르며 경계심이 적을까!

아무튼 이러고 있을 때가 아니라고, 순경 최 씨가 집주인에게 전화를 걸기 위해 달려 나갔다.

"아, 그래요? 거 참 이상하군요. 그런 일이 다 일어나다니."

집주인은 우선 이쪽 말을 믿을 수 없다는 어조로 말하고 나서,

"하지만 어쨌든 방의 간수는 세든 사람의 할 일이지요."

하고 잘라 말했다. 최 씨는 송화기를 바싹 입에 대고 말하였다.

"그렇지만 주인어른, 방이 통째로 없어졌단 말입니다. 문짝이 망가지거나 아궁이에 고장이 생긴 게 아니란 말입니다."

"글쎄요, 방금 들었는데 벌써 잊었겠어요? 하지만 방이 통째로 없어졌다는 건 참 알 수 없는 일이군요. 그런 일이 일어날 수가 있다니……. 어쨌든 저는 계약을 체결할 때 밝힌 바 있습니다. 물론 전세금을 돌려드릴 수도 없구요. 그 사고가 사실이라면 피해는 제게도 크니까요."

"아니, 여보세요. 그렇지만 어디 그럴 수가 있습니까?"

"어쩔 수가 있습니까? 전 계약을 준수할 따름인데요. 어쨌든 대리인을 곧 보내기로 하겠습니다."

그러고 전화는 끊겼다.

대리인이 온 것은 한 시간쯤 뒤였다. 기름을 잘 발라서 단정하게 빗어 넘긴 머리를 가진 그 중년의 사내는 좋은 복지의 양복을 입고 있었고, 잘 닦아 반들거리는 구두를 신고 있었다. 그는 그 구두에 흙을 묻히지 않기 위해 주의 깊은 걸음걸이로 방이 있던 자리의 생흙만 밟았다. 그러고는 중급의 관리처럼 재빠른 눈초리를 움직여 참상을 둘러보았다.

"이것은 천재지변의 경우에 해당하는군요. 양쪽이 다 함께 손해를 감수하는 수밖에 없겠습니다. 저희 주인어른껜 부동산 일부의 손실이 되겠고 임차인 가족에겐 거처의 상실이 되겠습니다만 워낙 천재지변과 다름없는 일이고 보니 어쩌는 도리가 없게 되었군요. 주인어른께 보고 올려서 선처를 청해 보겠습니다만, 요즘 주인어른의 재정 상태가 고르질 못해 놔서 어떨는지……. 이런 일이 다 일어나다니 참 무어라 말씀드려야 좋을는지 모르겠습니다. 아무튼 어렵더라도 좀 참아 보도록 하시지요. 어쩌면 다시 방을 들여 드릴 수 있게 되는지도 알 수 없으니까요. 그렇게 될 경우라도 그것은 어디까지나 주인어른의 자비심에 의한 것이겠습니다만."

대리인은 그렇게 말하고 나서 자기의 의무는 이것으로 끝났다는 듯한 태도로 돌아가 버렸다. 가난뱅이들은 치미는 노여움과 뒤따르는 참담한 무력감에 사로잡혔다. 그들이 항의라도 제출한다면 그들에게 주어질 대답이 어떠하리라는 것을 가난뱅이들은 너무나 잘 알고 있었던 것이다. 대리인은 아마 이렇게 대답했을 것이었다.

"그렇다면 좋도록 하시지요. 방을 얻지 못해 곤경에 처한 사람들은 얼마든지 있으니까요."

그러나 가난뱅이들은 언제까지나 그러한 무력감에 사로잡혀 있을 수만은 없다고 생각하고 용기를 내어 일단 이 불행을 현실로 받아들이기로 하였다. 그리고 우선 명이네 가족의 거처문제를 의논하기 시작했다. 잠정적인 결론이 내려졌다. 집주인의 도의심에 기대를 건다는 것은 대단히 무모한 짓임에 분명하지만 다른 방도가 없고 보면 어쨌든 대리인이 말한 바와 같은 '자비심'이라도 기대해 보는 도리밖에 없는 형편인즉, 우선 그걸 기다려 보는 동안 명이네 가족을 그들이 맡아 분산 수용한다는 것이었다. 그리고 가구들도 생흙바닥 위에 그 냥 놓아둘 수는 없으므로 각각 그 주인들을 따라 분산시킨다는 것이었다. 즉, 열두 살배기 명이는 그의 앉은뱅이책상과 함께 소설가 송 씨의 방에, 명이 엄마와 갓난이 출이는 가족의 옷들을 넣어 두는 녹 슨 캐비닛과 함께 신혼부부 양 씨네 방에, 명이 할머니는 성경책 두 권과 찬송가집 한 권이 든 가죽 손가방과 함께 대학 강사 변 씨네 방에 각각 분산 수용하기로 한 것이었다. 다만 부엌세간만은 나눌 수가 없었으므로 명이 엄마가 몸을 담기로 하는 양 씨네 부엌에 다 두기로 하였다. 명이네는 감사한 마음으로 이 결정에 따랐다.

네 개의 방에 다섯 가구(家口)가 나뉘어 사는 불편한 생활이 시작 되었다. 언젠가는 그러한 생활이 해소될 날이 있으리라는 막연하고 도 무력한 희망 속에서, 가난뱅이들은 그러나 차츰 그들이 무모했음 을 깨닫고 놀라기 시작했다. 한 가구에게 닥쳐온 불행을 함께 나누어 진다는, 주제넘다고 할 수 있는 도의심을 발휘함으로써 그들은 너무 많은 것을 잃어버리게 되었던 것이다. 휴식과 개인생활을, 아니 그들 자신이 방을 잃어버린 결과가 되고 말았던 것이다.

우선 소설가 송 씨는 소설을 쓸 수 없게 되었다. 송 씨는 소설을 씀 에 있어서 무엇보다도 테마에 대한 그 스스로의 영혼의 고양 상태를 특별히 중요하다고 여기는 사람이었다. 그것을 그는 '신이 오른다'라 는 말로 그 자신에게 표현하였다. 아무리 훌륭하고 세상 사람들을 매

혹시킬 것이 확실해 보이는 테마일지라도 그는 '신이 오르지' 않으면 쓸 수 없었다. 그런데 명이와 함께 방을 쓰게 되면서부터 그는 귀하게 찾아오는 그 신이 오르는 순간을 번번이 놓치곤 했다. 이를테면 그가 머릿속에서 뱅뱅 돌기만 하던 어떤 매혹적인 분위기를 빛이 쏟아져 드는 듯한 그 '신이 오르는' 흥분 가운데 문장으로 포착하여 원고지에 옮기려는 순간 같은 때 명이는 소년다운 호기심으로 예컨대 이런 질문을 하는 것이었다.

"아저씨, 아저씨가 지금 쓰는 소설은 제목이 뭐예요? 또 제목이 한문이에요?"

"응? 응, 뭐 그저……."

"아저씬 탐정소설가예요? 명랑소설가예요?"

"응? 으응. 난 모험소설가야."

"난 탐정소설을 좋아하는데, 하지만 모험소설도 조금은 좋아해요."

"아, 그래? 거 고마운데."

어쩌고 건성 대답을 하면서 송 씨는 포착된 분위기와 문장을 잊어버리지 않으려고 안간힘을 쓰지만 명이는 한번 질문을 시작한 이상 결코 쉽게 놓아주지를 않았다.

"그런데 모험소설을 쓴다면서 왜 매일 방에만 계셔요? 진짜 모험소설을 쓰려면 직접 모험도 하고 돌아다니고 그러서야죠."

"으응, 그렇지만 아저씨는 소설을 쓰면서 모험을 한다. 소설 속에서 모험을 하는 셈이지."

"소설 속에서 모험을 해요? 소설이 뭐 아프리카나 미시시피강인가요."

"응? 으응, 글쎄. 뭐 꼭……."

"아마 아저씬 엉터린가 보다. 진짜 모험소설가라면 이런 셋방에서 살지도 않을 텐데 아저씨 소설이 엉터리니까 인기가 없어서 그렇지 뭐예요."

이쯤 되면 '신이 오르는' 순간이고 무엇이고 우선 자존심이 상해 버렸다. 그러나 그뿐만 아니었다. 명이는 곧잘 송 씨의 명상 시간을 베어 먹곤 하는 것이었다. 저녁을 먹고 난 뒤의 느긋한 포만감(그는 영양가 없는 음식으로 그것을 얻기 위해 고춧가루를 애용하곤 했는데)을 즐기며 번듯이 드러누워, 소설가는 사랑하는 자인가 노여워하는 자인가, 소설가는 개성의 비밀을 찾아 들어가는 사람인가 사회의 어둠을 헤쳐 나오는 사람인가, 소설가는 예술가인가 웅변가인가, 소설가는 여행가인가 모험가인가, 소설가는 노래를 불러야 하는가 아우성을 쳐야 하는가, 소설은 현실 활동인가 비현실 활동인가, 소설은 진실의 허구화인가 허구의 진실화인가 하는 따위 세상에 떠도는 각기 그럴싸한 소문들을 자기 나름대로 저울질해 보기도 하고 양쪽의 무게를 첨삭해 보기도 하면서 모처럼의 명상에 잠기려는 순간 같은 때 명이는 불쑥 한 판의 바둑을 청하곤 하는 것이었다.

"아저씨 지금 아무것도 안 하시죠? 한 수 두실래요?"

하고 말이다. 아이들은 어른들이란 누워 있을 때는 아무것도 하지 않는 동물인 줄 아는 모양이다. 실은 방을 처음 같이 쓰게 되던 날 저녁, 녀석이 책꽂이 곁에 접어서 세워 둔 바둑판을 유심히 자꾸 바라보기

에 이 작은 동거인과 다소 우정을 도모해 보겠다는 친화감 어린 소리
로,

"둘 줄 아니?"

하고 물었던 게 화근이었다. 둘 줄 아는 정도가 아니라 송 씨가 석 점
이나 접혀야 하는 형편이었던 것이다. 명이는 완연한 우월감을 표시
해 왔다. 녀석은 어리석은 자를 다룰 때의 심심해하는 태도까지를 짐
짓 지으면서 교묘한 함정을 파 놓고 송 씨의 소설에 대해서 묻거나
가난을 야유하거나 했고, 송 씨는 번번이 함정에 걸려들어 아시아 대
륙만 한 대마를 죽이곤 했다. 때로는 충분한 말뚝을 쳐 이만하면 안
심할 수 있는 집이라고 생각했을 때도 녀석은 서슴없이 뛰어 들어와
분탕질을 치고는 다시 탐욕스러운 눈길을 옮겨 반상(盤上)의 다른 곳
을 더듬는 것이었다. 몹시 약이 올랐고, 번번이 자존심이 상했지만
그렇다고 대국을 사양할 수는 없는 것이 그것은 녀석의 우월감을 더
욱 키워 주는 결과밖에는 초래할 것이 없으며 결과적으로 송 씨 자
신의 자존심만 더욱 깊은 상처를 입게 될 것이 명백했기 때문이었다.
그래서 한 판으로 시작한 바둑은 두 판 세 판으로 늘어 갔고 어느 날
은 밤을 꼬박 새운 적도 있었다. 물론 바둑은 거의 다 송 씨의 패국으
로 끝났고 상한 자존심과 뺏긴 시간으로 하여 그는 이제 소설가랄 것
도 없게 되었다. 명이와 한방을 쓰게 되면서부터 그는 단 몇 줄의 소
설도 쓰지 못했던 것이다.

　비슷한 경우는 신혼부부인 양 씨네에게도 찾아왔다. 명이 엄마와
갓난이 출이를 한방에 재우기 시작한 첫날 밤 양 씨 부부는 다음 세

대 만드는 일을 너그러운 마음으로 보류하였다. 신혼 2주밖에 안 되는 그들 부부이지만 이웃의 불행을 함께 나눈다는 박애심이 둘만의 오묘한 사랑의 이중주를 연주하는 일에 대신하여 그들을 기쁘게 하였던 것이다. 그들은 이부자리도 따로따로 펴고 잤다. 그들은 각각의 이부자리 속에 누워 서로의 손을 더듬어 찾으며 자신들이 인간다운 행동을 했음을 기뻐했다.

그러나 그 기쁨은 얼마 가지 않아 고통으로 바뀌었다. 신혼부부이면서도 각각의 자리에서 자야 한다는 것이 얼마나 고통스러운 일인가를 곧 그들의 젊고 아름다운 육체가 깨닫고 짜증을 내기 시작했던 것이다. 그들은 그들이 함께 살 방이 준비되기를 3년 동안이나 기다려서 결혼했고 서로를 사랑하는 마음은 한시라도 함께 있지 않으면 견딜 수 없을 만큼 뜨거운데도 따로따로 자야만 한다는 것이 얼마나 억울한 일인가를 깨달았다. 그리하여 그들은 마침내 더 이상 그들의 사랑을 중지한 채로 둘 수는 없다고 생각하였다. 그리고 그들은 명이 엄마와 출이가 잠들기를 기다려 서로의 사랑을 몰래몰래 탐미하기 시작하였다. 그러나 그 역시 뜻대로는 되지 않았다. 예컨대 밤이 깊어 명이 엄마나 출이의 잠든 숨소리를 확인한 뒤 그들 부부가 조심조심 한 이부자리 속으로 숨을 죽이고 모였을 때 공교롭게도 출이가 잠을 깨어 울기 시작하는 경우가 종종 있었다. 그럴 때 그들은 입 한번 똑똑하게 맞춰 보지 못한 채 도둑처럼 더욱 숨을 죽이며 출이의 울음이 말썽 없이 그쳐 주기만을 기원하곤 했다. 그러나 그 아기는 제 엄마를 깨우기 전에는 절대로 울음을 그치지 않았다. 마침내 명이 엄마가 잠을 깬다. 애써 낮춘 목소리로 우는 아기를 꾸짖으며 이쪽의 동정을 살핀다. 밤이라고 아무것도 볼 수 없는 것은 아니다. 드러날 것이 드러날 만큼은 드러난다. 두 사람이 한 이부자리 속에 모여 있는 것쯤 곧 드러난다.

명이 엄마는 완연히 이쪽을 염두에 두고 조급히 아기를 달랜다. 미안해서 어쩔 줄 모른다는 동작과 남의 은밀한 행복을 본의 아니게 눈치채게 되었다는 당황한 낌새가 역연하다. 그리고 그것은 그들 부부를 은밀히 꾸짖는 동작이기도 하다. 그럴 때 그들 부부는 마치 깊은 나락으로라도 떨어지는 것 같은 절망감을 맛보곤 했다. 어떤 때는 사람의 달콤한 동작이 고비에 이르렀을 무렵에 그런 일을 당하기도 하였다. 서로의 영혼이 가장 기쁘고 아름다운 순간에 잠겼을 때 그런 일을 당하면 그들은 서로의 악운을 마음속 깊이 저주했다. 그리고 그것은 악운에 대한 저주에 그치지 않고 엉뚱하게도 서로의 사람됨에 대한 증오와 짜증으로까지 빗나가기도 하였다. 그런 날 밤은 그들은 서로 등을 돌리고 잤다. 명이 엄마는 그럴 때마다 몸 둘 바를 모른다는 부스럭거림과 황망해하는 낌새가 역연했으나 그들에게는 그것이 더욱 갈데없는 쓴 소태맛이었다. 한번은 이런 적도 있었다. (이런 일은 양 씨가 다니는 건설회사가 휴일은 쉬게 하는 양심적인 회사이기만 했어도 아마 일어나지 않았을 것이다.) 그날 저녁엔 계란 행상을 하는 명이 엄마가 8시가 넘도록 돌아오지 않았다. 그래서 저녁밥은 명이 할머니가 지어서 가족들에게 먹였었다. 아마 계란이 너무 팔리지 않는지, 또는 너무 잘 팔리는 까닭에 늦는 모양이었다. 어쨌든 그들 부부는 모처럼 그들만의 방을 갖게 된 기회를 기뻐하며 일찍이 이부자리를 펴고 희망에 찬 잠자리에 들었다. 방문을 안으로 닫아 잠갔음은 말할 것도 없다. 그리고 그들은 오랜만에 찾아온 이 귀한 자유를 조금이라도 뜻 없이 흘려 버리지 않기 위해서 서둘렀다.

어린 시절로 돌아간 듯한 야릇한 흥분마저 느끼며 그들은 서로에게 최대한의 존경심을 표시하면서 눈치 볼 필요도 없이 정식으로 사랑하기 시작했다. 양 씨는 아직도 신비로운 아내의 가슴에 입 맞추면서,

"당신은 오늘 정말 예쁘군."

하고 말했다. 양 씨 부인은 남편의 숱 많은 머리를 품어 안으며,

"당신도 정말 훌륭하셔요."

라고 말했다. 그들은 아직도 더러 미답(未踏)인 채로 남아 있는 서로의 아름다움을 찾아내어 공손한 태도로 칭찬했다. 사랑의 긴 여로는 곳곳에서 아름다운 복병들을 만나는 순간에 더욱 발끝에 가벼웠고 감미롭게 흘러갔다. 그들은 그야말로 오랜만에 지치는 줄 모르고 여행했고, 지치도록 여행했고, 그리고 달콤하게 피곤해진 몸으로 돌아와 여장을 풀었다. 양 씨 부인이 말했다.

"자유란 참 좋군요."

"정말 좋군."

양 씨가 대답했다. 그리고 그들이 여행의 달콤한 흔적들을 정돈하고 만족한 기분으로 방문을 열었을 때, 그들은 어둠 속에서 보았다. 한 지치고 가련한 아기 엄마가 그녀의 아기에게 젖을 물린 채 문 앞

부엌 바닥에 앉아 있는 모습을.

"아니, 아주머니!"

"아니, 아주머니!"

양 씨가 가위눌린 목소리로 외치자 명이 엄마는 황망히 눈길을 비키며 풀기 없는 목소리로 말했다.

"정말 미안해요. 벌써 왔지만서두 두 분이 주무시는 것 같기에……."

그런 일이 있은 뒤로 그들 부부의 신혼생활은 더욱 여지없이 짜증스럽고 고통스러운 것이 되어 갔다. 남들이 말하는 여관이나 독탕을 이용해 볼 생각도 없는 건 아니었으나 어쩐지 보석을 돼지우리에 처넣는 것 같은 불결감이 앞섰고 우선 양 씨의 쥐꼬리만 한 수입만으로는 감당할 수도 없는 일이었다. 그리하여 그들은 마침내 신혼부부는 커녕 부부랄 것도 없게 되어 갔다.

순경 최 씨네의 경우도 사정은 크게 다를 바 없었다. 늙은 홀아버지 한 분을 모시고 있는 최 씨는 야근이 없는 날이면 그와 그의 아버지가 다 함께 조금씩 즐기는 소주 2홉들이 한 병을 사 들고 들어와 아버지와 대작하여 마시면서 이태 전에 죽은 그의 어머니에 대해서 얘기하는 시간을 가장 행복해했다.

"어머니가 끓이시는 콩나물국은 참 맛있었지요, 아버지."

"소금을 넣고 끓이는 콩나물국 말이냐?"

"네, 아버지. 마늘도 넣으셨지요."

"암, 넣었구말구. 그게 빠진다면 어디 그걸 콩나물국이라고 할 수 있겠느냐? 참 기막힌 맛이었지, 난 네 어머니처럼 콩나물국을 끓이는 여잘 만나 본 적이 없다. 네 어머닌 콩나물국만이 아니라 북엇국도 잘 끓였느니라."

"아, 저도 알고 있어요. 아버지, 파를 넣고 계란을 푼 북엇국이었지요?"

"잊지 않고 있었구나."

"죄송합니다. 아버지, 저도 음식 만드는 법을 더 잘 배우도록 하겠습니다."

"뭐, 괜찮다. 너도 사내치곤 솜씨가 괜찮은 편이던걸."

"고맙습니다. 아버지. 어머닌 바느질도 썩 잘하셨지요."

"잘 말해 주었다. 네가 그 얘길 안 했더라면 난 섭섭해할 뻔했다. 네 어머니가 지어 준 마고자와 바지저고리는 언제나 내 몸에 잘 맞았지. 그뿐인 줄 아느냐? 네 어머닌 살림 규모도 잘 가눌 줄 아는 여자였다. 빚이라곤 지는 일이 없었고 집 안은 늘 깨끗했지. 지금도 이만하면 깨끗한 편이긴 하다마는."

"네, 아버지, 그건 아버지께서 늘 청소에 마음을 쓰시는 덕분이지요. 저는 어지럽히기만 해 온걸요."

"아니다. 너도 잘해 주었다. 네 어머니가 살아 있었더라면 아마 널 칭찬했을 테지."

"아, 생각났습니다. 아버지, 어머니는 제가 아플 땐 밤잠을 주무시지 않았어요."

"온 애두, 무슨 말을 그렇게 예절 없이 하느냐? 내가 아플 때도 너의 어머니는 자지 않았어."

"죄송합니다. 아버지, 사람은 늘 자기를 모든 문제의 중심에 두려는 것 같습니다. 다른 사람도 그 자신에겐 주인공이라는 사실을 깜박잊는 것 같아요. 심지어 부자지간일지라도 말입니다. 앞으론 주의하겠습니다. 아버지."

"너 애비한테까지 슬쩍 화살을 겨누기냐? 응? 하하하, 아무튼 뭐, 알았다면 됐다. 그것보다도 왜 비우지 않느냐? 몸이 피곤하기라도 하냐?"

"아, 아닙니다. 아버지, 비우겠습니다. 피곤하다니요."

"어서 비워라. 내 잔이 이미 빈 것이 보이지 않느냐?"

"네, 아버지, 지금 비웁니다."

부자간의 이러한 정다움과 단칸방이나마 깨끗하게 정돈하고 산다는 고결한 자부심이, 명이 아버지의 출현으로 말미암아 뒤죽박죽되기 시작했던 것이다. 막걸리나 막소주, 약주와 같은 하급 주류 도매상의 자전거 배달꾼인 그는 우선 온몸에 항상 땀 냄새에 섞인 퀴퀴한 술 냄새가 절어 있었고 최 씨 부자와는 술 마시는 방법이나 주량의 차원이 달랐다. 그것은 명이네가 이사 들던 날의 술자리에서 이미 얼마간은 드러난 사실이었으나 그는 또 집에 돌아와서도 세수는커녕 손발조차 씻을 줄 몰랐고 땀 냄새와 술 냄새가 고약하게 풍기는 양말을 신은 채 방에 들어왔다. 그가 입고 있는 염색한 작업복에는 늘 허옇게 막걸리 튄 자국이 말라붙어 있었고 어떤 때는 채 마르지 않아서 축축하게 젖은 채로일 때도 있었으며, 또 그는 항상 취해 지내다시피

하였으므로 그것을 입은 채로 잤다. 그리고 무엇보다도 무지한 사람이었다. 말투부터가 그러했다. 최 씨 부자의 대작의 시간을 목격하던 날 그는 거침없이 뛰어들면서 말하였다.

"앗따, 제기랄, 집 안에 이런 술자리를 두구 난 왜 여태 개 싸대듯 바깥으로만 돌았누. 여보쇼들, 너무들 하쇼, 그래. 아무리 내가 얹혀 사는 개 밥그릇 신세기로서니 그럴 수가 있시까? 당신네끼리만 시어미 잣죽 먹듯 그러기요? 잠깐만 기다리슈. 내 목구멍 몫은 내 가져올 테니."

이미 전작으로 고약하게 충혈된 눈을 부라리더니 그는 나는 듯이 다녀와서 또 말하였다. 한 손에는 막걸리가 철철 넘치는 한 말들이 플라스틱 술통을 든 채.

"자, 그렇게 애들 물약 먹듯 홀짝거리지 말구 씨원씨원 좀 마십시다. 그거 원 어디 쓰겠소. 하긴 나두 거 술 냄새나 실컷 맡아 보려구 술도가집 일을 봐주곤 있시다만 아직 성에 차겐 못 먹어 봤시다. 좌간 잘됐시다. 오늘 한번 먹을 감아 봅시다. 모자라면 또 가져오면 되는 거구, 제기랄. 세상 돌아가는 꼴을 보면 안 마시군 못 배기겠시다. 하긴 나 같은 서방을 둔 덕에 예편네가 고생은 좀 하우다만 계집들이야 새끼 위해 고생하는 거지 어디 서방 위해 고생하는 거랍디까? 안 그렇소? 이 모주 양반들. 아, 뭣들 하는 거요? 대접 좀 가죠슈, 대접. 거 모기 눈깔만한 고뿌 갖구서야 어디 되겠소? 챠, 술에 벗 따르니 아니 무릉인가!"

순경 최 씨는 깨끗이 설거지해 둔 국대접을 가지고 들어오면서 한 없는 절망감에 사로잡혔다. 그들 부자의 작고 깨끗한 행복이 이제 쓰레기통으로 변하려 하지 않는가! 그의 냄새나는 옷, 더러운 발, 상스럽고 교양 없는 말씨, 상식 없는 태도 같은 것들로 이제 이 방은 가득 차게 되지 않았는가! 그들 부자의 아내와 어머니를 추억하는 향기롭고 고결한 시간도 이제는 시장거리 대폿집의 한낱 잡스러운 취담의 시간으로 바뀌려 하지 않는가! 그렇다고 저자를 쫓아낼 수도 또한 없는 노릇 아닌가!

그날 저녁 명이 아버지는 이미 상당한 전작이 있은 뒤임에도 불구하고 막걸리 한 통을 거의 혼자서 마셔 버리다시피 하였다. 그러는 동안 최 씨 부자는 그들의 행복이 이제 돌이킬 수 없는 것임을 알고 그의 몸에서 풍기는 고약한 냄새와 그가 말할 때마다 튀어나오는 침방울을 피하기 위해 그 몰래 코를 감싸 쥐거나 얼굴을 피하면서 절망감에 휩싸여 갔다. 그리고 무엇보다도 그의 조심성 없는 손으로 마구 흘려 대는 막걸리가 방바닥을 더럽히고 있는 모습을 힘없이 바라보았다.

그리고 그날 밤 순경 최 씨는 이상한 낌새를 느끼고 잠에서 깨어났다. 그의 늙은 홀아버지도 이미 깨어 있었다. 아들이 깬 것을 알자 노인은 아들 쪽으로 돌아누우며 가련한 목소리로 말하였다.

"애야, 냄새 때문에 한잠도 잘 수가 없구나. 그리고 봐라. 저 사람은 이까지 갈고 있지 않니?"

대리인이 다시 한번 다녀간 것은 사고가 있은 뒤로부터 석 달인가 지난 뒤였다. 그는 짐짓 감동 깊은 표정으로 가난뱅이들이 나뉘어 사는 모습을 돌아본 뒤 말하였다.

"여러분들이 크고 작은 여러 가지 개인적인 희생들을 딛고 서서 이룩해 낸 이 아름다운 생활을 보고 전 정말 깊은 감명을 받았습니다. 참으로 훌륭하십니다. 타인의 불행을 구하기 위한 이 같은 훌륭한 생활은 마땅히 찬양되고 널리 선전되지 않으면 안 된다고 생각합니다. 조금만 더 기다려 보십시오. 주인어른께서 반드시 여러분의 희생에 보답하실 것입니다."

그러나 다시 몇 달이 지나도록 보답의 소리는 들려오지 않았고 가난뱅이들의 그 불행한 생활은 중단 없이 계속되어 갔다. 그 가운데서도 대학에 시간강사로 나가고 있는 변 씨의 경우는 특별히 심각한 양상을 보이고 있었다.

그는 세 번 결혼하였다가 세 번 다 실패하여 혼자 살고 있었는데 그것은 그의 기이한 습벽 때문이었다. 대학의 교양부에서 민주주의를 강의하고 있는 그는 자기 방에서는 발가벗고 지낼 권리가 있다고 믿고 있었기 때문에 방에만 들어오면 걸친 것이라곤 몽땅 벗어 버리는 버릇을 가지고 있었다. 그는 대학의 강단 위에서나 강사실에서, 거리의 사람들 틈에서, 버스 속에서, 심지어는 영화관에서 영화를 보고 있는 중에도(그래서 그는 다시는 영화관에도 가지 않게 되었지만) 옷이 자기를 가두고 있다는 강박관념에 사로잡혀 있었다. 이를테면 중세기적으로 좀 과장해서 이러이러하다. 양말은 두 발을 채우고 있는 족쇄이며, 넥타이는 목을 죄는 큰칼이며, 상의는 심장의 자유로운 동계를 억압하는 겹겹의 죄수용 흉대(胸帶)이며, 하의는 양동(陽

動)을 봉쇄하는 철갑 옷이며, 허리띠는 포승이다……. 그러한 강박관념은 또한 자기가 그 옷들에게 조금이라도 불손한 짓을 하지 못하게 하기 위한 어떤 초시력의 눈이 어딘가 음험하게 숨어서 자기를 감시하고 있을 것이라는 생각을 동반했다. 그리고 그 초시력의 눈은 그의 방 이외의 곳에서는 언제나 자기를 따라다니고 있다고 그는 믿었다. 그리하여 그는 빠뜨릴 수 없는 용무를 제외하곤 외출하지 않았고 외출했다가도 돌아오는 길로 방문을 안으로 닫아걸고는 그 초시력의 눈에서 벗어난 안도의 한숨을 내쉬면서 걸친 것들을 벗어던지곤 하였다. 그는 자기에게 남겨진 단 하나의 피난처는 이제 자기의 방 하나뿐이라고 굳게 믿었다. 그런데 그와 결혼했던 세 명의 여자들은 한결같이 그의 그러한 사정을 이해하지 못하였다. 그녀들은 한결같이 이렇게 말하였다.

"당신은 야만인이거나 변태성욕자군요. 밖에서만 문화의 껍질을 쓰는."

그리고 그녀들은 그의 성이 변씨라는 점에도 다분히 우의(寓意)가 깃들어 있다는 걸 이제야 알겠다고 덧붙였다. 세 번이나 결혼에 실패하고 나서 그는 정신과 의사를 한번 만나 볼까 하다가 그만두었다. 자기가 아무런 병에도 걸려 있지 않음을 확인받고 싶은 생각에서 만나 볼 생각을 했던 것이나 의사들이 영혼의 자유에 대해서는 아무런 관심도 갖지 않을 것이라는 생각에 부딪쳐서 그만두었던 것이다. 그리하여 그는 다시는 결혼을 하지 않고 살리라고, 그리고 또 어느 누구와도 개인적인 관계는 맺음이 없이 살아 나가리라고 굳게 마음먹었다. 그리고 혼자 살아왔다. 외로웠으나 그 초시력의 눈이 그의 바깥 생활만을 감시하는 한 그에게는 방이 있었다. 그런데 저 사건이 일어났다. 그리고 그에게 명이 할머니가 떠맡겨졌다. 그는 생명을 걸고 자기와 싸운 뒤 마지막으로 자기의 견인력(堅忍力)에 모든 것을 걸어 보기로 결심하였다. 견딜 수만 있다면, 방 안에서도 옷을 입은 채 견딜 수만 있다면, 그래서 한 가족의 불행을 더는 데 조금이라도 보탬이 된다면 견뎌 보자고 그는 생각했다. 그리고 그는 그가 가진 최대한의 견인력을 발휘하여 방에 돌아와서도 옷들과 싸웠다. 그는 하루에도 몇 번씩, 아 이것들을 벗어던질 수 있다면, 이것들을 벗어던질 수 있다면 하고 신음했다.

명이 할머니는 그러나 하루 종일을 기도와 작은 소리로 부르는 찬송으로 보내었다. 그것은 변 씨의 고통스러운 싸움에 아랑곳없이 계속되었고 한밤중까지 그랬고, 새벽에도 그랬다. 변 씨의 귀에까지 들리는 그 기도의 내용은 주로 '내리신 시험을 이제 거두시고 방을 되돌려 주시와 가족이 모여 살게 해 주십사'라는 것이었다. 변 씨는 비지땀을 흘리면서 그 소리를 들었다. 고통 가운데서도 강의안을 만들면서 책상 앞에서 들었고, 불면증에 시달리면서 이부자리 속에서 들었고, 한잠 못 이루고 깔깔한 눈으로 새벽에 들었다. 명이 할머니는 지칠 줄 모르고 기도하고 찬송했다. 변 씨는 나날이 수척해 갔다.

그리고 대리인이 다녀가고 나서 다시 몇 달 뒤에는 그는 껍질만 남은 사람이 되었다. 아마 외형만을 중요하다고 생각하는 사람이면 그가 이제 그렇게 헐렁한 옷을 입고 있으면서도 옷이 자기를 죄고 있다고 생각하는 것을 우습다고 생각할 지경이었다. 그러던 어느 날 저녁 변 씨의 견인력은 마침내 낡은 실이 끊어지는 소리를 내고 말았다. 그는 거위처럼 쉰 목소리로 할머니에게 말했다.

"할머니, 할머니께선 그처럼 매일 기도하시면 방이 돌아오리라고 믿으세요?"

"?"

명이 할머니는 눈을 들어 변 씨를 한번 힐끗 쳐다본 뒤 알아들을 수 없는 목소리로 무어라고 말했다.

"네? 할머니, 뭐라구요?"

그는 비루먹은 강아지처럼 할할거리면서 귀를 기울이는 시늉을 했다. 할머니는 성가시다는 듯 쳐다보지도 않고 말했다.

"난 지금 기도드리고 있는 중이라우."

변 씨는 비지땀을 흘리면서 다시 말했다.

"죄송합니다. 할머니, 하지만 그 기도가…… 그 기도가 말입니다. 소용이 있겠습니까? 방이 돌아올까요?"

할머니는 대꾸하지 않았다. 변 씨는 땀을 흘리면서 거위처럼 쉰 목소리로 계속해서 말했다.

"할머니, 전 지금 죽어 가고 있습니다. 지금이라두 옷만 벗을 수 있다면 조금은 살아날 것도 같아요. 이 방에서, 이 방에서만이라도 옷만 벗을 수 있다면…… 이놈의 옷들이 거머리처럼 제게 달라붙어 물어뜯고 있답니다. 그런데 할머니께선 기도만 하고 계십니다. 그 기도가…… 그 기도가……."

변 씨는 숨이 턱에 찼다. 할머니는 여전히 아무런 대꾸도 하지 않았다. 변 씨는 절망적인 목소리를 비틀어 냈다.

"제발 좀 그만두세요! 방을 가져간 게 누군데 돌려준단 말입니까!"

할머니는 고개를 홱 돌이켜 변 씨를 노려보았다. 할머니의 두 눈은 형형하게 빛나고 있었다.

"방이 돌아오지 않는다구? 우리 방이 돌아오지 않는다구? 비켜라! 이 마귀 종자야."

변 씨가 완전히 미쳐 버린 것은 그날 저녁부터였다. 무어라고 외마디 소리를 꽥 지르고 나서 그는 옷을 홀랑 벗어부치고 할머니 앞에서 발가숭이가 되어 날뛰기 시작했던 것이다. 그리고 명이네 방이 제자리로 돌아온 것은 그러니까 바로 그다음 날 저녁이었다. 아니, 이제 그것은 명이네 방이랄 것도 아니었다. 난데없는 웬 이삿짐이 들어오기에 가난뱅이들이 우르르 놀라 다가가 본즉 그 방은 천연덕스런 모습으로 돌아와 있었는데, 이삿짐과 함께 들어서고 있던 그 가족의 가장인 듯한 남자가 가난뱅이들을 향하여 이렇게 말하는 것이었다.

"방 구하기가 이렇게 힘이 들어서야 어디…… 앞으로 폐 끼치게 되었습니다."

대낮

전쟁이 흐지부지되고 나자 얼마 뒤부터 북보산리(北保山里) 일대는 인근 마을 사람들한테서 야차(夜叉)의 거리라고 불렸다. 아이들은 그곳을 '두억시니 동네'라고도, '도깨비 말(마을)'이라고도 부르며 무서움의 대상으로 삼았다. 그곳은 한낮에도 늘 캄캄하다고 말하기를 사람들은 좋아했다. 그렇게 말하는 것은 늘 어른들이었고 또 그렇게 말하는 그들의 어투에는 어떤 빈정거리는 태도가 떠돌고 있었는데, 그것은 그들이 아이들보다는 한결 어른다웠기 때문이었다. 어른들은 '야차'니 '두억시니'니 하는 것들을 아이들처럼 무서워하지는 않았던 것이다. 그래서 어른들은 다분히 우의(寓意)를 머금고 그곳을 '통금(通禁) 말'이니 '자정리(子正里)'니 하고 부르기도 했던 것이다. 어른들이란 본래 무서움을 탈 줄 모르는 동물인 듯도 했다.

그러나 아이들은 늘 두려움이 담긴 눈으로 멀리 그곳이 있는 쪽을 바라보곤 했다. 어른들은 그들만이 아는 어떤 염려(필경 이 나라 사람들에게 팽배해 있는 교육적 견지에서의 염려였을 것이다) 아래 아이들이 그곳에 가는 것을 좋아하지 않았기 때문에 여러 가지 두려움의 말뚝을 침으로써 아이들의 모험심을 거두었던 것이다. 그곳엔 온몸이 숯덩이처럼 검은 '두억시니'들이 떼를 지어 다닌다는 둥, 그들은 알아들을 수 없는 목소리로 새처럼 말한다는 둥, 본래는 너희들처럼 하얗던 계집아이들이 그곳에 잘못 갔다가 그만 새카만 '암두억시니'가 되어 거리를 헤맨다는 둥, 그래서 그곳엔 해도 뜨지 않는다는 둥, 너희들도 잘못 발을 들여놓았다간 일시에 새카만 '애두억시니'가 되어 해를 볼 수 없게 되리라는 둥…….

그러나 아이들 가운데는 항상 특별히 용기 있고 영리한 아이가 한 명쯤은 있는 법이고, 그런 아이들에게는 모험이 위험하면 위험할수록, 또 그것을 가두려고 하면 가두려 할수록 더욱 그 모험에의 열망은 맹렬히 불붙는 것이다. 그리하여 어느 날 아이들은 그들 중 가장 용기 있고 영리한 한 아이의 지휘를 받으면서 모험의 길을 떠났다.

그리고 아이들은 한 군데도 다친 데 없이 아주 활기 있는 모습으로 개선해 왔다. 아이들은 그곳에서 '두억시니'도 '도깨비'도 아닌 검둥이 병정들을 보았을 뿐인 것이다. 처음에는 조금 두려웠으나 결국 아이들은 검둥이 병정들과 악수까지를 나누고 선물까지 받고 그리고 조심스레 그들의 검은 팔뚝까지를 만져 본 뒤, 그들이 결코 '두억시니'나 '도깨비'가 아닌 사람들임을 알아냈던 것이다.

그러나 모험을 지휘했던 아이는 떠날 때와는 달리 어딘지 모르게 원기 없고 조금 우울한 얼굴빛을 하고 있었다.

밤. 종수는 캔버스 앞에 앉아 붓을 쉰 채, 진열창 밖을 내다본다. 흑인 병사들의 초상화 견본 나부랭이와 킹 목사의 초상화, 맬컴 엑스의 초상화 나부랭이, 조잡한 환각(幻覺) 그림들과 서양 여자의 나체 그림들이 진열된 유리창 밖으로 골목이 내다보인다. 재필이네 구멍가게, 강 씨네 폰숍(PAWN SHOP), 명화네 양장점, 길 씨네 약방, 인천 바바상네 '흑인클럽' 등이 보이고 여자들과 검둥이들이 보인다. 검둥이들은 그들의 피부 빛깔 때문에 밤중에는 잘 알아볼 수 없으리라는 생각 따위는 트럭 타고 지나가는 군복 입은 검둥이를 먼발치에서 어쩌다 바라본 사람이나 할 법한 생각에 지나지 않는다. 그들은 우선 영외에 출입할 때는 군복을 입지 않는다. 3년 전부터 비롯된 일인데 그들은 거리에 외출할 때는 그들 특유의 유별나게 색상이 강조된 민간복을 입는다. 그리고 그들은 한밤중에도 햇볕을 묻혀 가지고 다닌다. 특히 그들은 그들의 눈동자와 이빨에 햇볕을 묻혀 가지고 다닌다. 그래서 그들의 피부에서는 언제나 중유(重油) 냄새와 같은 햇볕의 냄새, 강한 여름의 냄새가 난다.

그런가 하면 여자들의 얼굴에서는 한여름에도 스산한 겨울빛이 떠돈다. 검둥이들의 고향 생각과 그 고향 생각으로 인한 착각을 이용하려는 장삿속으로 흑인 창녀처럼 얼굴을 온통 까맣게 화장했을 때도 겨울빛은 그녀들의 얼굴에서 변함없이 떠돈다. 개중에는 검둥이 화장을 안 하는 여자도 있으나 그것은 특별히 자존심이 강한 여자에 한한다. 그 자존심이 강한 여자로 종수는 이를테면 금화 같은 여자를 들 수 있다. 금화는 종수가 초상화 화방을 내고 있는 가게의 안채에 석 달 전부터 세 들어와 있는 여자다. 역시 몸 하나를 밑천으로 그 몸을 먹여 살리는 장사를 하는 여자다. 당연히 아무도 그녀와 공짜로는 잘 수 없다. 그런데 한국 사람에게도 절대로 공짜로는 자 주지 않는 점이 금화의 다른 여자들과는 다른 점이다. 자존심이 대단한 여자다. 종수조차도 그녀의 초상화를 그것도 떠맡기다시피 그려 준 값으로 꼭 한 번 같이 잤을 뿐이다. 그렇다고 금화에게선 겨울 냄새가 나지 않느냐 하면 그건 아니다. 금화에게서도 역시 겨울 냄새는 난다. 아니 보다 더 심한 편이라고 할 수도 있다. 그 예로 종수는 금화와 같이 잤을 때 조금도 따뜻해 오기는커녕 냉랭하게 춥기만 하던 일을 들 수가 있다. 다른 여자들과 공짜로 같이 잘 때면 그래도 얼마간 따뜻한 것을 느낄 수가 있었던 것이다. 금화는 겨울의 전선줄을 연상케 하는 여자다. 금화가 어쩌다 종수의 가게에 들르기라도 하는 날이면 가게는 온통 겨울 냄새로 가득 찬다. 그것은 요즘 같은 한여름인 경우에도 그렇다. 어제저녁 이즈음에 제 계약 서방인 검둥이를 데리고 놈의 초상화를 주문하러 왔을 때도 가게는 갑자기 농작물들을 다 베어 내고 난 겨울의 들판과도 같이 찬 안개가 들어차는 것 같았다. 검둥이가 햇볕(이빨)을 드러내며 시종 얼간이처럼 웃고 있었음에도 불구하고.

"바보, 웃지 좀 마."

하고 금화는 그때 말했었다. 그리고 한국말로 종수에게 말했다.

"글쎄, 생일선물로 그려 주는 거랬더니 저러는군."

검둥이는 알아듣지 못할 말로 금화가 말하는 동안만 현자(賢者)처럼 입을 다물었다. 그러고는 시종 햇볕을 드러내며 웃었다. 그러나 가게 안에 서린 찬 안개는 끝내 걷히지 않았다. 종수는 시종 해를 그려 넣으려는 유혹과 싸우면서 초상화를 마쳐야만 했다. 검둥이는 가게를 나갈 때 햇볕을 번뜩이며 잠시 종수를 주시해 봤다. 종수는 그 눈빛에서 사랑하는 자의 본능적인 의심이 번뜩임을 발견하고 순간 오싹해지는 것을 느꼈다. 검둥이들이 햇볕에다가 날을 갈아 가지고 다니는 이발용 접는 면도칼이 선뜩 이마에 와 닿는 듯한 느낌을 받았기 때문이다. 검둥이들이 이따금 그것을 주머니에서 꺼내 햇볕에다 날을 갈곤 하던 모습을 종수는 종종 보아 왔던 것이다. 칼은 햇볕에다가 갈아야만 가장 무서운 빛을 번뜩이는 날카로운 날을 갖게 된다고 검둥이들은 믿는 모양이다. 그럴 때(햇볕에 날을 갈 때) 그들의 눈빛은 대개 망나니의 그것처럼 빛난다. 종수는 그 날이 사람의 뺨에 박히는 모습을 본 적도 있다.

검둥이들이 묻혀 가지고 온 햇볕이 한밤의 어둠 속에서도 골목의 여기저기서 번들거리고 있다. 아까부터 재필네 구멍가게 옆 샛골목 어귀에 비스듬히 기대서서 흑인클럽 입구께를 바라보고 있는 보라색 아래위의 낯선 검둥이가 유별나게 종수의 눈길을 끈다. 실상은 낮에 어느 검둥이가 맡기고 간 젊은 흑인 여자의 천연색 사진을 모사하고 있다가 무심코 진열창 밖으로 눈길이 갔을 때 거기 어두운 샛골목 어귀에 비스듬히 기대선 그 보라색 아래위의 낯선 검둥이에 눈이 미쳤고 자세 하나 바꾸지 않고 가만히 서 있는 그 모습에서 종수는 이상하게도 눈을 뗄 수가 없는 터이다. 아무리 보아도 이 거리에서는 처음 보는 검둥이다. 빡빡 밀어 깎은 머리에 모자도 쓰고 있지 않다. 검둥이들이 좋아하는 색안경 같은 것도 끼고 있지 않다. 피부빛은 파랗게 보일 정도로 검다. 종수는 그 검둥이가 고개 한번 움직이지 않고 아까부터 줄곧 주시하고 있는 흑인클럽의 입구께를 바라본다. 활짝 열어젖혀진 클럽의 입구로는 불빛이 흘러나와 주위의 어둠에서 차단된 작은 빛의 공간이 형성돼 있고 들락거리는 검둥이들과 여자들의 움직임으로 그곳은 마치 조명을 받고 있는 작은 무대처럼도 보인다. 종수와 두어 번 같이 잔 적도 있는 미라가 검둥이 화장을 하고 작은 키는 어쩔 도리가 없어 한 검둥이의 엉덩이에 팔을 감은 채 클럽에서 나와 그 작은 무대를 통해 어둠 속으로 빠져나가는 모습이 보인다. 세 번 같이 잔 경자의 뱀 대가리 같은 머리(정말 그렇다)가 클럽의 입구에서 쑥 밀어져 나와 하릴없이 골목의 아래위를 살펴보곤 사라지는 모습도 보이고, 종수에게 나체 사진이 잔뜩 실린 잡지 나부랭이들을 모아다 주곤 하는 태권도 유단자며 검둥이치곤 드물게 미남인 토머스가 제 동료들과 클럽 어귀에서 서성거리고 있는 모습도 보인다. 여느 날과 특별히 다르다고 할 수 있는 것은 없는 셈이다. 그런데 저 샛골목 어귀에 꼼짝 않고 기대선 낯선 검둥이는 시종 신중하고 주의 깊은 시선을 그곳에서 떼려고 하지 않는다. 어쩌면 또 골목이 헌병들로 들끓게 되는지 모른다는 생각이 종수에게는 든다. 골목에서는 이따금 있는 일이다. 칼부림이 나고 검둥이들의 검은 피부에서 유혈이 흩어지고 연하여 곧 헌병들로 골목이 들끓는다. 때로는 골목의 한국 사람들과 패싸움이 붙는 일도 있다. 그때도 역시 골목은 바글바글 들끓는다. 골목을 그렇게 바글바글 들끓게 할 열정적인 의도가 저 낯선 검둥이의 피부밑 어느 부분에 포획물을 노리는 용맹한 짐승처럼 고요히 숨 드내쉬며 웅크리고 있는지 모른다. 그리고 마침내 골목은 유혈과 햇볕으로 바글바글 들끓게 될는지 모른다. 그런 일로 언젠가 종수네 진열창이 두 번이나 깨어져 나간 일도 있다. 하지만 또 아무 일도 일어나지 않는지도 모른다. 저 낯선 검둥이는 단지 숫기 없고 외로운 신병일 뿐인지도 모른다. 처음 구경하는 거리가 낯설고 신기하여 끼어들기가 어쩐지 서먹서먹할 뿐인지도 모른다. 종수는 진열창에서 눈을 거둔다. 다시 붓을 고쳐 잡는다. 사진을 맡기고 간 검둥이는 내일 와서 그림을 찾아가겠노라고 했다. 낮에 흑인클럽의 지배인과 장기를 두느라고 게으름을 피웠으므로 서두는 것이 좋다. 캔버스에 시선을 모은다. 한데 그 낯선 검둥이의 빡빡 깎은 머리가 신경을 건드린다. 신병은 아무래도 아니다. 빡빡 깎은 머리는 몽키하우스[영창(營倉)]에서 갓 나온 놈이라는 표지다. 그것을 감추려고도 않는다는 건 그리고 햇내기는 아니라는 걸 말해 준다. 무슨 일을 저지르려는 놈임에 틀림없다. 종수는 다시 진열창 밖을 내다본다. 청회색 어둠을 사이에 둔 골목 저편 재필네 가게 옆 샛골목 어귀의 그 낯선 검둥이는 여전한 그 자세다. 놈이 기다리는 것이 나타나기까지는 밤새라도 거기 그 모양으로 서 있을 것 같은 태세다. 흑인클럽의 입구께는 여전히 빛의 공간으로 형성된 작은 무대. 검둥이하나가 산중의 옛 도사나 짚었음 직한 참나무 지팡이를 끌며 그 작은 무대를 통해 클럽의 입구로 삼켜지는 모습이 보인다. 토머스 패들은 어디로 갔는지 보이지 않는다. 종수는 다시 시선을 거둬들여 반쯤 되어 가는 흑인 여자의 초상을 바라본다.

서두는 것이 아무래도 좋다. 약속을 지키지 않으면 고객 하나를 잃는다. 골목에서 일어나는 일이야 계속 내다보고 있어야만 알게 되는 건 아니다. 붓을 다시 고쳐 잡고 시선을 캔버스에 모은다. 윤곽은 이미 다 잡혀 있다. 이제 예쁜 면만을 적당히 강조하는 일과 천연색 사진이 기여한 바대로 그녀의 실제 피부빛이 그러하리라고 짐작되는 것보다 다소 밝은 빛깔을 사용함으로써 그림을 주문한 검둥이의 스스로 속이려는 일을 다소나마 돕는 일이 남아 있을 뿐이다. 종수는 탁자 위에 놓인 그 흑인 여자의 사진을 잠시 바라본다. 크고 두터운 입술이 까닭 없이 좋은 음식 먹고 좋은 옷 입게 되는 것이 최대의 소망인 여자라는 느낌을 갖게 한다. 두 눈은 최대한의 부드러움을 담고 있다. 종수는 일하기 시작한다. 거의 기계적인 손의 움직임만으로 일하기 시작한다. 붓이 헝겊에 닿는 촉감의 즐거움을 잊은 지 이미 오래다. 아, 최초로 헝겊에 붓을 댈 수 있게 되던 순간의 그 거친 듯 힘있게 저항하던 헝겊의 촉감은 얼마나 행복한 것이었던가. 하지만 이제 켜켜의 때(垢) 속에 묻혀 버린 지 오랜 일이다.

종수가 흰둥이들의 거리인 남보산리에서 이곳으로 옮겨 앉은 것은 벌써 몇 해 전 일이다. 남보산리는 여자들의 수가 많기로도 이곳에 비하면 스무 갑절은 되는 곳이요 클럽들의 수와 규모에 있어서도 거의 그만한 비례로 번화한 곳이다. 매달려 사는 한국인들의 수도, 그리고 모든 거리의 규모가 대충 그 정도의 비례로 이곳보다 번듯하고 번지르르한 곳이다. 처음엔 그곳에 가게를 열었다. 장사는 잘되는 편이었으나 차츰 왠지 그곳이 거북하게 느껴졌다. 그런 곳보다 더 잘 자신의 신분에 어울릴 만한 곳이 있으리라 여겨졌다. 이를테면 배반자가 있어야 할 곳은 뭍보다는 섬이어야 할 것이라는 생각 같은 것이었다. 그리고 섬 같은 곳으로라도 숨어 버리는 듯한 기분으로 옮겨 앉은 곳이 이곳 검둥이들의 거리다. 이곳에서 종수는 조금도 거북하지 않은 자신을 느낀다. 따라서 붓이 헝겊에 닿는 촉감의 즐거움 같은 걸 잊은 진 정말 오래다. 때때로 어린 시절 이곳을 처음 밟던 때의 흥분과 경이가 문득 생각 키우는 때는 있으나 그것도 켜켜의 어둠 속에서 어쩌다 깜박 빛나는 때 낀 등잔불의 사위어 가는 마지막 불빛 같은 것일 뿐이다.

일은 제 습관대로 어느새 상당히 진행돼 간다. 흑인 여자의 그 최대한 부드러움을 띤 두 눈도 그럭저럭 어지간히 충실하게 옮겨지고 있다. 흑인 여자 특유의 그 퍼머넌트한 것 같은 고수머리도 대충 되어 간다. 그 여자는 사진을 맡기고 간 검둥이의 약혼자이거나 아마 아내일 것이다. 종수는 계속 손을 움직이면서 머릿속에 다시 금화의 얼굴을 떠올린다. 금화한테라면 그리고 거절하지만 않는다면 장가들어도 좋다고 생각한다. 하지만 금화는 거절할 거라고 생각한다. 금화는 자존심이 강한 여자니까.

"우우, 멋진데. 누구야?"

언제 들어왔는지 등 뒤에서 토머스가 그림을 넘겨다보며 말한다.

"너 언제 들어왔어?"

붓을 멈추며 종수는 등 뒤를 돌아본다. 토머스는 어깨를 으쓱하며 손에 들고 있던 잡지 나부랭이들을 탁자 위에 내려놓는다.

"지금, 너 아주 열중해 있더군. 누구야?"

"내 약혼자야."

"오우?"

"어때, 미인이지? 생각 있어?"

"미인인데."

"내 손님의 약혼자지. 근데 토머스, 저 친구 누구야? 저기 샛골목 어귀에 기대서 있는 친구."

토머스는 종수의 시선을 따라 진열창 밖 어둠 건너 샛골목 어귀에 비스듬히 기대서 있는 그 낯선 검둥이를 잠깐 바라보더니 모르는 친구라는 시늉으로 어깨를 한 번 으쓱하고 만다.

"아까부터 저기에 서 있어."

토머스는 그러나 관심 밖이라는 듯 다시 한번 어깨를 으쓱해 보이고 나서 탁자 위에 놓인 흑인 여자의 사진을 집어 든다.

"미인인걸."

아무래도 고향 여자 생각이 나는 모양이다. 종수도 진열창 밖으로 주었던 시선을 거두어 토머스가 들고 있는 사진을 함께 들여다본다.

"너두 있니?"

"난 없어. 하지만 너 이 여자 잘 그려 줘야 한다."

"왜?"

"뭐가 왜야? 쳉고우(친구). 그건 네 의무 아닌가."

"난 또 뭐라구."

"정말 괜찮은 여자다."

토머스는 사진을 아쉬운 듯 탁자에 내려놓더니 물끄러미 다 되어 가는 초상화를 한 번 바라보고는 휭하니 나가 버린다. 종수는 진열창 밖으로 그가 어둠 속으로 걸어가는 뒷모습을 잠시 바라본다. 똑바른 등이 왠지 조금 쓸쓸해 보인다. 저런 구석이 있는 녀석이던가 하고 종수는 잠시 생각에 잠긴다. 그때 토머스가 그 낯선 검둥이에게 말을 거는 모습이 시야에 들어온다. 종수는 잠깐 긴장한다. 햇볕이 곧 들끓게 될는지 모른다. 그러나 무어라고 짤막하게 응수해 버리고 마는 낯선 검둥이를 토머스는 상대하는 둥 마는 둥, 곧 걸음을 옮겨 클럽 쪽으로 가 버리고 만다. 낯선 검둥이는 처음과 같은 자세로 비스듬히 기댄 채 그대로 클럽의 입구께만 바라본다. 종수도 다시 초상화 앞에 마주 앉는다. 그때 다시 가게문 열리는 소리가 난다. 뱀 대가리 경자가 들어선다. 잔뜩 취한 흔들거리는 걸음걸이다.

"김 씨, 나 말야 오늘 윽, 손님 없어. 올 테야?"

엉덩이만 가리다시피 한 스커트 아래로 가련하게 드러난 무르팍 언저리에 상처가 나 있고 약간의 피도 내배어 있다. 또 누구와 싸웠거나 어디서 넘어진 모양이다.

"웬일이야? 또 싸웠군?"

"글쎄, 올 테야? 안 올 테야?"

"아직 시간 있는데 왜 그래?"

"시간? 윽, 필요 없어. 아무 놈두 받고 싶지 않아."

검둥이 화장을 한 얼굴에 눈물이 얼룩져 군데군데 제 살이 드러난 가난뱅이 곡마단의 어릿광대 같다.

"정말 오늘 왜 그래?"

"왜 그러긴 윽, 뭘 왜 그래? 김 씨가 윽, 먹구 싶어 그러지."

"하하, 환장하겠군. 그렇게 취해 가지구서 먹긴 뭘 어떻게 먹는다구 그래? 가서 쉬어. 얼굴이랑 무릎이랑 좀 씻구. 나 오늘 좀 바빠."

"바빠? 흥, 김 씨 요새 금화란 윽, 년한테 눈독 들이는 모양인데, 내 다 안다구. 그러지 말라구. 괜시 말라구."

취기와 얼룩으로 엉망인 얼굴에 노기를 띠고 경자는 취한 걸음으로도 결연히 돌아서 나가 버린다.

"어이, 경자! 경자!"

종수는 황망히 문을 열고, 어둠 속을 비트적 걸음이나마 결연히 가고 있는 경자의 등에다 대고 두어 번 불러 보다가 그만둔다. 경자는 뒤도 돌아보지 않는다. 술 취한 여자의 노여움이 연민으로 바뀌어 종수의 가슴에 스며든다. 발이라도 저린 것처럼 그러고 한동안 서 있다가 종수는 다시 초상화 앞에 마주 앉는다. 초상화 속의 흑인 여자가 최대한 부드러움을 띤 눈으로 종수를 마주 본다. 금화와 같이 자던 일이 생각난다.

벗은 모습을 보니 금화는 생각했던 것보다 훨씬 지방층이 엷은 여자였다. 지방층이 채 형성되기도 전부터 시달리기 시작했는지도 모른다.

"말랐군."

다가가 옆으로 누우며 종수가 말하자,

"미술가 양반두 말랐군요."

하고 그녀는 무표정하게 대꾸했다. 종수는 순간 '미술가'라는 한마디가 목에 걸렸으나 오래가지는 않았다.

"쭉 눈독을 들여 왔었지."

"그랬어요?"

"집이 어디야?"

그녀는 누운 채로 무표정하게 마치, 사팔뜨기가 그러는 것과 비슷하게 곁에 누운 종수를 힐끗 한번 바라보고 나서 말했다.

"창신동."

종수는 순간 친근한 아픔에 닿은 것처럼 '창신동!' 하고 속으로 되뇌어 보면서 문득 이 여자와 따뜻하게 지내고 싶다고 바랐다.

"금화는 남보산리 같은 데루 가두 인기가 있을 텐데 왜 이리 왔어?"

"참 성가신 미술가 다 있네. 빨리해요."

'미술가!'

"그전엔 어디 있었어, 금화. 평택? 오산? 부평? 왜관? 파주? 문산? 인천? 안양? 이태원? 의정부? 용서해."

"……"

"금화!"

"……빨리하구 자요. 그게 습관이에요?"

"……"

"금화하구 가까워지구 싶어."

"난 아무하고도 가까워지구 싶지 않아요."

그렇게 말하는 그녀의 눈빛에 지극히 작은 흔들림이 잠깐 지나가는 것 같았으나 이내 다시 무표정한 얼굴이 되어 그녀는 가만히 팔을 벌렸다. 그 팔벌림이 종수를 서럽게 도발했다. 팔벌림 속으로 숨어들었다. 그러나 그녀의 몸은 한겨울의 들판처럼 냉랭하기만 했다. 종수는 찬 안개 속으로 숨어든 듯했다.

별안간 가게문이 부서질 듯 요란하게 열리며 금화가 뛰어들었다. 물에 빠진 여자같이 새파랗게 질린 얼굴이다. 두 눈은 초점을 잃고 오들오들 떨며 몸 숨길 곳을 찾는다. 종수는 벌떡 일어섰다.

"왜 그래? 금화."

"나 어떡함 좋아? 김 씨, 저 새끼가 왔어. 무서운 새끼야. 부평에서 나랑 살림하던 새낀데, 매일 맞고 살았어. 도망가는 데마다 쫓아오는 놈이야. 헌병을 칼로 찌르구 영창에 갔는데 도망쳤나 봐. 저 봐, 이리 오고 있어."

재필네 구멍가게 옆 샛골목 어귀에 기대섰던 그 낯선 검둥이가 이쪽을 바라보며 똑바로 걸어오는 모습이 보였다. 종수는 금화를 등 뒤로 돌리고 앞을 막아섰다. 토머스라도 와 주었으면 하는 생각이 간절했으나 아무 데도 보이지 않는다. 사방은 어둠, 그리고 놈이 일직선으로 걸어오고 있는 작은 공간은 햇볕이 쨍쨍 내리쬐고 있었다. 놈은 그 햇볕을 발자국마다에 찍으며 똑바로 걸어왔다. 햇볕은 마침내 문앞에 바싹 다가섰다. 종수는 눈이 부시다고 생각했다.

금화는 그러나 이미 침착해져 있었다.

뿔

가순호(賈淳浩)가 많은 지게꾼들 가운데에서 그 사나이를 택한 것은 그 사나이만이 좀 별다른 지게를 지고 있었기 때문이다. 가순호로서는 다만 선택하기 편한 점을 취했을 따름이었다. 사실 온 가족의 생존을 지게 하나에 걸머지고 역전 공터에 옹기종기 기대앉아 해바라기를 하고 있는, 비슷비슷한 복장의 비슷비슷하게 그을린 얼굴을 가진 지게꾼들 가운데에서 어느 한 사람만을 선택해야 한다는 것은 난처한 일에 속했다. 그런데 언제부터 그러한 모습으로 개량되었는지는 알 수 없으나 지겟가지나 지겟다리가 다 같이 제재소의 톱날 세례를 받은 가벼운 사각목(四角木)으로 되어 있고 짐받이나 등받이에는 송판이나 합판, 심지어는 그 위에 헌 비닐 장판 조각까지 깔거나 대어 짐이나 등이 편안해지도록 조립된, 썩 직업화한 대신 볼품과 위엄은 사라져 버린 대부분의 신식 지게들 사이에 자연목(自然木)을 그대로 쓴, 그러니까 가순호가 어렸을 때 더러 보던, 나무할 때나 짚단 같은 것을 나를 때 쓰이던, 자연목 본래의 형태가 가지는 쓸모에 별 의장(意匠)을 보탰달 것도 없는 재래식의 좀 우직해 보이는 지게 하나가 눈에 띄었던 것이다. 그리고 그 지게는 당연히 그러한 지게가 가지는 바의, 사각목으로 만들어진 지게에서는 찾아볼 수 없는 별다른 점을 가지고 있었던 것이다. 그 별다른 점이란 바로 다른 지게들에 비해서 우직해 보인다고나 할까 무거워 보이는 점이었는데 거기에 그 지게는 또한 유난히 길고 견고해 보이는 네 개의 뿔을 가지고 있었다. 지게의 몸통을 이루면서 하늘을 향해 뻗어 오른 두 개의 지게뼈와 몸통에서 뻗어 나와 약간 위를 겨눈 듯하게 지평을 향한 두 개의 지겟가지가 그것이었다. 뿔들은 가무스레 윤이 났고 바로 그 지게의 임자가 그 사나이였다.

지게가 남다른 데 비해서는 지게의 임자는 평범한 얼굴을 가지고 있었다. 서른대여섯 나 보이는, 그저 다른 지게꾼들과 비슷비슷하게 그을고 영양실조에 걸린 얼굴이었으며 다른 한국 사람들과 다를 바 없이 펑퍼짐하고 그저 그렇게 생긴 얼굴이었다. 다만 염색한 군대 잠바를 걸친, 좀 별나게 넓다 싶은 어깨가 얼마간 인상적일 뿐이었다.

"짐은 얼마 안 되지만 좀 먼데요."

하고 가순호가 말하자 사나이는 그 무거워 보이는 지게를 지고 우선 일어서면서,

"어딘데요?"

하고 별 표정 없이 반문했는데 그것은 행선지를 딱히 알고 싶어 하는

태도도 아닌 듯했다.

"흑석동인데요. 가시겠습니까?"

알 수 없는 일은 그 순간 사나이의 두 눈에 어떤 정채(精彩) 같은 것이 번뜩이기 시작한 것이었다.

"가십시다."

사나이는 벌써 걸음을 떼어 놓기 시작하면서 대답했다. 왕십리 역전 공터의 지게꾼들은 초겨울 오전의 엷은 햇빛 아래서 누구를 향한 것인지 알 수 없는 비웃는 듯한 미소를 띠고 있었다.

하숙집으로 돌아와 짐을 싣는 동안 가순호는 이놈의 짐만 없어도, 짐이 있더라도 버스에 들고 탈 수 있을 만큼 간단하거나 용달사 차를 부를 만큼 많기나 하면 지게꾼과 함께 흑석동까지 걸어가진 않아도 될 텐데 하고 속으로 따분해했다. 하긴 하숙을 옮길 때마다 어떻게 그렇게 잘들 수소문해 찾아오는지 그 묘방(妙方)을 알 길 없는 신통한 방문객들만 아니더라도 이렇게 자주 하숙을 옮겨야 할 이유란 없다. 하숙집의 이러저러한 푸대접이나 불편 들쯤에야 이골이 난 그다. 하긴 방문객들 중에 그 친구만 끼어 있지 않더라도…… 사냥에 노련한 개처럼 길쭉한 얼굴을 가진 친구. 고등학교 때 딱 한 번 같은 반이었었고 그때 벌써 태권도 유단자였던 좀 불량하게 굴던 애들의 하나였고 그래서겠지만 가순호와는 별로 가까이 지낸 기억도 없는데 졸업 후 10여 년 만인 작년부터 하숙집에 놀러 오는 친구, 맘잡은 지 한 3년 된다면서 별 명성도 없는 회사의 세일즈맨이긴 하지만 덕분에 시간은 남아돈다고 낮에도 더러 찾아오곤 해서 가순호의 일하는 시간을 베어 먹곤 하는 친구. 왠지 함께 있기가 거북한 친구. 그 길쭉한 얼굴이 왠지 단순한 유기질처럼만 보이는 친구. 그 친구만 끼어 있지 않더라도……. 책 나부랭이가 든 헌 고리짝을 마지막으로 내다 실으면서 가순호는, 그러나 멀찌감치 옮겨 가 봤자 얼마 뒤면 또 찾아와서 매우 재치 있는 태도로 방문을 똑똑 두드릴 것이 거의 확실한 그들임을 모르지 않으면서 그래도 굳이 한강 너머로까지 옮겨 가려는 자기 자신이 적잖이 딱하게까지 여겨졌다. 그러나 다음 순간 그는 거의 황홀감에 사로잡혔다. 사나이가 지게를 지고 마악 일어서서 어깨를 고른 뒤, 한 발짝 떼어 놓으려는 순간이었다. 짐이 얼마 되진 않는다고 해도 지게의 뿔들이 워낙 긴 탓이었을 것이다. 짐을 실은 위로도 그 뿔들은 각각 하늘과 지평을 향해 삐죽삐죽 솟아 나와 있었던 것이며 사나이가 마악 한 발짝 떼어 놓으려 했을 때(그 순간 가순호는 그 지게를 처음 보았을 때 그가 뿔이라고 느꼈던 것들이 참으로 뿔임을 깨달았던 것인데) 그 모습은 마치 뿔을 가진 한 마리 아름다운 짐승이 그 뿔을 가누며 마악 움직이기 시작하려는 순간의 모습처럼 보였던 것이다. 그 모습이 얼마나 아름다웠던지! 가순호는 자기가 이사 가는 사람이라는 것조차 깜박 잊어버릴 지경이었다. 그리고 그는 다시 한번 자기 눈을 의심하였다. 사나이는 가순호 쪽을 바라보며 일어섰는데 그가 떼어 놓은 그 첫 번째 한 발짝, 그것이 앞으로 내디딘 것이 아니라 뒤로 물러 디딘 것이었다.

그러니까 사나이는 등 쪽으로 나아가기 시작한 것이었다. 약간 위를 겨냥한 듯하게 지평을 향해 삐죽 내민 지게의 그 뿔들을 전진 방향으로 두고, 두 번째 발짝도 세 번째 발짝도 사나이는 뒤로 뒤로 물러 딛고 있었다. 사나이의 얼굴은 따라서 계속 진행방향과는 반대쪽인 가순호 쪽으로 향해져 있었고, 그리고 그 얼굴은 서서히 기쁨으로 타오르는 아름다운 얼굴로 바뀌어 가고 있었다. 견고하고 아름다운 뿔을 앞세우고 얼굴은 뒤로 향한, 그 세상에서 처음 보는 기이하고 아름다운 운동체는 그리고 한 마리 힘찬 짐승처럼 민첩하게 나아갔다. 아니, 물러갔다. 가순호는 용솟음치는 기쁨을 맛보았다. 그리고 사나이의 빛나는 얼굴을 마주 보면서 그 힘찬 짐승을 뒤쫓기 시작했다. 그러나 사나이의 그러한 걸음(뒤로 걷는)은 또 가순호가 짐을 지워 본 어느 다른 지게꾼의 똑바로 걷는 걸음보다도 훨씬 빨랐다. 다른 지게꾼의 경우 가순호는 몇 번씩이나 뒤따르는 지게꾼을 기다리기 위해 앞선 걸음을 멈추어야 하곤 했지만 사나이는 가순호로 하여금 조금도 앞지를 여유를 주지 않았다. 일정한 거리를 힘들지 않게 유지하면서 뒤따르는 가순호의 얼굴을 항상 적당한 거리에 두고 바라보며 사나이는 뒤로 뒤로 나아가고 있었다. 그러는 사나이의 시선은 외견상 가순호에게 머물러 있는 듯해도 실은 가순호 너머의 어느 딴 곳, 아니면 자기의 등 뒤 전진 방향을 향해 삐죽 내민 지게의 그 견고하고 아름다운 뿔 끝에 초점이 맞추어져 있는지도 몰랐다.

골목을 벗어나 사람들의 왕래가 많은 큰길로 나서자 사나이는 이따금 고개를 비스듬히 틀어 진행 방향을 곁눈질로 살피기도 했다. 그러나 그의 대범한 걸음걸이에는 조금의 감속(減速)도 초래되지 않았다. 행인들은 이 기이한 지게꾼에 마음의 허를 찔려 혹은 멈춰 서고 혹은 길을 비키며 어리둥절하고 놀란 표정으로 사나이를 바라보았다.

"거 희한한 지게꾼 다 있는데."

"아주 독보적인 방법인걸."

"저 정도가 되려면 피땀 나는 훈련을 쌓았을 거야."

"지게꾼도 이젠 기발한 아이디어 개발 없인 먹구살기 어렵게 된 모양이군."

"좌우지간 좀 색다른 지게꾼인걸."

어쩌고 하는, 마음의 동요를 나타내는 탄성들이 가순호의 귀에까지 들려왔다. 이런 소리도 들려왔다.

"관절이 좀 이상하게 생긴 사람은 아냐?"

"글쎄, 별로 이상해 보이지도 않는데."

"아냐, 저 무릎 관절이 움직이는 모습 좀 봐. 아무래도 좀 이상하지 않아?"

"그야, 뒤로 걷구 있으니까 좀 이상해 보이는 건 당연하지."

그러나 사나이는 묵묵히 다만 힘찬 걸음으로 눈동자들의 물결 사이를 행진했다. 약간 위를 겨냥한 듯하게 지평을 향한, 견고하고 아름다운 뿔들을 촉수처럼 앞세우고.

가순호는 은밀히 용솟음치는 기쁨에 몸을 떨며 사나이의 얼굴을 찬찬히 바라보았다. 그리고 그 얼굴이 세상의 어떤 미남자보다도 아름답다는 걸 다시 한번 확인할 수 있었다. 짐을 싣기 전만 해도 그저 그을고 영양실조에 걸린, 펑퍼짐하고 그저 그렇던, 요컨대 평범하게

만 보이던 얼굴이 일단 짐을 싣고 그 기이한 행진을 시작하자 그을린 피부는 구릿빛으로 불그레 상기하기 시작했고, 빛나기 시작했으며, 이제 그 행진이 큰길에 이르자 눈, 코, 귀, 입이 저마다 또렷이 살고 서로 도와 세상에서 가장 아름다운 남자의 얼굴을 이루고 있었다. 남자의 얼굴을 아름답다고 하는 건, 하고 가순호는 생각했다. 바로 저런 얼굴을 두고 하는 말이다.

몇 주 전에 가순호는 그 비슷한 얼굴을 한 번 본 적이 있다. 차들이 붐비는 퇴근시간 무렵이었는데 좌석버스의 창가 쪽 자리를 얻어 앉아 늘 하는 버릇대로 무심코 차창 밖을 내다보던 중에 그는 그 비슷한 얼굴을 보았던 것이다. 지금은 마장동 개천가에나 가야 볼 수 있는 자그마한 판잣집 크기의 부피로 쌓아 올린 무슨 종이상자 같은 것들을 잔뜩 실은 자전거 한 대가 마침 가순호가 탄 버스에게 앞지름을 당하고 있었다. 그때 붐비는 자동차들의 거친 물결 사이에서 그 부피 큰 짐을 실은 자전거의 페달을 힘을 다해 밟는 스무 살가량 난 청년의 앳된 얼굴을 볼 수 있었는데, 그 얼굴이 어찌나 아름답던지 가순호는 자전거가 다른 차들에 가려 아주 보이지 않게 될 때까지 숫제 고개를 뒤로 틀고 있다시피 했었다. 하지만 지금 저 사나이의 얼굴에는 미치지 못해, 하고 가순호는 생각했다. 그때 그 청년의 얼굴이 확실히 아름다운 것이었음에는 분명하지만 그 아름다움은 어딘가 가엾고 애처로운 것을 데린 것이었다. 그러나 사나이의 지금 저 얼굴은 조금도 애처롭다거나 하는 구석 없이 완벽하게 아름답다. 엄격함과 자유로움을 한꺼번에 가진 아름다움이라고나 할까, 구속과 무절

제를 다 함께 벗어난, 그리하여 생명의 아름다운 본성에 이른 자기의
양식(樣式)을 찾아낸 사람의 아름다움.

어느새 중국음식점 '육합춘(六合春)' 앞을 지나고 '광무극장' 앞도
지났다. 버스를 타고 오가며 지나쳐 내다보기는 했어도 땅을 딛고 걸
어 보기는 처음인 이 길이 낯선 고장처럼 생소한 느낌이 들었으나 주
위의 건물들이며 모든 사물들이 일상의 허울들을 벗어던지고 가순
호들에게 말을 건네어 오는 듯했다. 흐릿하고, 먼지의 틴들 현상처럼
아물아물해 보이기만 하던 사물들이 전모를 드러내며 가순호들 앞
에 도열해 있는 듯했다. 그리고 건물들의 사열식(査閱式). '박 산부인
과 병원', '아리랑 사진관', '양지 카바레', 'ㅇㅇ편물점', '△△양화점',
'××가구점' '◎◎오토바이 센터'……. 중앙시장 앞을 통과했다. 행
인들뿐 아니라 버스에 타고 가는 사람들까지도 이 기이하게 행진해
가는 지게꾼을 보기 위해 얼굴들을 일제히 차창 쪽으로 돌리고 있었
다. 네거리의 교통순경까지도 잠시 자기의 임무를 잊고 입을 벌린 채
이쪽을 바라보았다. 그러나 사나이는 아름다운 얼굴을 번쩍 들고 눈
동자들의 물결을 뒤로 거슬러 묵묵히 그리고 힘 있게 퇴보(退步)해
갔다.

신당동 네거리에서 길을 건너는 동안에 즐겁고 조그만 사건 하나
가 발생했다. 마침 멈춤 신호가 켜져 있어서 양쪽 보도에는 신호가
바뀌기를 기다리는 사람들이 지루한 표정으로 서 있었던 것인데, 사
나이는 그대로 멈추지 않고 행진을 계속했던 것이다. 가순호는 순간
습관이 제동을 걸어 잠깐 당황했으나 곧 사나이를 바싹 뒤따라 건너

기 시작했다. 마음 놓고 달려오던 자동차들이 찢어지는 소리를 내며 급정거했다. 그러고는 욕지거리를 내지르려는 태세로 차창을 열고 고개를 비틀어 내민 운전사들의 얼굴에는 다음 순간 욕지거리 대신 일제히 웃음이 떠올랐다. 양쪽 보도에 신호가 바뀌기만 기다리고 섰던 사람들의 얼굴에도 일제히 웃음이 떠올랐다.

"뭐야, 뭐!"

하고 신경질적인 몸짓으로 이쪽을 향해 달려오던 교통순경(순간 사실 가순호의 심장은 콩알만 해졌었다)도 멋쩍은 웃음을 지으며 멈칫 서서 잠시 넋 나간 사람의 표정으로 이 기이한 법규 위반자를 바라보았다. 그러나 사나이는 그들에게 일별도 던져 줌 없이 힘찬 관절의 움직임으로 묵묵히 행진했다. 뒤로 뒤로. 가순호는 즐거움으로 온몸이 비비 틀리는 듯함을 느꼈다. 거의 자기가 걷고 있다는 사실조차 잊어버리고 있을 정도로.

사람들은 무엇을 보고 웃는 것일까. 가순호는 그것이 뿔이라고 생각했다. 아니면 역행(逆行)의 즐거운 의미일까. 그 아름다움일까.

시구문을 지나 퇴계로로 접어들었다. 동국대학 앞을 지났다. 그렇게 대한극장 앞을 통과했다. 표를 사고 있던 사람들이 일제히 이쪽으로 고개를 돌리고 입을 열었다. 간판에 그려진 서양 배우들도 이쪽을 굽어보고 있는 것 같았다. 사람들의 얼굴에는 이내 웃음이 피어올랐다.

"햐, 무슨 이각수(二角獸) 같은데."

"뿔이 네 갠데?"

"아, 사슴처럼 보이는군."

"무슨 소리, 들소 같은데."

"타조 같기도 하다. 다리가 둘뿐이잖아?"

"뿔 달린 타조도 있나?"

"참, 뿔!"

성심병원 앞을 지나고 아스토리아 호텔 앞을 지나 다시 프린스 호텔 앞을 통과했다. 결혼회관 앞을 지났다. 산업경제신문사 앞을 지났다. 초겨울 정오 무렵의 엷은 햇빛은 그나마 빌딩들의 칙칙한 그림자에 가려 차도에만 조금 담뱃가루 같은 빛을 던지고 있었다. 보도는 칙칙한 가래침 빛이었다. 그러고 보니 거리의 모든 것이, 모든 건물들이, 모든 사람들의 얼굴빛이 한결같이 가래침 빛깔로 보였다.

'DP & E, 블론디' 앞을 지났다. '정(鄭) 건강관리 연구소' 앞을 지났다. 건너편 보도에는, 남대문시장으로는 끼어들 능력이 없는 노점상인들이 가래침 빛깔의 옷들을 입고 가래침 빛깔의 상품들을 벌여 놓은 채 따로 시장을 형성하고 있었다. 분주하고 스산스러워 보였다.

남산으로 오르는, 이 도시에서 제일 오랜 육교 밑을 지나고, DDT나 밀가루를 뒤집어쓴 것같이 보이는 거대한 '서울특별시 농업협동조합' 건물 앞을 지나서 건너편으로 서울역을 바라보며, '교통센터' 건물을 끼고 돌아 'USO' 앞으로 빠져나왔다. 이제 거의 일직선으로 한강까지다.

동자동 버스정류장에서 버스를 기다리던 사람들이 일제히 가래침 빛깔의 얼굴들을 이쪽으로 돌려 놀란 표정을 지어 보였다. 그러고 보면 겨울의 우리나라 사람들 얼굴빛은 오래전서부터 모두 한결같이 가래침 빛깔이었던 것 같다.

가순호는, 내 얼굴도 가래침 빛깔일 거야, 하고 생각했다. 줄곧 가순호의 얼굴만을 응시하며 뒤로 뒤로 부지런히 무릎의 관절을 움직이고 있는 사나이의 얼굴만은 그러나 아름다운 구릿빛이었다. 그 구릿빛 피부 위로 투명한 유리구슬 같은 땀방울이 굴러 내리고 있었다. 그리고 거기서 수증기가 서려 올랐다. 가순호는 그 얼굴을 향해 수줍게 미소를 띠어 보냈다. 이렇게 줄곧 마주 보고 길으면서 조금도 자기를 감추고 싶지 않다는 건 사나이의 얼굴이 그만큼 아름답기 때문이라고 가순호는 생각했다. 그렇지 않다면 다른 사람의 시선 앞에 이토록 즐겁게 몸을 드러낼 수는 없을 것이라고 생각했다. 필경 가래침 빛깔일 이 얼굴을. 사나이의 눈빛에도 순간 우정의 신호라고 간주할 수 있는 밝은 움직임이 지나갔다. 가순호는 가슴이 터지도록 떨려 오는 기쁨을 맛보았다. 저 훌륭한 남자가 내게 우정의 뜻을 전해 왔다.

"저……."

"예?"

사나이는 격의 없이 밝은 목소리로 얘기를 들을 의사가 있음을 나타냈다.

"좀 쉬시지 않으시겠어요?"

"저가 힘들어 보이나 부죠?'

"아, 아니 그런 건 아닙니다만."

"그럼 선상님이 힘드시나 보군요."

"웬걸요. 저야 뭐 힘이 들 턱이 있나요? 이렇게 그냥 걷는데. 그리구 선생님이라니요. 전 뭐 그저 볼 것 없는 일개 학생일 뿐인걸요. 만년 학생이지요."

"공부허시는 분이구먼요. 공부허시는 분이면 선상님이시지요. 전 첫눈에 알아보았습니다. 요즘은 공부허시는 분들이 다들 곤궁하시다면서요?'

"……언제는 공부하기 쉬운 적이 있었나요. 그보다 그럼 그냥 걸으시겠습니까?"

"예. 선상님만 힘들지 않으시면 전 짐 나르는 동안은 쉬어 본 적이 없는걸요."

대림산업 앞을 지나고 있었다.

"그럼 그냥 걷죠. 그런데 저…… 제 얼굴이 혹 가래침 빛깔로 보입니까?"

"예?"

"푸르딩딩한 가래침 빛깔……."

"원, 선상님두 별 농담을 다."

사나이는 뜻밖에도 희고 건강해 보이는 치열을 드러내 보이며 감추지 않고 웃었다.

"그렇게 안 보입니까?"

가순호도 따라 웃으며 말했다.

"그런데 말입니다. 전 가끔 제 얼굴이 병자처럼 보일 거라는 생각이 들거든요. 왠지 이따금 그런 생각이 듭니다. 조금 전에도 그런 생각을 잠깐 했거든요. 제 얼굴이 가래침 빛깔일 거라는…… 그런데 아저씨가 고쳐 주셨습니다."

"원, 저가 무슨……."

"아닙니다. 제가 여쭤봤을 때 아저씨가 봬 주신 그 웃음으로 깨끗이 나았는걸요. 이 기분대로라면 마라톤이라도 뛸 수 있겠어요."

"그럼 한번 뛰실까요?"

사나이의 두 눈이 순간 번쩍 빛난 듯했다. 그것은 처음에 가순호가 행선지를 흑석동이라고 말했을 때 사나이의 두 눈에서 볼 수 있었던 정채의 번뜩임과 흡사한 것이었다.

"아니, 그렇게 하구 뛰실 수도 있으세요?"

"걸을 수가 있는데 왜 뛰기라고 못 하겠습니까?"

사나이는 벌써 무릎을 힘 있게 높여 머리 위로 뿔들을 들먹이며 뛰기 시작하고 있었다. 여전히 얼굴은 가순호를 향한 채. 가순호도 엉겁결에 덩달아 뛰기 시작했다. 사나이의 뛰는 모습은 마치 겨울의 들판을 유유히 가로질러 뛰어가는 뿔 세운 들소의 아침 산보 같았다. '칠성 사이다' 앞을 지나고 있었다. 모든 사람들이 이 기이한 경주를 보기 위해 걸음을 멈추거나 고개를 돌린 채 걸었다. 두 사람은 그 눈동자들의 물결을 헤치고 힘차게 뛰어갔다. 가순호의 심장에서는 곧 녹슨 기관(汽罐)이 내는 소리가 나기 시작했고 목쉰 소리가 새어 나왔다. 그 눈치를 챘는지 사나이가 속도를 늦추었다. 평보로 걸으면서 사나이는 조금 근심하는 표정으로 가순호를 바라보았다. 가순호는 숨을 헐떡이면서 말했다.

"저…… 그렇게 하구 자주 뛰시기도 하시나 부죠?"

"예, 손님이 급해하실 땐 이따금 뛴답니다."

"가족은 많으세요?"

"노모 한 분을 모시고 있지요. 효도를 못 해 드려서 늘 송구스럽답니다. 성님이 한 분 계셨는데 동란 때 그만 돌아가셨지요. 산에서 내려온 눔덜한테."

"산에서 내려온……."

"예, 그 뭐 인공인가 공빈가 허는 눔덜 있잖었습니까."

"……부인은 안 계시구요?"

"……."

"……괜한."

"아닙니다. ……그것두 첫앨 낳다가 애눔허구 같이 죽었답니다. 원체 약한 몸이었는 데다…… 어디 변변히 먹였어야죠."

"……오래됐나요?"

"한 댓 해 됐죠."

'성남극장' 앞을 지나, 두 사람은 용산 미군부대의 긴 벽돌담을 끼고 걷고 있었다. 벽돌담 위에는 먼지 낀 철조망이 쳐져 있었고, 그 안은 퀸셋 막사들이 들어선 또 하나의 거대한 도시일 것이었다. 그러고 보면 하나의 거대한 연쇄 상가라고 볼 수 있는 서울의 거리에서 어떤 형태로든 상점의 간판이 걸려 있지 않은 거리는 이곳뿐인 것 같았다. 민간복 차림의 백인 하나와 흑인 하나가 각각 자그마하고 귀엽달 것도 없는 한국 여자 한 명씩을 허리에 데리고 가순호들을 호기심 가득

한 표정으로 바라보며 지나갔다.

"아까 보니 선상님은 혼자 계신 것 같더군요."

이번에는 사나이가 가순호에게 건네어 왔다.

"네. 한 오륙 년째 하숙생활만 하고 있습니다. 가족이 있긴 한데 뿔뿔이 흩어져 산답니다. 모두 자기식으로 살길 고집하는 사람들이라서요. 다 병든 사람들이지요."

"병환이 들다니요?"

"글쎄요. 가족이 한데 모여 살 수 없다는 것부터가 병 아니겠어요? 모여서는 건강하게 살지 못하니 그게 병 아니고 뭐겠습니까? 그렇다고 따로따로 산대서 건강하게 사는 것도 못 되고 말입니다."

변두리 교회 하나를 맡아서 하나님만 갈구하며 살고 있는 아버지 내외와 별 정치적 신념도 없으면서 타성적인 야당생활을 하고 있는 맏형, 육사를 우수한 성적으로 졸업하고 임관 이후 어느 동기생보다도 빠른 진급으로 중령에 이르러 있는 둘째 형, 미국인 상사의 비서실에 근무하면서 여고 때 이래의 도미 계획을 착착 실천에 옮기고 있는 누이동생, 이상주의자다운 명석한 조직능력도 없이 무턱대고 노동운동에 가담하고 있는 셋째 형, 그리고 잡지사 근처에 있는 다방에 드나들며 책 읽는 친구들과 어울리고 어쩌다 글줄이나 얻어 싣게 되거나 번역거리라도 맡게 되면 거기서 얻은 푼돈으로 간신히 하숙비나 물게 되는 것이 고작인 가순호 자기 자신, 이렇게 주욱 머리에 떠올려 봐도 누구 하나 참으로 사람답게 살고 있다고 믿어지는 사람은 없다. 사람답게 살지 못한다는 건 그리고 개답게 살지 못하는 개와 다를 바 없다. 이를테면 짖지 않는 개가 무슨 개란 말인가. 하긴 무는 개가 있기는 하다.

"그럼 혼인두 안 허시구요?"

"네. 어디 벌어먹일 자신이 있어야죠?"

"원, 선상님 같은 분이……."

"……그런데, 아저씨, 아저씨는 혹시 개가 무섭지 않으세요?"

"개라니요?"

"무는 개 말입니다. 길들여진 개 말입니다. 전 그 개가 무섭습니다. 밥을 직접 먹여 주는 제 주인한테는 꼬리는 사리지요. 제 주인은 몽둥이로 때리거나 내쫓을 권리를 가졌다는 걸 알거든요. 그런데 주인 외의 사람에겐, 특히 한번 약점을 보인 사람에겐 그 개는 절대로 물러서지 않고 물어뜯을 준비를 합니다. 어려서 한번 개한테 물린 뒤로는 전 늘 개만 보면 전전긍긍한답니다. 개한테 물어뜯기는 꿈을 꾸는 걸요."

"예. 저도 어려서 개한테 물린 적이 있지요. 그 뭐 공수병인가 허는 거에 걸릴까 봐서 얼마나 겁을 냈는지요."

"아, 아저씨도 그러시군요. 아저씨도 개를 무서워하시는군요."

그러나 사나이의 얼굴에서는 무엇에 대해 무서워하는 빛이라곤 조금도 찾아볼 수 없었다.

"허지만 그 개헌테 등만 보이지 않으면 물진 못하는 법이지요."

하고 사나이는 말했다. 가순호는 감탄했다.

"그렇군요. 아저씨. 아저씬 이제 병 두 가지째를 고쳐 주십니다."

하고 가순호는 기쁨에 들떠 말했다.

"원, 선상님두. 또 그런 말씀을."

하고 사나이는 숨김없이 웃어 보였다.

미군부대의 벽돌담은 길기도 하다. 한참 만에야 삼각지 로터리에 이르렀다. 육중한 콘크리트 더미들로 쌓아 올려진 고가 교차로들이 하늘을 가리고 있었다. 사나이는 그제야 처음으로 바지 주머니에서 손수건을 꺼내 땀을 닦았다. 그렇게 땀을 닦고 나자 사나이의 얼굴은 새로 정련(精鍊)한 구리처럼 더욱 말쑥하게 빛나기 시작했다. 뒤로 물러 딛는 무릎의 움직임은 더욱 힘차진다. 가순호도 손수건을 꺼내 땀을 닦았다.

그때 육군본부 쪽에서 달려 나오던 지프 한 대가 급하게 제동기 소리를 내며 멎었다. 운전병 옆좌석에서 장교 한 사람이 고개를 내밀었다.

"순호 아냐? 또 이사 가는구나."

"아, 형."

둘째 형 필호였다. 사나이는 별 표정 없이 두 사람을 바라보며, 걸음을 좀 늦추었으나 그대로 행진을 계속했다.

"여전하구나, 넌. 그 얼굴색 하며. 그런데 저 지게꾼 좀 별나구나. 저 지게꾼 아니었더라면 널 못 알아볼 뻔했다."

"별난 게 아니라 자기 양식을 찾아낸 단 한 분의 지게꾼예요."

"자기 양식을 찾아낸 단 한 분의 지게꾼? 거 뭐 복잡하구나. 아, 아냐. 설명은 듣고 싶지 않다. 네가 그렇게 말할 땐 그렇게 말할 준비야

또 돼 있을 테지. 그건 그렇고 어떻게 지내니, 요즘은? 누구 좀 만나 봤니?"

"누구요?"

"아버지 어머니나 또 그 밖에…….

"아버지 어머닌 몇 주 전에 한 번 가 뵀어요, 여전하시죠, 뭐."

"형님은?"

"아니. 나두 아무도 못 봤다. 만난 김이니 얘기다만 너 그런데 그 생활태도 좀 바꿀 수 없니? 네가 쓰는 그 글 나부랭이라는 것두 그렇구, 그게 뭐냐?"

"형을 닮으란 얘기죠?"

"야, 인마 그게 아냐. 좀 논리적으로 현실을 보란 말이다. 가만, 얘기 좀 하자, 누누이 얘기했지만 네 태도가 그게 이조 말의 수구당이 하던 짓과 뭣이 달라? 세계는 지금 현실주의의 대세루 가고 있어. 현실주의가 뭐냐. 바로 유효성을 찾는 일 아니냐, 유효성. 해서 득이 있느냐? 득두 빨리 거둘 수 있느냐? 이상주의자의 시대는 지나갔어, 인마. 또 설사 아직 지나가지 않았다면 새로운 이상주의자가 필요한 때라고 할 수 있다. 새로운 이상주의자란 유효성을 위해서, 후진국일수록 그렇다, 실현 가능성도 없는 이상 따윈 깨끗이 버릴 줄 아는 사람의 이름이야. 바로 효용을 위해서는 물불을 가리지 않는 사람이란 말이다, 인마."

"형, 나 가겠어요. 저분을 더 이상 지체하게 하구 싶지 않아요. 한마디만 얘기하면 대개 유효성만 따지는 사람이 갈 곳이란, 후진국일수록 그래요, 결국 일본놈들처럼 되는 길이나 공산당놈들처럼 되는 길 밖엔 없으리라는 것뿐예요. 난 그렇게 되지 못하겠어요. 일본놈들에 대해선 어려서부터 난 생리적으로 적개심을 길러 왔고 공산당놈들을 막기 위해서 형 덕 안 입구 휴전선 근물 했댔어요."

그렇게 말하고 가순호는 속도를 줄인 걸음으로나마 벌써 저만큼 앞서가고 있는 사나이를 향해 결연히 걸음을 떼어 놓기 시작했다.

"야, 인마! 저 자식이, 저게!"

어쩌고 노해서 외쳐 대는 소리가 등 뒤에서 잠시 나더니 이어, 네 깐 놈 내 알 바 뭐냐는 듯이 지프가 부르릉 떠나 버리는 소리가 들렸다. 형의 소박한 형제애에서 나온 충고를 공산당과 한데 묶어 면박을 준 일이 못내 미안하고 한편 부끄럽기도 했으나 가순호는 뒤도 돌아보지 않고 곧장 걸었다. 가순호가 가까이 따라가자 사나이는 다시 걸음의 속도를 빨리하기 시작했다.

"죄송합니다, 아저씨."

"웬걸요. ……성님이신가요?"

"네. 닮았습니까?"

"닮지 않으셨던데요. 성님께선 몸이 부하시더구먼요."

"아, 네. 형은 어려서부터 좀 뚱뚱한 편이었죠. 형이 중학 3학년일 때 전 초등학교엘 막 입학했었는데 그때 둘의 키가 같았으니까요."

"예에."

그랬구먼요, 하는 뜻으로 사나이는 고개를 한 번 크게 끄덕이고 나서 더 이상 호기심을 표시해 오진 않았다. 두 사람은 잠시 말없이 걸었다. 용산전화국과 용산우체국 앞을 지났다. 미원(美苑) 주식회사 앞을 지났다. 건너편으로 황달 걸린 사람의 얼굴빛같이 누런 빛깔로 칠해진, 큰 글씨로 '철우회관'이라고 쓰이고, 그보다 좀 작은 글씨로 '전국 철도노동조합'이라고 쓰인 건물을 바라보며 두 사람은 일로 한 강을 향해 행진을 계속했다. 그때 한강 쪽에서 신문사 깃발을 단 자 동차들과 경찰 오토바이들이 달려오는 모습이 보였다. 그리고 조금 처져서 가슴에 번호판을 단 젊은 남자가 입김을 뿜으며 달려오는 모 습이 보였다. 마라톤 경기인 모양이었다. 한 50미터쯤 뒤에 또 한 사 람이 달려오고 있었다. 앞선 사람이나 뒤선 사람이나 다 같이 몸에 붙는 상의와 엉덩이만 가린 짧은 바지를 입고 있었고 전력을 다해 뛰 고 있음이 역력했다. 사람들은 모두들 연도로 몰려갔다. 금세 사람들 로 울타리가 쳐져서 보도는 마치 옆이 막힌 좁다란 낭하처럼 되었다. 가순호들은 사람들의 등으로 옆이 막힌 그 낭하를 통해 그대로 행진 을 계속했다. 사나이가 말했다.

"선상님은 구경 안 허세요?"

"네. 아저씨하구 걷는 걸 멈추고 보고 싶진 않습니다."

"……"

사나이는 똑바로 가순호의 얼굴을 바라보았다. 가순호도 똑바로 사나이를 마주 보았다. 오랜 친구에게라도 그러하듯. 가순호는 버스 를 타고 가던 도중에나 걷던 중에 그러한 마라톤 경기를 보던 일을 생각하고 그때 도시에 생기를 불어넣는 것 같던 선수들의 모습을 아 름답다고까지 생각했던 자기 자신에게 지금 순간 우월감을 느꼈다.

그때의 자기는 얼마나 작은 소꿉장난 같은 것을 아름답다고 생각했던가. 그리고 지금 모든 사람들이 등을 돌리고 작은 것에 취해 있는 동안 자기는 얼마나 커다란 아름다움과 마주 서서 가고 있는가.

대한여행사 관광버스 영업소와 신진자동차 용산서비스 센터 앞을 지났다. 거기까지도 사람들의 등으로 옆이 막힌 좁다란 낭하는 계속되었다. 한강대교로 접어들었을 때였다. 순간 사나이의 걸음이 멈칫하는 듯했다. 가순호는 사나이의 시선을 따라 고개를 뒤로 돌렸다. 알루미늄 빛으로 번쩍거리는 한 떼의 건물군(群)이 시야에 들어찼다. 일고여덟 해 전만 해도 모래먼지와 잡초가 무성하던, 그러나 지금은 기하학과 역학에 힘입은 바의 번듯하게 드높여진 한강 변 위에 새로이 형성된 또 하나의 도시, 맨션아파트 마을이었다. 균제와 위관을 자랑하는 그 건물들을 사나이는 어쩌면 처음 보는지도 몰랐다. 가순호는 고개를 바로 했다. 사나이는 멈칫했던 걸음을 다시 힘차게 옮겨놓고 있었다. 무릎의 관절을 힘차게 움직여 뒤로 뒤로 하늘과 지평을 향한 네 개의 뿔들을 들먹이며. 가순호는 다시 부지런히 사나이를 뒤따랐다. 강 쪽으로부터는 차가운 초겨울의 바람이 불어왔다. 가순호는 등을 축축하게 적시고 있는 땀이 선뜩선뜩 식는 것을 느꼈다. 헌병 파견소 앞을 지나는 동안 차도 쪽을 향해 횡대로 도열해 있던 세 명의 육·해·공군 헌병들이 딱딱하고 위엄 있는 자세들을 풀고 고개를 돌이켜 사나이의 기이한 행진을 눈여겨보며 웃는 모습이 보였다. 아치형 철골 아이빔들이 육중한 포물선을 그리고 있는 다리의 중간께로 접어들었다. 아직 얼어붙지 않은 강물이 풍부한 수량을 뽐내며 천천히 다리 아래로 흐르고 있었다. 거기 자갈 채취선 하나가 배 가득히 자갈을 싣고 떠내려가는 모습이 보였다. 든든하게 방한 채비를 차린 잉어잡이 노인 한 사람이 조그만 조각배에 앉아 낚싯줄을 휙휙 잡아채는 모습도 보였다. 사나이는 묵묵히 뿔을 앞세우고 자기가 두고 가는 방향만을 응시하며 물러갔다. 그때 가순호의 시야에, 아이빔들이 교면(橋面)에서 서로 마주 닿는 부분에 등을 대고 앉은 걸인 한 사람이 뛰어들었다. 가까이 다가갈수록 걸인의 모습은 분명해졌다. 여자였다. 그리고 한 사람이 아니었다. 찬 공기 속에 먼지와 때로 얼룩진 가슴을 드러내 놓고 아기에게 젖을 물리고 있었다. 무릎 앞에는 양은 밥그릇 하나가 놓여 있었고 그 안에는 동전 몇 닢이 흩어져 있었다. 여인은 뭐라고 칭얼거리고 있었다.

"한 푼만 주세요. 애 아부지는 병들어 누워 있고 애기는 배고파서 운대요. 배고파서 운대요. 한 푼만 주세요. 네, 한 푼만 주세요."

순간 사나이가 걸음을 멈췄다. 사나이의 얼굴은 순간 이해하기 어려운 어떤 광포한 표정으로 일그러졌다. 지나쳤던 걸음을 앞으로 한 발짝 되물려 그는 그 양은그릇 앞에 버티고 섰다. 사나이의 얼굴은 이제 추하게 붉어져 있었다. 여인의 칭얼거림은 더욱 가련한 가락으로 바뀌었다. 그때 가순호는 사나이의 오른쪽 발이 번쩍 치켜들어지는 것을 보았다. 다음 순간 양은그릇이 애처롭게 오그라지는 소리가 났다. 사나이는 다시 절망적인 몸짓으로 그 오그라진 양은그릇을 걸어찼다. 안에 들었던 동전 몇 닢이 튀어 달아나며 양은그릇은 차도 한복판으로 굴러갔다. 졸지에 당한 일을 이해하지 못하고 멍한 표정으로 폭행이 진행되는 모습만 바라보던 여인이 마침내 재난을 깨달은 듯 사나이의 바짓가랑이를 움켜잡으며 악을 쓰기 시작했다.

"아이구, 이놈아! 이게 웬 놈이냐! 이게 웬 놈이냐! 웬 놈이 내 돈그릇을 밟고 차! 이놈아! 이놈아! 이놈아! 나마저 차라!"

여인이 몸부림을 치는 바람에 젖꼭지를 놓친 아기가 기를 쓰고 울어 대기 시작했다. 사나이는 그러나 여인에게 잡힌 바짓가랑이만 잠시 굽어보고 섰더니 다리에 힘을 주어 여인을 뿌리치고는 다시 묵묵히 행진을 시작했다. 가순호는 순간 사나이의 얼굴이 온통 눈물로 뒤범벅이 된 것을 보았다. 그리고 고통 속에서 가순호는 생각했다. 사나이의 정말 아름다운 얼굴을 본 것은 바로 이 순간이라고. 여인은 그들의 등 뒤에서 계속 악을 써 대고 있었다.

"이 천하에 죽일 놈아! 평생 지게나 져 먹어라! 이 도둑놈아! 이 천하에 벼락 맞아 죽을 놈아!"

새 하숙집에 도착하여 짐을 부리고 난 다음 약속된 금액을 받고 나자 사나이는 말없이 떠났다. 그때 그는 비로소 바로 걷기 시작했는데 그 걸음은 힘없이 보였으며, 그의 등 뒤에서 하늘과 지평을 향해 뻗어 나온 네 개의 뿔들은 이제 뿔이랄 것도 없는, 때 묻은 네 개의 나뭇가지일 뿐이었다. 그 모습은 아주 초라해 보였다.

그날 저녁 가순호는 새 하숙집 여주인으로부터 메마른 김치, 콩자반, 멸치조림, 계란프라이 같은 하숙집 고유의 냉랭한 식단으로 차려진 저녁상을 받았다. 그리고 그날 밤새 하숙의 설핀 잠자리에서 그는 개처럼 길쭉한 얼굴을 가진 친구도 포함하여 여러 명의 방문객들이 한꺼번에 들이닥치는 꿈과 도시 한복판을 질주하는 들소의 뿔을 보며 흐느껴 우는 꿈을 꾸었다.

이튿날 아침은 몹시 추웠다.

전문가

마장동 천변(川邊) 동네에, 개들의 원망에 찬 울음소리가 들리기 시작한 것은 무덥고 습기 낀 7월 어느 무덥고 습기 낀 밤부터였다.

그 소리는 동네의 어둠 가운데에서 느닷없이 솟아올라서, 그 가난뱅이 동네의 말 없고 남루한 밤을 갈기갈기 물어뜯기 시작했는데, 제법 개 같은 것을 기르며 여유 있게 사는 집이 있을 리 없는, 그 가난뱅이 동네로서는 돌연한 일이라 아니할 수 없었다. 더욱이 그것은 낯선 발짝 소리나 적대해야 할 어떤 힘의 출현을 감지하고 그를 경고하는, 처음에 한두 마리의 개로 시작하여 이윽고는 동네 전체의 개들에 전파되는 그런 평화로운 시골 마을에서나 있음 직한 개 울음소리도 애초에 아니었던 것이다. 적어도 여남은 마리는 족히 됨 직한 개들이 한데 뒤엉켜 자신들을 박해하는 어떤 불가항력의 힘에 대항하는 듯한 절망에 찬 부르짖음이었으며, 자신들 위에 덮치려고 하는 어떤 불길한 운명의 예감에 전율하고 있는 듯한 노여움과 그리고 원망에찬 울음소리였던 것이다. 그 소리는 동네의 깊숙한 곳으로부터 날카로운 소리의 물기둥이 되어 끊임없이 솟아오르고 있었다. 그러나 그날 오후 개들이 동네로 들어오는 것을 본 몇몇 가난뱅이들은 놀라지 않았다. 그들은 다만 옹색한 잠자리에서 미성(未醒)의 눈을 뜨고, 달고 고단한 잠을 방해당한 불평을 몇 마디 입에 담으며 마침내 개들을 때려잡기 시작했구나! 하고 생각하였다. 개들을 때려잡기 시작했구나. 마침내 그자들이 개를 때려잡기 시작했구나!

갓난이 용이에게 젖을 물린 채 잠이 들었던 택이 엄마는 바로 턱밑에서 들리는 갓난이의 성난 울음소리와 동네의 말 없는 밤을 뚫고 솟아오르는 개들의 그 날카로운 울음소리 때문에 잠을 깼다. 갓난이가 젖을 놓은 채 잔뜩 성이 나서 작은 팔다리를 바둥거리며 울어 대고 있는 모습이 어둠 속에서도 완연하게 보였다. 택이 엄마는 재빨리 아기를 더듬어 안으며 우는 아기의 입에 다시 젖꼭지를 밀어 넣어 주었다. 그러면서 그녀는 식구들이 깰 것을 걱정했다. 아기는 곧 울음을 그쳤다. 그러자 기다리고 있었다는 듯 일곱 살배기 택이의 목소리가 등 쪽에서 났다.

"엄마, 개들이 짖는 소리지?"

"그래, 웬 개들이 짖는구나."

택이가 누운 자리 저쪽에서 그녀의 남편이 대답하고 있었다. 식구가 모두 깨고 말았다는 걸 그녀는 알았다.

"개를 잡나 봐요."

그녀는 어둠 속에서 가늘게 몸서리치며 말했다.

택이 엄마는 지하철 공사판에 나가는 남편의 적은 수입에 보태기 위해 갓난이 용이를 등에 업은 채 푸성귀 행상을 다녀오는 길에 개들이 동네로 들어오는 것을 보았다. 얼핏 눈짐작으로도 10여 마리는 좋이 되는 개들이 줄에 묶이어 여름의 해가 뉘엿뉘엿 져 가는 동네로 들어오고 있었다. 개들은 뜨거운 개 비린내를 풍기며 동네로 들어오고 있었다. 택이 엄마는 본능적으로 등에 업힌 용이에게로 손을 돌리며 여러 발짝 뒤로 비켜섰다. 네 사람의 눈길이 매서운 사내들의 줄에 묶인 개들을 끌고 있었다. 그 사내들은 무뚝뚝하게 입을 다물고 있었고 개들은 혀를 빼문 채 허연 거품을 흘리며 헐떡헐떡 끌려오고 있었다.

동네의 몇몇 사람들이 말없이 개들과 그 사내들을 바라보고 있었다. 온몸이 먼지투성이인 동네의 조무래기들이 멀찌감치서 개들의 뒤를 따르고 있었다. 그 조무래기들 중에 택이가 섞여 있는 것을 그녀는 보았다. 꾸짖는 눈짓을 하며 아이를 불러 그녀는 걸음을 재촉해서 집으로 돌아왔었다. 돌아오면서 동네 사람들이 수군거리는 걸 들었다.

"개를 잡다니?"

아무것도 모르는 그녀의 남편이 어둠 속에서 물었다.

"개 도살장이 생겼다나 봐요. 사람들이 그러는 걸 들었어요."

택이 엄마는 다시 한번 어둠 속에서 몸서리치며 대답했다. 눈길이 매서운 사내들의 손에 이끌려 줄에 묶인 채 동네로 들어오던 개들의 그 짐승다운 당황한 몸짓과 노여움으로 충혈된 뜨거운 눈빛이 다시금 또렷이 눈앞에 떠올랐다.

"아니 누구네 집에?"

"넝마아비 최 씨네 집이라나 봐요."

동네 사람들에게 보통 뒷전에서는 넝마아비라는 별명으로 불리는 최 씨네 집엔 수집된 넝마들을 널어 말리고 쓸 만한 것들을 따로 분류하기 위한 꽤 널찍한 마당이 있었다. 그리고 그 마당이 이제 도살장으로 쓰이게 됐다는 것이었다. 최 씨네 집은 동네의 깊숙한 안쪽에 있었다.

"엄마, 개 도살장이 뭐야?"

그때까지 양친의 이야기를 가만히 듣고만 있던 택이가 어둠 속에서 물었다.

"인마, 개 잡는 곳이야. 개 잡는 곳. 그만 자."

택이 아버지가 퉁명스럽게 대꾸해 주었다.

"넝마아비네서 개를 잡는다구? 난 아까 개들을 딴 데서 잡아 오는 걸 봤는데?"

"그게 아니구 인마, 개를 죽이는 데란 말야. 개를 때려 죽이는 데."

"넝마아비에서 개를 죽인단 말이지? 넝마아비네서?"

"그만 자, 택아. 그리구 너, 인제 넝마아비네 근처에 가면 안 된다아, 알았지?"

택이 엄마가 나직하지만 꾸짖는 듯한 목소리로 말했다.

그 밤 이후 마장동 천변의 그 판잣집 동네에서는 개 비린내와 함께 원망과 노여움에 찬 그 개 울음소리가 여름 내내 떠나지 않았다. '넝마아비' 최 씨네 마당에는 블록의 그것이나마 창고 비슷한 새로운 건물 하나가 지어졌으며, 그에 잇대어 커다란 부뚜막이 설치되고 물을 끓이기 위한 커다란 가마솥이 거기 걸렸다. '개아비'로 바뀌어 불리기 시작한 것은 그로부터 얼마 가지 않아서였다. 그러나 전에도—'넝마아비'라고 부를 때에도—그랬지만 아무도 그의 면전에서 '개아비'라는 호칭을 사용하는 사람은 없었다. 최 씨는 사납고 무지한 사람이었기 때문이다. 감옥엘 일곱 번씩이나 갔다 왔다면서도(그 자신이 그렇게 자랑삼아 얘기했고 실제로 동네 사람들은 그가 동네에 나타난 뒤로도 두 번씩이나 감옥에 들어갔다 나오는 걸 보았다) 그는 비위를 건드리는 사람에겐 불문곡직하고 칼질을 해 대는 사람이었던 것이다. 따라서 어느 누구도 그가 하는 일, 또는 그의 집에서 행해지는 일에 대해서 불평을 말할 수 없었으며 (그 많은 무더운 밤들을 개 울음소리 때문에 잠을 설치면서도) 호기심을 가지고 그 근처를 기웃거릴 수도 없었다. 다만 동네의 조무래기들만이 조무래기들 특유의 호기심과 모험심을 가지고 그 놀라운 장소와 비밀한 행위를 엿보려고 가슴 두근거리며 모여들었을 뿐. 그리고 한창 지식욕에 탐닉하거나 용기를 뽐낼 나이지만 지식욕에 탐닉할 처지에는 있지 못한 까닭으로 용기를 뽐내는 쪽으로만 주로 기울어진 동네의 갓 수염이 나기 시작한 청소년들이 성인들의 용기의 비밀을 엿보려고 몇 번 기웃거리다가 그 용기의 정체가 지극히 용렬함에 실망해 버렸을 뿐이다. 그러나 조무래기들도 청소년들도 그 블록으로 지어진 건물 안에서 행해지는 일은 좀처럼 엿보기가 어려웠다. 그 건물은 거의 항상 문이 닫힌 채로 있었던 것이다. 단지 마당의 쇠말뚝들에 묶여진 개들 가운데에서 이따금 한 마리씩 그 건물 속으로 들어가는 모습을 볼 수 있었을 뿐이며 (그때에만 문은 잠깐씩 열리곤 했던 것인데) 가마솥에서 끓여진 물이 바께쓰로 날라져 그 건물 속으로 들어가는 것을 엿볼 수 있었을 뿐. 아, 그리고 그 건물 속으로부터 생명의 연약함을 스스로 드러내는 가엾은 짐승의 외마디 소리가 흘러나오는 것을 들을 수 있었을 뿐.

그런데 개들과 함께 동네로 나타나서 '넝마아비' 아니 이제는 '개아비'인 최 씨네 집에 같이 기거하며 최 씨를 돕는 그 네 명의 사내들도 모두 최 씨 못지않게 무서운 사람이라는 걸 일깨워 준 사건이 일어났다. 그것은 또한 사람들로 하여금 최 씨네 집 근처를 불평 또는 호기심을 가지고 기웃거릴 수 없게 한 더욱 결정적인 계기가 되었는데, 답십리 연탄공장에 인부로 나가는 안 씨가 그들로부터 당한 봉변이 그것이었다. 안 씨는 그날 저녁 하절기 연탄 수요의 둔화 현상에 불경기까지 겹쳐 얼마 되지 않는 일거리를 일찌감치 마치고 습관대로 동네 어귀의 왕대폿집에서 막걸리 몇 사발을 거친 뒤 집으로 돌아오고 있었다.

해가 마악 떨어지고 그 가난뱅이 동네의 남루한 지붕 위로 붉은 놀이 비낄 무렵이었다. 그의 집은 개아비네 집 앞을 통과해서도 한참을 더 들어가야 하는 곳에 있었다. 노동 뒤의 빈속에 마신 몇 잔의 술이 그를 얼마간 취하게 한 것이었으리라. 약간 거나해진 걸음걸이의 그는 무슨 생각을 했는지 '개아비'네 판자울 앞에서 발길을 멈추었다.

그러고는 연탄가루가 까맣게 낀 얼굴의 그곳만 반짝거리는 두 눈을
두어 번 껌벅거려 무엇을 잠시 생각하는 시늉을 하더니 판자울 앞으
로 다가가 허리를 구부렸다. 그 판자울에는 동네의 조무래기들이 그
곳을 통해 안을 엿보곤 하던 관솔구멍 하나가 있었다. 그는 그 관솔
구멍에다 눈을 갖다 붙이고 열심히 안을 들여다보기 시작했다. 한동
안 그렇게 들여다보기에만 열중한 듯하던 그가 별안간 이상한 소리
를 내기 시작했다. 성대를 재치 있게 구사해서 내는 그 소리는 흡사
개 울음소리였다. 슬프고 구성진 그리고 마치 개들의 악운을 조롱이
나 하듯 한. 울타리 안의 말뚝에 묶여 있던 개들이 노해서 짖어 대기
시작한 것과 문이 벼락 치듯 요란하게 열리면서 그 사내들이 뛰쳐나
온 것은 거의 동시였다.

맨 앞장을 선 사내가 그때까지도 허리를 구부린 채 개 울음소리를
흉내 내기에 여념이 없는 안 씨의 가슴을 불문곡직하고 걷어찼다. 불
의의 일을 당한 안 씨는 헉하고 숨 삼키는 소리를 내며 벌렁 나가자
빠졌다. 사내들의 발길이 사정없이 안 씨의 가슴과 허리와 얼굴로 집
중되었다. 안 씨의 얼굴은 순식간에 피투성이가 되었다. 근처의 동
네 사람들이 이 일을 목격하였으나 아무도 감히 말리려 들지 못했다.
사내들의 기세는 말도 붙여 보지 못할 만큼 험상궂었던 것이다. 안
씨는 새우처럼 몸을 구부려 얼굴을 감싸안고 뒹굴면서 사내들의 발
길질을 피해 보려는 노력을 가련하게 계속했으나 사내들의 발길질
은 갈수록 광포해졌으며 마침내 안 씨로 하여금 스스로 온몸을 그들
의 발밑에 무방비하게 내맡기도록 뭇매를 가하고 나서야 겨우 멈추

어졌다. 안 씨는 이제 그야말로 방자하게 땅바닥에 드러누워 버렸다. 아주 기절해 버린 것이었다. 머리와 얼굴에서 흘러내린 피가 얼굴에 묻은 연탄가루 흙먼지들과 범벅이 되어 그의 야윈 얼굴을 몹시 두터워 보이게 하고 있었다.

목격한 사람들은 온몸에 한기가 드는 것을 느꼈다. 그러나 사내들은 기절한 사람의 몸뚱이를 발길로 굴려 개아비네 판자울로부터 멀찌감치 치워 놓고는 험상궂은 눈길을 굴려 주위의 동네 사람들을 한번 휘둘러본 뒤 아무 일도 없었다는 듯 툭툭 털고 대문 안으로 사라져 버렸다. 안 씨는 그러고도 한참이 지나서야 정신이 깨어났다. 동네 사람들은 몸서리를 쳤고 그날 이후 안 씨는 일주일 동안이나 일을 나갈 수 없었다.

그 일이 있은 뒤로는 사람들은 더욱 개아비네 집에서 일어나는 일에 대해서 아무도 불평을 나타내려고 하지 않았다. 그리고 개 비린내와 함께 그 원망에 찬 개들의 울음소리는 밤낮없이 났다. 이따금 도살된 개고기를 실어 나르는 짐자전거가 동네를 빠져나가는 것과 새로운 개들이 동네로 들어오곤 하는 것을 사람들은 말없이 바라볼 따름이었다.

그리고 어느 날 정복한 순경 한 사람이 개아비네 집을 다녀가는 걸 보았으나 그 뒤로도 그 개 울음소리는 변함없이 났다. 이제 개아비네 집에서 행해지는 일은 그 집이 넝마아비의 집일 때와 마찬가지로 동네의 자연스러운 일상사의 한 가지로 받아들여지게 되었으며 개 울음소리나 개 비린내도 본래부터 동네에 늘 있어 왔던 풍속의 하나인 것 같은 착각을 주기에 이르렀다. 개들은 어디로부터 그렇게 끌려오는지 하루에 여남은 마리씩 동네로 들어왔고 그리고는 개아비네 마당의 쇠말뚝들에 묶이어 절망에 찬 울음을 울다가 생명 없는 고깃덩이로 바뀐 뒤 짐자전거에 실려서는 다시 어디론가 떠나가곤 하였다. 동네의 가난뱅이들은 그리고 이제 개 울음소리 가운데서도 잠자는 법을 터득하여 갔다.

그런데 그 개아비네 집에 낯선 사내 한 사람이 새로 나타났다. 그 전말은 다음과 같으며 실은 그것이 이 이야기의 골자다.

동네에 개 도살장이 생기고 나서 두 주일쯤 지난 어느 날 오후 그 가난뱅이 동네의 골목길이 응달진 쪽과 눈이 부시도록 흰빛을 쓰는 양쪽의 절반으로 갈라져 한쪽은 타고 다른 한쪽도 그 열기에 의해 건조해 가고 있을 무렵이었다. 동네의 조무래기들이 그 응달 쪽에서 구슬치기를 하고 있었다. 순길이가 마악 헛치고 나서 택이는 지금 삼각형 금 안에 든 구슬 두 개째를 빼내고 난 참이었다. 구두를 신은 커다란 발 두 개가 다음 구슬을 빼내기 위해서 구부린 택이의 시야에 다가섰다. 택이는 앉은 채로 위를 쳐다보았다. 다른 아이들도 모두 위를 쳐다보았다. 동네에서 처음 보는 어른 한 사람이 몹시 흰 얼굴에 보일락 말락 한 웃음을 띠고 그들을 내려다보고 있었다. 그 어른은 짧은 소매의 남방셔츠와 신사복 바지를 입고 있었다. 소매 아래로 드러난 한쪽 팔뚝에 커다랗고 징그러운 칼자국 흉터 같은 게 보였다. 택이보다 두 살쯤 더 먹고 평소에도 항상 의심 많고 당돌한 문식이가 어른을 빤히 올려다보며 물었다.

"아저씨 누구세요?"

"나?"

어른은 일부러 꾸민 듯한, 얼간이 같은 표정을 지어 보이고 나서 잠깐 무엇을 궁리하는 듯하더니 다시 보일락 말락 웃으며 대답했다.

"그린베레."

"와아 순 공갈."

문식이가 일언지하에 비웃었고 택이도 순길이도, 또 준일이, 동구도 따라 비웃었다.

"모자두 안 쓰구 정글복도 안 입었으면서……"

문식이가 덧붙인 말이었다. 그러자 어른은 다시 보일락 말락 한 웃음을 웃었다.

"봐라. 베트콩하구 싸우다 다친 거다."

아이들에게 팔뚝의 그 커다랗고 징그런 흉터를 내밀어 보였다. 문식이는 코웃음을 쳤다.

"그린베레는 베트콩하군 안 싸워요. 월맹 정규군하고만 싸우지."

문식이는 그리고 나서 '안 그래?' 하는 표정으로 제 동무들을 둘러보았다. 택이를 비롯해서 모두들 그렇다고 고개를 끄덕였다. 택이는 잘 모르지만 문식이가 하는 말이므로 옳다고 생각했다. 어른이 말했다.

"아, 난 너희들이 월맹 정규군을 모르는 줄 알았지. 그래 맞았다. 사실은 월맹 정규군한테 다친 거다. 하지만 베트콩하구 싸울 때도 있다."

"헤, 그치만 아저씨는 미군이 아니잖아요. 한국 사람이 어떻게 그린베레가 될 수 있어요?"

그 어른은 다시 보일락 말락 하게 웃었다. 그리고 잠시 거두었다가 다시 그렇게 웃었다. 아이들은 그런 이상한 웃음은 처음 본다고 생각했다. 거짓말이 들킨 부끄러움을 숨기느라고 그런다고도 생각했다. 마침내 어른이 정직하게 자백했다.

"그래. 맞았다. 한국 사람이 그린베레가 될 순 없지."

그러고 나서 어른은 얼굴을 몹시 찡그렸다. 역시 거짓말이 탄로난 게 부끄러워서 그러는 모양이라고 아이들은 생각했다. 아이들은 기분이 아주 좋아졌다. 참 형편없는 어른인가 보다. 애들한테 이렇게 순순히 거짓말한 걸 자백하다니. 거짓말이 탄로 나는 경우, 눈을 부라리며 위엄 있게 큰 소리로 꾸짖거나 어른한테 말대답하면 못써 하고 윽박을 주거나 하며 궁지를 모면할 줄 아는 다른 어른들에 비한다면 얼마나 얼빠진 어른인가. 그러나 아이들은 또 한편 이 어른에겐 어딘가 마음이 놓이는 데가 있다는 것도 알아차렸다.

적어도 이 어른은 애들한테 말대꾸를 해 줄 뿐만 아니라 거짓말이 탄로 나서 애들한테 얼빠진 어른 취급을 받으면서도 성을 낸다거나 하진 않지 않는가. 그러고 보면 또는 아주 터무니없는 거짓말은 아닐지도 모른다고 아이들은 생각했다. 어떻든 그다지 경계할 필요는 없는 어른, 마음이 놓이는 어른이라고 아이들은 판단했다. 아이들은 차츰 그 어른에게 흥미를 갖기 시작했다. 그때 그 얼빠진 어른이 찡그렸던 얼굴을 펴고 아이들에게 정중하게 청했다.

"그런데 너희들, 개 잡는 집에 나 좀 데려다 다오. 이 동네에 있다던데. 아니? 사실은 거기 취직을 해 볼까 해서 왔단다."

아이들은 그 얼빠진 어른을 데리고 개아비네 집에 갔던 일을 두고 두고 잊지 못한다. 그날따라 활짝 열어젖뜨린 개아비네 대문을 두려움도 없이 성큼성큼 들어서던 그 얼빠진 어른의 뒷모습을 두고두고 잊지 못한다. 그 어른을 얼빠진 어른이라고 생각했던 자기들의 잘못이 뼈아파서도 잊지 못한다.

그날따라 대문이 활짝 열어젖뜨려 있음에 덜컥 겁이 난 아이들이 이만큼 멈춰서서 저 집이라고 손가락질로 가리켜 주었을 때 그 어른은 정말 얼간이이기나 한 것처럼 성큼성큼 걸어가서 그 열려진 대문 안으로 들어섰다. 아이들은 그 뒤를 따라 조심조심 대문께로 다가갔다. 얼빠진 어른이 개아비네 사내들에게 얘기를 거는 모습이 보였다.

아이들은 얘기의 내용이 듣고 싶어 좀 더 가까이 다가갔다. 아이들이 몰래 구경하러 갈 때마다 눈을 부릅뜨고 달려 나와 쫓곤 하던 키다리가 코웃음을 치며 말하고 있었다.

"취직을 하겠다구? 여기가 뭐 하는 덴 줄 알기나 하쇼?"

등을 이쪽으로 향한 얼빠진 어른의 목소리가 들렸다.

"개 도살장이 혹시 아닙니까. 개를 잡는……."

얼빠진 어른을 향해서 반원형으로 마주 선 사내들(키다리, 덧니, 고수머리, 사팔이 등)이 서로 쳐다보며 의미 있는 웃음을 웃었다. 그리고 아이들이 몰래 구경하다가 그에게 잡히기만 하는 날이면 예외 없이 팔을 비틀리고 고초를 겪게 마련인 덧니가 말했다.

"야, 이 친구 봐라, 간덩이 한번 큰걸."

사팔이가 또 말했다.

"개 잡는 덴 줄 번연히 알면서 기어들어 오다니, 얼굴이 하얀 샌님이."

아이들은 그 얼빠진 어른이 불쌍하다고 생각했다. 그리고 조마조마해서 기다렸다. 언제 어느 순간에 그 얼빠진 어른이 개아비네 사내들의 그 무서운 주먹이나 발길에 불쌍하게 짓밟히고 말게 된 것인가를. 그러나 얼빠진 어른은 정말 불쌍하게도 다시 말대답을 하고 있었다. 그것도 멍청스럽게 반말지거리로.

"이 아저씨들 눈 한번 좋다. 남의 간덩이를 다 들여다보구. 엑스광선 안경들이라두 꼈나? 그리구 왜, 샌님은 개 잡는 데 좀 오면 안 되나?"

사내들의 얼굴이 일시에 정색으로 바뀌며 벌겋게 부풀었다.

"뭐야? 이 쌔끼가!"

외침과 동시에 키다리의 주먹이 번개같이 휘둘러지는 모습이 보였다. 아이들은 눈을 감고 싶었다. 그러나 눈을 감을 겨를도 없이 아이들은 놀라운 사실에 직면하였다. 어찌 된 일인지 주먹을 휘두른 키다리가 배를 움켜쥐며 앞으로 고꾸라지고 있었다. 순간적으로 멈칫했던 나머지 사내들이 천연스럽게 버티고 서 있는 얼빠진 어른에게 와락 덮쳐들었다. 아, 아이들은 그때의 그 얼빠진 어른이 보여 준 눈부신 몸놀림을 두고두고 잊을 수 없다. 주먹을 뻗쳐 들어오는 덧니의 턱주가리를 걷어차면서 다시 한 손으로는 발길을 날려 들어오는 고수머리의 다리를 걸어 던지고 덧니의 턱주가리를 찼던 발로는 어느

새 사팔이의 앙가슴을 내질러 버린 그 눈 깜박할 사이의 동작을 아이들은 하마터면 잘 보지도 못할 뻔했던 것이다. 거의 동시라고 할 수 있는 순간에 턱주가리를 감싸 쥐고 엉덩방아를 짓찧으며, 또는 앙가슴을 부둥켜안고 나가떨어지고 고꾸라진 개아비네 사내들은 잠시 쓰러진 자리에서 일어나지도 못하고 꿈틀거렸다. 쇠말뚝에 묶인 개들이 요란하게 짖어 대기 시작했다. 아이들은 눈을 크게 떴다. 그리고 비로소 가슴이 두근거려 옴을 느끼기 시작했다. 그때 마당 저쪽의 툇마루 위에 개아비 최 씨의 모습이 나타났다. 그는 우선 눈앞에 벌어진 일이 믿기지 않는다는 표정을 짓고 나서 성큼 마당으로 내려섰다.

아이들은 숨을 죽이고 바라보았다. 최 씨는 성큼성큼 이쪽으로 다가왔다. 그때였다. 쓰러졌던 개아비네 사내들이 일시에 땅을 박차고 일어서며 다시 얼빠진 어른에게 덤벼든 것은. 순간 아이들은 다시 한번 간이 콩알만 해졌다. 결과는 그러나 조금 전에 일어났던 일이 비슷한 과정으로 다시 한번 되풀이된 데 불과했다. 그리고 이제 그 사내들은 제각기 쓰러진 자리에서 더는 꿈틀거려 보려고도 하지 못했다. 개아비는 무섭게 노한 눈길로 그 얼빠진 어른을 쏘아보았다. 얼빠진 어른이 천연스런 표정으로 그를 마주 보며 말했다.

"버릇이 나쁜 일꾼들을 두셨군요. 솜씨도 나쁘고. 난 그저 취직을 좀 부탁드릴까 해서 왔을 뿐인데."

"취직?"

개아비가 노기 띤 목소리로 그의 말을 잘랐다. 그러나 그는 여전히 천연스런 목소리로 계속했다.

"예. 난 다른 건 못하지만 뭐든 목숨 있는 걸 죽이는 덴 자신이 있거든요. 사람을 죽이는 전문가였으니까. 물론 전쟁터에서였지만. 한데 전쟁터두 아닌 여기서야 사람을 죽일 순 없구……."

"개나 좀 잡아 볼까 한다, 그 말이지?"

개아비는 어조를 바꿔 이번엔 노기 띤 목소리로 대신 싸느랗게 날을 세워 말했다. 얼빠진 어른은 여전히 천연스러웠다.

"바로 그렇죠. 그저 개나 잡으면서 한 철 지내 볼까 하구."

"그럼 나부터 잡아 보여야 할걸."

개아비의 목소리가 잇새로 새어 나오는 것 같다고 느낀 그다음 순간 아이들은 개아비의 오른손에 번쩍번쩍하는 물체가 쥐어져 있는 것을 보았다. 햇빛을 받아 눈부신 빛을 쏘는 그 물체는 짧고 날카로웠다. 아이들은 호흡이 끊기는 듯했다. 땅바닥에 쓰러진 사내들은 그제도 움직일 줄을 몰랐다. 그때 아이들은 또 보았다. 어느 틈엔지 얼빠진 어른의 한 손에도 날이 흰 단도 한 자루가 쥐어져 있음을. 개아비가 멈칫했다고 느껴진 다음 순간 그의 커다란 몸집이 얼빠진 어른을 향해 성난 짐승처럼 달려드는 모습이 보였다.

그리고 그다음 미처 침 한 번 삼킬 사이가 못 되어 아이들은 개아비의 칼날이 거짓말처럼 힘없이 땅바닥으로 굴러떨어지는 것을 보았다. 그것은 햇빛을 받아 물고기의 비늘처럼 힘없이 반짝이며 떨어졌다. 얼빠진 어른의 쥐처럼 재빠른 발이 그것을 밟았고 개아비의 목줄기에는 단도가 들이대어졌다. 개아비의 얼굴이 벌겋게 상기했다가 이어 핏기가 걷히기 시작했다.

"죽여 줄까?"

하고 얼빠진 어른이 말했다.

"어, 어."

하고 개아비는 애들 같은 목소리를 비틀어 내며 턱을 치켜들었다. 아이들의 심장은 북 치듯 뛰었다. 순간 얼빠진 어른의 얼굴이 아까 거짓말이 탄로 났을 때처럼 찡그려졌다. 그리고 그는 개아비의 목 뒷부분에서 말없이 칼을 거두었다. 그때 아이들은 속았다. 그가 칼을 거두고 마는 줄로 속았다. 아, 그의 그 멋진 속임수를 아이들은 두고두고 잊지 못한다. 칼은 개아비의 목 뒷부분에서 거두어졌으나 다른 곳을 향해 날아갔던 것이다.

그것은 바람을 가르는 소리와 함께 날카로운 흰 선을 그으며 날아가 쇠말뚝에 묶이운 한 마리 잡종 개의 목에 가서 박혔던 것이다. 그 개는 껑충 한 번 몸을 솟구치듯 하고는 힘없이 픽 쓰러지고 말았다.

"너 대신 개를 잡기로 했다."

라고 말하는 얼빠진 어른의 목소리가 너무도 눈부신 광경에 취한 아이들의 몽롱한 귀에 꿈결처럼 들려왔다. 개아비는 칼끝이 들이대어졌던 제 목줄기를 어루만지며 넋 나간 사람처럼 멍하니 서 있을 뿐이었다.

얼빠진 어른은 금세 동네 아이들의 영웅이 되었다. 그리고 아이들은 이제 마음 놓고 개아비네 집에 놀러 가도 좋게 되었다. 얼빠진 어른이 그것을 허락했고 그리고 그의 말에 반대할 수 있는 사람은 이제 개아비 집에서 아무도 없었기 때문이다. 이를테면 그는 개아비네 집의 새로운 우두머리라 할 만했던 것이다. 그를 몰아내기 위해 그가 잠든 틈을 타서 습격을 시도했다가 개아비 및 개아비네 사내들이 다시 한번 톡톡히 혼이 났다는 소문이 있었으나 아무도 현장을 목격한 사람이 없었으므로 확인되지는 않았다.

그가 잠이 든 것을 확인한 개아비와 개아비네 사내들이 발짝 소리를 죽여 그에게 접근해서는 그를 병신을 만들어 쫓아낼 양으로 일제히 덮치려는 순간 그의 몸이 용수철처럼 튀어 오르며 한 바퀴 허공에서 핑글 도는 사이에 모두 급소들을 얻어맞고 나가떨어졌다는 소문이 그것이었는데, 어쨌든 그 소문이 있은 뒤로는 더욱 그에 대한 개아비와 개아비네 사내들의 태도는 온순하기 짝이 없어진 게 사실이었던 것이다. 그는 잠을 잘 땐 머리맡에 날이 흰 그 단도를 꼭 두고 잔다는 소문도 있었고, 아무리 깊은 잠에 떨어졌다가도 조금만 인기척이 나면 그는 용수철처럼 튀어 일어난다는 소문도 있었으며, 그를 기습하려던 날 밤 개아비와 개아비의 사내들이 혼이 난 것도 다름 아닌 바로 그 단도에 의해서였다는 소문도 있었으나 그 역시 확인된 것은 아니었다. 다만 그가 쓰는 단도 솜씨는 의심할 바 없이 훌륭한 것이었으며, 그로 미루어 그러한 소문의 개연성도 충분히 인정할 만하다고 생각될 따름이었다.

아이들은 거의 매일 오후 개아비네 집에 와서 놀았다. 개아비네 집에서 제일 센 사람의 친구로서, 얼빠진 어른은 언제나 아이들을 반겨 맞았고 아이들과 어울려서 놀아 주었다. 그리고 무엇보다 문제의 그 단도도 만져 보게 해 주었다. 그것은 칼 몸에 US라는 뜻 모를 글자가 새겨진 군대용 단도였는데 아주 날카롭게 갈아져 있었다. 얼마나 자주 갈았는지 그것은 칼날 전체가 은백색으로 하얗게 반짝거렸다. 아이들은 실제로 얼빠진 어른이 틈 있을 적마다 그것을 정성껏 숫돌에 가는 걸 보기도 했었다. 그것으로 그리고 그가 얼굴의 수염을 깎는 것도 보았으며 손톱을 가지런히 보기도 했었다. 그러나 무엇보다도 아이들은 그것으로 그가 개를 잡을 때 보여 주는 솜씨에 늘 취하곤 했다. 그는 개들의 숨통을 끊어 놓는 일만 스스로 맡고 있었는데 절대로 개들을 부자유한 상태에 둔 채 공격하는 일이라곤 없었다. 언제나 말뚝에서 풀어주어 아무런 부자유 없이 그를 향해 공격하게 한 뒤에 그 단도를 썼다. 그것도 개의 공격이 가장 날카로워졌을 때, 즉 여러 번의 시도 끝에 드디어 최후의 분노를 모아 개가 사력을 다해 껑충 뛰어오르며 그의 목줄기를 향해 적의의 이빨을 드러낼 때 꼭 한 번 썼다. 그때의 그의 솜씨는 실로 기계처럼 정확 무비했고, 마술사의 그것처럼 눈부셨다. 개들은 그리고 그 단 한 번의 공격에 모든 적의와 생명을 한꺼번에 잃고 무너져 내리게 마련이었다. 아이들은 이제 그를 '얼빠진 어른'이라고 부르는 대신 존경과 우정의 표현으로서 '단도 아저씨'라고 부르기 시작하였다. 그리고 단도 아저씨는 그 단도로 아이들의 머리를 무료로 깎아 줌으로써 아이들의 우정에 답하였다. 그것은 어떤 이발기계에 의해서 깎여지는 경우보다 그리고 훨씬 훌륭하고 기분 좋은 이발이었다.

그는 또 때때로 아이들의 손톱도 깎아 주었으며 주먹을 바로 쓰는 법과 발 쓰는 법 몇 가지를 가르쳐 주기도 했다.

아이들은 마침내 자기 엄마보다도 단도 아저씨를 더 좋아하게 되었다.

동네의 가난뱅이들은 이제 밤에는 개 울음소리를 듣지 않고 잠자게 되었다. 왜냐하면 개아비 최 씨네에 새로 나타난 젊은 사내가 그날그날 들어온 개들을 낮 동안에 전부 처치해 버리기 때문이었다.

그래서 가난뱅이들은 다시 달고 고단한 잠에 빠질 수 있게 되었다.

잠자리에 들면서 아무것도 모르는 택이 아버지가 말했다.

"요즘 며칠은 개 짖는 소릴 못 듣겠으니 웬일이지? 이제 그만뒀나?"

그는 새벽같이 공사판에 나갔다가 밤늦게야 돌아오곤 했으므로 아무것도 모르고 있었다.

택이 엄마가 잠든 갓난이를 무릎에서 내려 자리에 뉘며 말했다.

"그만둔 게 아니라 그럴 일이 있어요. 개아비 최 씨네에 일꾼 하나가 새로 왔는데 그 사람이 진짜 백정인가 봐요. 개들을 묵혀 재우는 일 없이 그날그날 모두 잡아 버린대요."

양친 사이에 누워, 날아드는 모기를 작은 손바닥으로 쫓고 있던 택이가 그녀의 말을 반박했다.

"단도 아저씬 백정이 아냐. 그린베레란 말야."

"글쎄, 쟤 좀 봐요. 애들이 저렇게 그 사람을 좋아한다우. 당신, 택이 혼 좀 내 줘요. 매일 개아비네 가서 살다시피 한다우. 저 머리두 저게 개 잡는 칼로 그 사람이 깎아 준 거래요. (택이를 향해) 백정이 아니긴 뭐가 아냐, 사람두 수십 명 죽였다던데!"

"그건 그린베레니까 그렇지. 엄만 알지두 못하면서 그래."

"넌 잠자쿠 있어! (다시 택이 아버지를 향해) 글쎄 뭐 월남에서 돌아온 사람이라는데 거기서 무슨 특별 부댄가에 있었대나요. 아무튼 사람들을 무척 죽였다나 봐요. 문식이 엄마랑 동구 엄마랑 들 그러는 걸 들었어요. 물론 전쟁터에서라군 하지만 총두 아닌 칼루 그 많은 사람을 죽였다니."

"……용케 살아왔군."

"네. 처음엔 열여섯 명인가가 같이 있었다는데 그 사람 혼자 살아 돌아왔나 봐요. 죽을 고비를 넘긴 것두 한두 번이 아니래요. 먼발치루 한 번 봤는데 사람이 송장처럼 핼쑥한 게 무지 보통 사람 같지 않았어요. 그런데 애들은 멋두 모르고 따라다니니……. 아니 저 녀석, 에밀 보구 눈 흘기는 것 좀 봐. 이눔 자식 너 또 한 번만 그눔으델 놀러 갔다간 다리몽댕일 분질러 놓을 줄 알아!"

"엄마 괜히 그래, 씨."

"아무튼 거 이젠 개 짖는 소리 안 듣구 자게 돼서 좋군."

그렇게 말하고 택이 아버지는 곧 잠에 곯아떨어져 버렸다. 택이 엄마는 불을 끄면서 어린 택이가 걱정스러웠다. 그리고 먼발치에서 본 그 백정의 송장같이 핼쑥한 얼굴이 떠올라서 몸서리쳤다.

아이들은 때때로 단도 아저씨가 술에 취해 있는 모습을 본 적도 있다. 그것은 대체로 일이 끝나고 난 저녁때였는데 이상한 것은 그때에 단도 아저씨의 그 흰 얼굴이 더욱 하얗게 되는 점이었다.

다른 어른들의 술 취한 모습은 붉은 얼굴로 상징되는 것이다. 그런데 그는 더욱 하얘진 얼굴로 아이들을 말없이 바라보곤 했다.

그때에만은 그가 자기들의 친구가 아님을 아이들은 알 수 있었다. 그 눈길이 친구로서의 그것이 아님을. 친구 없는 쓸쓸한 어른의 그것임을. 자기들을 아무것도 모르는 아이들만으로 바라보는 눈길임을. 그러나 그럼에도 아이들은 그의 곁을 떠나지 않았다.

단도 아저씨는 또 이곳에 온 뒤로 전혀 외출 같은 것도 하지 않았다. 친구나 가족도 없는 모양이라고 아이들은 생각했다. 그는 다만 아이들과 어울려서 노는 일과 아이들의 머리나 손톱을 이따금 깎아 주는 일, 그리고 개 잡는 일과 가끔 술을 마시는 일로 충분하다고 생각하는 것 같았다. 그런데 그 단도 아저씨와 아이들이 헤어져야 할 날은 뜻밖에도 빨리 찾아오고 말았다.

어느 날 오후 택시라고 들어와 본 적이 없는 가난뱅이 동네의 좁은 골목으로 노란색 택시 한 대가 들어오고 있었다. 택시는 개아비네 집 앞에서 멈추었고 그 안으로부터 얼굴이 희고 여름인데도 깨끗한 양복 차림에 넥타이를 맨 신사 네 사람이 내렸다. 그들은 낯설다는 듯이 주위를 쓰윽 한 번 둘러보고 나서 개아비네 대문으로 우르르 들어섰다.

신사들과 단도 아저씨 사이에 영문을 알 수 없는 싸움이 벌어졌고 한 시간이나 싸운 끝에 신사들은 깨끗한 옷에 흙칠을 해 가지고 다시 택시를 타고 동네에서 빠져나갔다.

단도 아저씨는 그들이 떠난 뒤에 전에 없이 지친 표정으로 개아비네 사내들에게 말했다.

"저놈들이야말로 사람 전문이지. 날 저희 패에 끌어넣으려구 온 거야, 끈질긴 놈들이야."

아이들은 그때, 다시 한번 단도 아저씨가 언젠가 거짓말이 탄로 났을 때 그러던 것처럼 얼굴을 찡그리는 걸 보았다.

그리고 단도 아저씨가 동네를 떠난 것은 바로 그날 저녁이었다. 동네의 좁은 골목을 걸어 나가는 그의 걸음걸이는 지치고 힘없어 보였다.

그리고 개들의 원망에 찬 울음소리는 그 가난뱅이 동네에서 다시 밤낮없이 들려왔다.

항공우편

ㅂ이 4년 만에 잠깐 고국에 돌아왔었던 일을 되도록 무작위(無作爲)하게 적어 보려고 한다.

되도록 무작위하게 적어 보려는 데에는 이유가 있는데 그것은 다음의 두 가지다. 그 첫째는 이것이 신변잡기(身邊雜記)이기 때문이고 둘째는 쉽게 쓰기 위해서이다. 물론 나는 신변잡기라 할지라도 매끈하게 재구성해서 훌륭하게 상등품을 뽑아내곤 하는 재능 있는 작가들을 알고 있으며, 또 그들을 존경하여 마지않는 터이지만 그것은 아무나 그렇게 하려고 해서 되는 일이 아니라는 걸 잘 알 뿐 아니라 또한 신변잡기는 신변잡기답게 써야 할 것이리라는, 그것이 신변잡기의 미덕이기도 하리라는 내 나름의 졸견(拙見)도 지닌 터이다. 이것이 첫 번째 이유에 대한 해명이다. 그리고 두 번째 이유에 대한 해명은 이렇다. 이를테면 잡지의 편집마감에 쫓기는 어느 작가의 조바심에 찬 모습을 상상해 보라. 인정 있는 사람이라면 반드시 가엾은 정을 금하지 못하리라. 글은 마음먹은 대로 써지지 않고 날짜는 곶감 꼬치에서 곶감 빼먹듯 하루하루 마감날짜를 향해서 까먹어 가고……. 더욱이 청탁을 받아 보기란 하늘의 별을 따기만큼이나 어려운, 이제 갓 세상에 이름 석 자를 내밀기 시작한 신인작가가 모처럼의 청탁을 받고서 흥분과 야심 속에서 그러나 그 야심이 작품으로 옮겨지지 않는 조바심 속에서, 전전반측하며 하루하루 까먹는 심경이란 그야말로 제 살을 깎아 먹는 듯한 그러한 심경인 것이다. 그런데 그러한 곤경 속에서 어찌어찌 그래도 야심을 엮어 만들어 보낸 작품이 어떤 이유에 의해서, 이를테면 좀 외설스럽다, 잡지윤리 위원회로부터의 공개경고깜이다, 라는 등의 이유에 의해서 되돌려지고 한 열흘쯤 말미를 더 줄 터이니 다른 것을 하나 써 와라, 야심작은 아니라도 좋으니 좀 점잖은 것으로 써 와라는 말을 잡지 편집자로부터 듣게 될 때 그 신인작가의 심경은 어떻겠는가. 에라, 모르겠다 예술이고 뭐고 신변잡기나 하나 써다 주자. 그리고 그 신변잡기나 하나 써다 주자는 심경의 저의는 그것을 쉽게 쓸 수 있으리라는 데 있는 것이다. 참 허망한 일이 아닐 수 없다. 독자들에게는 송구스럽기 짝이 없는 일이지만 혹 이런 일에 호기심을 가진 독자가 전혀 없으리라고는 또 누가 장담하겠는가.

ㅂ이 잠시 돌아왔다는 소식을 나는 내 방에 앉아서 들었다. 그 소식을 가지고 ㄱ과 ㅎ이 나를 방문해 주었던 것이다.

저녁을 마악 먹고 난 뒤였고 식사 후의 버릇대로 나는 방바닥에 안일하게 누워서 소설을 되도록 무작위하게 쓰는 길은 없을까 하는 생각을 소화제 삼아 하고 있었다. 몇 편 안 되는 소설을 발표했을 뿐이지만 요즈음 나는 내가 쓴 그 몇 편 안 되는 소설이 모두 지나치게 작위적인 것이 아니었던가 하는 회의를 품기 시작하고 있었던 것이다. 장기 말 옮기듯 미리 요리조리 다 계산해서 배치해 놓고 쓰는 소설에 혐오감이 들기 시작했던 것이다. 그러나 뭐 그런 문제를 그리 심각하게 생각하고 있었던 건 아니다. 소화제 삼아, 라고 앞에 말했지만 그야말로 식사 뒤의 산책 같은 가벼운 기분으로 그런 생각을 해 보고 있었을 뿐이다.

그때에 ㄱ과 ㅎ이 왔다. 그 둘이 그렇게 함께 방문해 오는 일이란 곧 근래에 없는 일이었으므로 나는 그들이 무엇인가를 가지고 왔다는 걸 육감으로 알 수 있었다.

"집에 있었구나."

하고, 가판 경쟁을 하고 있는 이류 신문의 편집부 기자인 ㄱ이 말했다. 나는 그들을 맞아들여 방바닥에 앉기를 권하면서 물었다.

"웬일들야? 둘이 한꺼번에?"

"왜? 뭔지 낌새가 이상해?"

실직을 하고 요즘은 키 펀처인 아내가 벌어 오는 수입에 전적으로 의존하고 있는 ㅎ이 받았다. 내가 믿기로는, 그는 천분을 지닌 시인이다.

"있긴 뭔가 있구나."

"짜식, 눈치는 살아서……. ㅂ이 왔어."

"뭐? ㅂ이 왔어?"

"응, 오늘 아침에 도착한 모양이야. 신문사루 전활 걸었더군."

"그래, 만나 봤니?"

"아니, 못 만났어. 인사 다닐 데 다니구 하느라구 바쁜 모양이야. 내일 낮에 우리 집에서들 모이기루 했지. 일요일이니까 대개들 모일 수 있을 거야."

"아, 자식이 왔구나."

"마누라 하구 네 살 먹은 아들놈하구 같이 온 모양이야. 뭐 장인이 아프다던가?"

"장인이? 위독한가?"

"위독한 건 아닌데 워낙 연만하시구 하니까 겸사겸사 한번 다니러 온 모양이야. 아무튼 낼 1시에 우리 집으루 와라. 점심이나 같이들 하게."

그들의 방문 목적은 그러니까 내게 ㅂ이 왔다는 소식을 알리는 것과 다음 날 1시에 ㄱ의 집에서 모두들 모이기로 했다는 걸 알려 주는 일이었다. 전화로 연락이 가능한 친구들에게는 대체로 연락이 되었으나 내게는 이 방법뿐이었으므로 직접 집으로 찾아 준 것이었다. ㅎ은 마침 지나는 길에 ㄱ의 신문사에 들렀다가 그 소식을 듣고 함께 왔다는 것이고.

우리는 4년 만에 만나게 될 ㅂ에 대해서 이러쿵저러쿵 좀 들뜬 얘기들을 나누고, 이런 기회나 있어야 한자리에 모이게 되는 그간 얼굴

보기가 서로 힘들었던 여러 친구들의 근황에 대해서도 주고받은 뒤 내일을 기약하면서 헤어졌다.

4년 전에 이 땅을 떠난 ㅂ은 우리들의 친구이자 시인이었다. 몇 군데 잡지사의 신인상에 당선되었었고 자그마한 시집도 한 권 남겼었다. 마음이 약한 친구였고 시는 주로 탐미적인 것을 썼었다. 그가 이 땅을 떠난 이유에 대해서는 우리는 잘 알지 못한다. 아마 여기서는 잘 먹고살기가 어렵고 또 가족의 전부인 어머니와 누이동생이 그보다 여러 해 전에 먼저 그곳에 가서 살고 있었기 때문에 가족과 함께 있는 것이 좋다고 판단했을 것이라고 우리는 짐작할 뿐이다. 우리는 가까운 친구들이었지만 그런 문제에 대해서는 서로 묻지도 말하지도 않는 버릇을 가지고 있었던 것이다. 그리고 미국에 가는 친구에게 왜 미국에 가느냐는 질문을 하는 사람은 아주 적은 것이다. 한국 사람이 미국에 가는 것은 한국 사람으로서는 잘되는 일이라는 게 지배적인 관념이며 미국에 가는 친구를 축하하지 않는다면 그 사람은 질투 때문에 그럴 뿐이라고 판단된다. 그렇게 되어 있다. 어쨌든 그는 4년 전에 그의 아내와 함께 그곳으로 떠났고 그곳의 인상을 몇 번 편지에 적어 보내고 난 뒤 소식이 끊겼다가 불쑥 돌아온 것이다. 그와 그의 아내 사이의 소산인 아들녀석을 데리고.

이튿날 나는 ㄱ의 집으로 갔다. ㅂ은 이미 와 있었다. 조금 늙은 티가 났고 전보다 사려 깊은 표정을 띠고 있었다. 내가 들어서자 그는 앉았던 자리에서 일어나 마루 끝으로 걸어 나오며 손을 내밀었다.

"오래간만이다."

"오래간만이다, 정말."

나는 그의 손을 잡았다. 손이 좀 커지고 딱딱해진 것 같았다. 우리는 잠시 서로의 눈을 들여다봤다. 서로 자기의 눈이 들여다보이고 있다는 것을 의식하고 있는 눈길이었으며, 그렇기 때문에 서로 애써 따뜻한 기운을 그 눈길에 담으려고 하고 있다는 걸 알아차린 기분이었다. 곧 그의 아내와도 인사를 나누었고 그의 네 살배기 아들놈과도 인사를 했다. 그의 아들놈은 그곳에서 태어나 그곳에서 네 살을 먹도록 자랐는데도 정확한 한국어로 말할 줄 알았다. 나는 그것을 그들 부부에게 치하했다. 나는 또 그곳에서 오래간만에 만나는 ㅅ, ㅇ, ㅁ들과도 인사했다. ㄱ의 부인은 부엌에서 음식을 준비하느라고 분주했으며 ㅎ과 함께 온 ㅎ의 부인이 그 여자를 거들고 있었다.

손님들은 안방의 장지문을 떼어 버리고 마루와 안방에 각기 편한 대로 앉아 있었다.

ㅂ이 나를 건너다보며 말했다.

"어제 아침에 내렸는데 말이지. 야, 다시 여기에 살라면 못 살겠구나, 하는 느낌을 받았어."

나는 긴장한 표정으로 그를 마주 보았다. 너 이 자식!

"4년 전만 해두 사람이 그렇게 많진 않았는데 말이지. 거시기, 응, 그 버스 말야. 학생들 말야. 버스를 얻어 탈려구 아우성치는 학생들 말야. 거리에 넘친 사람들. 뭐 어떻게 된 게 집 안에 있으면 집이라도 무너져 죽을 것만 같아서 모두들 거리로 쏟아져 나온 것 같은 사람들이 말이지 무섭더라. 굉장해."

그는 제 인상을 정확히 전달할 수가 없어서 안타까워하는 것 같았다.

"미국에두 물론 문제야 많지. 더러움에 대한 문제, 실업자들에 관한 문제, 부패문제⋯⋯. 하지만 말야, 아침에 여기 내리니까 정말 못 살 것 같았어. 굉장해."

나는 잠자코 있었다. ㅎ이 말했다.

"물론 문제야 있지. 넌 그리구 그동안 밖에 있었으니까 좀 더 심각하게 느꼈겠지."

ㅂ이 또 말했다.

"아냐, 정말 숨이 막힐 것 같았어. 포화를 지나서 폭발 직전에 있는 도시 같았어. 그리구 한국은 서울이 전부 아냐? 다 서울에 몰려 있는 거 아냐? 다른 사람들 여기 왔다 가서 말하는 걸 들으면 굉장히 발전했더라, 고층건물도 많구 도로두 잘돼 있더라, 가서 살 만하겠더라, 하구들 말하는데 그게 아냐. 난 못살 것 같아. 정말 숨이 막혀."

내가 말했다.

"그래, 그런 문제들을 여기 있는 사람들두 다 알고 느끼고 있어. 다만 그걸 어떻게 해결해 내야 하는 건가가 발등의 문제야."

ㅂ이 수긍하는 얼굴로 끄덕였다.

"물론 그렇지."

ㄱ이 화제를 바꿨다.

"저녀석 말 잘 가르쳤구나. 한국말 쓰는 제 또래 애들이 없을 텐데."

그러며 그는 마당에서 제 조카아이와 어느새 친해져서 같이 놀고 있는 ㅂ의 아들놈을 눈짓으로 가리켰다. ㅂ이 ㄱ의 의도를 알았는지 얼른 그 말에 대꾸했다.

"제 또래 애들이래야 전부 백인애들이지. 참 일본애가 하나 있긴 있구나. 유치원에 넣었는데 뭐 탁아소 비슷한 거지. 나하구 여편네가 직장엘 나가면 저녀석 혼자 남으니까."

ㅂ의 아내가 여기 있을 때 초등학교 교사였다는 사실을 아는 ㅎ이 한마디 했다.

"엄마가 선생님이셨으니까 오죽 잘 가르치셨을라구."

"뭐 그런 점두 좀 있겠지. 근데 말야, 저 녀석 여기 오더니 아주 신나는 모양이야. 여기서 살자는 거야."

여지껏 잠자코 있던, 소설 쓰는, 그리고 요즈음은 영어 오락지의 번역거리로 밥을 버는 ㅅ이 한마디 했다.

"하, 그 녀석 기특하구나."

ㅂ이 웃었다.

"기특할 건 없지. 거기서야 밤에 잘 때나, 나나 제 엄말 볼 수 있었지만 여기 와서 어제오늘은 종일 저하구 같이 있어 주거든. 또 만나는 사람마다 저한테 관심을 가져 주구, 같이 놀아 주구 말야."

"그건 그렇겠구나, 그렇겠어."

희곡을 쓰며 더러는 밥벌이로 텔레비전 드라마도 쓰는 ㅁ이 고개를 끄덕였다. 소설을 한두 편 발표하고 나서 갓난이 우윳값과 저를 포함한 세 식구의 호구를 위해 요즈음은 남의 원고 교정이나 보며 출판사에서 혹사를 당하고 있는 ㅇ은 시종 우울하게 아무 말 없이 앉아만 있었다.

그때 식사가 들어왔다. 철이 조금 지났는데도 잘 씻은 상추가 나왔고 깨끗해 보이는 오징어회와 불고기가 나왔다. ㄱ의 부인이 부산 출신이므로 부산식이라는 고등어조림도 올랐고 조기찌개도 올랐다 알맞게 잘 지어진 밥이 공기로 돌려지자 손님들은 게걸 들린 사람들처럼 먹어 대기 시작했다. ㅂ의 내외와 그의 아들놈만이 점잖게 식사할 줄 아는 사람이었다.

"고기들 많이 드세요."

ㄱ의 부인은 손님들을 향해서 고기를 권한다. 우리네 풍습은 주인이 손님에게 고기를 권하는 것이 늘 최상의 대접으로 된다.

"네 많이 먹습니다. 아주머니도 어서 드세요."

누군가가 열심히 먹어 대면서 말한다.

"야, 상추 좀 먹어 봐라. 미국에선 귀하지."

또 누군가가 말하고,

"응, 아, 맛있는데."

ㅂ이 대꾸한다. 화기애애한 식사 분위기. 왕성한 식욕.

식사가 끝나자 두 종류의 과일과 차가 나왔다. 만족한 식사를 한 손님들은 과일을 먹고 또 차를 마셨다. 그때 ㅂ이 일어섰다. 처남이 자기 집에서 점심을 내겠다는 걸 억지로 미루고 왔다고 그쪽으로 가 봐야 한다는 것이었다. 우리더러는 다음날 다시 만나자고 했다. 한두 주일쯤 체류할 예정이라고 했다. 우리도 모두 일어섰다. 다음날 다시 한번 모이기로 기약하고.

이틀 뒤에 나는 ㅂ을 다시 만났다. 저녁이면 친구들이 가끔 들려가 곤 하는 다방으로 그가 찾아왔다. 그때 마침 나는 혼자 앉아 있었다. ㅂ은 묵직해 보이는 가방을 들고 있었다.

"어떻게 혼자냐?"

"응, 아버지 산소에 갔다 오는 길인데 애하구 여편네 먼저 보냈지. 돈만 저한테 다 맡기면 놔주니까."

그러며 ㅂ은 웃었다.

"하지만 비상금은 꼬불쳐 뒀지."

"꼬불쳐 둬? 말 잊어 먹지 않았구나."

나도 웃었다. 그러자 ㅂ이 은밀히 내게 물었다.

"한 5000원 가지면 빠에 가서 한 한 시간쯤 놀 수 있을까?"

"글쎄, 난들 빠라는 델 가 봤어야지. 나, 술 못 마시는 거 너 알잖아?"

"그래, 그건 알아. 맥주 조금만 하지 뭐. 딸라 쓸 수 있을까? 딸라는 조금 더 있는데."

"글쎄."

"좌우간 한번 가 보자. 자, 일어서."

ㅂ은 그 묵직해 보이는 가방을 들고 일어섰다. 시간은 9시가 좀 지나 있었다. 나는 빠라는 델 전혀 가 보고 싶지 않은 것도 아니었고 또 대학 다닐 때던가 ㅂ이 군대에서 휴가 나왔을 때 그의 휴가증을 맡기고 지금은 없어진 종삼에 가서 잠깐 놀았던 일도 상기돼 와서 마지

못한 듯 따라 일어서며 물었다.

"근데 그 가방은 뭐냐?"

"카메라야. 브로니카라구 600불 줬는데 정말 큰맘 먹었지. 내가 사진에다두 조금 기대를 걸구 있거든. 살롱사진이라구 해서 여기서 말하는 그 예술사진이라는 것하구 마찬가지야. 언제 정말 너희들 사진이나 한 장씩 찍어 줘야겠구나. 뭐 가까운 고궁 같은 데나 가서 말야."

다방을 나선 우리는 세 군데인가를 기웃거리다가 마침내 아무 곳이나 들어가 보기로 하고 '夜宮(야궁)'이란 간판이 붙은 지하실에 있는 바로 내려갔다. 칸막이가 자리마다 쳐져 있었고 우리는 늙수그레한 사내의 안내를 받아 구석 쪽의 자리로 갔다. ㅂ이 이런 데에 익숙한 척하며 그 사내에게 말했다.

"맥주 좀 주구, 참 여기선 맥주 얼마씩 받나아?"

"500원입니다."

"아, 500원. 안주는?"

"네, 안주도 한 접시에……."

"500원? 좋아, 좀 가조슈. 그리구 아가씨는 좀 통통하구 귀엽게 생긴 아가씨루."

"예, 예."

사내가 물러가고 나자 잠시 뒤 여자 두 사람이 와서 건너편 ㅂ의 옆에와 그리고 내 옆에 각각 앉았다. 그리고 맥주 두 병과 안주라는 명색의 김 한 접시와 깍지를 까지 않은 콩 한 접시가 날라져 왔다. ㅂ의 옆에 와 앉은 여자는 내 눈에도 저 정도면 옆에 와 앉는 게 불쾌

하진 않겠군, 하는 생각이 들게 비교적 몸매가 균형이 잡히고 얼굴도 제법 보는 사람의 환상을 자극하게 생긴 여자였으나 내 옆에 와서 제 무릎을 내 무릎에 터억 기대고 앉은 여자 좀 지나치다 싶게 덩치가 크고 얼굴도 근엄하게 사실적으로 생긴 여자였다. 내 여자가 내 잔에 그리고 ㅂ의 여자가 ㅂ의 잔에 각각 술을 따랐다. ㅂ과 나는 잔을 들어 조금씩 마시고 놓았다. 그러자 내 여자가 내 입에, 그리고 ㅂ의 여자가 ㅂ의 입에, 김 한 장씩을 조그맣게 접어서 밀어 넣어 주었다. 이때부터 나는 친구를 자유롭게 해 주어야겠다고 조바심치고 있었다. 친구를 자유롭게 해 주려면 친구 앞에서 내가 자유롭다는 걸 우선 보여 주어야 한다. 이를테면 내가 친구 앞에서도 거리낌 없이 여자를 주물러 대야 친구도 마음 놓고 그럴 수 있게 되리라는 생각이었다. 바에는 여자를 주무르기 위해 간다는 얘길 귀동냥으로나마 들은 터이긴 했던 것이다.

나는 말을 잘 듣지 않으려는 손을 주저주저 움직여 내 그 근엄한 여자의 어깨에 우선 어깨동무를 했다. 여자는 가만히 있었다. ㅂ이 놓았던 잔을 입으로 가져가면서 나를 보고 있었다. 나는 짐짓 못 본 체하고 이번에는 어깨에 놓였던 손을 들어 그 여자의 겨드랑이에 끼웠다. 여자는 미동도 않은 채,

"이 선생님은 술보다 손장난을 더 좋아하시나 봐."

라고 근엄하게 말했다. 그러나 나는, 내가 실은 지금 조금도 여자를 안고 있다는 느낌이 아니라는 걸 정직하게 털어놓아선 안 된다고 생각했다.

"응, 그 친구 색골이야, 색골. 잘해 보라구."

ㅂ이 그렇게 말하면서 이번엔 제가 여자에게 손을 쓰기 시작했다. ㅂ의 여자는 내가 처음에 잘 봤던 대로 곰상궂게 ㅂ에게 안겨 들었다. 나는 친구를 더 자유롭게 해 줘야 한다고 생각했다. 내 무릎에 무겁게 기대어 있는 내 여자의 육중하게 허벅지까지 드러낸 다리, 그 다리 사이에 손을 밀어 넣는 일이 순서일 것 같았다. 나는 우선 그 여자의 겨드랑이에 끼웠던 손을 빼서 술잔을 들어 조금 마셨다. 그 여자가 콩깍지를 집어 내 입에 넣어 주었다. 나는 술잔을 놓은 손으로 그 여자의 무릎을 만지기 시작했다. 거칠고 완강한 사실적인 무릎이었다. 그러나 나는 친구의 호의를 저버리지 않기 위해선 더 분발하지 않으면 안 된다고 생각하였다. 내가 여자에게 아주 자유롭다는 걸 보여 주고 그럼으로써 친구를 더욱 자유롭게 해 주어야만 한다고 생각했다. 나는 그녀의 꼭 붙인 허벅지 사이로 손을 세워서 밀어 넣었다. 그러자 그 여자는 엄숙하게 내 손을 잡아서 내게로 반환했다. 그리고 말했다.

"무슨 손이 그렇게 차요?"

책망을 들은 기분이었다. 열쩍었고 아니꼬운 생각도 들었다. 하구 싶어서 하는 짓인 줄 아니? 하고 면박을 줘 버리고 싶었지만 잠자코 있었다. 다시 잔을 들어 술을 한 모금 마시고 담배를 피워 물었다. ㅂ은 그때 나를 고무하기 위해선 자기가 분발해야 한다고 생각한 모양이었다.

"자, 저쪽 샘나게 우리 뽀뽀 한번 할까?"

라고 말하며 제 여자의 두 뺨을 잡았다. 애인에게처럼 아주 정성스러
운 손길로 ㅂ의 여자는 역시 곰상궂었다. ㅂ의 정성스러운 입술을 피
하려고 하지 않았다. 두 사람의 입 맞추는 모습을 바라보며 나는 다
행한 일이라고 생각했다. 암, 다행한 일이고말고. 어쨌든 내 역할을
그럭저럭 해낸 셈인가.

ㅂ은 그 여자와 서너 번쯤 더 입을 맞추고 그 여자의 입에 맥주도
부어 넣어 주고 지갑을 꺼내 10불짜리 20불짜리 달러도 꺼내어 짐
짓 세어 보고 지갑을 뒤적이는 동안 ㅂ이 미국 시민임을 증명하는 신
분증이 드러나 보이기도 하며, 돈 많은 사람에게 친절할 것임에 틀림
없는 여자들의 기대를 촉발케 하려는 의도가 명백한 동작을 해 보이
곤 했다. 그러나 내 사실적인 여자에게는 그 같은 짓들이 별 효험을
보이지 못했고 ㅂ의 여자만이 좀 더 곰상궂게 되었을 뿐이었다. 이를
테면 내 여자는 자기의 의무인 술 따르는 일과 안주 집어서 손님 입
에 넣어 주는 일, 손님이 담배를 빼 물었을 때 성냥 켜 대 주는 일, 그
리고 적당한 데까진 만져도 용서해 주는 일만 충실히 하면 일정액의
팁을 받게 마련이라는 그런 태도를 견지하는 여자인 것 같았고 ㅂ의
여자는 자기가 곰상궂게 구는 데 따라서는 팁의 액수도 올릴 수 있을
뿐만 아니라 나아가서는 좀 더 큰 기대—말하자면 잠자리의 동반
자가 될 수도 있어서 과외 수입을 올릴 수도 있지 않겠느냐는 기대까
지도 은연중 계산에 넣는, 그런 여자인 것 같았다. 그것은 어쩌면 그
여자들의 각각의 생김새에 따라서 결정된 태도인지도 몰랐다. ㅂ의
의도는 그러니까 제 여자에게는 어지간히 들어맞아서 그럭저럭 재

미를 볼 수 있는 셈이었다. 그리고 나는 그것으로 다행해했다.

여자들도 거들어서 맥주 다섯 병이 소비됐고, 안주 세 접시가 없어졌다. 그럭저럭 한 시간여가 지났다. ㅂ이 아까의 그 늙수그레한 사내를 불렀다. 계산서는 4100원이 나왔다. 100원이 무엇인지를 나는 알 수 없었고 ㅂ도 묻지 않았다.

그는 지갑의 아주 작은 칸으로부터 사절로 접힌 5000원권 한 장을 꺼내서 사내에게 주었다. 거스름돈이 왔다. ㅂ은 그것을 다시 지갑의 큰 칸에 세워서 넣었다. 그 칸에는 500원권 두 장쯤과 100원권 한두 장이 본래 들어 있었다. ㅂ은 방금 받아서 넣은 것과 먼저부터 들어 있던 것을 대충 세어 보는 시늉을 했다. 팁에 대해서 궁리하고 있음이 분명했다. 여자들은 기다리는 태도로 앉아 있었다. ㅂ은 마침내 지갑의 다른 칸으로부터 10불짜리 달러 한 장을 꺼냈다. 여자들이 안심하는 표정을 짓는 것 같았다. 다시 그 늙수그레한 사내가 불려 왔다.

"이거 바꿀 수 있소?"

ㅂ이 말했다.

"예, 됩니다."

"공식환율은 내 알지만 여기선 4000원쯤 주겠지, 자."

사내가 한 5분쯤 우리를 기다리게 한 뒤에 돌아왔다. 한국 화폐가 ㅂ의 손에 전해졌다. ㅂ은 그것을 세어 보았다.

"아니, 왜 3700원이요?"

사내가 애매한 표정을 지으며 우물쭈물 말했다.

"군표기 때문에……."

ㅂ이 펄쩍 뛰었다.

"군표라니? 아, 그게 군표라니? 가져와요, 가져와, 나 참."

한국화폐가 다시 사내의 손으로 넘어갔다. 사내는 머쓱한 표정으로 물러가더니 다시 그 10불짜리 달러를 가지고 왔다. ㅂ은 그것을 다시 지갑에 단단히 넣더니 아까 한국화폐들이 들었던 칸을 펴서 500원권 두 장을 결심한 듯 꺼냈다.

"할 수 없군, 택시값은 남겨야 하겠구."

그리고 그 500원권 한 장씩을 두 여자에게 주었다. 여자들은 완연히 실망한 표정이었다. 아니 노여워하는 표정이라는 것이 옳겠다. 그리고 아마 경멸의 표정까지도 그 여자들의 얼굴엔 떠올라 있었던 듯하다. 어쨌든 각기 제 앞의 테이블 위에 놓인 그 화폐 한 장씩을 거들떠보려고도 하지 않는 것 같았다. 그리고 그 여자들은 그곳을 빠져나오는 우리들의 등 뒤에 대고 '안녕히 가세요'는커녕 달다 쓰다 말 한마디 없었다.

우리는 빠른 걸음으로 그곳을 빠져나왔다.

"너무 적었나?"

하고 ㅂ이 말했다.

"됐어, 됐어, 신경 쓸 것 없어."

하고 나는 대범한 듯 대꾸해 주었다. ㅂ이 내게 당부했다.

"우리 여편네 만나면 오늘 네가 한잔 샀다구 해야 한다."

"그래, 그래."

"며칠 후에 사진이나 한 장씩 찍자."

"그래, 내 애들한테 연락할게."

그리고 우리는 헤어졌다.

다시 ㅂ을 만난 것은 그리고 그가 출국하기 사흘 전 경복궁에서였다. ㄱ과 ㅎ, 그리고 ㅅ, ㅇ, ㅁ 들이 다 모여졌다.

ㅂ이 친구들에게 말했다.

"국전이나 한 바퀴 둘러보고 나와서 사진 찍지, 우리."

ㅅ이 말했다.

"국전 뭐 볼 것 있나?"

"국전 안 본 지 정말 몇 년쩬지 몰라."

ㅁ도 덧붙였다. ㅂ이 말했다.

"그래두 뭐 한 바퀴 둘러보지. 오랜만인데."

"그러자. 관람료를 따루 내는 것두 아닌데."

"그럼 그러지."

모두들 전람회장으로 들어갔다. 동양화실, 서예실, 조각실, 공예실, 서양화실의 순서로 한 바퀴 빙 도는 동안 우리들은 사실적으로 그린 나체화 앞에서나 잠시 발길을 세우고,

"실감 나는데, 실감."

어쩌고 농지거리를 하거나 서로의 옆구리를 쿡쿡 찌르며 키들거렸으며 금박이나 은박 종이의 '상(賞)' 표지가 붙은 추상계열의 작품 앞에서는,

"저게 뭐야? 저게 도대체 뭐란 말이야? 그게 어쨌다는 거야?"

"가짜지 뭐. 가짜."

어쩌고 비양거려 대는 식으로 관람을 마쳤다.

밖으로 나온 우리는 어슬렁거리며 사진 찍을 장소를 물색했다. 바로 말한다면 사진 찍을 장소를 물색하는 것은 ㅂ이었고 나머지들은 그저 그의 지시에나 따를 양으로 어슬렁거리는 것이었다. 독사진들을 찍었다. ㅂ은 찬찬하게 장소를 선택해서 사진 찍힐 사람을 세우거나 앉히고는 신중을 기해 셔터를 누르곤 했다. 내 차례가 되었을 때나는 말했다.

"그럴듯한 포트레이트루 하나 찍어 주라. 작품집 내게 되면 앞에 싣게."

"저자 근영."

ㄱ이 놀려 댔다.

"포트레이트 좋아하네."

ㅅ도 쫑코를 놨다.

그러나 나는 웃지 않고 사진을 찍었다. 독사진 두세 장씩들을 다 찍고 나서 모두 한꺼번에 한 장 찍기로 했다. 우리는 근정전 앞에 도열해 섰다. ㅂ이 사진기를 조작하고 있는 동안 ㅅ이 쿡 웃더니 근엄한 어조로 말했다.

"솟들의 근영."

키들키들 웃음들이 터졌다.

"최근의 솟들."

내가 거들었다. 하하하, 웃음은 더욱 방자해졌다. 눈물들까지 찔끔

찔끔 흘려 가며 웃어들 댔다. 위의 인용부호 속의 '솟'은 다른 어떤 글자의 왜곡이다. 실은 '솟'의 자리에 원래 쓰여져야 할 글자는 좀 외설스런 의미와 형태를 지니고 있으므로 여기서는 사양했을 따름이다. 그러나 읽는 분들은 그 글자를 상기하면서 읽어 주기 바란다. 그래야 이 글의 제맛을 알 수 있을 것이며, 또한 나는 그 글자를 상기할 수 없는 한국 남자를 상상할 수 없다. ㅂ은 방자하게, 찔끔찔끔 눈물까지를 흘려 대며 웃어 대는 우리를 찍었다. 사진 찍는 일이 다 끝난 뒤에도 우리는 좀 수그러지긴 했으나 여전히 키들거리며 저마다 뇌까렸다.

"솟들의 근영."

"최근의 솟들."

ㅂ은 사흘 뒤에 그의 아내와 아들놈과 함께 떠났다. 공항에서 그는 더러 못 만난 친구도 있어서 섭섭하지만 대부분의 친구들을 만나 보고 가게 돼서 참 다행이라고 말했다. 그리고 떠난 지 2주일 후에 'AIR MAIL'이라는 글자가 찍힌 봉함엽서 한 장이 그로부터 왔다.

"친구들아, 무사히 여기 도착했다. 거기서 탄 비행기로 하루 반 만에 말야. 여기도 더러운 데지만 말야. 세상 어디나 다 더럽지(중략). ……너희들 보고 왔으니 또 몇 년 견딜 수 있겠지. 컴퓨터 조종이나 하구 (너희들한테 내가 말했지 아마. 내가 여기서 컴퓨터 오퍼레이터 노릇 하구 있다는 거) 애나 키우면서 말야……. 사진은 만들어지는 대로 곧 보내 주마(하략)."

마을소사(小史)

마을 입구는 자동차 한 대가 간신히 빠져나갈 수 있을 정도의 좁고 긴 통로(通路)로 되어 있었다. 통로의 좌우로는 높이 삼사 미터의 철조망이 일직선으로 쭈욱 뻗쳐 있어 그 차갑고 위압적인 모습이 통로를 더욱 협소하고 불안하게 하고 있었다. 그리고 철조망 사이사이에는 1미터 간격으로 붉은 빛깔의 지뢰 매설 표지가 세워져 있었다. 국인(國寅)과 그를 마중해 준 젊은 통역장교는 지프차 위에 몸을 얹은 채 통로로 접어든 이후 서로 한마디도 입을 열지 않았다. 지프차가 굴러가고 있는 방향을 향해 줄곧 앞으로 시선을 고정시키고 있었다. 그렇게 앞으로만 향한 국인의 시선에 이따금 철조망 바깥쪽에서 뛰어다니는 야생 짐승들의 모습과 함께 그 지뢰매설 표지의 붉은 빛깔이 도전이라도 하듯 다가와 스쳐 가곤 하였다. 마치 좌우로 임립(林立)해 있는 창검들 사이를 빠져나가고 있는 느낌이었다. 그리고 그

창검들의 대열은 쉬 그를 놓아줄 것 같지 않았다. 그때 국인은 그를 좌우로 에워싸고 위협하듯 다가와 스쳐 가는 그 철조망의 쇠가시들 숫자만큼이나 많은 날카로운 돌기들이 전신에 돋아나고 있음을 느꼈다. 지프차는 조심조심 천천히 굴러가고 있었다.

통로를 다 빠져나오자 거기 시야가 확 트이는 마을 어귀에 하얀 팻말이 하나 세워져 있었다.

"오늘 밤도 편히 쉬십시오. 우리들 미 제×사단이 깨어 있습니다."

그리고 실제로 그날 저녁 무렵, 마을을 지키기 위해 한 트럭의 미군 병사들이 예의 그 통로를 통해 마을로 들어오는 것을 국인은 보았다. 그러나 그날 밤 그는 한잠도 이루지 못했다. 가을이 와 있는 마을의 조용한 숨결과 짐승들의 울음소리를 들으며 밤새 길고 긴 철조망 사이를 빠져나가고 있는 환각 속에 사로잡혀 있었다.

국인은 수업을 끝내고 돌아가는 아이들의 뒷모습을 내다보고 있었다. 아이들은 가을 오후의 따가운 햇볕 속에 여름내 그을었을 팔과 다리를 즐거이 드러내 놓은 채 언덕길을 내려가고 있었다. 앞으로 쏠리려는 몸의 중심을 가누기 위함인지 아이들은 얼마큼씩 몸을 뒤로 제치고 있었다.

학교는 마을 한 가운데 있는 나지막한 언덕 위에 있었다. 아이들이 내려가고 있는 언덕길은 평지에 이르러서는 여러 갈래의 논두렁 길로 바뀌었다. 아이들과 마을 사람들의 발길에 의해 오랫동안 다져져 온 그 길들은 마을의 작은 혈맥인 양 따뜻하고 다정스런 모습으로 하얗게 바래 있었다. 그리고 그것들은 체온을 지닌, 살아 있는 물체들처럼 서로 꼬불꼬불 합쳤다간 헤어지고 하면서 마을의 큰길에 닿고 있었다. 그 큰길가로 집들이 늘어서 있었다. 한국의 농촌 풍경에 익숙한 사람이라면 누구나 상상할 수 있는 그러한 규모가 작고 초라하고 다정스런 샛길을 간직하고 있는 집들이었다. 그러한 집들이 얼마간 밀집해 있는 한 가운데 자그마한 공터가 하나 있었다. 그리고 그 공터를 거느리듯 한 가운데에 좀 반듯한 모양의 목조건물이 하나가 서 있었다.

"저게 마을의 자치위원회 건물이랍니다. 마을의 유일한 행정기구라고나 할까요? 대한민국의 헌법은 이 마을을 구속하지 않는답니다. 마을의 모든 대소사가 저 자치위원회에서 다루어지고 결정되지요. 미군측의 의견을 대표하는 통역장교 한 사람과 마을 사람들에 의해서 선출되는 네 사람의 자치위원으로 구성됩니다. 저도 자치위원의 인원입니다만, 말하자면 전 미군측 의견과 마을 사람들의 의사 사이에 놓인 다리 같은 거라고나 할까요."

그에게 마을을 소개하면서 그 젊은 통역장교는 그렇게 말했었다. 그 자치위원회가 오늘 아침 중대한 결정을 한 가지 내렸다. 그것은 마을의 어떤 사람의 추방에 관계된 결정이었다. 마을의 한 청년이 도시에서 발행되는 어느 신문에 투고를 했는데 그 글의 내용이 마을의 풍속을 그릇 전하고 있을 뿐만 아니라 진실을 왜곡하고 있으며 도대체 추잡하고 더러워서 마을의 명예를 땅에 떨어뜨려 놓았다는 것이다. 마을의 몇몇 식자들 사이에 그 신문이 발견되고 그리고 청년의 행위는 이제껏 마을에서 일어났던 크고 작은 비행들 가운데서 가장 파렴치한 행위로 마을 사람들에 의해 규탄되었다. 곧 자치위원회가 소집되었다. 그리고 자치위원회는 그 청년에게 만장일치로 마을로부터의 추방을 명령했다. 자치위원회가 내릴 수 있는 결정 중에서 최고의 형벌이었다. 마을 사람들에게 있어 추방이란 바로 극형을 말하는 것이었다. 그것은 곧 고향으로부터 버림받는다는 것을 의미하기 때문이었다. 마을을 떠날 때 보여 준 그 청년과 가족들의 표정을 국인은 뇌리에서 지울 수가 없었다. 청년은 그를 태운 지프차가 마을 사람들의 시야에서 완전히 벗어날 때까지도 그 절망적인 몸부림을 멈추지 않았다. 두 사람의 미군 병사에 의해 양쪽 어깨를 꼼짝달싹할 수 없으리만큼 붙잡혀 있으면서도 청년의 몸부림은 자칫 차 아래로 떨어질 듯 위태위태 해 보였다. 마치 그것은 형장으로 끌려가는 사형수의 모습과도 같았다. 그것을 바라보고 있는 그의 가족들의 표정은 바로 가족 중의 한 사람을 형장으로 보내고 있는 사람들의 고통으로 일그러진 표정, 바로 그것이었다. 따사롭다기보다는 차갑다고 표현해야 알맞을, 가을 아침의 엷은 햇빛 아래서 그들의 표정은 더 할 수 없이 애처로워 보였다.

아이들은 언덕길을 다 내려서자 방향이 같은 아이들끼리 몇 명씩 패가 되어 논두렁 길로 들어서며 다른 패들에게 손짓을 보이고는 여전히 그 즐거운 걸음걸이로 헤어져들 갔다. 그는 집집마다 이 가을의 황금 햇볕을 마음껏 들이마시기라도 하려는 듯 활짝 열어젖혀진 대문 안으로 아이들이 그 햇볕과 함께 빨려 들어가는 모습까지를 지켜

보고 서 있었다. 마을은 이제 초조하거나 부족한 것이라곤 조금도 없는 사람들만이 갖는 얼마간의 넉넉함과 느긋한 게으름의 표정마저 띄운 채, 가을 햇볕 속에 조용히 몸을 맡기고 한숨 쉬려고 하는 것 같았다. 추수를 기다리는 들판의 곡식들조차 겸손하고 조용한 기다림의 자세로 누워 있는 것 같았다. 마을은 이제 잠든 노인의 표정처럼 조용하기만 했다. 그때 그는 그러한 마을 표정에서 기이하게도 잠시 시간이 정지하고 있는 듯한 착각을 느꼈다. 이 지구상에서 오직 이 마을 하나만이 시간이라는 엄숙성으로부터 잠시 제외받는 특전을 누리고 있는 것 같았다.

"차차 아시게 될 테지만 이 마을은 누구에게나 고향과 같은 곳입니다. 누구의 마음속에나 양성적으로든 음성적으로든 자리 잡고 있는 고향이라는 꿈이 그대로 눈앞에 베풀어져 있는 셈이지요."

그를 학교로 안내하는 도중 마을이 굽어보이는 언덕길에서 그 통역장교는 그렇게 말했었다. 그리고 그는 변명과도 같은 한마디를 덧붙였다.

"마을 사람들은 만족하고, 그리고 안심하고 있습니다. 저 철조망 때문이죠. 저것이 그들과 그들의 고향을 보호해 주고 있거든요."

그러면서 그는 손가락을 들어 멀리 커다란 테두리를 그리며 마을을 둘러싸고 있는 철조망 울타리를 가리켜 보였다. 그때 국인은 그의 손가락을 따라 시선을 보내며 바로 얼마 전에 지프차에 얹혀 마을로 들어오던 그 통로가 생각나서 다시 전신에 그 날카로운 돌기들이 돋아나는 것을 느꼈다.

국인은 고개를 좀 쳐들어 멀리 마을의 외곽을 바라보았다. 마을을 커다랗게 에워싸고 있는 철조망 울타리가 마치 총검을 든 병사들의 대열처럼 멀리 바라보였다. 어떠한 침입자도 절대로 용서치 않겠다는 듯 그 대열은 차갑고 완강한 모습을 하고 있었다. 그런데 순간, 눈 깜짝하는 사이에 그 대열을 무너뜨리고 서서히 침입해 들어오고 있는 어떤 그림자를 그는 발견하였다. 마을을 잠시 비워 두었던 시간의 그림자였다. 그것은 아무런 저항도 받지 않고 아주 빠른 속도로 마을에 들어와서는 순식간에 마을을 점령해 버렸다. 불시에 온 마을이 캄캄해지는 것을 그는 느꼈다. 국인은 눈을 감았다. 한참 동안 그러고 있었다. 그리고 눈을 떴다. 마을은 아무런 일도 없었다는 듯 여전히 가을 오후의 햇빛 아래 평화스럽게 누워 있었다. 단지 햇빛이 아까보다 얼마간 엷어져 있을 뿐이었다.

국인은 창가에서 눈을 떼었다. 교실에는 두 사람씩 쓰도록 되어 있는 30여 개의 책상이 정돈되지 않은 채 놓여 있을 뿐 아무도 없었다. 내일부터는 아이들에게 청소를 시켜야겠다고 그는 생각했다. 흑판 위에 백묵으로 그려진 한국지도가 아직 그대로 남아 있었다. 걷히워 가고 있는 가을 햇빛의 잔광이 그것을 누르스름하게 비추고 있었다. 그는 교탁이 있는 쪽으로 걸어갔다. 지우개를 들어 흑판 위의 지도를 지우고 교탁 위에 어지러이 쌓여 있는 종이뭉치를 간추리기 시작했다. 오후 마지막 시간에 그는 아이들에게 지도를 한 장씩 그려 내도록 지시했었다. 그 종이뭉치는 그의 반 아이들이 그려서 그에게 제출한 각양각색의 한국지도였다. 손때가 묻기도 하고 몹시 구겨지기도 한 그것들을 그는 한 장 한 장 펴면서 간추려 나갔다. 예상한 대로 모두 서투르고, 천진난만하고, 조잡하기 짝이 없는 것들이었다. 그러나 그것들을 간추려 나가는 동안 그의 마음은 조용히 떨리기 시작하고 있었다. 아무리 서투르고 조잡하더라도 그것은 그것을 그린 아이들이 알고 있건 모르고 있건 간에 바로 그 아이들의 아비 나라의 모습을 그린 것이기 때문이었다. 조용히 시작된 떨림은 점차 그 진동의 간격이 잦아지고 진폭이 넓어지면서 어떤 세찬 여울이 되어 갔다. 그리고 그 여울은 그의 길지 않은 생애를 거슬러 올라가며 그 기슭의 작고 큰 모든 서러움과 그리움들을 세차게 두드리기 시작했다. 어린 날 그의 고향 남천에 로스케들이 들이닥치던 그 어렴풋한 악몽과 같은 기억과 아버지와 어머니의 손에 매달려 새벽의 안개를 헤치고 해주로 나와 남몰래 배를 타던 그 불안스럽던 기억, 그리고 전쟁이 터져 또다시 아버지와 어머니의 손에 매달려 남쪽으로 떠밀려 가던 저 여름날의 기억, 그해 가을 유엔군의 뒤를 따라 두 번 다시 볼 수 없을 줄 알았던 고향에 다시 발을 디디게 된 기쁨과 그때 본 고향의 잔해에서 받은 충격적인 인상, 다시 쫓겨 내려오던 저 겨울의 맵고 가혹하던 기억, 그 모든 것들을 스치며 여울은 세차게 그를 흔들었다. 그러다가 갑자기 딱 멎었다. 불의의 암초라도 만난 듯, 아니면 더 거센 어떤 여울과 맞부딪치기도 한 듯 별안간 딱 멈췄다. 그는 온몸이 굳어져 오는 듯한 충격과 고통을 느꼈다.

"이 녀석이!"

종이 한 장이, 그가 한 장 한 장 간추리면서 보아 가고 있던 아이들의 그 조잡하기 짝이 없는 지도들 중의 한 장이 그에게 충격을 준 것이었다. 그는 그것을 움켜쥐고 우뚝 섰다. 유별나게 손때가 묻고, 지웠다 다시 그린 흔적이 여기저기 눈에 띄는 그러나 자세히 보면 더할 수 없이 섬세하여 그것을 그린 사람의 열중의 정도가 그대로 드러나 보이는 지도였다. 다른 아이들이 그렇게 애를 먹던 서한만과 경기만 일대의 자질구레한 돌출 부분과 만곡부를, 그리고 남해 일대의 자잘한 섬들까지도 그 지도는 빠뜨려 놓지 않고 있었다. 인쇄된 지도를 보고 그리면서, 국인이 의식적으로 생략해 버렸던 그리고 무의식 중에 빠뜨려 놓았던 미세한 부분들까지도 빠짐없이 그려져 있었다. 그런데 그렇게 공들여 그려진 그 지도를 힘껏 더럽히기나 하려는 듯이, 또는 애써 부정(否定)이라도 하려는 듯이 지도의 허리 부분쯤 되는 곳에 굵고 진한 연필 자국으로 거친 철조망 표시가 가로 그어져 있었던 것이다. 연필 끝에 침칠이라도 해서 북북 그려 놓은 것에 틀림없는 것이, 연필의 흑연 덩어리가 그대로 종이 위에 으깨어져 무슨 살아있는 물체처럼 그의 두 눈을 찌르고 있었다. 그것은 이 세상에서 가장 비참한 사람의 얼굴을 정면에서 마주 보게 될 때의 고통과도 같은 어떤 세찬 아픔을 그에게 주었다.

"김종남."

지도의 오른편 위쪽에 지도를 그린 아이의 이름이 그렇게 쓰여져 있었다. 그 이름에 겹쳐 아이의 얼굴이 희미하게 떠올랐다. 그가 출석을 불렀을 때 유난히 작고 여릿여릿한 목소리로 대답하던 소년, 조금 가무잡잡하고 기생충을 가지고 있는 아이처럼 약간 핏기가 없는 얼굴을 가느다란 목 위에 얹어 가지고 있는 듯하던 아이였다. 그는 다시 한번 아이의 이름을 속으로 외우면서 그 지도를 조심스럽게 접어 호주머니에 넣었다. 교실은 이제 어두워지기 시작하고 있었다.

그는 마을로 내려가는 언덕길로 나섰다. 어두워지기 시작하는 대기 속에서 마을은 마치 깊고 어두운 웅덩이 속처럼 내려다보였다. 그 웅덩이 속에서 작은 굴뚝들이 피워 올리는 저녁연기가 안개처럼 서리고 있었다.

"그 녀석……."

국인은 걷기 시작하면서 생각했다. 그 아이는 그에게 맡겨진 54명의 학생들 중에서 가장 키가 작은 소년이었다. 그가 나라의 한 변두리, 전쟁의 상흔이 가장 깊게 남아 있으리라고 생각된 마을에 교사가 필요하다는 말을 신문사에 있는 친구로부터 전해 듣고 약간 까다로운 절차를 밟은 뒤 바로 어제 부임해 온 마을의 학교는 예상한 대로 54명의 학생밖에 갖지 않은 작은 학교였다. 그러나 그 작은 학교에서 그는 그의 생애 중 가장 마음이 부푸는 듯하고 몸이 두 배로 늘어나는 것 같은 기쁜 첫 수업을 오늘 가졌던 것이다. 아이들은 모두 천진난만하였고 때 묻지 않아 있었고, 그리고 그늘져 있지 않았다. 그리고 다들 건강해 보였다. 그러한 아이들의 건강하고 밝은 모습이 그가 마을에 처음 발을 디뎠을 때 받은 어두운 인상을 일시에 가셔 주었던 것이다. 그런데 그러한 54명의 학생 중에서 한 키 작은 소년이 유독 깊고 어두운 그늘을 지니고 있다는 사실을 방금 두드려 맞듯 깨달아 알고 그는 다시 마음속이 어두워 오는 것을 느꼈다. 조금 가무잡잡하면서, 기생충을 가진 아이처럼 핏기가 없던 소년의 얼굴이 다시 눈앞에 떠올랐다. 그에 겹쳐 또 다른 소년의 얼굴 하나가 거기 떠올랐다. 그 자신의 유년 시의 모습이었다. 어두운 시대에 태어나서 모든 혼돈을 불안스레 보아 왔던 소년의 둥그런 두 눈동자에는 어둡고 불안스럽던 모든 기억들이 깊숙한 거울 저 안쪽에서부터 서서히 자태를 드러내듯 한 가지씩 한 가지씩 그 모습을 비추기 시작했다. 로스케들이 마을에 들이닥쳐, 닥치는 대로 약탈을 자행하던 일, 마을의 여자란 여자는 나이의 고하를 막론하고 모두 다락이나 광으로 숨거나 얼굴에다 마구 검정칠을 하던 일, 그랬는데도 옆집의 길이 누나가 온통 얼굴이 시뻘건 로스케한테 겁탈을 당하고 목을 매 죽었다는 이야기를 마을 사람들에게서 듣던 일, 지나가는 로스케의 자동차에 돌을 던져 유리창을 깨고는 그 길로 뒷산 도깨비닭집까지 한달음에 달려가 밤이 이슥해서야 집으로 내려오던 일, 그리고 어느 날 역전 공터에서 수많은 사람들이 모여 땀내와 먼지를 피우던 일, 거기서 마을의 몇몇 어른들이 수많은 그 군중들의 주먹과 발길에 쓰러져 피투성이가 된 채 꿈틀거리던 일, 그리고 잠에서 덜 깨어 어리둥절하고 짜증이 나던 어느 날 새벽 아버지와 어머니에게 두 손목을 붙잡히우고 새벽안개를 헤치며 해주로 나와 배를 얻어 타던 일, 얼마 뒤 그들의 배를 다그치듯 뒤쫓던 총소리를 듣던 일, 그 모든 일들의 어둡고 불안한 그림자가 소년의 눈동자에서 이제는 성인이 된 그 자신의 눈동자로 옮겨와 새로이 겪는 생생한 경험들처럼 다시 그의 가슴을 뒤흔들고 그를 어지럽혔다. 그는 그러한 그림자들을 헤쳐 나가기라도 하듯이 몸을 앞으로 밀어 마을을 향해 걷고 있었다.

어느새 그는 마을에 다 내려와 있었다. 이제 완전히 어두웠다. 집들의 작은 창문에서 비쳐 나오는 불빛만이 바닥을 희미하게 비춰 주고 있을 뿐이었다.

그는 호주머니에서 소년의 그 지도를 꺼내 다시 한번 비쳐 나오는 불빛에 펴 보았다. 희미한 불빛 아래서도 지도의 그 철조망 표시는 유난스레 또렷이 그 험상궂은 모습을 드러내 놓고 있었다. 그는 고통의 대상이 되는 것은 자주, 정면으로 그것을 들여다보라던 어느 대학 선배의 말이 생각나서 쓰게 웃었다. 그리고 다시 그 지도를 접어 호주머니에 넣었다. 그의 걸음은 이제 마을의 공터 가까이에 이르고 있었다. 그때 맞은편 어둠 속에서 웅성대는 소리와 함께 몇 개의 횃불을 치켜든 한 떼의 사람들이 이쪽으로 가까이 오고 있는 모습이 보였다. 곧 그들이 마을 사람들이라는 것을 알아볼 수 있었다. 그들은 점점 가까이 다가왔다. 모두들 어깨에 짐승들을 한 마리씩 둘러메고 있었다. 그 짐승들의 몸에는 한두 군데씩 상처가 나 있었고, 그 상처에서 흘러나와 아직 말라붙지 않은 피가 불빛에 비쳐 번들거렸다. 그들은 짐승들을 둘러멘 외에 활과 화살, 그리고 죽창이 전부인 원시적인 사냥도구들을 저마다 지니고 있었다. 모두들 흥분하고 그 흥분에 취한 듯한 표정들이었다. 흥청거리는 걸음걸이. 어둠 속에서도 이빨이 허옇게 드러나는 유쾌하고 호탕한 웃음, 바야흐로 도도한 축제의 분위기 같은 것이 그들 주위를 맴돌고 있었다. 몇 마리의 삽살개와 마을의 아이들이 그들 뒤를 따르고 있었다. 무슨 명절이라도 만나기나 한 듯, 아이들의 걸음걸이는 즐거움과 자랑스러움에 넘쳐 있었다. 아이들 사이에 종남이라는 아이도 섞여 있나 주의해 살펴보았으나 그 아이의 모습은 보이지 않았다. 삽살개 몇 마리만이 아이들을 앞질렀다가 또 뒤서곤 하며 멍멍 짖어 댈 뿐이었다. 마을 사람들은 마침내 공터에 이르자 짐승들을 땅바닥에 내려놓고 불을 피우기 시작했다. 아이들이 나뭇가지들을 모아 오고 어른들은 불을 일으켰다. 나뭇가지에 불이 붙기 시작하자 아이들은 환성을 질렀다. 삽살개들도 아이들을 따라 더 높은 소리로 멍멍 짖어 대기 시작했다. 불은 곧 큼직큼직한 나무토막들에 옮겨 붙었고, 삽시에 공터 주위가 대낮처럼 밝아졌다. 분주한 움직임이 시작되었다. 큰 짐승은 길고 단단한 나뭇가지에 네 발이 묶이어 불 위에 걸리었고 작은 짐승들은 준비된 철삿줄에 꿰여 큰 짐승 주위에 올망졸망 걸리웠다. 주위에 둘러선 마을 사람들과 아이들의 그림자가 화톳불의 타오르는 불길에 따라 춤추듯 이리저리 움직였다. 마을 아낙네들이 술동이를 이고 공터로 모여들기 시작했다. 어둠과 밝음이 기묘하게 교차되며 어울린 풍경 속에서 축제의 분위기는 점점 무르익어 갔다. 아낙네들이 마을 사람들에게 술잔을 돌렸다. 그리고 술잔이 찰찰 넘치도록 술을 따랐다. 술잔을 받아든 그들은 흥청거리는 몸짓으로 술을 마셨다. 아낙네들이 끼어들자 분위기는 더 한층 무르익어 갔다. 아낙네들도 술을 마셨다. 그리고 그들은 노래를 부르기 시작했다. 아이들도 노래를 따라 불렀다. 삽살개들도 멍멍 따라 짖었다. 화톳불 주위에 커다란 원을 그리며 그들은 드디어 빙글빙글 돌기 시작했다. 짐승들의 고기가 불에 익는 냄새는 그들의 움직임에 따라 마을 전체에 퍼지는 것 같았다. 그때 마을 입구 쪽으로부터 불을 켠 커다란 두 개의 눈(眼)이 달려오고 있었다. 그 커다란 두 개의 눈은 공터에 이르자 껌벅 눈을 감았다. 지프차였다. 그리고 거기서 뛰어내린 사람은 마을의 그 젊은 통역장교였다. 축제의 무리들이 그를 둘러쌌다.

"이거 대단히 죄송합니다. 급한 회의가 있어서 늦었습니다. 용서하십시오."

그러면서 그 통역장교는 마을 사람들과 일일이 악수를 나누었다. 이제 그도 축제의 무리에 끼어들었다. 술잔이 오가고 흥겨운 노랫가락이 퍼졌다. 마을 사람들의 잡다한 의복들 사이에서 젊은 장교의 말쑥한 제복 차림새는 독특한 빛깔을 가진 것이었으나 곧 한가지 빛깔로 파묻혀 들어갔다. 축제는 이제 절정에 이른 느낌이었다. 국인은 너무 오래 거기 머물렀다는 것을 깨달았다. 자기는 지금 종남이라는 소년의 집을 찾아가고 있는 길이 아닌가. 그는 다시 걸음을 옮겨 놓았다. 그가 마악 공터 앞을 지나치려 할 때였다. 뒤에서 그를 부르는 소리가 들렸다.

"한 선생, 어디 가십니까?"

그러며 그의 어깨를 악의 없이 탁 친 사람은 그 통역장교였다. 그가 얼굴을 돌이키자 통역장교는 그를 향해 어린아이 같은 얼굴로 웃고 있었다.

"아니, 그냥 지나치시깁니까? 함께 한잔 않으시구서."

"아, 네, 학생 아이 하나에게 볼 일이 좀 있어서요."

"어지간히 열성이시군요. 부임 첫날부터 학생 방문을 하시다니, 웬만하면 내일 만나시구 오늘은 우리 유쾌히 한번 놉시다. 마을 사람들의 생태두 이 기회에 이해하실 수 있고, 친숙해질 기회도 되구 하니, 저 사람들 대부분이 학부형들이니 좀 좋습니까? 이런 기회에 친숙해두면. 내일부터 마을에 추수가 시작된답니다. 말하자면 전야제라고나 할까요? 매년 하는 행사지요. 자 어떻습니까? 같이 한잔합시다."

그러며 통역장교는 그의 팔을 잡아끌었다. 악의 없는 그의 얼굴이 불빛을 받아 어린아이의 얼굴처럼 발갛게 익어 있었다. 국인은 그러한 그의 얼굴에서 어떤 천진한 우정 같은 것을 느꼈다. 무언가 그와 이야기를 나눌 수도 있을 것 같은 기분이 되었다.

"실은······?"

"무엇입니까?"

"실은 학생 아이 하나가 이런 것을 그렸습니다. 그래서······."

국인은 호주머니에서 그 지도를 꺼내 그에게 건네주었다. 통역장교는 그것을 받아 불빛에 펴 보았다.

"휴전선이 되는 부분을 철조망으로 표시하고 있어요. 그래 그 아이의 부모라도 만나서 이야기를 해 보려고······."

통역장교는 말없이 그것을 접어 국인에게 돌려주었다. 어린아이 같던 그의 얼굴이 갑자기 어른의 얼굴로 돌아와 있었다. 무언가 망설이는 듯 그는 한참 동안 그렇게 말없이 서 있었다. 한참 후에야 그는

"그 녀석이······."

하고 짧게 탄식하듯 혼자 중얼거리고는

"저리 들어갑시다."

하며 앞장서서 바로 근처에 있는 자치위원회 건물 안으로 들어갔다. 국인도 뒤따라 들어갔다. 그가 스위치를 넣자 전등이 켜졌다. 커다란 테이블 하나와 의자가 몇 개, 그리고 맞은편 벽에 태극기와 성조기가 나란히 걸려 있을 뿐 아무런 장식도 없는 방이었다. 그가 국인에게 의자를 권했다. 그리고 자기도 앉았다. 밖에서는 축제의 소음이 그대로 들려오고 있었다. 그가 담배를 꺼내 국인에게 한 대 권한 다음 자기도 한 대 빼어 물고는 성냥을 그어 국인의 담배에 불을 붙이게 하고 나서 자기의 담배에도 불을 붙였다. 그리고 그는 나직이 입을 열었다.

"지금 그 아이의 집을 찾아가 보았자 한 선생은 아무도 만날 수 없을 겁니다. 문을 열어 주지 않을 거예요. 요즈음 그 아이의 가족들은 마을의 누구와도 만나는 걸 꺼려 하고 있습니다. 날만 저물면 문을 닫아걸고 아무와도 만나지 않아요."

그렇게 말하는 그의 얼굴에는 어떤 굵은 선이 떠올라 있어 무언가 깊고 집요한 생각에 그가 사로잡혀 있음을 느끼게 했다. 잠시 뜸을 들인 뒤 그는 다시 입을 열었다.

"한 선생은 고향이 어디십니까?"

그것은 뜻밖의 질문이었다.

"고향이라면…… 황해도에 있는 남천이라는 작은 읍입니다만……."

"역시 북쪽이시군요. 가 보고 싶으시죠?"

"……?"

"가 보고 싶으실 테죠. 전 고향이 서울입니다. 그래선지 고향을 그리워하는 사람들의 심정을 실감으로 이해해 본 적이 없었어요. 서울에서 낳아서 서울에서 죽 자랐고 또 살아왔으니까요. 그런데 요즈음전 어떤 실감에 부딪히고 있습니다. 이 아이의 가족 가운데 하나가, 아니 가족전체가 몇 번인가 마을에서 추방될 뻔한 걸 제 힘으로 막았지요. 아이에게는 늙은 양친 외에 서른다섯인가 난 형과 스물아홉 살먹은 누나가 하나 있습니다. 문제는 그 누나에게 있었어요. 전쟁 때두 다리를 잃었고, 정신박약이라고나 할까 약간 정상이 아닌 여자로생각됩니다만……. 원래 이 아이네 고향은 이 마을이 아니었답니다. 그전엔 이 마을과 한 마을이었다고 듣고 있는데 이 아이네가 살던 곳은 지금 철조망 저쪽이 되어 있어요. 학교 뒷산에서 보면 보이지요. 아이가 살던 집까지 그대로 보인답니다. 아이의 누나가 다리를 잃은것도 바로 그 집 자리에서였답니다. 하기야 가슴 아픈 이야기이지요. 그런데 문제는 미군 당국의 호의로 아이의 누나에게 휠체어가 한 대주어지고 난 뒤부터입니다. 이 여자가 휠체어의 조작법을 배우고 난뒤부터는 매일 학교 뒷산에 가서 살다시피 하는 거예요. 철조망 저쪽을 바라보면서 말입니다. 그러던 어느 날 밤, 이 여자는 휠체어를 몰고 철조망을 넘으려 했던 겁니다. 무모하게도 말이죠. 나중에 물으니까 이 여자의 대답이, 다리를 찾으러 가려고 했었다는 겁니다. 마을사람들은 야단이 났습니다. 당장 마을에서 내쫓으라고 아우성들을쳤죠. 자치위원회가 소집됐습니다. 위원들 모두 그 여자, 또는 그 여자의 가족까지도 추방해야 된다는 것이었습니다. 그때 나는 그들을 설득하느라고 혼이 났죠. 누구나 고향에 가고 싶지 않은 사람이 어디 있겠느냐구 말이죠. 당신네들은 이곳이 바로 고향이니까 그 여자의 심정을 모르고 있는 것이 아니냐구 말이죠. 그리구 저는 그 여자의 정신이 얼마간 박약한 상태라는 것을 강조했습니다. 간신히 수습이 됐습니다. 그런데 얼마간 잠잠해지자 이 여자는 또다시 그 무모한 것을 감행했습니다. 이번엔 어쩌는 수가 없었습니다. 여자로부터 휠체어를 압수한다는 결정으로 마을 사람들의 여론을 간신히 무마할 수가 있었을 뿐이지요. 그 후부터 여자네 집은 낮에 일을 할 때에만 열려 있을 뿐, 날만 저물면 문을 닫아걸고 아무와도 만나지 않는답니다."

그렇게 말하고 그는 탄식하듯 담배 연기를 길게 내뿜었다.

"그러니까 그 지도는 그러한 제 누나의 괴로움을 옆에서 지켜보아온 어린아이 나름의 아픈 표현이라고 봐야겠죠."

국인의 머릿속에는 소년의 그 가무잡잡하고, 기생충을 가진 아이처럼 핏기가 없던 얼굴이 다시 선명하게 떠올랐다. 그리고 다시금 세찬 여울이 그의 내부를 부딪치며 흘러갔다. 밖에선 아직도 마을 사람들의 그 유쾌하고 호탕한 웃음소리와 아이들의 함성과 아낙네들의 노랫가락 소리가 드높이 들려오고 있었다.

그가 허사일 것을 거의 예감하면서도 굳이 아이의 집에 도착했을 때, 듣던 대로 그 집은 굳게 잠겨 있었다. 그리고 그 집에서는 아무런 불빛도 새어 나오지 않았다. 그는 마음을 다져 먹고 대문을 두드렸다. 그러나 아무런 반응도 없었다. 두드려도 두드려도 헛된 울림만 어둠 속에 퍼질 뿐 집안에서는 인기척 하나 들려오지 않았다.

그날 밤, 그는 고향 꿈을 꾸었다. 그의 고향 남천에 로스케들이 들이닥치는 꿈이었다. 밤새 가위에 눌렸다.

이튿날 마을엔 추수가 시작되었다. 수업 도중 간간이 창밖을 내다보노라면 들판에서 움직이는 마을 사람들의 모습이 가을 햇볕 아래서 마치 무슨 운동회도 벌이고 있는 것 같았다. 한유(閑裕)하고, 걱정거리 없는 사람들이 모여 하루를 웃고 즐기던 옛 소학교의 운동회 같은 그런 얼마간 느긋한 듯하면서도 활기 있는 분위기가 들판 전체에 넘쳐 있었다.

국인은 학생들에게 오늘 고구려 시대의 역사를 들려주기로 작정하고 그것을 마지막 시간에 가르쳤다. 학생들의 반응은 지극히 민감했다. 우리 민족이 한 때는 한반도뿐만이 아니라 만주 전역을 지배하던 시대도 있었다는 대목에 가서는 침 삼키는 소리까지 들릴 정도로 학생들은 조용했다. 54명의 백여덟 개 눈동자는 미동도 않고 그의 입만을 주시했다. 그중에서도 김종남의 눈빛은 유난히 반짝거리고 있었다. 모든 주의력과 사고력이 눈동자 두 개에만 집중된 듯, 아이의 얼굴에는 두 눈이 숨 쉬고 있는 것 같았다. 이야기가 을지문덕 장군과 연개소문 장군의 거듭되는 승전에 이르자 아이들의 그러한 열중은 절정에 이르러서 아이들의 혈관 속을 달리는 피의 고동까지도 들리는 듯하였다. 그러나 그는 고구려의 쇠망에 관한 이야기는 보류해 두었다.

흥분해 있는 아이들에게 실망을 안겨 줄 용기가 차마 나지 않았던 까닭이다.

　수업이 끝난 뒤 국인은 종남이를 조용히 따로 불렀다. 소년을 데리고 그는 어젯밤 통역장교로부터 들은 바 있는 학교 뒷산으로 올라갔다. 소년은 얼마간 경계하는 듯한 의아한 눈빛이었으나 고구려 시대의 역사를 듣고 난 흥분의 여운이 아직 그대로 얼굴에 남아 있는 채 그를 따라왔다. 학교 뒤편에 있는 그 자그마한 동산에는 잡목이 울창하게 얽히어 이제 그 잎사귀들은 낙엽이 되어 떨어지고 있었다. 거기 올라가 서자 마을의 뒤쪽이 한눈에 내려다보였다. 멀리 바라보이는 철조망에 이르기까지 상당히 넓은 면적의 벌판이 오랫동안 경작되지 않은 채 버려져, 질서 없이 자라나 뒤엉킨 잡초에 덮여서 이제 황갈색으로 변해 가고 있었다. 그리고 언젠가에는 남쪽과 북쪽을 연결하는 동맥 구실을 하고 있었을 것임에 틀림없는 두 개의 선로(線路)가 이제는 녹슬고 잡초에 덮인 채 벌판을 세로로 자르면서 철조망 너머까지 뻗어 있는 것이 보였다. 그 선로 위에는 낡고 녹슬어 이제는 도저히 움직이던 물체라고는 볼 수 없는, 시커먼 쇠붙이 하나가 길게 누워 있었다. 남쪽으로 오다가 거기 멈춰 버린 것인지 북쪽으로 가다가 거기 멈춰 버린 것인지 알 수 없는 한때는 내부의 뜨거운 열(熱)로 하여 도저히 움직이지 않고는 견딜 수 없었을 그러나 지금은 언제 누구에겐가 그 뜨거운 열을 모두 빼앗기고 오랫동안 비바람에 냉각되어 죽음처럼 누워 있는 하나의 기관차(機關車)였다. 그 위에 가을의 갈색 햇볕이 말없이 내리쪼이고 있었다.

국인은 종남이와 함께 낙엽을 깔고 거기 좀 편편한 자리를 골라 앉았다. 마음의 어둠 속에서 그 빽빽한 어둠의 올들이 서서히 긴장돼 오는 것을 그는 느꼈다. 이제부터 어떻게 이 아이를 설득하여 아이의 누나를 만날 수 있을 것인가. 그때 그는 소년이 무언가 그에게 질문을 할 듯한 낌새를 느꼈다.

"……?"

"선생님 고구려는 그다음에 어떻게 됐어요?"

소년은 아직 고구려 이야기의 뒤를 생각하고 있는 모양이었다.

"응, 그 후…… 음, 그냥 잘 살았어."

"그럼 왜 지금 고구려라는 나라는 없어요?"

"응? 음…… 좋아, 그렇게도 그 뒤의 얘기가 알고 싶다면 내 모두 들려주기로 하지. 그 대신 종남이한테 부탁이 하나 있어."

"무슨 부탁이게요?"

"응, 그건 물론 종남이가 들어줄 수 있는 부탁이지."

"말해 보세요."

"부탁은 나중에 하기로 하고 우선 얘기 먼저 해 주지."

"네, 해 주세요."

그는 좀 망설였다. 그러나 내친 김이라 생각하고 곧 이야기를 꺼냈다.

"그 후 고구려는 망했어, 연개소문 장군이 죽고 나자 그 아들들이 서로 나라를 다스리겠다고 다퉜지. 아무도 양보를 하지 않았어. 서로 자기가 다스려야만 나라를 튼튼히 할 수 있다고 믿었었지. 나라의 힘이 흐트러지기 시작했어. 백성들은 그 형제들의 싸움에 진력이 나서 아무도 그 형제들을 존경하지 않게 되고 말았지. 군사들도 그렇게 되니까 나라를 지키는 일보다는 자기 잘 살기와 자기 편하기에만 머리를 쓰게 되었지. 그 참에 같은 핏줄기인 신라라는 나라가 쳐들어왔어. 그 당시에는 당나라라고 부르던 중국의 힘을 빌려서 말야. 고구려는 마침내 싸움다운 싸움 한번 못 해 보고 망해 버렸어."

소년은 완연히 실망하는 표정이었다.

"허지만 그 대신 그 후 신라라는 나라가 힘을 기르고 문화에 힘써서 당나라 세력을 물리치고 나라를 잘 다스렸단다."

하고 그는 밝은 표정을 지어 보였다. 그러나 소년의 그 실망한 표정에는 아무런 변화도 만들어 주지 못했다. 국인은 후회했다. 그 얘기는 들려주지 않았어야 했는지도 모른다고 생각했다. 그는 다시 억지로 명랑한 표정을 지어 보이며 말했다.

"자 인제 종남이가 내 부탁을 들어줄 차례군."

"……."

"들어주겠니?"

"말해 보세요."

"음……. 난 너의 누나를 만나고 싶어. 만나게 해 줄 테야?"

순간 소년의 얼굴은 마치 어른의 얼굴처럼 어두워졌다.

"그건…… 안 돼요."

"왜?"

"우리 누난, 앉은뱅이예요."

"그게 무슨 상관이야? 난 누나의 다리를 보고 싶어 하는 게 아냐. 누나와 얘기를 좀 하고 싶어."

그러며 그는 짐짓 아무렇지도 않은 일이라는 듯 부드럽게 웃어 보였다. 그러는 그를 소년은 말끄러미 쳐다보았다. 소년의 두 눈에 보일 듯 말 듯 희미한 안개 같은 것이 서리고 있었다. 그는 부드러운 목소리로 다시 말했다.

"누나와 고향 얘기를 하고 싶어서 그래. 사실은 내 고향도 철조망 저 너머야. 가끔 몹시도 가고 싶을 때가 있단다. 왜 그런지 모를 테지 넌?"

"……."

"내 고향은 황해도 남천이라는 작은 마을이야. 넌 모를 테지만 옛날에 경의선이라는 철도가 있었지. 서울에서 신의주라는 곳까지 가는 철도였어. 그 철도가 지나가는 작은 마을이었는데 여간 살기 좋고 아름다운 곳이 아니었단다. 마을 한가운데로는 맑고 큰 냇물이 어떻게 맑았던지 냇골 바닥에 깔린 자갈들이 들여다보일 정도였어. 냇물 양옆으로는 커다란 뚝이 길게 뻗어 있었고 그 뚝 위로는 벚나무들이 심어져 있어서 해마다 봄이 오면 한여름의 구름처럼 활짝 피어나곤 했단다."

"……."

"그런데 지금은 달라. 가마안 있자, 종남인 우리나라에 전쟁이 있었다는 걸 알고 있을까? 알고 있어? 응, 그 전쟁 때 유엔군의 뒤를 쫓아서 식구들과 같이 고향에 갔었단다. 나도 그때 나이가 어려서 잘 몰랐지만 분명히 알 수 있는 건 그곳은 그전의 고향과는 달라져 있었던 거야. 그리고 뭐가 뭔지 잘 모르는 대로 두 가지만은 내 이 두 눈으로 똑똑히 봤어. 그 맑던 냇물이 시커멓게 더러워져 있었어. 게다가 그 냇물엔 사람의 송장까지 떠다니고 있었어. 그리고 벚나무들은 누군지 모두 베어 가 버리고 앙상한 둥지만 남아 있었어."

"?"

"지금 거긴 옳지 못한 생각을 가진 사람들이 살고 있어. 물론 전부가 그렇진 않을 거야. 하지만, 옳지 못한 생각을 가진 사람들은 총을 가지고 있단다. 아무도 그 사람들이 하는 일에 반대를 할 수가 없지. 너나 네 누나가 가고 싶어 하는 저 마을도 마찬가지야. 이런 얘기들을 누나와 하고 싶어."

"……."

소년은 한동안 말없이 앉아서 무언가 어려운 생각에 잠긴 듯했다. 그러더니 마침내 어떤 결심이라도 섰다는 듯 입을 열었다.

"같이 가세요. 선생님."

그러며 소년은 일어섰다. 그러는 소년의 얼굴에는 결연한 어떤 어른스러운 표정이 떠올라 있었다. 국인도 소년을 따라 일어섰다.

따갑게 내리쬐는 가을 오후의 햇볕 아래서 추수가 한창인 마을은 마치 열어젖혀진 어떤 커다란 대문 같았다면 소년의 집은 그 안에서 홀로 굳게 닫아 걸린, 어떤 작고 심술 난 아이의 방 같았다. 국인과 소년은 마치 심술 난 아이를 달래러 온 친구처럼 소년의 집 앞에 섰다. 소년이 조심스런 동작으로 대문을 밀었다. 열리지 않았다. 안으로 잠긴 모양이었다. 약간 의아스런 표정이 되며 소년은 다시 힘주어 대문을 밀었다. 그러나 역시 대문은 열리지 않았다. 소년의 눈에는 의혹의 빛이 완연했다.

"누가 대문을 잠갔을까? 식구들은 다 추수하러 나갔을 텐데."

그렇게 혼잣말하듯 중얼거리더니 소년은 무슨 생각을 했는지 갑자기 불안해진 목소리로 자기를 담 너머로 떠받쳐 달라고 말했다. 국인은 순간 어떤 불길스런 예감이 퍼뜩 스치는 것을 느끼며 소년을 안아서 담 위에 올려놓아 주었다. 소년의 작은 몸이 안쪽으로 쿵 하고 가벼운 소리로 떨어져 내리는 소리를 들은 바로 그다음 순간이었다. 가위에 눌린 듯한, 목구멍이 찢기는 것 같은 소년의 비명을 들은 것은. 국인은 전신의 무게로 문을 향해 몸을 던졌다. 서너 번을 그렇게 대문에 부딪치자 빗장이 부러져 나가는 소리가 들리면서 그의 몸은 집 안으로 쏠려 들어갔다. 그렇게 쏠려 들어가면서 그는 무언가 뭉클한 것이 발에 걸리는 것을 느꼈다. 그것은 사람의 몸뚱이였다. 두 다리가 없는 동체만의 시체였다. 손목의 동맥이 무딘 칼날 같은 것으로 심하게 상처가 나 있었고 흘러나온 피가 시체의 주위를 적시며 가을 햇볕을 진하게 빨아들이고 있었다. 시체의 근처에는 부엌에서 쓰는 식도(食刀)가 하나 나둥그러져 있었다. 그리고 마루 아래서 대문에 이르기까지에는 여자가 온몸으로 움직여 온 듯한 노력의 흔적이 어두운 한 시대의 상흔(傷痕)인 양 역력한 어지러움으로 남아 있었다. 문을 잠그기 위해 여자가 기어온 자국이리라. 소년은 그러한 여자의 시체 곁에서 얼굴이 흙빛이 된 채 꼼짝 못 하고 서 있었다. 국인은 온몸의 혈관에서 모든 피들이 소리 지르며 역류하는 것을 느꼈다. 세찬 여울이 다시 그의 길지 않은 생애를 역류하여 올라가며 그 기억들의 작고 큰 서러움들을 두드리기 시작했다. 겨울의 피난 길에서 아버지가 병정으로 뽑혀 나가던 일. 그 후 다시 어머니마저 폭격에 잃고 고아원으로 들어가던 일, 그리고 그 후 어떻게 해서 그의 손에까지 들어왔는지 알 수 없는 아버지의 전사 통지를 받던 일. 그 모든 일들이 한꺼번에 커다란 소용돌이가 되어 그를 뒤흔들었다. 그때 마을 사람들이 몰려오기 시작했다. 누군가 소년의 비명을 들었는지 몰랐다. 소년의 아버지와 어머니 그리고 소년의 형도 얼마 후 달려들었다. 마을의 그 젊은 통역장교도 달려왔다. 그리고 그는,

"휠체어를 곧 돌려주도록 건의하고 있었는데……."

하고 말끝을 맺지 못했고, 소년의 가족은 믿기지 않는 듯 여자의 시체를 물끄러미 바라보고만 있었다. 마을 사람들은 혹은 혀를 차기도 하고 혹은 고개를 흔들기도 하며, 소년의 가족을 위하는 한편 끔찍스런 주검의 형상에 놀라 저마다 여자의 죽음과 그 주검의 사후처리에 대해서 신들린 사람처럼 높은 목소리로 의견을 말했다. 국인은 그들의 그러한 잡다한 소음과 움직임 속에서 이리 밀리고 저리 밀리고 하며 말없이 서 있었다. 가을 오후의 차츰 넓어져 가는 햇볕만이 가득한 외에, 마을은 텅 비어 있는 것 같은 느낌이었다.

– 이 작품에 등장하는 인물, 장소, 사건 등은 작자의 허구임을 밝힘 –

전시삽화(戰時揷話)

"틀렸는데요." 안 일등병의 마른 나뭇가지 같은 손목을 쥐고, 그 맥박을 헤아리고 있던 태규만(太奎萬) 상사의 목소리는 한 짐 덜었다는 듯한 일종의 솔직한 해방감 같은 것을 담고 있었다. 적어도 윤근수(尹根洙) 일등병에게는 그렇게 느껴졌다. 안 일등병은 마지막 신음을 토해 내며 두 눈에 빛을 모으고 있었다. 허벅다리를 꿰뚫은 관통상으로 인한 출혈과 닷새를 굶은 격심한 허기가 그를 더는 지탱해 주려고 하지 않는 것 같았다. 그의 가랑잎처럼 바싹 마른 입술은 아까부터 무언가 말하려는 듯 조금씩 옴지락거리고 있었으나 (윤근수 일등병에게는, 그것은 차라리 조금씩 바스락거리고 있는 것같이 느껴졌다) 그러나 헛될 것임에 틀림없어 보이는 그 노력은 아직 한 마디의 음절도 만들어 내지 못한 채 차츰 떠 가고 있었다. 임한중(任漢重) 중위는 죽어 가는 자를 등지고 선 채 그의 시야를 제한하고 있는 눈 쌓인 능선들을 바라보고 있었다. 하늘은 다시 한바탕 눈이라도 퍼부을 듯 잔뜩 찌푸려 있었다.

"소대장님! 안 일등병이 말하기 시작했습니다."

이만식(李晩植) 중사의 다급한 목소리에 임 중위가 고개를 돌렸을 때, 안 일등병은 두 눈에 마지막 정채(精彩)를 모으며 바싹 마른 입술을 반쯤 열어, 자음과 모음의 구별이 분명치 않은 음절 하나를 간신히 토해 냈다. 그가 마지막으로 그 가랑잎같이 바싹 마른 입술로 만들어 낸 소리가 "밥!"이라는 한마디의 음절이었음을 그들은 그의 입 모습에서 즉각적으로 읽어 낼 수 있었다. 임 중위는 다급히 그의 파카 주머니에 언 손을 넣어 그들 식량의 전부인 다섯 알의 건빵을 끄집어냈다. 지금과 같은 최악의 경우를 위하여 안간힘을 쓰며 남겨 두었던 것이다. 그는 그것을 한 알씩 입속에 넣고 씹었다. 모두들 그의 입을 바라보고 있었다. 그리고 그들은 이어 약속이라도 한 듯 일제히 외면해 버렸다. 그는 저작물이 그 자신의 목구멍으로 넘어가는 것을 최대한으로 억제하면서 그것을 씹었다. 그리고 씹은 것을 손바닥에 뱉었다. 그것을 그는 바싹 마른 안 일등병의 입술 사이로 밀어 넣어 주었다. 안 일등병은 그것을 목구멍으로 넘기려는 듯 조금씩 입술을 옴지락거리기 시작했다. 모두들 새삼스러운 허기에 사로잡혔다. 마치 자신들의 배고픔이 새로운 사실이기라도 한 듯 그들은 주위의 눈들을 뭉쳐 저마다 바삐 입으로 가져갔다. 조금씩 간신히 옴지락거리던 안 일등병의 입술은 곧 작은 경련을 일으키며 바르르 떨더니 이어 움직이지 않았다. 그리고 곧, 그는 목을 힘없이 옆으로 꺾었다. 모두들 일시에 새로운 추위가 그들을 둘러쌈을 느꼈다. 그렇게 짧은 순간이 흘렀다. 임 중위는 한순간 그렇게도 생채를 띠었던, 그리고 이제는 어느새 온도(溫度)를 빼앗겨, 얼음을 닮아 가고 있는 사자(死者)의 두 눈을 손바닥으로 쓸어 감겨 주고는, 안간힘을 쓰듯 소리 질렀다.

"가자!"

그리고 그는 결단을 내리듯, 걸음을 떼어 놓기 시작했다. 모두들 줄레줄레 따라 일어섰다. 안 일등병의 M1 소총은 윤근수 일등병이 왼쪽 어깨에 메었다. 그것은 안 일등병이 죽기 이전서부터 그에게 지워진 짐이었다. 부축해야 할 부상자가 없어진 태규만 상사와 이만식 중사는 이제 훨씬 홀가분해 보였으나 심한 허기와 피로는 그들의 발걸음을 계속 무겁게 지축으로 잡아당기고 있었다.

통신병 홍영기(洪英基) 일등병은 그의 통신 장비를 등에 지고 그들의 뒤를 따랐다. 그는 남다른 수단(手段)과 조작(操作)으로 대화할 수 있는 스스로의 지식과 기술을 속으로 저주하면서 무거운 다리를 이끌고 있었다. 그렇게 10여 보쯤 전진했을 때였다. 앞서가고 있던 태규만 상사가 갑자기 몸을 돌이키더니, 전에 없이 날랜 동작으로 오던 길을 되돌아 뛰어가기 시작한 것은,

"태 상사! 뭐냐?"

그 기척에 놀라 앞서가고 있던 임 중위가 되돌아보며 소리쳤으나 그는 뜀박질을 멈추지 않았다.

"돌아와라! 태 상사! 무슨 일이냐!"

임 중위가 거듭 외쳤을 때, 그는 벌써 저만큼, 죽은 안 일등병의 시

체 위에 몸을 굽히고 있었다. 그는 울고 있는 것처럼 보였다. 순간, 윤근수 일등병은 얼핏, '저자가 시체를 뜯어 먹으려는 것은 아닌가!' 하는 느낌을 받았다. 모두들 되돌아가 봤을 때, 태규만 상사는 시체의 입술에 입을 맞추고 있었다. 그것은 연인하고라도, 첫 번째 키스에서는 잘 허용되지 않는, 혀를 상대방의 입속에까지 깊숙이 집어넣는, 그런 입맞춤이었다.

"태 상사! 일어서라!"

임 중위가 노한 목소리로 명령했으나 그는 그 짓을 그치지 않았다. 임 중위는 허리에서 권총을 빼 들었다. 그리고 다시 한번 격분한 목소리로, 거의 울음이 터질 듯한 목소리로 소리쳤다.

"일어서지 못해?"

그러나 그는 아직도 그 짓을 그치지 않았다. 임 중위는 권총의 안전장치를 풀었다. 철그덕! 하는 금속성 음향이 얼어붙은 공기를 깨뜨리고 짧게 울렸다. 그제사 그는 입술을 훔치며 천천히 일어섰다. 그의 입 가장자리에는 건빵의 잘게 섭힌 분말이 지저분하게 묻어 있었다. 윤근수 일등병은 순간 심한 구역을 느끼고 고개를 모로 들었다. 권총을 쥔 임 중위의 언 손이 부르르 떨었다. 그의 분노에 가득 찬 두 눈은 태규만 상사의 깡마른 얼굴을 붙잡고 놓아줄 줄을 몰랐다. 태규만 상사의, 갑상선 환자처럼 툭 불거져 나온 두 눈은 벌겋게 충혈돼 있었다. 그들은 새로운 추위가 다시금 그들을 둘러쌈을 느꼈다. 임 중위는 잠시 후 말없이 권총을 허리에 찔렀다. 그리고는 안간힘을 쓰듯 다시 명령했다.

"가자!"

모두들 다시 묵묵히 행군하기 시작했다. 추위와 배고픔을 등에 업은 그들의 육신을 끌고…….

한밤중, 그가 온몸으로 느껴지는 망연한 불안감과 기묘한 음조의 피리소리가, 선뜻! 하는 느낌으로 그의 피부에 와 닿음을 느끼며 잠에서 깨었을 때, 그는 즉각적으로 그가 소속해 있는 중대가 적에게 포위됐음을 깨달았다. 무장을 풀지 않은 채 잠들었던 그는 거의 반사적으로 막사를 뛰쳐나왔다. 밖은 중공군 특유의 저 기묘한 음조의 피리소리와 꽹과리 소리로 온통 소연했고, 적과 아군의 총화기는 이미 불을 뿜기 시작하고 있었다. 뜻밖의 기습에 아무런 대비도 없었던 아군은 당황하여 지휘질서를 잃은 채, 지리멸렬한 싸움을 하고 있었다. 더욱이 적은 아군과는 비교도 안 되는 규모의 병력이었다. 아군은 전멸하다시피 했다. 구사일생으로 포위망을 뚫고 살아남은 그와 그의 소대원 다섯 사람 외에는…….

평소에 소대원들에게 가혹하고 잔인하기로 악명 높은 깡마른 몸매의 태규만 일등상사, 고향에서는 특별한 작물을 키움으로써 착실히 돈을 모으고 있었다고 항상 열을 올리며 지껄이던 이만식 중사, (그는 그 이야기만 나오면 항상 의기양양해했었다) 그리고 대학을 다니다가 노상검문에 걸려, 붙들려 나왔노라고 마치 남의 이야기하듯 하던 섬약한 체질의, 말수가 적은 윤근수 일등병, 고향의 아내가 오늘 내일 몸을 풀 거라면서, 손가락을 꼽던 안 일등병 그리고 통신병 홍영기 일등병, 그중 네 사람은 손가락 하나 상한 데 없었으나, 안 일등병은 허벅다리에 관통상을 입고 있었다.

그들이 지치고 굶주린 몸을 이끌고, 적의 시선을 피해 가면서, 하룻밤 하룻낮을 꼬박 강행군해 도착한 사단본부 자리에는 거뭇거뭇 취사하던 흔적이 싸느랗게 식어 있었을 뿐 쥐새끼 한 마리 얼씬하지 않았다. 이미 철수한 뒤였었다. 너무나도 분명한 사실은 그들이 적지(敵地)에 들어 있다는 것이었다.

날이 어두워지면서 바람이 일기 시작하였다. 은빛보다 부시던 차가운 눈빛은 이제 희뿌연 알루미늄빛으로 춥게 젖어 갔고 바람은 점점 거세어져 아직 얼어붙지 않은 눈들을 불어 올려 허공에 다시 난무하게 하였다. 정확한 목표도 없이 막연히 그저 '남으로'라는 방향 의식만을 지닌 채 지치고 굶주린 행군을 계속하던 그들은 바람이 일고 기온이 급강하하기 시작하자 조심스럽게 골짜기로 접어들었다. 그들은 이미 안 일등병의 죽음에 관해서는 까맣게 망각해 버린 채 오로지 그들 자신만의 굶주림과 추위에 온몸으로 이를 갈고 있었다. 지대가 좀 낮은 곳으로 내려오자 바람의 강도는 얼마간 약화된 것 같았다.

누가 먼저 요의를 느꼈는지 그들은 제각기 돌아서서 방뇨하기 시작했다. 오줌 줄기는 의외로 굵고 힘 있게, 더운 김을 뿜으면서 뻗어 나가 두텁게 쌓인 눈을 파고 들어가면서 녹이고 있었다.

"다 누어 버리면 더 허기지고 추워집니다. 반쯤만 누세요."

이만식 중사의 푸르죽죽하고 딱지가 일어난 입술 사이에서 새어 나온 말이었다. 그러나 아무도 그 말을 좇지는 않았다. 오줌 줄기가 뻗어 나감에 따라 속이 더욱더 비어 가는 것을 느끼긴 했으나 그들은 그 후련한 배설의 만족감을 중지할 수는 없었던 것이다. 그때 갑자기 태규만 상사의 한쪽 다리가 반원을 그리며 휙 움직이는가 하자, 홍영기 일등병이 앞으로 푹 고꾸라졌다.

"이 새끼야! 손이 썩어 떨어지는 걸 네 눈깔루 보고 싶니? 응? 이 새끼야!"

태규만 상사는 악을 쓰듯 소리치며 다시 한번 쓰러진 홍영기 일등병을 걷어찼다.

"누굴 또 속 썩일려구, 이 새끼야, 손에다 오줌을 깔기니?? 이 새끼야! 응? 이 개새끼야!"

그리고는 다시 발길질을 가하려는 태규만 상사를 제지하며 임 중위가 명령했다.

"일어나라! 홍 일등병!"

홍영기 일등병은 어기적거리며 간신히 일어섰다. 그의 두 손에는 아직 김이 서리고 있었다.

"인마! 아무리 손이 얼어 터지기로서니 거기다 오줌을 누는 자식이 어디 있니? 빨리 옷에다 문질러서 물기를 닦아라."

임 중위는 거의 외면한 채 말했다. 그 말에 좇아 손등을 바지에 문지르려던 홍영기 일등병은, 고통스러운 목소리로 짧게 신음하면서 낯을 찡그렸다. 그때 이만식 중사가 무엇을 발견한 듯, 미끄러지며 몇 걸음 뛰어 내려갔다. 그리고는 푹 엎어지며 두 손을 재빨리 움직여, 무엇인가를 움켜서는 분주히 입으로 가져갔다. 모두들 미끄러지며 뒤따라 내려갔다. 거기에는 눈에 반쯤 파묻힌 덩굴에 탐스럽게 익어 터진 검보랏빛 머루가 송이를 이루고 매달려 있었다. 그들은 고꾸라지듯 덤벼들어 일제히 그것을 따 움켜서는 입으로 가져가기 시작했다. 그러나 그것은 그들의 굶주림을 채우기에는 너무나도 적은 것이었다. 순식간에 앙상한 덩굴만이 남았다. 그러자 그들은 다시 주위를 휘둘러 보기 시작했다. 그때 윤근수 일등병이 나직이 외쳤다.

"소대장님! 저기⋯⋯."

모두들 윤근수 일등병이 가리키는 손가락의 방향을 따라 시선을 옮겼다. 그가 가리키는 곳은 그들이 엉거주춤 서 있는 위치에서 500미터쯤 떨어져 있는 아랫골짜기였다. 거기 얼마간 사람의 손이 간 듯한 꽤 번듯한 개활지에 그다지 작지 않은 규모의 낡은 목조건물(木造建物)이 하나 불도 켜지지 않은 채 어두워 가는 겨울날의 마지막 미광(微光) 속에 잠든 듯 웅크리고 있었다. 모두들 순간 전신을 흐르는 아지 못할 흥분과 긴장을 느꼈다. 어쩌면 저 낡은 목조건물은 그들을 지금 괴롭히고 있는 혹심한 추위와 굶주림에서 그들을 얼마간이라도 건져 줄 무엇을 지니고 있는지도 몰랐다. 허지만 그곳엔 적이 덫을 놓고 기다리고 있는지도 또한 몰랐다. 임 중위는 태규만 상사에게 정찰을 명했다. 뭐니 뭐니 해도 이런 일에는 그가 가장 적합했기 때문이다. 몸을 미끄러뜨려 아래로 내려간 태규만 상사는 약 20분쯤 뒤 상기된 얼굴로 돌아왔다. 그의 양손에는 돌아오면서 그것을 뜯어먹고 있었던 것으로 보이는 옥수수가 한 자루씩 움켜쥐어져 있었다. 그는 가쁜 숨을 몰아쉬며 보고했다.

"하룻밤 쉬어 갈 수 있을 것 같습니다. 제 짐작으로는 미친놈들의 수용소 같습니다만, 아무튼 무장하지 않은 신원미상의 작자들이 한 구석에 감금돼 있을 뿐 적은 없었습니다. 새끼들이 드나든 흔적도 전혀 없구요. 그리고 헛간에는 약간의 식량이 있습니다. 그것이면 우리 인원이 사흘은 충분히 먹을 수 있을 겁니다. 이상."

그는 보고를 끝내고 아직 숨을 몰아쉬는 채로, 움켜쥐고 있던 옥수수를 물어뜯기 시작했다. 모두들 바삐 움직이는 그의 입과 무언가 생각하고 있는 듯한 중위의 꾹 다문 입을 번갈아 가며 쳐다보고 있었다. 그러한 그들을 잠시 바라보고 있던 임 중위는 일단 내려가 보기로 결정했다. 그의 명령이 떨어지기가 무섭게 모두들 미끄러져 엉덩방아를 찧으며 비탈을 내려가기 시작했다. 그렇게 그들이 비탈을 거의 다 내려와 평퍼짐한 골짝에 마악 이르러 그 낡은 목조건물의 전모를 보았을 때였다. 그들은 그 목조건물이 일순 기우뚱하는 듯한 착각을 받았다. 소리의 회오리라 할까, 무언가 질린 듯하고, 단말마와 같은 날카로운 함성이 바람소리와 합세하여 하늘 높이 치솟아 오르고 있었다. 모두들 순간 섬뜩한 어떤 느낌에 사로잡혀 거의 반사적으로 어깨에 멘 총을 움켜쥐며 주춤했으나

"미친놈들이 발작을 한 걸 테지……" 하고 뱉듯이 한마디 뇌까리고는 거침없이 앞장을 서는 태규만 상사를 다시 뒤따랐다. 임 중위는 재빨리 주위를 둘러보아 지형을 살폈다. 어두워졌다고는 하지만 눈의 반사광으로 하여 주위의 윤곽은 뚜렷이 잡을 수 있었다. 앞면과

양쪽 옆면은 빽빽한 송림(松林)으로 둘러싸여 그 송림 바깥쪽에서는 도저히 이쪽을 알아볼 수 없을 것 같았고, 단지 그들이 지금 내려온 쪽 비탈만이 얼마간 틔어 있었다. 그것도 아주 작은 부분만이……. 만일에 그들이 머루를 따 먹기 위해서 그 지점에 가지 않았더라면 아마 그들은 이 건물을 발견하지는 못했을 것이었다. 건물은 허벅다리 굵기의 통나무들을 세로로 잇대 붙여 무척 견고하게 지은 것이었다. 조금만 주의하지 않고 본다면, 그것은 흡사 벌채인부(伐採人夫)들의 숙사(宿舍)같이 보였다. 그러나 조금만 주의해 본다면, 그것이 그런 단순한 용도를 위해서 지어진 것이 아니란 것쯤 담박 알 수 있었다. 우선 그것은 벌채인부의 숙사로서는 너무나 규모 있게 그리고 완강하게 지어져 있었다. 비록 풍상을 겪어 낡긴 했으나 그것은 의연한 모습으로 서 있었다. 그런데 한 가지 기묘한 것은 건평이 100여 평은 실히 됨직한 작지 않은 규모의 건물에 창문이 꼭 두 개밖에 없다는 점이었다. 그것은 고래나 코끼리와 같은 거수(巨獸)들에게 으레 달려 있는, 몸집에 비해서 비교도 안 되리만큼 작은 두 개의 눈을 연상하게 했다.

그것은 입(口)도 작았다. 장정 하나가 간신히 머리를 부딪히지 않고 들어갈 수 있을 것 같은 작은 문 하나, 그것이 건물의 유일한 출입구(出入口)였다. 임 중위는 그 출입구를 통해 들어가 건물 내부를 보아 두고 싶었으나 그 역시 닷새를 굶었으며, 그래서 기진했으므로 우선 태규만 상사가 인도하는 대로 건물 옆에 딸린 작은 헛간으로 들어갔다. 헛간 안은 캄캄했다. 태규만 상사가 성냥을 그었다. 그러자 어둠은 당황하듯 꼬리를 감추며 구석으로 쫓겨 갔다. 그들은 보았다. 어둠이 쫓겨 가는 모습과 함께 거기 펼쳐진 풍요한 광경을……. 두어 말 가까이 잘돼 보이는 탐스럽고 큼직큼직한 감자들, 어른의 어금니 만큼씩 한 굵은 알들이 열병식 하듯 촘촘히 박혀 있는 옥수수자루들, 그리고 약간의 땔나무까지 거기엔 있었다. 모두는 일시에 거의 기성 같은 것을 지르며 먹을 것을 향해 달려들었다. 그와 동시에 성냥불이 꺼지고 어둠이 다시 권토중래하듯 그들 위를 덮쳤다. 그러나 그들은 그것에 개의할 겨를이 있을 수 없었다. 그들은 저마다 날감자와 날 옥수수를 씹어 목구멍으로 넘기기에 바빴다. 임 중위도, 태규만 상사 도, 이만식 중사도, 윤근수 일등병도, 홍영기 일등병도, 모두.

그렇게 날것으로 굶주린 배를 얼마간 달래 놓은 그들은 새삼 격심 한 추위가 엄습해 옴을 느꼈다. 그들은 불을 피우기로 했다. 이곳의 지형으로 보거나 바람이 심한 일기로 보아, 그것이 그들의 소재를 적 에게 알리는 결과로는 되지 않을 터이었다. 그러나 밖에서 불을 피운 다는 것은 아무래도 위험한 노릇이었다. 옹색하더라도 헛간 안에서 그대로 피우는 수밖에 없었다. 약간의 검불을 모아 놓고 성냥을 그어 불을 당긴 다음 바싹 마른 나무토막들을 얼기설기 얹어 놓자 불길은 이내 그 나무토막들에 옮겨붙었다. 그와 함께 연기가 피어올라 헛간 안은 삽시간에 자욱한 연기로 휩싸였다. 모두들 눈물을 쏟으며 기침 을 해 댔다. 그러면서도 그들은 감자와 옥수수를 불 속으로 던져 넣 는 것을 잊지 않았다. 그리고 아무도 연기를 피해 밖으로 나가려고 하는 사람은 없었다. 연기는 바람보다는 따뜻한 것이기 때문이었다.

불 속에 던져 넣은 감자와 옥수수는 얼마 안 가서 그것들이 불과 만났을 때 지어내는, 독특한 교태와도 같은 냄새를 피워 올리기 시작했다. 이윽고 그것들이 무르익은 냄새를 내기 시작하자 그들은 그것들을 불 속에서 재빠른 솜씨로 끄집어내어 후후 입김을 불어 대며 입으로 가져갔다. 눈물을 계속 흘리면서…… 물리적으로는 그들은 연기로 인해 울고 있었지만, 어쩌면 내심 그들은 무언가 감자와 옥수수의 내력 같은 것을 울고 있는지도 몰랐다. 윤근수 일등병은 경망 중에도 생각하고 있었다. 어머니가 밥솥에 넣어 쪄서는 그의 밥그릇 위에 얹어 주곤 하던 밥알이 드문드문 붙은 먹음직하던 감자, 그러나 그때마다 그는 감자에 붙어 있는 밥알들이 왠지 불결한 듯하고 싫어서 투정을 하곤 했었다. 홍영기 일등병은 옥수수를 물어뜯으면서, 어렸을 적 하모니카라도 부는 기분이던 옥수수 먹기를 생각하고 있었다. 그때 그들은 아까 그들이 이곳에 접근했을 때 들었던, 무언가 질린 듯하고, 치솟아 오르는 것 같은 소리의 회오리를 다시 한번 들었다. 그것은 이번엔 꼬리를 물 듯 한동안 계속되었다. 임 중위는 불에서 꺼내 마악 입으로 가져가려던 감자를 땅바닥에 내려놓고 벌떡 일어섰다. 무언가 그의 얼굴 한구석에 어두운 그늘이 스쳐 갔다.

"미친놈들이 또 지랄이군."

태규만 상사가 옥수수알을 입에 가득 문 채, 씹듯이 중얼거렸다. 임 중위는 불붙은 나무토막을 하나 집어 들고 말없이 헛간을 나섰다.

건물 안은 어떤 음모라도 지닌 듯 어둡고 흉흉했다. 그는 불붙는 나무토막을 높이 치켜들었다. 그리고 소리가 나는 방향을 향해 걸음을 떼어 놓았다. 출입구에서 서너 발자욱 되는 지점에서 양쪽으로 꼬부라진 복도가 있었다. 소리는 그 왼쪽 복도 쪽에서 들려오고 있었다. 그는 불을 쥐지 않은 한 손에 권총을 꽉 움켜쥐고 천천히 그쪽을 향해 걸어갔다. 한쪽은 그냥 통나무들로 견고히 엮어진 벽이었고, 한쪽은 역시 그런 통나무들로 창살을 만든 마치 이조시대의 옥방(獄房)을 연상케 하는 꽤 널찍한 방이었다. 역시 통나무로 짜 단 자그마한 문에는 자물쇠가 잠겨 있었다. 그곳이 예의 그 소리의 진원지(震源地)였다. 얼핏 눈어림에 칠팔 명은 돼 보이는 사내들이 육중한 통나무 창살들을 부둥켜 쥐고 무언가 항의하듯 맹렬히 아우성치고 있었다. 그들의 얼굴은 불빛에 비쳐 진한 주홍빛으로 물들었고, 거기 크게 뜬 눈과 한껏 벌린 입들이 어떤 절실한 갈망을 호소하고 있는 것 같았다. 그들의 뒤쪽에도 10여 명의 사내들이 혹은 눕고 혹은 앉고 혹은 서서 눈과 입을 크게 벌린 채 무어라고 외치고 있었다. 임 중위는 순간 무언가 세차게 가슴에 와 부딪히는 동요를 느끼며 그들을 한 사람 한 사람 찬찬히 살펴보기 시작했다. 그들에게 남아 있는 인간적인 모습이라곤 단지 모발과 뼈, 그리고 그 뼈를 싸고 있는 가죽과, 얼굴 면적의 거의 전부를 차지하고 있는 다섯 개의 구멍뿐이었다. 커다란 두 개씩의 눈과 두 개씩의 콧구멍, 그리고 입술의 형태조차 희미한 크게 벌린 입이 그것이었다. 그렇게 그들을 살펴 가다가 그는 시선을 멈칫하며 불을 치켜들었다. 그들 속에 섞여 한 사람의 여자가 거기 있었다. 비록 여자다운 의상을 걸치지도 않았고, 여자다운 가꿈질을 한 얼굴도 아니었지만, 그녀의 어깨에서부터 흘러내리고 있는 몸매의 선(線)이 그녀가 여자임을 말해 주었다. 배가 부른 것으로 보아 그녀는 임신하고 있는 것 같았다. 그녀도 사내들과 같이 눈과 입을 크게 벌리고 그를 바라보며 무언가 맹렬히 요구하고 있었다. 그녀가 원하는 것도, 사내들이 원하는 것도 다 같이 음식이라는 것을 그는 알고 있었다. 그는 더 이상 이렇게 지체하고 있어서는 안 된다고 생각했다. 그러면서 마악 발길을 돌이키려 할 때였다. 그의 발길에 무언가 뭉클하며 걸리는 게 있었다. 그는 하마터면 넘어질 뻔한 몸을 가눠 세우며 발치를 내려다보았다. 그것은 사람의 시체였다. 사내였다. 그는 불을 좀 낮춰 들고 시체를 살펴보았다. 마흔에서 몇 살쯤 더 먹어 보이는 중년사내였다. 기온이 낮은 탓인지 심하게 썩어 있지는 않았으나 죽은 지 꽤 오래된 시체 같았다. 발길로 시체를 밀어젖히자 거기 시체가 누웠던 모습 그대로의 부분만 먼지가 쌓여 있지 않았다. 그는 다시 시체를 반듯이 젖혀 놓고, 좀 더 자세히 살펴보기 시작했다. 그것은 이 시체가 꼭 이 건물 관리자의 것이 아닌가 하는 의문이 떠올랐기 때문이었다. 그의 의문은 적중하였다. 시체의 복장이 우선 방 안에 갇히운 자들과는 달랐고, 그리고 그는 시체의 바지 주머니에서 한 권의 자그마한 수첩을 발견해 냈던 것이다. 시체는 교살당한 흔적을 목에 지니고 있었다. 목 부분만이 검게 변색해 있었다. 그리고 시체의 주위에는 꽁꽁 얼어 터진 옥수수들과 감자알들이 여기저기 흩어져 있었다.

임 중위가 헛간으로 돌아왔을 때 거기 남아 있던 사람들은 여지껏의 굶주림을 설욕이라도 하려는 듯 아직 열심히 먹어 대고 있었다.

모닥불에 비친 그들의 그림자가 기괴한 실루엣을 만들며 그들의 동작에 따라 커다랗게 움직이고 있었다. 그는 들고 나갔던 나무토막을 모닥불 위에 던지며 나직이 말했다.

"그만들 먹구 나무를 좀 더 얹어. 그리구 감자와 옥수수를 많이 좀 구워야겠다."

모두들 움직이던 입을 멈추고 그를 바라보았다. 한결같이 의아스런 표정이었다. 그는 다시 한번 나직이, 그러나 힘 있게 말했다.

"빨리들 해. 일주일 이상 굶은 사람들이 스무 명 가까이나 있다."

그러나 웬일인지 아무도 움직이려 하지 않았다. 무언중 그들의 태도에는 딱딱한 어떤 거부의 몸짓 같은 것이 숨어 있었다.

"내 말이 들리지들 않나? 응? 빨리들 움직이지 못해?"

그는 역정을 섞어 재차, 이번엔 소리치듯 말했다. 그제야 그들은 마지못한 듯 천천히 몸을 움직이기 시작했다. 그러나 태규만 상사만은 꼼짝 않고 그냥 앉아 있었다.

"태 상사! 자넨 왜 꼼짝 않고 있나? 자넨 내 지휘권 밖에 있는 사람인가?"

"아, 아닙니다. 하지만 소대장님" 하고 그는 입을 열었다.

"그놈들은 미친놈들입니다. 미친놈들을 위해서 우리에게 절대적으로 필요한 식량을 무엇 때문에 내주시려 합니까?"

임 중위는 그러는 태규만 상사를 거의 증오에 가까운 표정으로 잠시 노려보았다. 그러나 전쟁을 수행하는 직업군인으로서 빈틈없이 교육된 태규만 상사의 태도에는 어딘가 오히려 당당한 구석까지 있었다.

"태 상사! 잘 들어 둬! 자넨 지금 미친놈들에게 무엇 때문에 귀중한 식량을 내주느냐구 했지만, 바로 그 사람들이 자네가 부른 대로 미친 놈들이기 때문에 내주는 거야! 한 사람의 건강한 자와 한 사람의 병자가 위기에 처했을 때 먼저 구조돼야 할 사람은 병자라는 걸 자넨 모르나?"

"압니다. 허지만 지금은 전십(戰時)니다. 전시에는 미친놈들보다는 군인이 더 소중하다구 생각합니다."

"자네 혹 일본 군국주의 시대나 독일의 나치시대에 교육받은 군인 아닌가?"

"무슨 말씀이십니까?"

임 중위는 참다 못해 소리를 버럭 내질렀다.

"너 같은 놈은 이차대전 때 벌써 종자가 말라 버렸어야 할 놈이란 말이다!"

태규만 상사는 그 깡마른 얼굴을 붉히면서 잠시 머쓱해졌다. 임 중위는 지나치게 흥분한 자신을 깨닫고, 잠시 후 좀 누그러진 조용한 목소리로 다시 말을 이었다.

"설사 자네 말대로 전시엔 군인이 더 소중하다구 하더라도 말이야, 우린 먹을 만큼 먹고 굶주림은 면하지 않았나? 우린 날이 밝기 전에 이곳을 떠나야 할 텐데 떠나기 전에 우리가 저 식량을 다 먹을 수 있다고 자넨 생각하나?"

그러자 태규만 상사는 다시 고개를 쳐들었다. 임 중위의 기세에 눌려 잠시 잠자코 있다가 말꼬리를 얻은 것이었다.

"아까 홍 일등병을 시켜 아군에게 무전 연락을 해 봤습니다. 소대장님께서 어떻게 결정하실지 모르겠지만 아무래도 이곳에 며칠 더 묵어야 할 것 같습니다."

"무슨 소린가! 홍 일등병! 무전 연락을 취했었나?"

"네, 소대장님."

"그래, 연락이 닿았나?"

"네."

"무어라던가?"

"이곳 위치를 타전했더니, 곧 답신이 왔는데, 이곳으로부터 남방 2키로 지점에 적의 주력이 있다는 겁니다."

"그리구?"

"아군이 진격할 때까지 이곳에 그냥 잠복해 있으라는 명령이었습니다."

"음!"

임 중위는 짧은 신음을 토해 냈다. 모두들 임 중위를 바라보았다. 한결같이 미구에 닥쳐올 아니 어쩌면 이미 가까이 다가와 있는지도 모르는 어떤 어둠을 예감하고 전에 없이 그것을 두려워하는 눈초리들이었다. 임 중위의 얼굴에는 무겁고 굵은 선(線)이 떠올라 있어 순간 무언가 그가 집요한 생각에 사로잡혀 있음을 말해 주고 있었다. 그때 잠시 조용하던 건물 쪽에서 다시 예의 그 소리가 벽을 흔들며 들려왔다. 임 중위는 나직이 그러나 단호하게 명령했다.

"그러구들 있지 말고 빨리 감자와 옥수수를 구워라!" 그리고 그는 덧붙였다.

"여기 있는 식량에 우리는 손가락 하나 댈 권리도 없다. 이 식량은 이 건물에 수용돼 있는 저 사람들의 것이다. 식량은 그들에게도 모자라. 그나마 요기할 수 있었던 것을 저 사람들에게 감사해야 해."

이튿날 아침부터 그들은 다시 굶어야 했다. 그들에게 식량은 이제부터 금지된 어떤 것이 되었다. 임 중위는 선언했던 것이다. 임의로 감자나 옥수수에 손을 대는 사람에겐 가차 없이 국가가 그에게 부여한 비상시 즉결처분권을 발동하겠노라고. 모두들 속으로는 심한 반발을 느끼고 있었으나 아무도 그것을 표면으로 나타내지는 못했다. 비상시 즉결처분권이란 총살을 할 수 있는 권한까지도 포함하는 것이기 때문이었다.

날씨는 여전히 흐리고 바람이 아직도 불고 있었으나 빛은 흐린 구름과 바람을 뚫고 내려와 눈 쌓인 주위의 풍경을 선명하게 비춰 주었다. 임 중위는 환자들에게 아침식사를 날라다 주게 한 다음 이만식 중사로 하여금 건물 주위를 보초(步哨)하게 하였다. 그리고는 어젯밤 채 돌아보지 못한 건물 내부를 마저 살펴보기로 했다. 건물 출입구로부터 서너 발자욱 되는 지점에서 오른쪽으로 꼬부라진 복도에 연해 두 개의 방이 있었다. 하나는 취사실인 것 같았고, 나머지 하나는 건물 관리자가 쓰던 침실 겸 사무실인 것 같았다. 임 중위는 통나무를 얽어 짜 단 도어를 열고 그 방으로 들어섰다. 방 안에는 자그마한 낡

은 책상이 하나, 그리고 이름 모를 얼마간의 약병들이 있었고 몇 권
의 책들이 뽀얗게 먼지를 쓴 채 여기저기 흩어져 있었다. 그 위로 하
나밖에 없는 작은 창문으로부터 희뿌연 빛이 들어와 비치고 있었다.
그는 걸어 들어가서 쌓여 있는 먼지도 털지 않은 채 그냥 그 책상 위
에 걸터앉았다. 책상은 그렇게 걸터앉기에 알맞은 높이를 가지고 있
었다. 군에 들어오기 전에는 결코 그는 책상 위에 앉는 것 같은 짓은
하지 않았었다. 그러나 군에 들어온 후, 그리고 전장에서 직접 적과
총을 마주 겨누어 보고, 또 쏘아 본 후, 그는 그의 내부에서 무엇인가
소리 없이 무너져 내리기 시작하는 것을 느꼈다. 그것은 어쩌면 새로
운 개안(開眼)인지도 몰랐고 혹은 오히려 실명(失明)인지도 몰랐다.
그것은 그가 대학 시절 절망하여 '하나님의 집(敎會)'에서 떠나고 난
후 비로소 선명히 손에 잡히던 하나님의 개념, 그것에 비유할 수 있
었다. 그가 그러한 심정을 후방에 있는 그의 친구에게 편지로 전했을
때 그 친구는 답장에서 이렇게 묶어 주었었다.

"눈을 뜨고 보니 눈을 뜨지 않았을 때보다 더 어둡더라 그런 얘기
가 되겠군. 그럼 다시 눈을 감지 그러나."

임 중위는 책상에 걸터앉아 그런 생각을 하고 있다가 문득 어젯밤
그 시체의 주머니에서 발견한 수첩이 생각났다. 그는 어젯밤 그것이
이 건물 관리자의 소유라는 것만 확인하고는 그냥 바지 주머니에 넣
어 두었던 것이다. 그는 그것을 끄집어냈다. 그것은 손바닥만 한 크
기에 그다지 적지 않은 부피를 가지고 있었다. 꽤 오래 지니고 다녔
던 듯 종이는 누렇게 퇴색해 있었고, 거기 손때가 묻어, 그것을 지녔

던 사람의 체취가 거기서 풍기는 것 같았다. 겉장에는 '임상록(臨床錄)'이라고 쓴 단정한 펜글씨 밑에 작은 글씨로 '민석후(閔碩厚)'라고 쓰여 있었다. 그는 겉장을 젖혀 보았다. 역시 펜글씨로, 그러나 겉장과 같이 그렇게 단정하지만은 않은 글씨로 무엇인가 깨알처럼 쓰여 있었다. 그는 듬뿍 몇 장을 더 넘겨 보았다. 역시 같은 글씨로 무엇인가 빼곡히 쓰여 있었다. 그는 그중 아무 데나 한 군데 눈을 주고는 한 줄 읽어 보았다.

"합법적(合法的)으로 살인(殺人)할 수 있는 자(者)는 정신병자와 전쟁(戰爭)뿐이다. 그리고 전쟁(戰爭)은 역사(歷史)가 치르는 영원히 치유될 수 없도록 고질화된 하나의 정신병(精神病)이다. 마땅히 불쌍히 여김을 받아야만 할 대상(對象)이다. 마찬가지로 그것을 도발한 자들도 불쌍히 여김을 받아야 한다. 그러나 그들을 사주한 누군가가 혹은 무엇인가가 있다. 그것을 나는 신(神)이라고 부르지는 않겠다. 혹은 숙명(宿命)이라고 부르지도 않겠다. 그런 것은 아무래도 좋으니까, 허나 분명(分明)한 것은 그것이 증오받아야 하고 매도되어야 한다는 사실이다. 나는 지금 치를 떤다." 아무렇게나 한 줄 읽어 보려던 것이 어느덧 그로 하여금 몇 줄 더 읽게 했고, 급기야는 창문 가까이 바싹 다가앉게까지 했다. 그는 묘하게 상기하고 있는 자신을 느꼈다. 그는 읽던 부분을 덮어 두고 다시 첫 장을 폈다. 첫 장부터 읽고 싶어졌던 것이다.

"분명히 나는 이곳으로 좌천을 당해 온 것인데, 나를 설레게 하는 이 기쁨은 무엇인가? 전문의(專門醫)도 아닌 나를 이곳에 보내 준 저들에게 나는 우선 감사하고 싶어졌다. 대학 시절 전공을 선택할 때 정신과와 외과 사이에서 나는 얼마나 망설였던가? 그리고 나중 외과의가 된 후 나는 또 얼마나 후회했던가? 그러나 지금 나는 무한한 행복감 같은 것을 느끼고 있다. 내가 반생을 괴로워하며 찾아 헤매던 것이 바로 이런 곳에 있다니! 그것은 어둠이지만 캄캄한 어둠이지만 나로 하여금 그 속에서 불을 켜고자 하는 용기를 주는구나!"

그다음 몇 줄은 알아볼 수 없게 지워져 있었다. 그리고는 다시 계속되었다.

"인간이 인간에게 가(加)한 육체적 박해가 인간의 영혼을 이다지도 심하게 파괴해 버릴 수가 있다니! 아무리 저들이 사상범(思想犯)들이었기로 저들의 영혼을 저렇게까지 파괴할 권리가 누구에게 있단 말인가? 저들은 보상(報償)받아야 한다. 허지만 누가 무엇으로 보상(報償)한단 말인가? 하긴 모르지, 어쩌면 저들은 오히려 구원받고 있는지도……. 저들만이 이제 정말 자유로워진 것인지도……. 그렇다면 나는 기꺼이 저들의 파수병이 될 텐데……. 아니다. 그렇지 않더라도 좋다. 나는 기꺼이 저들의 파수병이 되자. 저들의 종이 되자. 그리고 저들 영혼의 지팡이가 되자. 그리고 조용히, 침착하게 이 어둠을 탐색해 보기로 하자."

임 중위는 수첩에서 눈을 들었다. 그리고는 방 안을 한 바퀴 둘러보았다. 먼지가 쌓이고 냉기가 감도는 방 안은 창문으로 들어온 희뿌연 빛에 싸여 둥실 떠 있는 것 같았다. 그는 문득 질량불변의 법칙을 생각했다. 시체는 썩어서 흙에 동화될 것이다. 허지만 그 어떤 부분은 공기 중에 기화(氣化)되기도 할 것이다. 만약 그렇다면 이 사람의 시체 중 기화된 부분은 이 방 안에 모두 모여 와 있지나 않을까, 그런 엉뚱한 생각을 하고 있던 그는 다시 눈을 수첩으로 가져갔다.

윤근수 일등병은 속으로 얼마간 냉소를 띄우면서 홍영기 일등병의 이야기를 듣고 있었다. 태규만 상사는 무관심한 표정으로 벌렁 누워 있었고 이만식 중사는 말하는 사람의 움직이는 입모습을 하나도 놓치지 않으려는 듯 눈으로 좇으며 흥미롭게 듣고 있었다.

"구수한 냄새가 회를 동하는 그놈의 옥수수와 감자를 한 아름 안구 그 미친놈들이 있는 델 마악 갔을 때예요."

"제기랄!"

태규만 상사가 비위가 상한다는 듯 내뱉었다.

"그래서!"

이만식 중사의 재촉이었다.

"그래서구 뭐구 넌 보초 안 서?"

태규만 상사가 면박을 주듯 이만식 중사를 흘겨보았다.

"몇 바퀴 돌아봤는데 아무 이상 없었어요. 까짓 보초 서나 마나죠. 뭐, 어차피 새끼들이 여기 발견하면 보초 선 결과나 안 선 결과나 마찬가지로 뻔한 거 아녜요?"

윤근수 일등병은 제법 저자가 현명한 소리를 다 하는구나, 하고 생각했다. 태규만 상사는 다시 한번 이만식 중사를 흘겨보고는 될 대로 되라는 듯 숫제 눈을 감아 버렸다.

"그래서? 응? 그다음을 얘기해 봐."

이만식 중사는 다시 이야기를 재촉했다. 홍영기 일등병은 이야기를 다시 계속했다.

"바로 그때 말예요. 정말 희한한 꼴을 보구 말았거든요?"

"아니, 희한한 꼴이라니 어떤 꼴인데?"

"헤, 이거 이야기하기가 좀 곤란한데요."

홍영기 일등병은 순간 얼굴을 붉히면서 세 사람의 얼굴을 번갈아 쳐다보며 머뭇거렸다.

"아니, 무슨 꼴을 봤길래 그래? 응? 아, 어서 얘기나 해 봐, 우리끼리 있는데 못 할 얘기가 어딨어?"

이만식 중사는 더욱 호기심이 동하는 듯 조바심을 치며 재촉했다. 홍영기 일등병은 한참을 더 머뭇거리더니 얼굴을 붉힌 채 입을 열었다.

"……글쎄, 배가 남산만 한 여자를 벗겨 놓구서, 얼굴인지 수염인지 분간두 못 할 정도로 온통 털투성이의 사내 하나가 그 위에 올라타구 있는 거예요. 그뿐이면 또 괜찮겠는데 그 사내의 등 뒤로 또 하나의 사내가……."

"또 하나의 사내가?"

"그 또 하나의 사내가…… 마치…… 저, 이 중사님은 개가 교미(交尾)하는 걸 본 적이 있으세요?"

그리고 나서 홍영기 일등병은 면구스럽고 수줍어하는 눈빛으로 세 사람의 얼굴을 번갈아 한 번씩 살펴보았다. 그러나 아무도 실상은 그 이야기에 귀 기울이고 있는 사람은 없었다. 최대한으로 흥미 있는 척하고 있던 이만식 중사까지도 단지 그는 흥미 있게 들으려고 노력하였을 뿐이었다. 그들은 모두 어떤 자세로 이야기를 듣고 있는 척하였을 뿐 실상은 그들의 의식을 집요하게 물고 늘어지는 어떤 그림자 때문에 부심하고 있었던 것이다. 그것은 그들이 급작스럽게 적에게 포위당했을 때에도, 그리고 정확한 목표지점도 없이 굶주림과 추위를 등에 업은 채 눈 쌓인 능선들을 행군할 때에도 경험해 보지 못한 새로운 추위였다. 협박자의 총부리 앞에 마주 선 사람의 공포보다도, 언제 어떤 모습으로 불쑥 나타날는지 모르는 협박자의 그림자를 신변에 느끼며, 그것을 조바심하고 있는 사람의 공포가 더 심한 것이라는 이치와 흡사했다. 그들은 그러한 서로를 눈치채고 있었다. 단지 그것을 겉으로 나타내기를 꺼려 하고 있을 뿐이었다.

"빌어먹을!"

태규만 상사가 누구에게 향한 것인지 알 수 없는 한마디를 내뱉고는 벌떡 일어나 앉았다. 그러더니 그는 엉금엉금 기어서 한쪽 구석에 쌓아 둔 옥수수 더미로 다가갔다. 그리고는 그중 하나를 집어서 입으로 가져갔다. 그리고 그것을 뜯어먹기 시작했다. 모두를 놀란 눈으로 그를 바라보았다. 그러나 잠시 후 그 놀란 눈들은 어떤 기대와 불안이 엇갈린 일종의 선명의 빛깔로 변해 갔다. 그때 임 중위가 들어섰다. 태규만 상사는 움칫하며 먹던 것을 입에서 떼었다. 윤근수 일등병은 순간 자지러질 듯한 쾌감을 느끼며, 어떤 기대에 가득 찬 눈으로 두 사람을 지켜보았다. 갑상선 환자처럼 툭 불거져 나온 태규만 상사의 두 눈이 벌겋게 충혈돼 갔다. 묵묵히 그러한 그를 쏘아보고 있던 임 중위의 입이 무겁게 열렸다.

"태 상사, 무엇을 하구 있었나?"

태규만 상사의 두 눈은 대답을 거부한 채 더욱 충혈해 가기만 했다.

"인마! 내 말이 안 들려? 무엇을 하구 있었느냔 말야!"

마침내 자제력을 잃은 듯 임 중위는 악쓰듯 고함을 쳤다. 그러자 태규만 상사는 시뻘겋게 충혈된 두 눈을 번쩍 치켜들었다.

"옥수수를 먹고 있었습니다."

어떻게든 해 보라는, 또는 어떻게든 되라는 내심이 엿보이는 그러나 얼마간은 흔들리는 음성이었다. 임 중위는 허리에서 권총을 빼 들었다. 권총을 쥔 손이 부들부들 떨고 있었다.

"일어서!"

태규만 상사는 충혈된 두 눈으로 무엇인가를 움켜잡아 그것을 불살라 버리려는 듯 한곳을 쏘아보며 천천히 몸을 일으켰다.

"뒤로 돌아서!"

태규만 상사는 등을 이쪽으로 향하고 돌아섰다. 임 중위는 권총의 안전장치를 풀었다. 이만식 중사와 홍영기 일등병이 얼굴을 상기한 채 무언가 말하려는 듯 망설이고 있었다.

"어떤 놈이 이놈을 위해서 변호해 주고 싶은 놈이 있나? 없지?"

"저……."

"누구냐?"

이만식 중사였다.

"저……."

"뭐냐?"

"저…… 태 상사님은 유능한 군인입니다. 전투에서 세운 빛나는 전공(戰功)만도 열 손가락이 모자라고요…… 그런 유능한 군인이 미친놈들에게 줄 옥수수 한 자루 먹었대서……."

"총살을 할 것까지야 없지 않느냐, 그 말이지? 좋다. 내 말을 똑똑히 들어 둬! 네가 마치 쓰레기 취급하듯 부른 그 미친놈들을 위해서, 저기 서 있는 저 자식보다는 몇 갑절 이 세상에 살아남을 가치가 있는 한 유능한 인간이 전 생애를 걸었단 말이다 알겠니? 그 사람은 바로 그 미친놈들을 위해서 목숨까지 버렸단 말이다. 이놈아! 그 사람은 자기는 한 톨 먹기를 주저하면서 너희들이 입버릇처럼 부르는 그 미친놈들을 자기가 그들의 손에 교살당할 때까지는 배고프게 하지 않았단 말이다!"

그렇게 말하는 임 중위의 얼굴은 깨뜨리지 못할 어떤 결정(結晶) 같은 것이 되어 있었다. 윤근수 일등병은 그때 '그 사람은 왜 그들을 위해서 전 생애를 걸었나요?' 하고 묻고 싶었지만 목구멍까지 넘어온 그 말을 입 밖에 내진 못했다. 그것은 그 질문이 임 중위의 얼굴의 그 결정(結晶)을 깨뜨리는 결과가 될는지 알 수 없었고, 그렇게 되는 것이 그는 두려웠기 때문이었다.

태규만 상사는 총살당하지 않았다. 그것은 이만식 중사와 홍영기 일등병이 거의 애걸하다시피 만류한 덕분이기도 했지만 그보다 대낮에 총성을 낸다는 것이 얼마나 위험천만한 노릇인가를 임 중위 자신이 잘 알고 있었기 때문이었다. 그러나 그날 저녁 무렵 사고는 또 일어났다. 헛간에는 임 중위와 태규만 상사 그리고 윤근수 일등병, 이렇게 세 사람만 남아 있었다. 이만식 중사는 저녁식사를 날라다 주러 갔고, 그보다 먼저 대변을 보고 오겠노라고 나간 홍영기 일등병은 아직 돌아오지 않았다. 세 사람은 아직도 아까 그 긴장된 분위기의 꼬리를 떨어 버리지 못한 채 말없이 누워 있었다. 헛간의 입구로부터는 흐린 겨울날의 마지막 미광이 스며들듯 들어와 그들의 얼굴을 사자(死者)의 그것처럼 보이게 했다. 그때 이만식 중사가 상기한 얼굴로 뛰어 들어왔다.

"소대장님! 홍 일등병이……."

"뭐냐?"

"죽었습니다!"

모두들 반사적으로 몸을 일으켜 이만식 중사를 따라 헛간을 뛰어 나왔다.

시체는 환자들이 감금돼 있는 방 앞, 복도에 쓰러져 있었다. 상의 (上衣)가 갈가리 찢기워져 있었고 목을 졸리운 자욱이 역력했다. 환자들은 모두들 통나무 창살들을 부둥켜 쥐고 이쪽을 노려보고 있었다. 교살당한 것임이 분명했다. 윤근수 일등병은 생각했다. '저 친구, 저자들에게 접근을 했었구나. 헌데 무엇 때문에 접근을 했을까? 아하! 저 친구 계집 생각이 나서 환장을 했던 모양이로군.'

이만식 중사가 입을 열었다.

"아마 저놈들에게 가까이 갔었던 모양입니다."

임 중위는 말없이 시체를 굽어보고 있었다. 그의 얼굴에는 착잡한 구름이 끼어 있었다.

"에잇! 저 새끼들을 그냥!"

태규만 상사가 갑자기 비명 같은 소리를 내지르더니 통나무 창살들을 부둥켜 쥐고 있는 환자들에게 달려들어 발작적인 몸짓으로 날뛰며 발길질을 하기 시작했다. 환자들은 발길질에 쫓겨 이리 몰리고 저리 몰리고 하면서도 창살 부근을 떠나지는 않았다. 태규만 상사는 마치 신 내린 무당처럼 날뛰고 있었다.

"태 상사! 그만둬라! 그만두지 못해!"

임 중위가 버럭 소리를 내질렀다. 그제야 그는 숨은 몰아쉬며 발길질을 멈추었다. 그의 전신은 부들부들 떨고 있었다.

눈을 파고 시체를 묻은 다음, 그들은 다시 헛간으로 돌아와 아지 못할 새로운 추위를 온몸으로 느끼며 각각 몸을 눕혔다. 그러나 아무도 불을 피우려는 사람은 없었다. 어느덧 어둠은 누리를 덮어, 헛간 안은 지척을 분간하지 못하도록 캄캄했다. 이따금씩 몸을 고쳐 눕는 소리만이 그들이 거기 함께 있음을 알려 주었다. 그렇게 겨울밤이 깊어 갔다.

잠결에 윤근수 일등병은 총성을 듣고 벌떡 일어나 앉았다. 거의 동시에 그는 옆에서도 누군가 일어나 앉는 소리를 들었고 누군가 이미 헛간을 뛰어나가는 발자욱 소리를 들었다. 총성은 건물 쪽에서 들려오고 있었다. 그는 반사적으로 몸을 일으켜 밖으로 뛰어나왔다. 누군가 곧 뒤따라 뛰어나왔다. 이만식 중사였다. 언제부터인지 하늘은 틔어 있어 달빛이 눈 쌓인 누리를 비추고 있었다. 그들은 한번 서로 마주 보고는 건물 쪽을 향해 달려갔다. 총성은 계속 건물 쪽에서 들려오고 있었다. 그들이 건물 입구를 마악 들어섰을 때 지금까지 들려오던 총소리와는 음향이 다른 또 하나의 총소리가 울려왔다. 그 총성은 멎었다.

환자들이 감금돼 있는 방의 작은 창으로 스며든 달빛은 한 사람의 우뚝 선 그림자를 비춰 주고 있었다. 임 중위였다. 그의 오른손에는 권총이 쥐어져 있었다. 그의 몇 걸음 앞, 복도 위에 쓰러져 있는 그림자는 태규만 상사임에 틀림없었다. 달빛에 비친 그의 얼굴은 이미 창백하게 식어 가고 있었다. 한 자루의 M1 소총이 그의 옆에 나동그라져 있었고, 아직 만지면 따뜻할 것 같은 탄피가 여기저기 흩어져 있었다.

"어떻게 된 겁니까?"

그들이 달려가 물었을 때 임 중위는 말없이 어디 먼 데 있는 적(敵)이라도 포착한 듯 먼 시선을 한곳에 부으며 미동도 하지 않았다.

환자들은 죽어 가는 짐승이 지르는 마지막 단말마와 같은 비명(悲鳴)을 지르며 노호하고 있었다. 그것은 참상 그것이었다. 온몸이 피투성이가 되어 쓰러진 자, 피투성이가 된 채 창살을 부둥켜 쥐고 울부짖는 자, 고통에 못 이겨 제 머리를 벽에 마주 부딪치고 있는 자, 윤근수 일등병은 고개를 모로 틀었고 이만식 중사는 헛구역질을 하기 시작했다. 그때 그들은 따갑게 울리는 어린아이의 울음소리를 들었다. 임 중위가 부동의 자세를 허물어뜨리고 창살 앞으로 달려왔다. 달빛이 희미하게 비춰 주는 방 안의 침상 속에, 어린아이가, 어머니의 배 속에서 방금 떨어져 나온 것 같은 어린아이가 사지를 바둥대며 울고 있었다. 어린아이의 탯줄은 그냥 어머니의 몸에 이어진 채 있었고 그 어머니는 가슴에 총을 맞고 숨져 있었다.

이곳에 더 이상 머물러 있는다는 것은 이제 인화물질 속에 불씨를 안고 서 있는 것보다 더 위험한 노릇이었다. 어디선가 적들은 틀림없이 총성을 들었을 것이고 이 건물도 마침내는 발견되고야 말 것이었다.

"소대장님, 빨리 여길 빠져나가야 하지 않겠습니까?"

이만식 중사가 초조한 얼굴로 말했다. 임 중위의 얼굴에는 굵은 선(線)이 떠올라 있어, 무언가 그의 내부에서 집요한 싸움이 일어나고 있다는 것을 말해 주었다. 이만식 중사와 윤근수 일등병은 그러한 그의 얼굴을 초조하게 지켜보고 있었다. 임 중위는 드디어 입을 열었다. 무겁고 침통한 목소리로.

"빠져나가야지. 빨리 준비를 해라!"

준비래야 별것 아니었다. 이만식 중사와 윤근수 일등병은 벗어 놓았던 총을 각각 어깨에 메었다.

"자, 그럼 빨리 떠나라, 시간이 없다."

"네?"

"시간이 없어! 빨리들 떠나!"

"소대장님, 무슨 말씀이십니까?"

"빨리들 떠나라니까! 난 여기 있겠다."

그의 얼굴은 또다시 깨뜨리지 못할 어떤 결정(結晶) 같은 것이 되어 있었다. 달의 광택이 차츰 엷어져 가는 것으로 보아 날이 새고 있다는 것을 알 수 있었다. 그와 함께 이만식 중사와 윤근수 일등병은 위험이 바싹 몸 가까이 다가와 있는 것을 느꼈다. 그들은 임 중위가 왜 그곳에 남으려고 하는지 알 수 없지만 그들만이라도 한시바삐 이곳에서 빠져나가야겠다고 생각했다. 그때 임 중위가 권총을 빼 들었다. 그리고 소리쳤다.

"빨리 떠나라! 꾸물거리면 쏠 테다."

그들은 재빨리 몸을 움직여 그곳을 떠났다. 재빠르고 어딘가 허둥대는 것 같은 그들의 걸음걸이를 한동안 바라보고 섰던 임 중위는 무언가 울음이 터질 것 같은 심정으로 그 자리에 무릎을 꿇고 앉았다. 날은 점점 밝아 오고 있었다. 그러나 그의 눈에는 만상이 점점 어둠에 잠기고 있는 것처럼 보였다. 그는 친구의 편지를 생각하고 있었다.

"눈을 뜨고 보니 눈을 뜨지 않았을 때보다 더 어둡더라 그런 얘기가 되겠군. 그럼 다시 눈을 감지 그러나."

그는 거의 소리를 만들어 중얼거렸다.

"아니다. 절대로 눈을 감을 수는 없다. 그렇게 할 수는 없어!"

그는 권총의 탄창에 총알을 가득 장전했다. 그리고 그는 동터 오는 하늘을 무겁게 바라보았다. 어디선가 몇 발의 총성이 울려왔다. 그리고 얼마 안 가서 눈을 밟는 발자욱 소리들과 함께 두런거리는 사람의 인기척이 다가오기 시작했다. 적들일 것이었다.

투혼

    링에 올라서자 습관대로 매트를 한 번 발로 굴러 보려는 순간 관수 (寬洙)는 두 발이 매트 속으로 푸욱 묻히는 착각을 받았다. 마치 뻘흙 속 같은 데로 쑤욱 빠져드는 듯한. 물론 잠깐이었다. 하지만 관수는 오늘 시합이 잡쳐 버리리라는 것을 직감했다.

    한 번도 틀려본 적 없는 관수의 그 예감대로 시합은 신통치 않았 다. 그러나 7회까지만 해도 오부 오부 시합이었다. 관수도 졸전(拙戰) 이었지만 오덕민이 쪽도 결코 잘 싸운다고는 할 수 없었던 것이다. 서로 간에 이렇다 할 결정타도 없었거니와 두드러진 실수도 없는, 그 렇다고 힘이 덜 드는 시합도 아닌 서로 조바심만 앞세운 그런 시합이 었다. 힘이 덜 들기는커녕 갑절로 드는 시합이라 할 수 있었다. 해서 양쪽 다 7회가 끝날 무렵에는 한 10회전쯤 이미 뛰고 난 뒤처럼 지쳐 있었다.

코너로 돌아오자 치프 세컨드인 철호 씨가 물었다.

"왜 잡질 못하지? 왜 그래?"

관수는 엉덩이께로 밀어 넣어지는 의자에 내던지듯 걸터앉으며 건너편 코너를 노려보았다. 오덕민이 물을 한 모금 물었다가 고개를 틀어 뱉고 있는 모습이 보였다. 철호 씨가 팬츠의 고무줄을 잡아당겨 심호흡을 시키면서 계속해 말했다.

"한 발짝만 더 들어가면 잡겠구나 싶으면 뭣 때문인지 죽을 쑤구 죽을 쑤구 하는군. 도대체 왜 그러는 거야, 오늘?"

관수는 말없이 철호 씨의 팔의 동작에 따라 심호흡만 하면서 계속 건너편 코너를 노려보았다. 오덕민 역시 자기 쪽 치프 세컨드에게 팬츠의 고무줄을 맡긴 채 심호흡을 하면서 이쪽을 바라보고 있었다. 한순간 둘의 눈이 마주쳤다. 그러자 오덕민 쪽에서 눈길을 슬쩍 거두었다. 순간 관수는 8회전이 심상치 않으리라는 예감이 들었다. 그가 먼저 눈을 피한 점이 적잖이 께름칙하게 여겨졌다.

"잽(jab) 같은 거 한두 개 맞아 주라구. 그러면서 바싹 따라붙는 거야. 저 친구두 지쳤으니까."

철호 씨가 말하고 있었다. 순간 공이 울렸다. 관수는 글러브 낀 두 주먹을 가볍게 한번 맞대 보고 나서 링 가운데로 걸어갔다. 오덕민 역시 천천히 가운데로 걸어 나왔다. 그는 아주 천천히 걸었다. 관수는 참을성 있게 기다렸다. 이쪽이 기다린다는 걸 알자 오덕민은 조금 민활해지며 잽을 두어 개 던지면서 거리를 좁혀 왔다. 신경전을 벌일 의사는 없다는 뜻일 것이다. 관수는 오른쪽 글러브로 오덕민의 잽을 털어 버리면서 왼쪽 스트레이트로 응수했다. 오덕민이 슬쩍 백 스텝으로 물러서면서 오른쪽으로 돌았다. 관수는 재빨리 따라붙었다. 따라붙으면서 양 훅을 휘둘렀다. 그중 하나가 오덕민의 뺨을 스쳤다. 계속 따라붙었다. 오덕민의 가벼운 스트레이트가 얼굴에 와 닿았다. 그때 관수는 바짝 한 발 다가들면서 재빠른 왼쪽 훅을 오덕민의 턱에 명중시켰다. 시합이 좀 풀려 갈 것 같다는 느낌이 드는 순간에 오덕민이 두 팔로 관수를 껴안으면서 클린치해 왔다. 그의 좀 휘감기는 듯한 긴 몸이 관수를 휘덮어 싸안는 듯한 자세였다. 관수는 맞받아 그를 껴안으면서 빨리 그의 몸을 털어 내고 결정타를 먹일 찬스가 아닌가 생각했다. 하지만 관수는 주저했다. 오덕민은 지금 속임수를 쓰고 있는 건지도 모른다. 그는 아주 능구렁이니까. 그리고 그의 교묘한 반칙이 준동하는 것은 항상 지금처럼 바짝 밀착해 있을 때가 아니던가. 그와의 시합 세 번을 모두 그와 같이 놓쳐 버리지 않았던가. 한 번은 교묘한 그의 버팅으로 눈썹 위가 찢어져서 졌고 두 번은 심판의 눈을 가린 위치에서의 그의 비열한 벨트 밑 타격에 의해서 졌었다. 그는 세련된 아웃복서이면서 근접 시에는 무슨 수를 써서든지 상대방의 몸 어디를 망가뜨려 놓고 시합을 자기 것으로 만든다. 적어도 관수 자신의 경험에 의하면 그렇다. 오늘 시합에서 관수 자신이 죽을 쑤고 있는 것도, 그리고 몇 번의 몰아 잡을 기회를 망설임 때문에 놓쳐 버린 것도 결국 어떻게든 이 시합에서만은 전철을 밟지 않으려는 자신의 조바심 때문이 아니던가. 우물쭈물하는 사이에 레프리가 떨어지라고 명령했다. 관수는 그를 싸안듯 하면서 밀어내었다. 오덕민이 맞받아 밀면서 떨어져 나갔다. 그의 눈빛이 몽롱해 보였다. 혹이 제대로 들었구나, 하고 생각하면서 관수는 두어 발짝 바짝 달려들면서 좌우 스트레이트를 뽑았다. 오덕민이 껑충 백 스텝으로 피하면서 무의식중인 듯 로프 쪽으로 돌았다. 관수는 바짝 따라붙으면서 양 혹을 휘둘렀다. 두 개가 다 들어갔다. 관중들의 함성과 함께,

"계속 잡아, 잡아!"

하고 링 사이드에서 외쳐 대는 철호 씨의 목소리가 들렸다. 관수는 다시 양 혹을 휘둘렀다. 오덕민이 커다란 더킹 모션으로 관수의 양 혹을 피하면서 보디블로 두 개를 던져 왔다. 관수가 잠시 주춤하는 사이 그의 뱀 대가리같이 유연한 더킹 모션이 눈앞으로 바싹 다가왔다 싶은 순간 그의 휘감기는 듯한 긴 몸이 다시 껴안아 왔다. 경계해야 한다는 생각과 털어 버리고 마지막 결정타를 먹여야 한다는 생각이 번갈아 스쳐 간 다음 순간이었다. 관수는 참을 수 없는 고통을 하복부에 느꼈다. 그리고 미처 "당했다"는 생각을 할 겨를도 없이 오덕민의 강한 어퍼컷이 관수의 턱밑에서 작열했다. 두 번, 세 번, 네 번 다섯 번……. 그리고 더 이상 감당할 길 없는 그의 후벼 대는 듯한 좌우 혹.

캔버스에 누워서 관수는 레프리의 카운트를 들었다. 오덕민의 한쪽 팔이 번쩍 치켜올려지는 모습과 그의 기뻐 날뛰는 과장된 제스처가 뿌옇게 떠 보였다.

선수 대기실로 돌아와 관수의 부어오른 얼굴에 약을 발라 주면서 철호 씨가 말했다.

"뭐가 어떻게 된 건지 정말 알 수가 없군, 그래. 항상 다 이 이긴 시합을 죽을 쑤니."

관수는 부어오른 얼굴을 맡겨 둔 채 아무 말도 하지 않았다. 얼굴의 감각이 몹시 둔해진 느낌이었다. 피부 한 겹이 더 생긴 것 같았다.

"아무래두 권투를 내가 다시 배워야 할 모양이군. 도무지 내 권투 지식으로 이해를 할 도리가 없으니 말야. 도대체 어떻게 된 거야? 그 친구가 클린치해 왔을 때 관수는 뭘 한 거야? 밀구 빠지면서 정확한 스트레이트 하나면 그대로 끝나는 거 아냐? 거기서 되레 어퍼를 맞다니. 도대체 뭐가 어떻게 된 거야? 내가 잘못 판단했나? 관수가 그렇게 서투른 복서였나?"

철호 씨는 계속 부어오른 관수의 얼굴을 마사지하면서 답답해 죽겠다는 표정을 지었다. 관수는 그러나 끝내 아무 말도 하지 않았다. 분명한 건 어떻게든 다시 오덕민에게 도전을 해서 그를 기어이 캔버스 위에 눕혀 보여야 한다는 일념뿐이었다. 그러자면 또 얼마나 시일이 걸릴지 모른다. 얼마나 많은 우여곡절을 거쳐야 할지 모른다. 오늘 시합만 하더라도 1년여를 기다리고 그동안 어려운 시합을 두 번이나 치르고 나서 간신히 성취된 것이었다. 그리고 그와의 네 번째 시합이 모두 일방적인 관수의 패배로 끝났다.

"이젠 나두 더 이상 어쩌는 도리가 없는 것 같군. 기권하겠어. 혹 권투를 그만두지 않을 생각이면 다른 사람의 도움을 청하도록 하지. 정말 난 이제 기권하겠어."

관수가 옷 갈아입는 걸 거들어 주며 철호 씨는 담담하게 말했다.

관수는 시합이 끝난 후 처음으로 철호 씨를 똑바로 쳐다보았다.

"서운하지만 할 수 없군. 하지만 나로선 어쩔 수 없는 일이야. 도무지 권투를 모르겠어."

"……."

관수는 잠자코 시선을 떨구어 제 발밑을 내려다보다가 다시 고개를 들어 철호 씨를 바라보았다. 철호 씨는 그러나 조금도 비난이 섞이지 않은 담담한 눈빛으로 관수를 마주 보았다. 관수는 말했다.

"알겠습니다. 형님."

철호 씨가 관수의 어깨를 두드려 주었다. 그리고 두 사람은 나란히 경기장을 빠져나왔다.

집에 돌아오자, 만화방에서 텔레비전으로 제 형의 시합을 구경하고 돌아왔을 동생 인수와 아버지가 자지 않고 기다리고 있었다. 관수는 그들의 눈길을 피하면서 방으로 들어섰다.

"이제 오냐?"

시청의 청소과에 근무하고 있는 말단 공무원인 그의 아버지가 말했다.

"형, 어떻게 된 거야? 다 이겨 가다가."

이제 초등학교 5학년생인 인수도 제 형의 눈치를 살피며 말했다. 관수는 아무 대답도 하지 않았다. 어머니가 부엌에서 밥상을 차려 가지고 들어왔다.

"에그, 그놈의 권툰지 뭔지 좀 이젠 제발 좀 그만둬라. 얼굴 꼴이 그게 뭐냐?"

관수는 말없이 밥상 앞에 마주 앉았다. 아버지가 말했다.

"어서 먹어라. 인수한테 들으니 졌다더구나."

"네."

"승부는 질 수도 있는 게지 뭘. 그만 일루 풀이 없느냐."

인수가 말참견을 했다.

"그게 아냐, 아버지. 질래야 질 수 없는 시합을 진 거라구. 다 이긴 시합을 졌단 말야."

"저눔 자식이 그저."

하고 어머니가 인수를 윽박는 시늉을 했다.

"어머닌 괜히 그래. 형이 오덕민이하구 붙기만 하면 지는 게 난 뿔 대가 난단 말야."

"글쎄, 저눔 자식이 그래두. 공부나 하지 않구."

"그냥 두오. 그 녀석이 그래두 제 형이 진 게 분해서 그러는 게 아니오?"

아버지가 부드럽게 자기 작은아들 편을 들었다.

"아니, 이 양반은. 작은 녀석까지 싸움팰 못 만들어 그러나?"

"허허, 이 아낙네 좀 보게. 자기 아들이 싸움팬 줄 아는가 보군."

"싸움패가 아니면 그럼 뭐란 말유? 치구받구하는 게면 싸움패지. 아, 그럼 당신은 다 큰 아들 녀석 얼굴 꼴이 늘 저 모양이 돼 오는데두 아무렇지가 않단 말유?"

"허허, 글쎄 당신은 좀 가만있구려. 나이 스물다섯 넘은 자식이 하는 일이면 그게 할 만한 게니까 하는 거 아니겠소."

"아따 원, 믿기는 잘두 믿는구려. 암튼 난 모르겠수."

"진작에 그럴 노릇이지. 애야, 뭘 그러구 앉았니. 어서 밥이나 먹지 않구."

"네, 진지들 드셨어요?"

"그래, 우린 먹었다. 어서 들어라."

"네."

관수는 순간 목이 멘다. 아버지의 쥐꼬리만 한 봉급에 전적으로 의존하는 가계(家計)를 그는 거의 돕지 못하는 채다. 파이트 머니랍시고 어쩌다 조금씩 생기는 돈은 모두 제 밑으로 들어가 버리고 만다. 내놓고 말은 안 하지만 어머니의 그를 못마땅해하는 태도의 대부분은 그 점에 연유한다는 걸 그는 잘 알고 있다. 관수는 말없이 밥을 떠넣는다. 턱을 움직여 음식을 씹기가 몹시 거북하다. 하지만 그는 잠자코 밥 한 그릇을 다 비웠다.

식구들이 모두 자리를 보아 눕고, 그리고 잠든 기척들이 역력한 뒤에도 관수는 좀처럼 잠을 이룰 수가 없었다. 식구들 걱정도 걱정이지만 철호 씨가 그의 곁을 떠나 버린 일이 아무래도 마음에 걸렸다. 철호 씨에게만은 털어놓고 얘기를 했어야 하지 않을까 하는 생각도 들었다. 사실대로 얘기를 하고, 외부에는 발설하지 말아 달라고, 어떻게든 나 혼자 힘으로 그를 기어이 때려눕혀 보이겠다고 말하는 게 옳지 않았을까 하는 생각도 들었다. 하지만 사실을 알고 나면 그는 반드시 노하여 발설하지 않고는 견딜 수 없어 할 것이고, 그렇게 되면 그처럼 쑥스러운 일도 없다고 생각되었다. 그리고 그것을 철호 씨한 테 얘기한다는 일 자체가 벌써 쑥스러운 일임에 틀림없었다. 아무리 철호 씨가 학교 선배이고 자신의 넉넉잖은 가계를 돌아볼 겨를 없이 관수 자기를 도와 왔다곤 하더라도 이런 일까지 얘기해야 한다고는 생각되지 않았다. 그 문제만은 어떻게 해서든지 혼자서 해결하고 싶 었다. 링 위에서 아무도 모르게 둘 사이에 일어난 일을 외부에 알려 지게 해서, 링 바깥에서 문제가 생기게 하고 그로 말미암아 자기에게 조금이라도 유리한 결과가 오기를 기대하는 것 같은 행동을 스스로 취하기는 권투를 그만둬 버리기보다 싫었다. 어떻게 해서든지 링 위 에서 정당하게 이기는 방법을 오덕민에게 실력으로써 가르쳐 주고 싶었다. 링 위에서, 링 위의 법칙대로 그를 때려눕혀 보이고 싶었다. 그것이 스물여섯 살 먹은 남자가 할 일이라고 생각되었다. 그가 비열 한 짓을 저지른 그 장소에서, 그가 한 것이 얼마나 비열한 짓인가 하 는 것을 그 자신으로 하여금 알게 하고 싶었다. 그것은 링 위에서 정 당한 링 위의 법칙에 의해 그를 떡을 만드는 일일 것이었다. 그럼으 로써만 그동안 오덕민으로부터 당한 모든 더러운 패배는 깨끗이 씻 어질 수 있을 것이었다.

관수는 밤새 뒤채었다.

이튿날 관수는 늦게까지 잤다. 그리고 늦은 조반을 먹은 다음 집을 나섰다. 버스를 타고 창경원으로 갔다. 왠지 호랑이가 한번 보고 싶 었다.

평일 오전의 창경원은 관람객이 별로 없었다. 관수는 서두르지 않고 천천히 걸었다. 독수리니 부엉이니 공작이니 칠면조니 하는 새들이 들어 있는 우리를 지나 동물사(動物舍)가 있는 쪽으로 천천히 걸었다. 맑은 공기 속에 섞여 코끝에 맡아지는 짐승들의 분뇨 냄새가 이상하게 조금도 역하게 느껴지지 않았다. 원숭이들이 들어 있는 우리 앞에서 관수는 잠깐 멈춰 섰다. 원숭이들은 쉬고 있었다. 탐욕스럽게 커다란 손을 사타구니 사이에 겸손하게 늘어뜨린 채 조용히 햇볕을 쬐고 있었다. 우리 앞에 멈춰 선 관수의 존재도 짐짓 모른 체하고 있었다. 언제 보아도 사람으로 하여금 잠깐씩 부끄러운 감정에 놓이도록 하는 짐승이다. 아마 그 천연덕스러운 생김새와 하는 짓 때문일 것이다. 관수는 원숭이 우리 앞을 지나 다시 천천히 걸었다.

호랑이 우리 앞으로 갔다. 호랑이는 비스듬히 모로 누운 채 잠들어 있었다. 관수는 철책 난간에 두 팔꿈치를 기대고 아주 오래 서 있을 자세를 취하였다. 왕자다운 겸손함이랄까, 그런 것이 잠든 호랑이의 모습에서는 느껴졌다. 잠든 모습이 그렇게 용자(勇者)다워 보이고 준수한 짐승을 관수는 일찍이 본 적이 없었다. 관수는 오래오래 일어나기를 기다렸다. 힘과 기민함을 동시에 갖춘 그의 몸이 움직이는 모습을 보고 싶었다.

한참 만에야 호랑이는 잠에서 깨어났다. 힘을 간직한 덕성스러운 네 다리를 모로 쭈욱 뻗어서 기지개를 한 번 켠 다음 천천히 몸을 일으켰다. 일어나서는 다시 앞뒤의 네 다리로 지면을 힘차게 딛고 쭈욱 뻗어 또 한 번 기지개를 켰다. 달게 잔 뒤의 상쾌한 기분을 전신으로 음미하고 있는 것 같았다. 관수는 거의 사랑에 가까운 감정으로 호랑이의 일거일동을 바라보았다. 정오를 훨씬 지나 햇빛은 벌써 오후로 기울고 있었다. 호랑이가 천천히 그러나 아주 유연한 발의 움직임으로 걷기 시작했다. 우리의 이쪽 끝에서 저쪽 끝까지, 그리고 다시 저쪽 끝에서 이쪽 끝까지. 느리지만 그리고 육중하지만 조금도 둔해 보이지 않는 동작으로. 호랑이는 그렇게 아무 의심도 없이 우리의 한쪽 끝에서 다른 한쪽 끝까지를 유유히 되짚어 걸었다. 마치 몸 전체가 걷는 동작 하나에만 쓰여지고 있는 듯 그 움직임은 부드럽고 아름다워 보였다. 관수는 호랑이의 그 움직임이 부러웠다. 저렇게만 움직일 수 있다면, 저렇게 태만한 듯 보이면서도 저렇게 빈틈 하나 없이 움직일 수 있다면, 하고 관수는 넋을 잃고 바라보았다. 그때 호랑이가 문득 걸음을 멈추고 머리를 치켜들었다. 커다랗고 아름다운 두 눈이 오후의 햇빛 속에서도 번쩍 빛을 발했다. 그리고 바로 그다음 순간 관수는 호랑이의 주홍빛 구강(口腔)을 볼 수 있었다. 관수는 다만 호랑이의 구강만을 보았다고 착각했다. 그만큼 호랑이의 그 성난 포효(咆哮)는 돌발적인 것이었고 관수의 오관을 뒤흔들어 놓았다. 거의 동시에,

"어마아 사랑스러워라."

하는 새된 소리가 뒤에서 났다. 관수는 무의식중에 뒤를 돌아보았다. 여대생쯤으로 보이는 흰 티셔츠 차림의 아가씨 하나가 손뼉을 치던 자세로 관수를 쳐다보았다. 두 사람의 눈길이 잠시 마주쳤다. 그때 그 아가씨가 말했다.

"어마, 김관수 씨 아니세요?"

"……?"

"저 모르시죠? 저 김관수 씨 팬예요. 어제 시합두 봤죠. 얼마나 우울했는지 몰라요. ……아까부터 뒤에 서 있었는데 댁에가 김관수 씬 줄은 정말 몰랐네요. 누가 저렇게 나처럼 호랑이를 좋아하나 했죠. 강의 시간에 갑자기 미칠 듯이 호랑이가 보구 싶어져서 중간에 살짝 도망쳐서 달려왔는데 글쎄 언제부터 와 계신진 몰라두 계속해서 서 계시잖아요. 댁에가 딴 데루 가 버릴 때까지 기다릴려구 했죠. 혼자서 보구 싶었거든요. 하지만 이젠 괜찮아요. 김관수 씨와 함께라면 같이 봐두 좋아요."

그녀는 숨도 쉬지 않는 듯 그렇게 일사천리로 내리 지껄이고 나서,

"호랑이 좋아하세요?"

하고 딴청 하듯 물었다. 관수는 이런 일을 당해 보는 것은 처음이었으므로 어떻게 대꾸해야 좋을는지를 알 수가 없었다. 그래서 우물쭈물하고 있자 아가씨가 다시 말했다.

"아마 호랑일 지독히 좋아하시나 부죠? 그렇담 나랑 꼭 같네요. 나두 다른 사람이 호랑일 좋아한다는 걸 알면 몹시 기분이 상하거든요. 나 때문에 기분이 상하셨죠? 그렇죠? 하지만 난 김관수 씨가 호랑일 좋아한다는 걸 알구두 이상하게 조금두 기분이 상하질 않네요. 오히려 그 사실을 알구 나니까 호랑이두 몇 배 더 좋아지는 것 같구 김관수 씨두 더 좋아지네요. 물론 이건 팬으로서의 얘기지만요. 어디까지나."

그리고는 말끔히 관수의 눈동자를 올려다보았다. 아마 천성이 수다쟁이 아가씨인 모양이었다. 관수는 자신도 모르게 슬며시 웃음이

나왔다. 그게 아마 자기도 모르는 새에 얼굴에 내비친 모양인데 그러자 기회를 놓칠세라 아가씨가 다시 입을 놀렸다.

"기분이 좀 풀리시나 보군요. 지금 막 웃으시려는 모습 아주 멋있었어요. 잔뜩 부으신 얼굴에 웃음이, 그것두 쬐금 떠오르니까 심술 풀린 개구쟁이 같아 보이네요. 참 근사해요. 아, 기분 좋아라. 김관수 씨하구 호랑이 우리 앞에서 만나게 되다니. 강의 빼먹구 여기 오길 얼마나 잘했는지 몰라. 우리 함께 봐요. 네?"

그러며 그녀는 한 걸음 홀짝 뛰어 관수 곁으로 다가와서는 철책 난간 위에 팔꿈치를 얹으며 관수와 나란히 기대선다. 관수는 자리를 좀 나누어 준다는 식으로 상체를 약간 움직여서 조금 드티어 섰다.

그녀가 아주 사랑스러워 죽겠다는 표정으로, 다시 우리의 양 끝을 천천히 되짚어 걷기 시작한 호랑이를 바라보다가 말하였다.

"바쁘신 일 없으면 여기 문 닫을 때까지 우리 함께 봐요. 네? 난 아무리 오래 보구 있어두 지루해 본 적이 없거든요. 그러시죠? 함께 보시죠?"

관수는 이 아가씨와 만난 뒤로 처음 입을 떼어 대꾸했다.

"좋도록 하십시다."

그녀는 호들갑을 떨며 좋아했다.

"아이 좋아라. 창경원 오늘은 올 나잇했음 좋겠다. 밤새껏 보게."

"그렇게 호랑일 좋아하십니까?"

"네, 그래요. 게다가 김관수 씨랑 함께가 아녜요? 참, 나 그냥 관수 씨라구 불러도 괜찮죠?"

"아무렇게나 하십쇼."

"그럼 됐어요. 이제부터 그럼 우리 입 다물구 호랑이만 보기루 해요. 문 닫을 시간두 얼마 안 남았을 테니까요."

그리고 그녀는 갑자기 조용해지며 철책에 앉은 팔꿈치에 얼굴을 고이고 가만히 우리 속의 호랑이만 바라보기 시작했다. 호랑이는 계속해서 천천히 걷고 있었다. 관수는 갑자기 조용해져서 호랑이만 바라보는 그녀의 옆 모습이 꽤 아름답다고 생각했다.

폐문시간이 다 되어 창경원에서 나왔을 때 그녀가 말했다.

"참 즐거웠어요. 그리구 우리 어디 가서 저녁이나 함께해요. 내가 살게요."

관수는 왠지 사양하고 싶지 않았다. 무엇인지 홀린 듯한 기분이기도 하고 돼 가는 대로 맡겨 버리고 싶은 태만감도 들었다. 관수는 그녀를 따라 고급으로 보이는 어느 레스토랑으로 들어갔다. 거기서 그는 생전 처음으로 아주 복잡한 식사를 했다. 여러 개의 접시가 잇달아 날라지고 먹는 건지 못 먹는 건지도 분간할 수 없는 이름 모를 식물 잎사귀도 나오는, 여러 개의 도구를 동시에 사용해야 하는 그런 식사였다. 주로 들척지근하고 맹숭맹숭한 맛이 나는 음식들이었다.

식사를 마치고 나자 그녀가 물었다.

"술 조금 하실래요? 하셔도 돼요?"

관수는 내친 김이라고 생각했다.

"또 사 주시겠습니까?"

"하셔도 된다면. 아빠한테 용돈을 좀 두둑이 탔거든요. 우리 아빠

부자예요."

"그럼 좋습니다."

그녀는 레스토랑을 나와서 택시를 잡았다. 택시 속에서 그녀는 말
했다.

"관수 씨의 어제 시합을 위로해 드리는 걸루 생각하구 마음껏 마시
세요."

택시는 어느 호텔 주차장 안으로 들어갔다. 택시에서 내린 두 사람
은 호텔 안으로 들어서서 엘리베이터를 탔다. 엘리베이터 속에서 그
녀가 말했다.

"아빠 술 동무 해 드리러 가끔 오는 데에요."

엘리베이터에서 내리자 바로 두 사람을 맞아들이기 위해 커다란
유리문이 저절로 좍 갈라졌다. 붉은색 상의를 입은, 훌륭하게 생긴
청년이,

"어서 오십시오."

라고 정중히 인사했다. 조금 어두운 듯했으나 테이블마다에 갓을 씌
운 전등이 은은한 빛을 흘리고 있어서 안은 몹시 아늑하고 부드러워
보였다. 홀 정면에 장치된 스테이지 위에서는 동체만을 가린 여가수
한 사람이 물결처럼 흐느적거리며 노래 부르고 있었다. 관수는 까닭
없이 왈칵 끼쳐 드는 부끄러움을 온몸으로 느끼며, 양탄자 위를 밟는
자기의 걸음걸이에도 부끄러움을 느끼며 머뭇머뭇 그녀를 따라 빈
테이블로 가 앉았다. 역시 붉은 상의를 입은 또 한 사람의 청년이 그
림자처럼 조용히 다가와서 몹시 공손한 말씨로 물었다.

"무엇으로 드시겠습니까?"

그녀가 눈을 반짝여 관수 쪽을 쳐다보며 말했다.

"마티니 어떠세요? 아님 다른 걸루?"

관수는 아무거나 괜찮다는 모호한 눈짓을 그녀에게 보냈다. 그녀가 청년에게 말했다.

"마티니 한 잔하구, 난 엔젤 키스가 좋아요. 그리구 치즈 좀 줘요."

"네, 고맙습니다."

청년이 공손히 인사하고 그림자처럼 조용히 사라졌다. 잠시 후 주문한 것들이 날라져 왔다. 관수 앞에 놓여진 것은 깔때기 모양의 얇은 유리잔 속에 든 송진 빛깔의 투명한 액체였다. 그리고 그녀 앞에 놓여진 것은 조그맣고 갤쭉한 초록 잔에 든, 색동처럼 여러 가지 빛깔층을 이룬 걸쭉해 보이는 액체였다.

"들어요. 우리."

그녀가 말했다. 관수는 조금만 세게 쥐면 그대로 부서져 버리고 말 것 같은 그 약하다 약해 보이는 유리잔을 집어 단숨에 마셔 버렸다. 물약 냄새가 조금 나고 입안이 서늘해지는 맛이었다. 그녀가 놀란 표정을 지어 보였다.

"어마, 술이 무척 세신가 봐요."

하고 그녀는 자기 잔을 들어 입술을 조금 댔다가 놓는다. 관수는 무언가 잘못됐다는 걸 느끼고 애매하게 웃어 보였다. 그녀는 고개를 돌려, 멀찌감치 서 있는 아까의 청년을 다시 손짓해 불렀다. 청년이 다가오자 그녀는 마티니 한 잔을 더 주문했다. 다시 한 잔이 날라져 왔을 때 그녀는 웃으며 말했다.

"아무리 세시더라두 좀 천천히 드세요. 내가 주눅이 들잖아요. 이 래 봬두 우리 아빠한테 칭찬을 듣는 솜씬데."

"세서 그런 게 아니라 마실 줄 몰라서 그랬습니다. 이렇게 하면 되는 겁니까?"

하고 관수는 그녀가 그러던 것처럼 술잔을 들어 입술 사이에 조금 댔다가 놓았다. 그녀는 장난기 어린 표정으로 눈길을 빨며 가만히 입술을 물었다가 말했다.

"어마 꼭 그러라는 게 아니라 좀 천천히 드시라는 거죠 뭐. 자, 우리 건배해요. 우리들의 우리에 갇힌 호랑이를 위해서."

"우리에 갇힌 호랑이를 위해서?"

"네, 우리들의 우울한 호랑이를 위해서."

그러며 그녀는 자기 잔을 들어 관수의 잔에다 살강 부딪쳤다. 관수도 어색하게 마주 그러고 나서 그녀가 그러는 것처럼 잔을 입으로 가져갔다. 그리고 그는 '우울한 호랑이'라는 말과 함께 술을 조금 입속에 넣고 씹었다. 그때 그들의 테이블 옆에 기다란 그림자 하나가 다가섰다.

"오, 아주 유쾌해들 보이시는군."

두 사람은 동시에 소리 난 쪽으로 고개를 돌렸다. 훌륭한 신사복 차림의 오덕민이 얼굴 가득 미소를 띤 채 그들을 굽어보며 서 있었다. 관수는 순간 혈관이 온통 소리를 지르며 뛰는 것을 느꼈으나 입술을 꾹 다문 채 오덕민을 똑바로 쳐다보았다. 오덕민은 눈을 온화하게 만들어서 관수를 바라보았다. 굳은 시선과 온화한 시선이 서로 교차했다. 오덕민이 계속 그 온화한 표정을 풀지 않으며 말했다.

"두 분이 전부터 아시는 사이던가?"

그러며 그는 손윗사람 같은 너그러운 눈길로 두 사람을 번갈아 보았다. 그녀가 대수롭지 않은 태도로 대답했다.

"소꿉동무예요."

"아, 그래요?"

하고 그는 농담이 아주 재밌다는 표정을 지어 보였다. 관수는 그러는 그를 계속해서 똑바로 쳐다보았다. 그러나 그는 관수의 그런 시선쯤 안중에도 없다는 듯이 예의 그 온화한 표정을 다시 얼굴 가득 띄워 올리며,

"자, 그럼 두 분 계속 유쾌하시도록."

하고 두 사람을 향해 작별 인사를 했다. 그녀가 그를 향해 고개를 까딱해 보였다. 그는 마지막으로 한 번 더 미소를 남기고는 두 사람의 테이블로부터 돌아서서 천천히 걸어갔다. 관수는 계속해서 그를 향한 시선을 떼지 않았다. 저쪽, 스테이지에 아주 가까운 테이블에서 그를 향해 수선스레 손짓을 해 대고 있는 한 떼의 젊은 여자들이 보였다.

오덕민은 그쪽으로 걸어가고 있었다. 오덕민이 다가가 여자들 사이에 끼어 앉자 여자들이 무어라고 지껄이고 나서 일제히 까르르 웃어 댔다. 오덕민도 상체를 뒤로 젖히며 커다랗게 웃었다. 여자들은 모두 부잣집 아가씨들같이 보였다.

"아빠 친구 아들인데 설날이면 세배하러 우리 집에 와요. 구역질
나는 사람이에요. 자기 아버지 덕분에 호사하죠. 하긴 나두 우리 아
빠 덕분에 궁색은 면하지만. 자, 우리 다시 건배해요. 구역질을 가라
앉히기 위해서."

그녀가 말하면서 다시 잔을 들어 올렸다. 관수는 그녀를 똑바로 쳐
다보았다. 그녀가 잠시 의아한 눈빛을 지어 보였다.

관수는 그녀에게 시선을 떼지 않으면서 천천히 자기 잔을 집어 올
렸다. 그녀가 곧 맑은 웃음을 지으면서 잔을 부딪쳐 왔다.

"우리들의 우리에 갇힌 호랑이를 위해서."

"호랑이를 위해서."

잔들은 각각 헤어져서 자기 주인들의 입술로 날라져 갔다.

관수는 그러나 처음 잔처럼 다시 단숨에 마셔 버렸다. 그리고 나서
말했다.

"한 잔 더 사시오."

그날 밤 관수는 그녀와 함께 그 호텔에서 잤다. 그가 그러기를 청
했고 그러자 그녀는 잠시 눈을 호동그렇게 뜨고 놀라더니 곧 쾌히 응
낙했던 것이다.

생전 처음 자 보는 호화로운 잠자리에서 관수는 처음 서 보는 낯
선 링 이상의 서먹함을 일순 느꼈으나 곧 맹렬한 투지를 발휘해서 그
녀를 제 것으로 했다. 그녀는 잠자리에서는 매우 과묵했다. 달아오른
얼굴로 관수를 말끔히 쳐다볼 뿐, 그리고 희고 매끄러운 두 팔로 관
수의 억센 상체를 꼭 껴안을 뿐 아무 말도 안 했다. 관수는 창녀하고

한 번 자 본 경험 외에는 그 일이 처음이었으나 자신이 전혀 서투르게 여겨지지 않았다. 그는 아주 자유로운 자신을 느낄 수가 있었다.

완전히 관수의 것이 된 뒤에야 그녀는 잠자리 속에서 말하였다.

"아빠한테 혼나겠다. ……하지만 관수 씨와 함께 잔 거…… 나 아주 기분 좋아요."

관수는 밤새도록, 아주 맹렬히 그녀를 탐했다. 그리고 새벽녘에야 깊은 잠에 곯아떨어졌다.

그리고 그녀와 헤어진 다음 날부터 관수는 맹렬히 연습하기 시작했다.

철호 씨도 다시 관수의 연습을 도우러 와 주었다. 그는 말했다.

"아무리 관수 일을 잊어버리려 해두 잊어져야 말이지, 꼭 한 번만 더 해 보자구."

로드워크, 펀치 기르기, 유연성 연습, 펀치 볼 치기, 순발력 기르기, 철호 씨와의 실전에 가까운 스파링 등 관수는 거의 사생결단하듯 맹렬히 연습했다. 그녀와는 일주일에 한 번씩 만나기로 헤어질 때 약속했으나 한 번도 약속한 장소에 나가지 않았다. 관수의 두 눈은 나날이 맹렬한 불꽃으로 타올랐다.

그렇게 1년여가 지나서 오덕민과의 재시합은 이루어졌다.

링에 올라서자 관수는 습관대로 매트를 한 번 발로 굴러보았다. 기분 좋은 저항감이 탄력 있게 발밑에 느껴졌다. 공이 울리자 오덕민은 슬쩍슬쩍 잽을 던지면서 접근해 왔다. 관수는 침착하게 기다렸다. 와라, 조금만 더 가까이 와라. 잽 한두 개쯤 공짜로 맞아 줄 테니 한 발짝만 더 가까이 와라. 그때 오덕민이 스트레이트를 던지면서 왼쪽으로 돌았다. 관수는 헤드 워크로 그것을 슬쩍 피하면서 카운터 블로를 그의 턱에 명중시켰다. 그가 휘청하면서 두 팔을 벌려 관수를 껴안았다. 관수는 그를 맞받아 안으면서 그의 눈을 보았다. 그의 눈은 맹추 같이 보였다. 레프리가 브레이크를 선언했다. 관수는 그를 떠밀어 내었다. 그리고 다시 양 훅을 그의 턱에 명중시켰다. 그가 무릎을 꿇을 듯하면서 다시 관수를 휘감아 안았다. 그때 관수는 죽을힘을 다해 그의 벨트 아래, 사타구니 한복판을 내질러 버렸다.

삶의 리듬을 바꾸는 낙관의 사유

백지연(문학평론가)

1. 부조리한 현실에 대한 저항과 비판

1970년 「매일 죽는 사람」(『중앙일보』)으로 등단한 소설가 조해일
은 섬세하고 예리한 심리묘사와 다채로운 극적 구성을 통해 당대의
시대현실을 비판적으로 투시하는 작품들을 연이어 발표하면서 문학
계의 주목을 받기 시작했다. 도시 변두리의 삶에 대한 따뜻한 시선과
세밀한 관찰을 담은 그의 소설은 산업사회 이면의 다양한 개인들의
삶을 재현하는 데 일정한 성취를 거둔다. 특히 그의 작품에서 애정
적인 관찰의 대상이 되는 주변부적 삶은 동두천을 중심으로 한 기지
촌 공간의 포착에서 고유의 리얼리티를 확보한다. 대표적으로 「아메
리카」는 전쟁 이후의 분단된 현실과 성적 모순, 계급적 모순을 압축
한 기지촌 서사를 생생하게 재현하고 있다. 중단편 세계뿐만 아니라

대중적인 사랑을 폭넓게 받은 장편소설의 영역에서 이룬 성취도 주목된다. 많은 독자들의 사랑을 받은 『겨울여자』, 『갈 수 없는 나라』를 보면 시대적 고민에 대응하는 조해일의 소설이 다양한 서사적 기법과 장치로 모색됨을 알 수 있다.

등단작과 「멘드롱 따또」, 「뿔」 등을 포함한 초기작들은 폭력적인 사회 구조에 억압된 다양한 개인들의 삶을 보여 준다. 특히 1970년대 초반에 발표된 조해일 소설은 전후 한국 사회의 도시 개발 양상과 그것이 야기한 문제들을 생생하게 그려 낸다. 여러 평자들이 지적했듯이 그의 소설은 개인과 사회에 작동하는 다양한 구조적 폭력에 대한 고찰을 바탕으로 다채롭고 풍부한 알레고리와 환상 기법을 활용하고 있다.

첫 소설집의 작품들은 소재와 공간을 중심으로 두 갈래로 나누어 살필 수 있다. 「매일 죽는 사람」, 「이상한 도시의 명명이」, 「방」, 「뿔」, 「항공우편」, 「투혼」은 1960~70년대 진행된 한국의 도시화, 산업화의 세태 양상을 중심으로 도시빈민과 소시민의 삶에서 체감되는 빈곤과 폭력의 문제를 섬세한 관찰자의 시선으로 포착한다. 이와 비교하여 「마을소사」, 「전문가」, 「전시삽화」, 「야만사초」, 「멘드롱 따또」, 「대낮」은 분단현실과 국가폭력의 문제를 공간 설정을 통해 또렷하게 상징화하고 있다. 특히 「대낮」은 이후 「아메리카」로 연결되는 조해일 소설의 출발점과도 같은 단편으로 주목할 만하다. 부당한 현실에 대한 날카로운 풍자와 비판을 담은 이들 작품에는 작가가 진단하는 1970년대 한국 사회의 다층적인 문제들이 아로새겨져 있다.

동시대 작가로서 김승옥, 박태순 등의 작품세계와 비교해 보면 조해일의 초기작들은 6·25 전쟁 체험의 기억들을 바탕으로 하면서도 1970년대로 접어들면서 성장과 개발이 가속화된 도시적 삶의 면모를 본격화하고 있다. '1970년대의 대표 작가'로 그가 거듭 호명되는 것도 그의 작품이 개발적 근대의 풍경들을 소상히 포착하기 때문일 것이다. 더불어 그의 소설은 조세희와 황석영 소설이 초점화하는 한국 사회의 계급적 불평등과 소외된 계층의 삶에 대한 애정을 공유하고 있다. 무엇보다도 1970년대를 살아가는 대중들의 문화적 욕구와 일상 문화에 대한 다채로운 형상화는 조해일의 소설이 접속되는 다양한 문화사적 좌표를 짐작하게 한다.

2. '살아 있음'을 자각하기

등단작인 「매일 죽는 사람」은 '일요일인데도 죽으러 나가는 남자'의 내면에 밀착하여 하루 동안의 이야기를 서술한다. 주인공이 길을 나서는 아침부터 돌아오는 밤까지의 여정을 담는 플롯인데, 이러한 여로 서사는 「뿔」, 「이상한 도시의 명명이」, 「항공우편」 등에서도 평범한 소시민, 혹은 지식인 관찰자의 시선을 통해 다양한 형태로 형상화된다. '매일 죽으러 나가는 남자'가 보여 주는 꼼꼼하고 섬세한 심리 묘사와 공간 관찰의 예리함은 조해일의 소설이 견지하는 중요한 특성이다. 이 작품은 1970년대 시대현실을 배경으로 "소멸의 흐름 속에 던져진 채' 죽어 가는 삶을 살아야 하는"[1] 사람들의 모습을 비극적 알레고리 속에 포착한다. 더불어 소설이 다루는 '죽음'의 모티프는 "산업 자본의 시대가 개인의 생존을 시대적 죽음으로 포박한 형국임을 상징적으로 제시"[2]한다고 평가된다. 이 소설은 현재적 시점에서 읽을 때도 잘 다듬어진 플롯과 세밀한 관찰력, 집요한 심리묘사가 돋보이는 수작이다.

촬영장의 엑스트라 일을 하는 주인공은 죽음을 연기하는 삶이 주는 피로에 시달리고 있다. 그는 석 달 뒤에 태어날 아기, 그리고 생계에 지쳐 무감각한 표정을 짓고 있는 아내를 부양하기 위해 일요일 아침에도 고단한 발걸음을 옮긴다. 가정 형편이 어려워 대학교 학업을 마치지 못하고 결혼을 한 후에 엑스트라 연기로 간신히 생계를 잇는 그는 당대의 시대적 빈곤을 고스란히 재현하는 인물이다.

"세상 사람들이 추구하고 있는 모든 편리한 규범과 방식"에 지쳐 있는 그의 모습은 일상과 고투하는 소외된 현대인의 전형을 보여 주기도 한다. '매일 죽으러 나간다'는 비유도 의미심장하다. 촬영장에서 '죽음'을 연기하는 그의 직업은 저임금의 노동 속에 삶의 부조리를 절감하게 하는 일이다. 죽음은 그에게 연기가 아니라 실제 삶 속의 사건처럼 다가온다.

"허구 속의 죽음이었으나 회가 거듭됨에 따라 그것은 점차 음산한

---

1) 신철하, 「한 현실주의자의 상상세계」, 『한국소설문학대계』 65권, 동아출판사, 1995, 597쪽.
2) 오태호, 「조해일의 「매일 죽는 사람」에 나타난 죽음 모티프 연구」, 『우리어문연구』, 우리어문학회, 2010, 602쪽.

실제성을 띠고 그를 사로잡기 시작하여 마침내는 일상의 순간순간에서마저 그것의 그림자와 만나게 되곤 하였다. 그러나 그는 이 일을 그만둘 수가 없었다. 그만둘 수가 없었다기보다 그는 이 일에 매달리고 있었던 것이다"라는 고백처럼 엑스트라 연기는 가상을 넘어 주인공의 의식을 지배하는 강력한 죽음의 경고가 된다. 하루 한 번 죽는 연기를 하는 대가로 받는 '일금 300원'이라는 액수에 그는 자신의 목숨을 저당잡히는 느낌마저 갖는다. 어느 날 촬영지에서 시체로 누워 있는 장면을 찍을 때 실제로 깨어나지 못할 뻔했던 이후로 그는 더욱더 죽음의 공포에서 자유롭지 못하게 되었다.

소설은 버스를 타는 주인공의 모습을 세밀히 묘사하면서 그의 구두끈이 끊어지는 장면을 통해 불안한 심리의 묘사를 극대화한다. "분명히 앞을 향해 걷고 있으면서도 뒤로 물러서는 것 같은 느낌"으로 골목길을 힘겹게 걸어와 버스에 올라타려는 순간 구두끈이 끊어지면서 그의 불안과 피로는 극대화된다. 끊어진 낡은 구두끈은 생계의 압박과 미래에 대한 불안을 구체화하며 그에게 죽음의 그림자를 드리우는 것처럼 느껴진다. 버스 종점부터 종로 5가를 거쳐 종로 3가에서 내려 일거리를 받기 위해 다방에 가기까지 주인공의 의식 속에서 벌어지는 상념과 갈등은 스스로까지 냉정한 관찰의 대상으로 놓는 모습을 보여 준다. 화자의 경험을 통해 포착되는 촬영장 엑스트라의 삶은 '은하수'라는 명명 속에서 살아있는 생명이 아니라 영화 소품처럼 대해진다.

시종일관 불안과 긴장의 심리 상태에 사로잡혀 있던 주인공은 귀

갓길에서 반전의 계기를 맞는다. 끊어진 구두끈 때문에 신발을 잃어 버리고 결국 맨발이 된 그는 역설적으로 단절과 고립의 삶에서 벗어 나, 세상과 연결되어 있는 생생한 육체적 감각을 회복하게 된다. 맨 발의 감각은 역설적으로 다른 쪽 발이 구두를 신고 있다는 감각까지 새삼스럽게 되살려 놓는다.

> 마치 죽음의 발과 생명의 발을 하나씩 가지고 있는, 어느 나라 전 설 속에 있을 법한, 이상한 그림자처럼……. 그러다가 그는 자기의 왼 쪽 발에는 아직 구두가 신겨져 있다는 깨달음과 만났다. 그리고 그 는 놀랐다.
> 나는 아직 한쪽은 신고 있구나—하는, 이 아무렇지도 않을 수 있 는 깨달음은 그를 놀라게 했을 뿐만 아니라 그의 마음을 어떤 신선 한 감명으로 떨게까지 했다. 아, 나의 또 하나의 발은 아직도 살아 있 었구나! 이 발은 그리고 따뜻하고 편안하구나! 이것은 튼튼하구나! 마치 반석과도 같군! 아내의 둥근 배가 머리에 떠올랐다. 그녀 배 속 에 태아가 하고 있을 몸짓이 상상돼 왔다. 그래, 그건 죽음의 싹이 아 니다. 그렇게 불러선 안 돼.
> 그는 걸음을 빨리했다.

일상의 구석구석을 장악한 피로와 죽음의 기운을 벗어나 그는 "아 직 한 쪽은 신고 있구나"라는 '살아 있음'을 새롭게 실감한다. 하루의 긴 보행 끝에 주인공은 고립되고 단절된 세계를 벗어나 바깥 세계의 살아 있는 존재들과 연결되는 끈을 발견한다. 육체적 감각에 대한 경이로움을 통해 삶의 역동성을 발견하는 과정은 조해일의 소설에 내장된 현실적 비판의 사유와 낙관의 자세를 보여 주는 것이기도 하다. '몸'의 감각과 '살아 있음'에 대한 발견을 통해 '삶의 리듬'을 회복하는 이러한 여정은 깊은 여운을 남긴다.

등단작에서도 볼 수 있듯이 조해일 소설은 생계를 위협당하는 가난한 소시민의 일상에 대해 깊은 애정을 갖고 묘사하고 있다. 「방」은 안정된 주거 공간을 갖지 못한 사람들의 비애를 환상적인 우화의 형식으로 표현한다. 이사한 후 도배장판까지 말끔히 한 명이네 식구의 방이 갑자기 사라져 버리는 사건이 생기면서 함께 세를 든 이웃들은 갑작스러운 생활의 불편을 감당하게 된다. 이러한 사건에 집주인은 아무런 책임을 감당하지 않고 이웃들이 희생을 감내하면서 명이네 식구에게 자신의 공간을 내어 주게 된다. 가난한 자들에게 강요되는 공동체의 부당한 덕목과 불평등한 삶에 대해 풍자하고 있는 작품이다.

조해일 소설이 바라보는 1970년대 한국 사회의 경제개발 우선주의는 경쟁과 속도, 물질에 대한 맹목적 몰입을 유도하는 것으로 날카로운 비판과 풍자의 대상이 된다. 그의 소설이 동화적이거나 우의적인 방식으로 경쟁과 속도, 물질에 대한 근대화 과정의 세속 양태를 풍자하는 방식은 여러 작품에서 발견된다. 「이상한 도시의 명명이」에서 집중적인 주제가 되는 것은 기계적 '평등'과 획일적 '분배'의 문제이다. 풍자적 관찰과 환상적 기법이 한껏 강화된 이 작품은 스무 살 청년 명명이가 덴마크에 다녀온 외삼촌에게 요술 지갑을 선물받는 이야기로 시작된다. 소설은 가난하건 부유하건 모든 사람에게 '평등하게' '500원'을 훔쳐 온다는 지갑의 발상을 통해 자유주의적인 평등 개념이 가리고 있는 소외된 삶의 진실을 들여다보게 한다. 세관을 이용해 부를 축적하려는 기업가, 기업의 이익과 쉽게 담합하는 은행가, 학문적 진실과 거리가 먼 세속적 부에 관심이 기울어진 경제학자 등 사회의 지식인과 부유 계층에 대한 날카로운 풍자가 이어지며 가난하고 선량한 사람들이 고통을 겪는 현실이 부각된다. 소설의 마지막 장면에서 명명이가 지갑을 불태우는 장면은 현실에 대한 저항을 간접적으로 담은 표현이라고 하겠다. 이렇듯 환상적 장치를 활용한 두 단편에서 주인공의 해결 의지를 통해 부조리한 현실에 맞서는 도덕적인 낙관성도 매우 두드러진다고 할 수 있다.

3. 분단현실의 형상화와 알레고리의 힘

앞서 조해일 소설의 주제들이 사회의 구조적 폭력을 다채롭게 형상화한다는 점은 강조한 바 있다. 세계의 부조리와 모순에 대응하는 서사 전략으로 알레고리적 공간을 설계하는 것도 초기작의 중요한 특징으로 꼽을 수 있을 것이다. 「멘드롱 따또」는 군대 사회를 중심으로 특정 집단에 존재하는 폭력적 위계질서가 무고한 사람을 어떻게 희생시키고 그의 생명을 압살하는가를 섬뜩하게 보여 준다. '알맞게 따뜻한'의 뜻을 지닌 '멘드롱 따또'라는 별명을 갖게 된 제주도 출신의 병사 김관호는 자신을 조롱하고 괴롭히던 선임을 엉겁결에 밀쳐 과실치사에 이르게 한 전력을 갖고 있다. 그는 감옥살이를 마친 후 남은 복무기간 동안에도 군대 내부에서 동료 군인들의 학대와 폭력에 시달린다. "유인원이나 원시인, 예컨대 우리가 상상도로써나 볼 수 있었던 네안데르탈 사람이나 크로마뇽 사람이 낯선 군복을 걸치고" 나타난 듯한 거대한 체구를 지닌 김관호가 그에 어울리지 않는 앳되고 가냘픈 목소리를 지닌 것도 놀림감이 되었다. 그는 출감 사병이라는 신분과 신체적 조건을 트집 잡아 괴롭히는 사람들의 행태를 묵묵히 견딘다. 제대를 하루 앞두고 부대원들과 환송회를 하던 '멘드롱 따또'는 자신의 직업이 병아리 감별사였으며, 과실치사의 원인이 된 선임병의 폭력이 그에게 깊은 상처를 남겼음을 고백한다. 소설은 김관호의 내면에 새겨진 폭력과 죽음의 트라우마가 무의식중에 발동하여 계단의 추락 사고로 이어지는 것으로 끝난다.

  김관호의 죽음은 조해일의 소설이 주목하는 '선량한 인물'이 부당한 현실 속에서 좌초하는 비극적 결말을 보여 준다. 조해일 소설의 선량하고 힘없는 인물들은 불합리한 현실의 폭력성 앞에서 패배하고 좌절한다. 그럼에도 이 인물들이 내면적으로 지닌 자기만의 신념은 고유한 색으로 존재하며 읽는 이에게 깊은 인상을 남긴다. 폭력적 위계에 훼손당하는 주인공의 모습을 그려가는 작가의 시선은 단순한 좌절이나 실망을 그리는데 머물지 않는다. 그의 소설은 궁극적으로는 그 어떤 공동체 속에도 순순히 안착하지 않는 방외인의 모습을 우리의 마음속에 남긴다. 세계의 질서 속에 쉽게 포박될 것 같지 않은 초월적이고 예외적인 인물이야말로 조해일 소설이 즐겨 다루는 인간상인 것이다.

관념적 우화의 색채를 극대화한 「야만사초」와 기이한 단막극처럼 다가오는 「전시삽화」역시 약육강식의 생존세계 속에 동물적인 욕망에 포획된 생명 존재들의 모습을 보여 준다. 「전시삽화」의 임 중위는 인간의 생존 본능과 원시적인 욕망이 분출되는 전쟁의 현장에서 온 힘을 다하여 대원들을 규율대로 통솔하려고 하지만 상황은 그의 뜻대로 되지 않는다. 「투혼」의 주인공 역시 파이트 머니 때문에 사전에 합의된 비겁한 시합을 벌이는 데 자괴감을 느끼다가 결국 "링 위에서 정당한 링 위의 법칙에 의해" 처음으로 주먹을 힘차게 뻗어 본다. 이들의 행위는 상황을 완전히 바꾸는 데까지 이르지 못하지만 부당한 현실의 인지, 그리고 그것을 벗어나려는 강렬한 의지와 도약을 보여 준다는 점에서 미래적 가능성을 남긴다.

초기 소설의 공간 배경에 작동하는 분단현실의 상황과 기지촌 이야기도 공간성의 맥락에서 주목할 만하다. 작가는 군부대, 기지촌, 폐가 등 고립된 공간 설정을 통해 폭압적인 군사정권과 압축적 근대화 과정이 불러일으키는 억압 체제의 문제를 상징적으로 보여 준다. 「전문가」는 서울 마장동 천변 동네의 한 마을에 생긴 개 도살장 이야기로 시작된다. 어느 날부터 '넝마아비' 최 씨네 집에 남자들이 모여 개를 도살하는 작업이 진행되면서 마을에는 개들의 고통스러운 울음소리가 떠나지 않게 된다. 그러다가 낯선 사내가 이 마을에 나타나는데 그는 스스로를 '그린베레'(미국 육군 특수부대)라고 말하면서 개 도살장에 취직하러 왔다고 한다. 전쟁터에서 수많은 전투를 치르면서 '목숨'을 죽이는 데는 자신 있다고 말하는 낯선 이방인은 간단하게 '최 씨네 집' 남자 어른들을 압도하고 개 도살의 '전문가'적인 면모를 발휘하게 된다. 전장에서 수많은 사람을 죽인 것으로 짐작되는 압도적인 칼 솜씨로 그는 '단도 아저씨'라는 새로운 별명을 얻게 된다. '단도 아저씨'는 남자 어른들에게 대하는 태도와는 달리 동네 어린이들에게는 무료로 이발도 해 주는 뜻밖의 다정한 면모를 지니고 있다. 그러나 아이들과 '단도 아저씨'의 우정은 오래가지 못하는데 어느 날 마을에 찾아온 정체 모를 남자들과 격투를 벌인 후 그는 동네에 정착하지 못하고 또 길을 떠나기 때문이다. 이 작품에서 민간인 학살이 벌어지는 처참한 전쟁의 현장은 일상으로 돌아와서도 개가 연거푸 도살당하는 끔찍한 죽음의 현장으로 이어진다.

전쟁 폭력의 환기와 더불어 개발과 근대화 과정에 작동하는 '미국'의 상징적인 영향력은 조해일 소설에서 지속적으로 변주되는 관심사이다. 작가는 이후 「아메리카」를 발표하면서 기지촌의 문제가 특정 공간만을 상징하는 것이 아닌, 전쟁과 분단 이후 남한사회를 규정하는 중요한 의미였음을 직접 말한 바 있다. 나라 전체가 '한 개의 커다란 기지촌'이었던 현실에 대한 문학적 자각, 그리고 "기지촌으로서의 한국, 기지촌 사람으로서의 한국인, 그리고 기지촌 사람으로서의 한국인의 삶"이라는 주제는 조해일 문학을 이루는 중요한 지반이다.[3] 「전문가」는 '단도 아저씨'의 과거 속에 '그린베레'와 베트남전 파

---

3) 조해일, 「작가의 말」, 「아메리카」, 고려원, 1980, 11쪽.

병 이야기를 삽입함으로써 전후 한국과 미국과의 관계가 어떠한 역사적 맥락을 지니는지를 간접적으로 암시하며, 「마을소사」는 분단이 가져온 가족사의 비극과 미군 주둔, 기지촌 문제를 직접적인 서사로 연결한다. 소설 속 마을은 "대한민국의 헌법"의 바깥에 있는 예외적 지대이다. 이 마을의 자치위원회는 "미군 측의 의견을 대표하는 통역 장교 한 사람과 마을 사람들에 의해서 선출되는 네 사람의 자치위원으로 구성"되어 사람들의 삶을 조율한다. 해방과 분단 이후 미국이 한국에 어떠한 정치적, 경제적, 사회적 영향력을 행사했는가를 우의적으로 표현하는 서사 장치인 것이다. '휠체어 탄 누나'의 사연을 조망한 소설의 결말은 전쟁과 폭력, 그리고 분단현실이 낳은 비극적 결과를 압축적으로 제시한다.

기지촌 공간을 구체화한 「대낮」은 「아메리카」의 원형이 되는 작품으로 조해일 소설의 '동두천' 공간이 서사적으로 상세히 재현된 사례라고 할 수 있다. 직접적인 공간 배경이 되는 북보산리(北保山里)는 미군 흑인 병사들이 주둔하는 곳으로 '야차(夜叉)의 거리' 혹은 '두억시니 동네', '도깨비 말'이라고 불린다. 주인공 종수는 "재필이네 구멍가게, 강 씨네 폰숍(PAWN SHOP), 명화네 양장점, 길 씨네 약방, 인천바바상네 '흑인클럽' 등이 보이고 여자들과 검둥이들이 보"이는 거리에서 초상화 화방을 운영하고 있다. 이 마을의 내력은 다음 장면에서 상세히 설명된다.

종수가 흰둥이들의 거리인 남보산리에서 이곳으로 옮겨 앉은 것은 벌써 몇 해 전 일이다. 남보산리는 여자들의 수가 많기로도 이곳에 비하면 스무 갑절은 되는 곳이요 클럽들의 수와 규모에 있어서도 거의 그만한 비례로 번화한 곳이다. 매달려 사는 한국인들의 수도, 그리고 모든 거리의 규모가 대충 그 정도의 비례로 이곳보다 번듯하고 번지르르한 곳이다. 처음엔 그곳에 가게를 열었다. 장사는 잘되는 편이었으나 차츰 왠지 그곳이 거북하게 느껴졌다. 그런 곳보다 더 잘 자신의 신분에 어울릴 만한 곳이 있으리라 여겨졌다. 이를테면 배반자가 있어야 할 곳은 물보다는 섬이어야 할 것이라는 생각 같은 것이었다. 그리고 섬 같은 곳으로라도 숨어 버리는 듯한 기분으로 옮겨 앉은 곳이 이곳 검둥이들의 거리다. 이곳에서 종수는 조금도 거북하지 않은 자신을 느낀다. 따라서 붓이 헝겊에 닿는 촉감의 즐거움 같은 걸 잊은 진 정말 오래다. 때때로 어린 시절 이곳을 처음 밟던 때의 흥분과 경이가 문득 생각 키우는 때는 있으나 그것도 켜켜의 어둠 속에서 어쩌다 깜박 빛나는 때 낀 등잔불의 사위어 가는 마지막 불빛 같은 것일 뿐이다.

어디론가 '숨어 버리는 듯한 기분'으로 북보산리에 옮겨 온 종수는 자신처럼 어디론가 숨어 온 듯한 인물들에게 연민과 공감을 느낀다. 특히 그의 눈길을 끄는 금화는 초상화 화방을 내고 있는 가게 안채에 석 달 전부터 세 든 여자다. 창신동 출신이라는 금화는 미군을 상대로 "몸 하나를 밑천으로 그 몸을 먹여 살리는 장사를 하는" 여자다. "겨울의 전선줄을 연상케 하는" 금화는 다른 여자들과 달리 묘하게 자신만의 색채를 지녔다. 소설에서 종수가 '양공주'의 삶을 살아왔을 것으로 짐작되는 금화에게 이전에 있었던 곳을 묻는 장면도 의미심장하다. 평택, 오산, 부평, 왜관, 파주, 문산, 인천, 안양, 이태원, 의정부 등 미군 기지촌이 형성되어 있는 당시의 지명들이 차례로 열거되면서 작가가 이야기한 '나라 전체가 커다란 기지촌'이었던 전후의 한 풍경이 차갑게 다가온다. 금화도 결국에는 부평에서 동거하던 폭력적인 흑인 병사를 피해서 여기까지 도망 왔음이 밝혀진다. "나 어떡함 좋아? 김 씨, 저 새끼가 왔어. 무서운 새끼야. 부평에서 나랑 살림하던 새낀데, 매일 맞고 살았어. 도망가는 데마다 쫓아오는 놈이야. 헌병을 칼로 찌르구 영창에 갔는데 도망쳤나 봐. 저 봐, 이리 오고 있어"라는 금화의 다급한 호소는 기지촌 여성들이 겪는 폭력적 일상을 고통스럽게 재현한다. 이 작품에서 단편적으로 제시된 기지촌 여성의 삶에 대한 형상화는 이후 작품에서 묵직한 호흡으로 본격화되면서 이후 「아메리카」라는 한국문학사의 중요한 걸작을 탄생시키게 된다.

4. 아름다운 '뿔'의 세계, 도시의 리듬을 바꾸다

이 소설집의 백미를 꼽으라면 단연 「뿔」이라고 할 수 있다. 조해일의 여러 단편들 중에서도 「뿔」이 지니는 공간적인 집중성과 지게꾼의 상징성, 도시 서울을 가로지르는 '걷기'의 아름다움에 대한 이야기는 많은 논자들에 의해 호평된 바 있다. 황석영은 이 소설을 두고 근대화의 물결을 거스르는 "역행의 아름다움"[4]을 표현한 작품이라고 말하였으며, 문영희는 이 작품의 문명 비판적 시각을 주목하며 "모두가 앞만 보고 달릴 때 뒤돌아서서 달릴 수 있는 지게꾼"의 상징을 통해 "우회적으로 한국 사회의 방향성에 문제 제기를" 하고 있음을 강조한다.[5]

이야기는 주인공 가순호가 특이한 뿔 모양의 지게를 진 지게꾼과 함께 하숙집 이사를 하는 장면으로 시작된다. 신식 지게들 사이에서 "유난히 길고 견고해 보이는 네 개의 뿔을 가지고 있"는, 유일하게 자연목을 쓴 특이한 모양의 지게가 가순호의 눈길을 끌었다. 지게의 모양만 특이한 것이 아니라 지게를 지고 걷기 시작하는 지게꾼의 행보도 놀라웠다. 다른 보행처럼 앞으로 내딛는 것이 아니라 뒤로 물러딛는 걸음으로 자신을 마주 보며 빠르게 걷는 지게꾼의 모습은 가순호의 마음에 큰 파동을 일으킨다. 지게꾼의 얼굴은 도시 사람들의 생기를 잃은 '가래침 빛깔'의 얼굴과 달리 "구릿빛 피부 위로 투명한 유리구슬 같은 땀방울이 굴러 내리"는 아름다운 모습으로 다가온다. 지나던 행인들 역시 지게꾼의 뿔 달린 듯한 지게와 역행의 모습을 보며 놀라고 웃음을 짓는다.

집을 실은 위로도 그 뿔들은 각각 하늘과 지평을 향해 삐죽삐죽 솟아 나와 있었던 것이며, 사나이가 마악 한 발짝 떼어 놓으려 했을

---

4) 황석영, 「역행의 아름다움」, 『황석영의 한국 명단편 101』 5권, 문학동네, 2015, 214쪽.
5) 문영희, 「'근대화증후군'을 문제 삼은 소설의 눈」, 『20세기 한국소설』 29권, 343쪽.

때(그 순간 가순호는 그 지게를 처음 보았을 때 그가 뿔이라고 느꼈던 것들이 참으로 뿔임을 깨달았던 것인데) 그 모습은 마치 뿔을 가진 한 마리 아름다운 짐승이 그 뿔을 가누며 마악 움직이기 시작하려는 순간의 모습처럼 보였던 것이다. 그 모습이 얼마나 아름다웠던지! 가순호는 자기가 이사 가는 사람이라는 것조차 깜빡 잊어버릴 지경이었다. 그리고 그는 다시 한번 자기 눈을 의심하였다. 사나이는 가순호 쪽을 바라보며 일어섰는데 그가 떼어 놓은 그 첫 번째 한 발짝, 그것이 앞으로 내디딘 것이 아니라 뒤로 물러 디딘 것이었다.

그러니까 사나이는 등 쪽으로 나아가기 시작한 것이었다. 약간 위를 겨냥한 듯하게 지평을 향해 삐죽 내민 지게의 그 뿔들을 전진 방향으로 두고, 두 번째 발짝도 세 번째 발짝도 사나이는 뒤로 뒤로 물러 딛고 있었다. 사나이의 얼굴은 따라서 계속 진행 방향과는 반대쪽인 가순호 쪽으로 향해져 있었고, 그리고 그 얼굴은 서서히 기쁨으로 타오르는 아름다운 얼굴로 바뀌어 가고 있었다. 견고하고 아름다운 뿔을 앞세우고 얼굴은 뒤로 향한, 그 세상에서 처음 보는 기이하고 아름다운 운동체는 그리고 한 마리 힘찬 짐승처럼 민첩하게 나아갔다.

가순호는 침착하게 자기만의 속도와 리듬으로 거리를 걷는 지게꾼과 동행하며 왕십리에서 한강을 건너 흑석동까지 걸어간다. 그는 지게꾼과 이야기를 나누며 우정의 연대를 느끼게 된다. 이 걷기의 여정에서 근대도시 서울의 삶과 문화를 경관적으로 체험하면서 자신의 내면을 잠식한 불안과 피로의 원인도 깊숙이 들여다보게 된다. 왕십리에서 광무극장을 거쳐 숭례문, 서울역, 용산 미군기지, 한강맨션과 한강대교를 거쳐 흑석동에 도착하는 이사 경로는 각 공간에 대응하는 한국 사회의 근대적 면면들을 압축해서 재현한다. 더불어 이 여정에서 가순호가 비판적으로 환기하는 것은 세태에 적당히 안주하며 살아가는 자신과 가족들의 삶이다. "변두리 교회 하나를 맡아서 하느님만 갈구하며 살고 있는 아버지 내외와 별 정치적 신념도 없으면서 타성적인 야당생활을 하고 있는 맏형, 육사를 우수한 성적으로 졸업하고 임관 이후 어느 동기생보다도 빠른 진급으로 중령에 이르러 있는 둘째 형, 미국인 상사의 비서실에 근무하면서 여고 때 이래의 도미 계획을 착착 실천에 옮기고 있는 누이동생, 이상주의자다운 명석한 조직 능력도 없이 무턱대고 노동운동에 가담하고 있는 셋째 형, 그리고 잡지사 근처에 있는 다방에 드나들며 책 읽는 친구들과 어울리고 어쩌다 글줄이나 얻어 싣게 되거나 번역거리라도 맡게 되면 거기서 얻은 푼돈으로 간신히 하숙비나 물게 되는 것이 고작인" 자신의 삶을 돌아보는 가순호는 일상의 타성에 젖어 '길들여진 개'처럼 살아가는 한국인의 자화상을 뼈아프게 확인한다. 그는 지게꾼의 아름다운 미소를 보면서 "모든 사람들이 등을 돌리고 작은 것에 취해 있는 동안 자기는 얼마나 커다란 아름다움과 마주 서서 가고 있는가"를 거듭 환기한다.

여정의 후반부에 이르러 용산 미군부대의 벽돌담을 지나 삼각지 로터리에서 둘째 형을 우연히 만난 가순호는 효용성 있는 삶을 살라는 그의 잔소리에 평소와 달리 격하게 맞선다. 지게꾼 역시 길에서 만난 아이를 안고 동냥하는 여성의 양은그릇을 차 버리며 비루한 기생의 삶에 경종을 울린다. 전쟁 중에 가족을 잃고 노모를 모시며 어렵게 살아가는 지게꾼이지만 가순호와 마찬가지로 그의 마음속에도 '길들여진 삶'에 대한 강렬한 거부가 잠재해 있는 것이다.

소설은 목적지에 지게를 내려놓고 원래대로 돌아가는 초라한 지게꾼의 뒷모습을 보여 주는 것으로 끝나지만 가순호와 지게꾼이 나누었던 우정의 시간은 새로운 가능성으로 결말의 여운을 남긴다. 속도와 경쟁으로 침식된 획일화된 도시 일상에 새로운 리듬과 속도를 부여하는 '걷기'의 동작은 우정과 낙관의 사유로 이어진다. "엄격함과 자유로움을 한꺼번에 가진 아름다움이라고나 할까, 구속과 무절제를 다 함께 벗어난, 그리하여 생명의 아름다운 본성에 이른 자기의 양식(樣式)을 찾아낸 사람의 아름다움"에 대한 가순호의 존경과 애정은 작품을 읽는 우리 모두에게도 간절한 울림으로 전달된다. 이는 '자기의 양식'을 찾는다는 것이 무엇인지에 대한 진지한 소설적 질문을 전달한다. 「뿔」이 호소하는 인간다운 삶, 자기다운 삶의 문제에 대한 통렬한 물음이 현재의 우리에게 새롭게 읽힐 수 있는 이유도 여기에 있다.

조해일 연보

1941   중국 하얼빈시 근처에서 아버지 조성칠과 어머니 김순희 사이에서 장남으로 출생. 본명 조해룡.

1945   가족들을 따라 귀국. 이후 서울에서 성장.

1950   6·25를 서울에서 겪음.

1951   1·4후퇴 시 부산으로 피난. 이때 바다를 처음 봄.

1954   서울로 돌아옴.

1961   보성고등학교 졸업. 경희대학교 국문과 입학.

1966   경희대학교 국문과 졸업. 육군 입대.

1969   육군 제대.

1970   단편 「매일 죽는 사람」이 『중앙일보』 신춘문예에 당선되어 등단. 단편 「멘드롱 따또」(『월간중앙』), 「야만사초」(『월간문학』), 「이상한 도시의 명명이」(『현대문학』) 발표.

1971   단편 「통일절 소묘」(『월간중앙』), 「방」(『월간문학』) 발표.

1972   단편 「대낮」(『현대문학』), 「뿔」(『문학과지성』), 「전문가」(『문학사상』), 「항공 우편」(『월간중앙』), 중편 「아메리카」(『세대』) 발표.

1973   경희대학교 대학원 졸업. 단편 「심리학자들」(『신동아』), 「임꺽정 1」(『현대문학』), 「내 친구 해적」(『월간중앙』), 「무쇠탈 1」(『문학과지성』), 「1998년」(『세대』) 발표. 숭의여전 강사로 출강.

1974   첫 소설집 『아메리카』(민음사) 출간. 단편 「애란」(『서울평론』), 「할머니의 사진」(『여성중앙』), 「임꺽정 2」(『한국문학』) 발표. 중편 「어느 하느님의 어린 시절」(『세대』) 발표. 중편 「왕십리」(『문학사상』) 연재.

1975   단편 「임꺽정3」(『문학과지성』), 「나의 사랑하는 생활」(『문학사상』) 발표. 중편 「연애론」(『서울신문』, '반연애론'으로 개제), 「우요일」(『소설문예』) 발표. '겨울여자'를 『중앙일보』에 연재. 소설집 『왕십리』(삼중당) 출간.

1976	단편 「순결한 전쟁」(『문학사상』) 발표. 장편 『겨울여자』(문학과지성사) 출간. '지붕 위의 남자'를 『서울신문』에 연재.
1977	단편 「무쇠탈 2」(『문학과지성』), 「임꺽정 4」(『문예중앙』) 발표. 단편집 『매일 죽는 사람』(서음출판사), 중편소설집 『우요일』(지식산업사), 장편 『지붕 위의 남자』(열화당) 출간.
1978	콩트·에세이 집 『키 작은 사람들』(삼조사) 간행, '갈 수 없는 나라'를 『중앙일보』에 연재.
1979	「자동차와 사람이 싸우면 누가 이기나」(『창작과비평』) 발표. 장편 『갈 수 없는 나라』(삼조사) 출간.
1980	단편 「도락」, 「비」, 「낮꿈」(『문학사상』), 「임꺽정 5」(『문예중앙』) 발표.
1981	'X'를 『동아일보』에 연재. 단편 「임꺽정 6」(『한국문학』) 발표. 경희대학교 국어국문학과 교수로 재직.
1982	『엑스』(현암사) 출간.
1986	「임꺽정 7」(『현대문학』) 발표. 『아메리카』(고려원), 『임꺽정에 관한 일곱 개의 이야기』(책세상) 출간.
1990	단편집 『무쇠탈』(솔), 중편집 『반연애론』(솔) 출간.
1991	장편 『겨울여자』(솔) 개정판 출간.
2006	경희대학교 국어국문학과 교수 퇴임. 경희대학교 명예교수 위촉.
2017	「통일절 소묘 2」 발표(손바닥 소설집 『이해없이 당분간』, 김금희 외 21명, 걷는 사람).
2020	6월 19일 경희의료원에서 지병 치료를 받던 중 이날 새벽 별세.

출전(저본) 정보

매일 죽는 사람	『아메리카』(책세상, 2007)
멘드롱 따또	『아메리카』(책세상, 2007)
야만사초	『월간문학』 3권 6호(월간문학사, 1970. 6)
이상한 도시의 명명이	『제3세대 한국문학 16』(삼성출판사, 1983)
방	『아메리카』(책세상, 2007)
대낮	『아메리카』(책세상, 2007)
뿔	『아메리카』(책세상, 2007)
전문가	『아메리카』(책세상, 2007)
항공우편	『한국대표문제작가전집 9』(서음출판사, 1981)
마을소사	『기원』(1권 1호)(기원문학사, 1973. 6)
전시삽화	『기원』(1권 2호)(기원문학사, 1973. 10)
투혼	『제3세대 한국문학 16』(삼성출판사, 1983)

조해일문학전집 1권

매일 죽는 사람

1판 1쇄 인쇄 2024년 6월 7일
1판 1쇄 발행 2024년 6월 14일

—

지은이 | 조해일

기획 | 조해일문학전집 간행위원회
책임편집 | 강동준
발행처 | 죽심
발행인 | 고찬규

신고번호 | 제2024-000120호
신고일자 | 2024년 5월 23일

주소 | (04029) 서울특별시 마포구 양화로 7길 84 영화빌딩 4층
전화 | 02-325-5676 팩스 | 02-333-5980

값은 표지에 있습니다.

ISBN 979-11-985861-3-1 (04810)
ISBN 979-11-985861-2-4 (세트)